teníamos antes. Me quedo todavía tado en la cama, con la cabeza agachada, valorando si doy el paso hacia este nuevo día. Intento recordar cómo hemos llegado hasta aquí. Cuando me levanto vuelvo a mirarla. Ahora se ha obsesionado con sus pies, y juega con ellos como si los viera por primera vez. Al verla así, me cuesta creer que tenga el poder que me explicó ayer por la noche. Seguro que todo será una broma macabra. Abro la ventana de par en par para ventilar la habitación, pero el aire que entra está todavía más viciado que el que estábamos respirando hasta ahora. Compruebo que la sensación de que es primera hora de la mañana es falsa; es primera hora de la tarde y acabamos de levantarnos de una larga siesta. Me fascina la facilidad con la que se puede engañar a nuestro cerebro si sabemos darle la información precisa. Estoy cansado, ha sido una noche difícil y una mañana complicada. Me consuela pensar que ya no tendré que hacer el esfuerzo, como cada mañana cuando me despierto, de decidir quién seré durante ese día: el escritor de éxito o el fracasado; el simpático o el mal educado; el marido ejemplar o el hijo de puta egoísta. Por la mañana, cuando me he despertado en el sofá, ya he decidido qué rol adoptaría hoy. Es muy agotador tener que hacerlo todos los días porque no tienes ni idea de quién cojones eres.

Me sorprende que siga sin oírse el ruido del tráfico. El cruce de Córcega con Muntaner está vacío; no pasan coches ni peatones. Me rasco las picaduras que los mosquitos me han hecho en la nuca, mientras inspecciono si en los pisos de los vecinos hay vida. Parece que todo el mundo está de vacaciones, incluso el vecino que nos espía. Es espeluznante ver como en agosto todo se paraliza en este país. A lo lejos, oigo el estridente ruido de una moto que desgarra el silencio y que se va acercando hasta detenerse en un semáforo. La conduce un chico joven, con un casco brillante de color amarillo y unas letras negras que, desde el tercer piso, sin contar el entresuelo, se pueden leer con claridad: «Fuck you!». Cuando el semáforo se pone en verde, arranca haciendo todavía más ruido, que se apaga Muntaner abajo. Me rasco los genitales, donde no creo que hayan llegado los mosquitos, y deseo que se despeñe lejos de nosotros, no sea que nos vaya a estropear el día con su sufrimiento.

Cuando salgo de la habitación y entro en el lavabo, ella no se ha movido de encima de la cama, y no parece que tenga intención alguna de levantarse. Todavía tengo la costumbre de abrir el grifo del agua caliente aunque desde hace mes y medio solo salga fría. Intentando buscar algo positivo en la tragedia, pienso que al menos es una suerte que haya pasado en verano. Me ducho tan deprisa como puedo y cuando cierro el grifo noto un alivio brutal, como si hubiesen dejado de infligirme el dolor insoportable de una tortura. Me doy cuenta de que en un lado, entre las baldosas, hay un poco de moho. Pruebo a frotarlo con un dedo, pero no se va. No hay ninguna toalla para secarme, pero no me atrevo a llamarla. Me visto y la ropa se moja, pero con este calor se secará enseguida. Quiero afeitarme, pero no encuentro ni la maquinilla ni la espuma, y deduzco que ella ya lo habrá guardado todo en el neceser. Mientras se ducha, yo preparo café. La cocina parece una cámara frigorífica porque el aire acondicionado está conectado, pero dudo que lo haya hecho ella. Seguramente se habrá quedado encendido desde la hora de comer. Lo apago temiendo coger un resfriado por llevar la ropa y el pelo mojados. Noto el olor a gas, pero ya no sé si es real o si mi mente está jugándome una mala pasada. La cañería arrancada de una esquina me da la confirmación que necesito y la explicación de por qué no tenemos gas. Seguramente no volveremos a tenerlo nun-

Todo lo que deberías saber antes de amarme

Gerard Guix

Todo lo que deberías saber antes de amarme

SUMA de letras

Título original: *Tot el que hauries de saber abans d'estimar-me*

Torrelaguna, 60. 28043 Madrid
Teléfono 91 744 90 60
Telefax 91 744 92 24
www.sumadeletras.com

Diseño de cubierta: Miguel Sánchez Lindo

Primera edición: enero de 2012

ISBN: 978-84-8365-285-5
Depósito legal: M-45454-2011
Impreso en España por Lavel Industria Gráfica, S. A. (Humanes, Madrid)
Printed in Spain

PRISA EDICIONES

«Todas las biografías son mentira
porque todos los escritores somos unos mentirosos».
GERARD GUIX, novelista y dramaturgo

«El día en que a todo el mundo le guste mi novela y
no aparezca ninguna crítica negativa, dejaré de escribir».
FINDLAY KENNEDY, novelista

Para todos los que he olvidado

1. Rebobinar

«Solo publican memorias las personas
que ya han perdido totalmente la memoria».
OSCAR WILDE, dramaturgo y novelista

Día 1

Y entonces, cuando me abraza tan fuerte que casi no me deja respirar, me despierto.

Tardo unos segundos en situarme. Quién soy. Dónde estoy. Qué vínculo afectivo me une a la mujer que duerme a mi lado. Después recuerdo que tenemos problemas de convivencia desde hace tiempo, aunque ayer por la tarde encontramos una extraña manera de solucionarlo. Hace mucho calor y parece que se haya hecho el vacío en la habitación porque casi no hay aire para respirar. Me froto los ojos con las manos esperando a que se acostumbren a la luz que se cuela por las rendijas de la persiana. Un potente rayo de sol ilumina el polvo que flota en el aire, bailando en silencio un misterioso baile, y nos delata cruelmente; la limpieza que sugiere el blanco inmaculado de las paredes, de los muebles, de las cortinas, de las sábanas, de nuestra ropa interior y de nuestras pieles, sobre todo la suya, es una farsa, un engaño, una estrategia para ocultar la suciedad que llevamos dentro. Como si fuese la primera vez que lo veo, observo con atención el cuerpo que descansa de espaldas a mí. Sus cabellos, tan rubios que en ocasiones parecen blancos, se reparten sobre su almohada como un gran abanico que amenaza con invadir la mía. La piel de su cuello es casi transparente y deja entrever las venas azul cielo que, al contrario de lo que se podría creer, transportan ríos de sangre muy roja. A veces pienso que, si le arrancase la piel a tiras, podría venderla como seda en tiendas de lujo. Repaso su brazo con la mirada, deteniéndome en cada imperfección: una peca, una cicatriz o la moradura causada por algún golpe que pronto desaparecerá. Al retirar las sábanas para seguir observándola, me llega el olor de nuestros cuerpos sudados. Me quedo un rato embobado en sus caderas, medio escondidas por unas braguitas blancas de algodón que, de lejos, pueden confundirse con su piel y las sábanas. Me entristece que ya no duerma completamente desnuda, a pesar del calor que hace. Camino con la mirada por encima de sus piernas, y me sorprende que, aunque nunca se depila, solo puedo ver, a contraluz, una fina línea de vello rubio y muy delgado. Me detengo en sus pies menudos, con las uñas arregladas pero sin pintar, que nunca encajan en los zapatos de princesa que quiere comprarse. Levanto un poco la cabeza, lo justo para ver por encima del hombro el perfil de un pecho blanco con el pezón rosa oscuro. Es tan pequeño que, por mucho que pase el tiempo, nunca parecerá flácido. Dejo caer la sábana y me vuelve a llegar nuestro olor, que me gusta, aunque sea amargo, porque me recuerda al sabor de su sexo que me tiene fascinado. Su espalda se mueve sutilmente por la respiración. Acerco una mano y con un dedo recorro, una a una, las vértebras que marcan el camino de la nuca a las caderas huesudas. Es tan delgada que no puedo evitar pensar que si la toco se romperá. No se mueve. No me muevo. No nos movemos en absoluto, como si temiésemos que la cama pudiera desmontarse. Antes, cuando me despertaba, solía tener una erección que tardaba en bajar. Desde hace un tiempo me despierto en paz. Me parece que se debe a los sueños. Últimamente sueño mucho y eso me impide descansar por la noche. Son historias complejas, normalmente muy reales y turbadoras; sin embargo, cuando me despierto, lo he olvidado todo y solo me queda una sensación de angustia que me acompaña todo el día. Miro la luz azul del despertador digital. Añoro el tictac de los relojes de antes, pero a uno de los dos, no recuerdo a quién, le molestaba para dormir. Dentro de diez minutos sonará la alarma y nos despertaremos. Oficialmente sigo dormido y pienso que debería aprovechar estos diez minutos que he ganado al tiempo. Me pongo boca arriba y miro el techo, mientras el polvo sigue bailando delante del rayo de sol. Con un dedo juego con la goma de los calzoncillos y, después, acaricio los pelillos que van del ombligo al pubis. Yo tampoco duermo totalmente desnudo, a pesar del calor. La ventana está abierta, pero no llega el molesto ruido del tráfico. Porque es domingo o porque hoy ha empezado agosto. Quizás por ambas cosas. Mis ojos repasan el marco que recorre el techo, tan alto que, para limpiar las esquinas, debemos subirnos a una escalera aunque usemos una escoba. Hay una mancha en una esquina. No sé si es una sombra o humedad. Todo son problemas en los pisos viejos, por muy bien que se hayan reformado. Alguien, en el piso de arriba, tira de la cadena del váter. Quizás pierda agua y se cuele en nuestro piso. Me da asco pensar que el agua que causa la mancha pueda ser de un váter. Me pongo la mano sobre el vientre e intento dejar la mente en blanco, pero la sensación de turbación que me provoca la resaca lo impide. Ella, a mi lado, sigue sin moverse ni un milímetro. Contengo la respiración unos segundos para oír la suya. Emite un ruido por la boca o la nariz que me confirma que está viva. Vuelvo a llenar los pulmones de aire y mi tórax se infla. Me meto un dedo en la nariz y me saco un moco seco que me impedía respirar con normalidad. Recuerdo el abrazo, tan fuerte que casi no me dejaba respirar, pero soy incapaz de ver el rostro de la persona que me lo daba. Me tumbo de lado y me acerco a ella. Paso el brazo por encima de su cintura y la abrazo, pero enseguida lo aparto porque podría parecer demasiado premeditado. Incrusto mi cuerpo en el suyo, haciendo la cucharita. Encajamos tan bien que parece que nuestros cuerpos se hayan diseñado anatómicamente con esa finalidad. Entonces sí que tengo una erección y la encajo entre sus nalgas. Lástima que la tela de nuestra ropa interior impida un contacto más íntimo. Si no estuviese dormida, seguro que me habría rechazado. Volvemos a sudar y noto que los pelos de mi pecho se pegan a su espalda. Mi aliento cálido topa con su nuca. Cierro los ojos y me concentro en intentar que su respiración se coordine con la mía. Me pesan los párpados, me cuesta pensar, la respiración se ralentiza y todo lo que me rodea desaparece lentamente.

Cuando suena el despertador tardo un rato en reaccionar y entender qué pasa. Quién soy. Dónde estoy. Quién es la mujer que duerme a mi lado. Me parece que he vuelto a soñar pero he olvidado el qué. Lo que más lamento es que he perdido los diez minutos que pensaba haber ganado al tiempo. Ella se queja, pero no entiendo qué dice. Como no me muevo, pasa por encima de mí para apagar el despertador y me clava una rodilla en las costillas. Después se queda sentada en la cama y mira a su alrededor, como si no supiese exactamente dónde se encuentra. Se mira las manos y se toca el pelo, pero se limita a sonreír como haría con alguien a quien no conoce de nada. Se queda un buen rato así, sentada con las piernas cruzadas como los indios, mirando a su alrededor. Tal vez espera levitar, o quizás se ha mareado. Me incorporo y pongo ambos pies en el suelo a la vez para evitar la tonta superstición de levantarse con uno o con otro. El tacto del parqué es agradable, mejor que el del gres que ca más. Ella entra justo cuando cojo la cafetera de la encimera y tengo la sensación de que está menos ausente que cuando se ha despertado. Compartimos la cucharilla para remover el café, pero no nos decimos nada. Intento no hacer ruido con la boca al beber, porque sé que le molesta. Mira al suelo mientras yo repaso la cocina con la vista. Sobre el mármol de la cocina, se cargan las baterías de nuestros móviles y la cámara de fotos digital. En la puerta de la nevera hay una lista con indicaciones para la mujer de la limpieza mientras nosotros estamos fuera. Al lado, hay otra que leo con curiosidad: «Carme, los juguetes y la muda del niño están en su habitación. Sus medicamentos están en el armarito del lavabo. Llámame si falta algo». Carme es mi madre.

Mientras ella lava las dos tazas y la cuchara en el fregadero, acabo de repasar el equipaje para asegurarme de que no nos dejamos nada. Guardo el dinero en sobres y los escondo en diferentes maletas que cierro con solemnidad. Me da miedo viajar con todo el dinero encima, pero no tengo más remedio. Me siento como si hubiera robado un banco y me preparase para huir del país. Supongo que hay razones para ese extraño remordimiento: he anulado todas las tarjetas de crédito y he sacado todo el dinero de la cuenta en euros y francos suizos. Dejo las maletas amontonadas en el recibidor, como si fuesen una barricada que nos impidiese salir. Entro en mi despacho y guardo el ordenador portátil en la funda. En una cartera, guardo los documentos, los libros, el paquete de pósits de color verde fluorescente y el estuche con las películas en DVD necesarias para el proyecto. También cojo el estuche con los CD de Grandes Éxitos que he comprado expresamente para el viaje. Miro con indiferencia el caos que reina en la habitación donde la mujer de la limpieza tiene la entrada prohibida. Hay fragmentos del ordenador viejo esparcidos por todas partes: el teclado está hecho trizas sobre una silla; el ratón roto cuelga de una lámpara; la pantalla está reventada y la torre, abierta por el suelo, con los chips y cables arrancados de mala manera. Al salir, piso una pieza del ordenador. Me agacho y la cojo intrigado. Es la tecla de *Suprimir* del teclado. Sin saber por qué, me la guardo en un bolsillo de los pantalones. Anastasia deja en el recibidor, con las demás maletas, una bolsa con algunas cosas de la nevera que podemos aprovechar para el viaje. Riego las plantas de ambos balcones, el de delante y el de detrás, aunque esa tarea ya está en la lista para la asistenta, pero hace mucho calor y no vendrá hasta mañana o pasado. Mientras ella cierra la llave de paso del agua y del gas, supongo que por inercia, desconecta el descodificador de la televisión por cable y quita la luz, bajo todas las persianas hasta media ventana. Para que no se manchen los cristales si llueve, pero también para que los ladrones no se den cuenta de que no estamos. La de la habitación del niño está totalmente bajada y, aunque no enciendo la luz, desde la puerta puedo ver sus juguetes en la penumbra. El oso de peluche gigante me mira triste, sentado en su camita. Parece que quiera decirme adiós porque tiene una pata levantada. Sobre su cabeza cuelga el móvil de animales; hace tanto que no se mueve que si alguna vez tiene que volver a girar se habrá olvidado de hacia qué lado debe hacerlo. Cierro la puerta con mucho más cuidado que ninguna otra. Nos reunimos en el recibidor y con la mirada confirmamos que todo está en orden y que estamos preparados para irnos. Lo hemos hecho todo sin decirnos ni una sola palabra. Coordinados en silencio. Hace mucho tiempo que aprendimos a convivir sin hablar.

El piso, desde el recibidor y a media luz, en silencio, parece abandonado. Ahora me doy cuenta de que no es tan pequeño como me había parecido últimamente. Es posible que tengamos demasiados trastos. Demasiados muebles. Demasiados cuadros. Demasiados jarrones. Si alguna vez tenemos que repartirnos las cosas, lo mejor que podremos hacer será romperlo todo. Cuando nos mudamos aquí hace unos tres años, nos parecía enorme con sus seis habitaciones de techos altos. Durante una temporada pensamos en bajarlos y hacer altillos donde guardar más cosas. Más trastos. Más mierda para repartir. Al principio, pintamos las paredes de colores cálidos, de diversas tonalidades, una para cada habitación. Sin embargo, hará más o menos medio año, cuando las paredes empezaron a caérsenos encima, quisimos agrandarlo, así que lo pintamos todo de blanco y cambiamos el suelo de gres oscuro por parqué claro. También queríamos tirar algún tabique, pero nos dijeron que eran paredes maestras y que entonces la casa sí que se nos caería encima. Aun así, el piso seguía siendo pequeño. Regalamos muebles, cuadros y jarrones a unos amigos que nos dijeron que se iban a vivir juntos. Quitamos las cortinas de las ventanas y nunca, llueva, nieve, o caiga un sol de justicia, bajamos las persianas. Solo en nuestra habitación tuvimos que volver a poner las cortinas porque el vecino del bloque de enfrente nos espía cuando nos desnudamos. Lo único intocable es la habitación del niño. A pesar de los cambios, este piso se ha convertido para mí en un sitio claustrofóbico y deprimente. O nos mudamos a una casa con jardín o nos separamos. No hay ninguna otra opción.

Llamo al ascensor, que es muy viejo y va muy lento, y aprovecho para sacar las maletas al rellano de la escalera. Mientras las introduzco, ella da un último repaso al piso para comprobar que he dejado las persianas a la altura que quiere. Bajo por la escalera mientras las maletas viajan solas en el ascensor, que hace ruidos extraños y parece a punto de estrellarse contra el suelo. Si puedo evitarlo, casi nunca lo cojo. Llego yo primero y, mientras espero, observo la puerta cerrada de la minúscula portería. No entiendo cómo pueden vivir dos personas en un agujero como ese. La portera no está o, al menos, no da señales de vida, aunque tengo la sensación de que me espía desde algún rincón. Quizás está de vacaciones, pero dudo que tenga contrato laboral ni derecho alguno. Saco las maletas del ascensor al lujoso vestíbulo con la alfombra vieja y rota. Espero a que ella baje antes de empezar a llevar maletas al coche. Por suerte, he encontrado un hueco justo delante, en una zona de carga y descarga. Echo un vistazo al reloj y, aunque no lleguemos tarde, me molesta que siempre me haga esperar. Vacío el buzón de publicidad no deseada que, en teoría, la portera debería evitar. Susana tiene la llave y también se encargará de vaciarlo. Lo he leído en la lista de la nevera. Mi mujer no quiso contratar a una extranjera para que se ocupase de las tareas de casa. Dijo que no quería que alguien de otro país como ella viniese a limpiarnos la mierda. Que le parecía humillante. En realidad, creo que no se fía de los extranjeros y supongo que tener a alguien autóctono para que se ocupe de la limpieza la hace sentir más integrada. Susana es la mujer de la limpieza y es de Vic, como yo. En este vestíbulo, se está muy fresco en verano y muy calentito en invierno, aunque no hay calefacción ni aire acondicionado. Levanto la mirada hacia el altísimo techo para corroborarlo, y solo veo una mancha de humedad que levanta el papel de rayas verticales de color salmón. La oigo cerrar la puerta de un golpe pero tarda un rato en llamar al ascensor; no entiendo por qué tarda tanto en venir. Finalmente, el ascensor sube hasta el tercer piso, sin contar el entresuelo, y vuelve a bajar. Ella coge una maleta, abre la puerta de la calle y busca con la mirada mi Citroën C4 de color azul oscuro. Cojo dos maletas y la sigo. Una bocanada de aire caliente me golpea y empiezo a sudar. Mientras ella vigila las maletas del coche, yo voy a buscar las del vestíbulo, aunque la precaución parece bastante inútil porque la calle está desierta. Cuando las tenemos todas, jugamos a una especie de Tetris en tres dimensiones. Nos vamos cinco días, pero parece que queramos empezar una vida nueva lejos de aquí. Con mucho cuidado, encajo el ordenador portátil entre las maletas más duras. Como no cabe todo en el maletero, algunas cosas acaban puestas de cualquier manera en los asientos de atrás. La sillita del niño molesta, pero ella no quiere que ponga nada encima y tampoco me deja quitarla.

En cuanto giro la llave en el contacto del coche, enciendo el aire acondicionado. Sé que ella no tiene calor, pero me estoy asfixiando. A ver cuánto tarda en apagarlo. Al abrocharnos el cinturón, me mira, creo que por primera vez desde que nos hemos levantado. Clava sus sobrenaturales ojos azul eléctrico en los míos marrón avellana tan vulgares. Su belleza todavía me tiene fascinado y el único consuelo que me queda es que gracias a la diferencia de edad nunca la veré envejecer del todo.

—¿Crees que Yul estará bien?

Después de tanto tiempo, todavía se le nota el acento extranjero a pesar de que resulta difícil adivinar de qué parte del mundo es. Solo se le nota en algunas palabras, pocas, pero creo que nunca aprenderá a decirlas bien. Yul es nuestro hijo.

—Tendríamos que haberlo traído.

Respiro profundamente y miro el polvo que se amontona sobre el cuentakilómetros, en la guantera, por todas partes. Nunca sé si es mejor lavar el coche antes o después de un viaje.

—Ten cuidado, no corras.

Me molesta que me lo diga cuando el coche ni siquiera ha empezado a moverse. Me incorporo a la calzada con cuidado. Ella sigue inquieta y mira el móvil para comprobar que tiene cobertura y batería. Mientras enciendo la radio y sintonizo el canal de información para oír el estado del tráfico, ella apaga el aire acondicionado. Saca del bolso la crema solar y se unta la cara, los brazos, el escote, las piernas y los pies, que se descalza con facilidad porque lleva chancletas. En verano suele repetir la misma operación cada vez que sabe que puede rozarla un rayo de sol. Me sé de memoria las calles del Eixample y no circula ni un alma. Podría cerrar los ojos y conducir sin riesgo de chocar con ningún vehículo o peatón. Cuando estoy a punto de hacerlo para comprobar mi teoría, aparece de repente, de no sé dónde, una ambulancia con las luces de emergencia encendidas que nos adelanta, se aleja y desaparece tan rápido que cuesta creer que haya pasado de verdad. Tengo la extraña sensación de que acabamos de vivir un fragmento de mi novela *La deriva dels continents*. En la Meridiana, a la altura de Hipercor, vemos dos coches de la Guardia Urbana y la ambulancia que nos ha adelantado. Un policía nos para sin darnos explicación alguna. Detrás de nosotros se detiene otro coche y, poco a poco, vamos formando una cola ordenada y paciente. Ambos miramos a nuestro alrededor buscando con la mirada qué ocurre. Hay una moto empotrada debajo de una furgoneta y un señor mayor, seguramente el conductor de la furgoneta, habla con un guardia urbano. El hombre está nervioso, gesticula mucho con las manos, se las lleva a la cabeza y tiembla. Está a punto de derrumbarse. Un grupo de mirones se amontona en la acera y, desde los balcones de los pisos que hay justo encima de donde ha tenido lugar el accidente, algunos vecinos observan la escena en pijama. Sacan una camilla de la ambulancia, y sigo con la vista a los enfermeros hasta que se detienen al lado de un cuerpo cubierto por una manta térmica, de donde mana un charco de sangre. Aunque dejan la camilla a un lado, no cogen el cuerpo sin vida del motorista. Apago la radio. Por respeto y por si el policía nos da alguna indicación. Ella mira el cadáver, sin apartar la vista en ningún momento. Coge la cámara de fotos digital y hace una fotografía. Me asusta pensar qué tipo de álbum tendremos. Al cabo de un rato, el guardia urbano que nos ha parado recibe alguna orden por la radio. Contesta, mira la cola de coches que se ha formado y vuelve a hablar por el aparato. Después nos hace una señal para que sigamos avanzando. Cuando pasamos al lado del cuerpo, junto al cual los enfermeros y policías hablan sin hacer nada, veo en el suelo un casco de color amarillo brillante con una letras negras impresas: «Fuck you!». Ella clava los ojos azules en el cadáver y no los aparta hasta que tiene que girar tanto el cuello que corre el peligro de rompérselo. Vuelve a mirar hacia delante, enciende la radio y me dice sin ninguna entonación:

—Ten cuidado, no corras.

Circula poco tráfico y cuando se reparte entre los tres carriles de la AP-7 parece que haya menos todavía. Por la radio siguen repitiendo las mismas noticias, pero me parece que ninguno de los dos las escuchamos. No sé cuántos kilómetros recorremos así, tan distantes como si estuviésemos enfadados. Hace calor, noto que se me forman círculos de sudor bajo las axilas, pero no me atrevo a estropear este momento de consenso. Quizás más adelante baje un poco mi ventanilla. De repente, parece que ella se despierta, aunque no se había dormido, abre la guantera y saca el estuche de CD que he traído.

—¿Todos son discos de Grandes Éxitos? —pregunta después de revisar su contenido.

—Sí. Me gustan los discos de Grandes Éxitos. Son el resumen de lo mejor de un artista.

Pone uno sin consultármelo. De todos modos, era la cuarta vez que repetían las mismas noticias. En agosto nunca pasa nada. Norah Jones dice cantando que nos conocimos en un sitio al que yo solía ir. Ella mira por la ventana el poco agradecido paisaje que bordea la autopista, aunque me da la impresión de que, en realidad, no ve nada. Durante unos kilómetros solo adelantamos a turistas franceses, belgas y alemanes que vuelven de vacaciones a sus países. Un cartel anuncia la salida de Vic y el cerebro me bombardea con miles de recuerdos de mi vida. Al cabo de un rato, cuando me parece que tiene los ojos cerrados, la llamo por su nombre pero no responde. Repito su nombre más bajo, porque si está dormida no quiero despertarla. Cuando estoy seguro de que duerme, enciendo el aire acondicionado, pero ella, sin abrir los ojos, alarga el brazo y vuelve a apagarlo. Va a ser duro, mucho más de lo que pensaba. Empiezo a sentir claustrofobia dentro de este coche, pero aquí no podré pintar las paredes de blanco, ni cambiar el suelo, ni tirar tabiques. Bajo un poco mi ventanilla y el aire que entra me sienta bien. Me pongo las gafas de sol D&G y subo la música. Norah Jones dice cantando que el sol no te gusta, que siempre te quemas y pienso que podría haberse inspirado en Anastasia. Tiene la piel tan blanca que, como los vampiros, se deshace si la toca un rayo de sol. Anastasia es mi mujer, pero no estamos casados. Norah Jones también dice que todos tenemos que morir algún día y pienso en el motorista. Ahora que ella duerme, o finge hacerlo, acelero. Espero que en cualquier momento me repita que tenga cuidado, que no corra, pero no lo hace y me parece que se ha dormido de verdad. Hace tiempo que un aviso acústico y un texto informativo en la pantalla digital me han anunciado que empezábamos a usar la reserva de carburante. También me indica cuántos kilómetros puedo recorrer con el gasoil que queda en el depósito. Cualquier idiota puede conducir con los coches de ahora. Tienen regulador de velocidad que te ahorra pisar el acelerador, limitadores que evitan que superes los límites de velocidad, GPS que te guía y te lleva donde quieras, luces automáticas que se encienden cuando oscurece o entras en un túnel, limpiaparabrisas que funcionan solos y se gradúan según la intensidad de la lluvia, espejos retrovisores electrónicos que se oscurecen cuando un coche te deslumbra por detrás. Solo le falta el piloto automático para que el conductor sea prescindible. Veo un letrero a un lado de la autopista que anuncia un área de servicio cercana, y decido que pararé a echar gasoil y comprar algo de comer. Si ella no se despierta, le compraré un zumo sin gas. Odia el gas. Si ella gobernase, lo prohibiría en todas las bebidas que se comercializan. Seguramente perseguiría a quienes lo tomasen a escondidas y los castigaría con la pena de muerte. Norah Jones es una cantante norteamericana que me gusta mucho.

Cuando aparco el coche al lado del surtidor de gasoil, ella se despierta. Mira a su alrededor aturdida. Parece que está a punto de preguntar algo, pero no lo hace. Se incorpora en silencio y se sienta bien en el asiento. Apago la radio y bajo sin decir nada. En la ventanilla de la gasolinera, donde se paga por adelantado, pido 50 euros de gasoil. Pago en efectivo sin que la cajera haya pronunciado ni un solo monosílabo. Descuelgo la manguera del surtidor y alimento al coche para que nos lleve muy lejos. Anastasia, desde dentro, habla con alguien por el móvil. Parece importante porque está seria. Cuando los 50 euros de carburante están dentro del depósito, vuelvo a dejar la manguera en su sitio y lo cierro con llave. Odio el olor a gasolina. No podría trabajar aquí, rodeado siempre de este tufo mareante. Golpeo su ventanilla con los dedos. Ella, que ya ha colgado el teléfono, la abre y me mira, pero no puedo escrutar su mirada porque se ha puesto las gafas de sol.

—¿Quieres algo?

—Zumo de naranja. Sin gas.

—¿Y para comer?

—¿Dónde estamos?

—En un área de servicio. —Hace un gesto con la boca y la nariz para mostrar su desaprobación a mi respuesta—. Cerca de Girona.

Vuelve a subir la ventanilla mientras me alejo del coche y entro en la tienda del área. Compro un zumo de naranja sin gas y una Coca-Cola de botella, aunque me gusta más la Pepsi, pero no tienen. Cojo un par de bolsas de patatas, un paquete de chicles de sabor tropical y pago en efectivo. Mientras espero a que la cajera me devuelva el cambio, miro por la ventanilla y veo que Anastasia vuelve a hablar por el móvil, mientras se pone protector solar en las piernas. Cuando entro en el coche, le doy la bolsa con lo que he comprado, y ella inspecciona su contenido. Coge el zumo y bebe un poco.

—¿Me pasas la Coca-Cola? —Lo hace—. ¿A quién llamabas? —Doy un trago.

—A nadie. —Rectifica inmediatamente su mentira porque sabe que la he visto hablar por teléfono—. A tu madre. Para saber cómo está el niño.

Doy otro trago y le devuelvo la botella. Arranco el coche mientras ella la tapa, la deja a sus pies y me recuerda que tenga cuidado y que no corra. Salimos del área de servicio y, cuando ya no puedo soportar más el silencio, vuelvo a encender la radio, donde Norah Jones empieza a cantar otra canción. Al cabo de un rato, cuando pasamos por debajo del puente de color azul a medio construir del AVE, Anastasia mira las bolsas de patatas que he comprado. Hace un ruido de desaprobación con la boca.

—¿No había normales?

—Sí.

—¿Y por qué no las has comprado?

—Porque cuando te he preguntado si querías algo no me has contestado.

Sé que por esta respuesta tendré que aguantarla de morros un buen rato. Ella vuelve a mirar por la ventanilla y yo me concentro en la autopista. El cielo es tan azul que parece un ciclorama. Algunas ráfagas de viento desestabilizan el coche y tengo que coger el volante con fuerza para no invadir el carril contiguo. Un cartel electrónico anuncia que la frontera de la Junquera cierra a las diez de la noche para los camiones. Conducir por la autopista es aburrido y monótono. El paisaje apenas cambia, las líneas del medio te hipnotizan. Para distraerme me fijo objetivos absurdos. El primero es adelantar a un autobús que veo que va muy delante de nosotros. Ella se bebe el zumo y se mueve incómoda. Después se quita las chancletas y apoya los pies encima del asiento. Cuando pasamos cerca del aeropuerto de Girona vemos un avión que vuela muy bajo. Parece que tenga la intención de aterrizar en medio de la autopista, pero sigue adelante y lo perdemos de vista tras unos árboles. Ella, que tenía la cámara a punto por si se estrellaba y podía hacer un reportaje en primicia, vuelve a guardarla decepcionada.

—¿Crees que ha sido culpa suya?

—¿Culpa de quién? —pregunto con el corazón en un puño al comprobar que ese sentimiento se le ha quedado grabado en el subconsciente para siempre.

—¿Crees que se había saltado el semáforo?

—Ahora mismo debe de darle igual.

—¿Cuántos años tendría?

El primer día de nuestro viaje ha empezado con mal pie, aunque me he levantado con ambos a la vez, y mi mujer está preocupada por un motorista muerto.

—¿Lo sabrá ya su familia?

Me da una bolsa de patatas pero no me la abre. Tengo que hacerlo yo con los dientes. No le preocupa que cometa imprudencias como esta, o que hable por el móvil, o que haga la vertical mientras conduzco, siempre y cuando tenga cuidado y no corra. Da un sorbo al zumo de naranja y abre la otra bolsa de patatas. Sabía que lo haría y por eso he comprado dos. Siempre hace lo mismo, dice que no quiere y después se queja porque no le he comprado nada y se acaba comiendo mis patatas. Ahora me da igual. Que se acabe la bolsa. Antes me molestaba esta manía, pero ahora me parece infantil y divertida. La miro de reojo. Se ha quedado embobada mirando por la ventana mientras come patatas, que se lleva a la boca de dos en dos, y que mastica poco a poco, haciendo mucho ruido. Los cabellos rubios le caen por el cuello de piel blanca. Le miro los pechos pequeños, que se marcan sin sujetador bajo la camiseta blanca de tirantes, donde se le han quedado trocitos de patatas fritas. A ella nunca le ha molestado tenerlos tan pequeños. Dice que las mujeres de pechos grandes son antiestéticas. Finge que no me ve, pero sabe perfectamente que estoy observándola. Y cuando Norah Jones dice cantando que no es demasiado tarde para el amor, pienso que quizás sí podamos arreglarlo. El CD llega al final y sintonizo la radio con la esperanza de oír la noticia del motorista muerto. No dicen nada. Las noticias son las mismas de antes, como si hubieran grabado una cinta y se hubiesen tomado el día libre. Solo en la información del tiempo dicen que las temperaturas han subido desde esta mañana. Hago un nuevo intento de poner el aire acondicionado, avalado por los servicios informativos. Ella, que está despierta, no dice nada. Veo como sus pezones se ponen duros debajo de la prenda de algodón por culpa del aire frío. Levanta el brazo para apartarse el cabello de la nuca y me enseña la axila sin vello. Después coge el estuche de CD de la guantera, guarda a Norah Jones y me lo enseña para que elija otro. Vuelve a dejar el estuche en la guantera y, quizás motivada por la música enérgica de los Grandes Éxitos de Muse, se sienta bien y mira hacia la carretera concentrada, como si estuviese dispuesta a ejercer finalmente su función de copiloto. Bajo la vista hasta sus muslos desnudos porque lleva unos pantalones muy cortos de color naranja. Sé que es demasiado pronto e ignoro hasta qué punto tengo todavía derecho, pero, si no, deslizaría la mano del cambio de marchas a su rodilla y después subiría lentamente, por su piel suave, hasta donde ella me permitiese. Tiene la piel de gallina, pero no dice nada. Apago el aire acondicionado y me lo agradece con una sonrisa.

—¿Quieres más Coca-Cola?

Digo que sí con la cabeza. Destapa la botella y me la pasa. Doy un sorbo, se la devuelvo y vuelve a taparla. Así es justamente como funciona todo. Un intercambio de acciones. Una cadena de favores. Un dar y recibir. Un tira y afloja. Parece fácil pero siempre tiene que haber alguien dispuesto a ceder primero.

A la hora de comer, paramos en el área de servicio del Empordà, que está muy cerca de la salida de Figueres-Roses. El edificio, de la cadena Medas, se ha quedado anclado en los años setenta. La arquitectura de aluminio y vidrio, que recuerda a un barracón provisional, ha ido superando el tiempo hasta integrarse perfectamente con el paisaje. Todo está exactamente igual que cuando de pequeño reposté alguna vez con mis padres. Mientras hago cola en el self-service, ella va al lavabo. La elección es complicada: platos malos a precios desorbitados. Cojo un par de ensaladas que la etiqueta califica de «campestres», dos rajas de melón para ella, un Frankfurt para mí y dos aguas, sin gas. Pago en metálico, mordiéndome la lengua, ahorrándome el chiste de si he roto algo y me lo cobran entonces. Me siento en una mesa al lado de la ventana, desde donde veo el coche, que, por suerte, he podido aparcar a la sombra, bajo uno de los tejadillos de uralita. Tendría que haber escondido todo el dinero en la misma bolsa y llevarla siempre encima. Observo a un señor mayor, con camisa a rayas de uniforme, que recoge las bandejas que los clientes groseros no han retirado de sus mesas y que va colocando en el carro de las bandejas sucias. No me gustaría trabajar aquí. Las áreas de servicio son lugares extraños. Parece que no tengan dueño. Son espacios dejados de la mano de Dios en tierra de nadie, donde la gente solo hace paradas necesarias, pero ninguna trascendental. Ella vuelve con un sobre de revelado de fotos Kodak en las manos. La observo intrigado.

—Alguien se lo ha olvidado en el lavabo.

—¿Y para qué las quieres?

—He dejado una nota con mi teléfono para avisar de que las he encontrado.

—¿Y no sería mejor dejarlas aquí por si vuelven a buscarlas?

—La mujer de la limpieza estaba a punto de tirarlas.

—Debe de haber hecho lo mismo con tu nota.

—Es un pecado tirar fotografías.

No sé si lo dice porque el contenido químico del revelado sería perjudicial para el medio ambiente o porque le parece inmoral tirar la imagen de alguien. Tampoco sé si es otro rasgo cultural que nos distingue o una manía como cualquier otra.

—¿Es que en Rusia no se pueden tirar las fotos?

El comentario, como era de esperar, no le hace ninguna gracia. Le doy una ensalada y las dos rajas de melón. Ella levanta la cabeza y mira al self-service, como si desconfiase de que no haya cogido lo más comestible de lo que había.

—¿Necesitas algo más? —digo con amabilidad.

—Cubiertos.

Se levanta y va hasta la barra. Vuelve con cubiertos, servilletas, dos sobres de kétchup y unas vinagreras.

—Gracias —digo mientras cojo los condimentos que había olvidado para mi Frankfurt.

Ella se aliña la ensalada con tanta sal y tanto vinagre que, además de con el sabor, debe de haber acabado con todos los virus y gérmenes que pudieran tener el tomate y la lechuga. Levanto la parte superior del panecillo de la salchicha y lo condimento. Ella lo mira con cara de asco.

—Parece un dedo —dice seria, y puntualiza—: Humano.

Tiene razón. Es del tamaño de mis dedos y de un color parecido. El kétchup ayuda a darle un realismo sangriento.

—Gracias —digo mientras vuelvo a poner el pan encima y lo aparto—. Ahora ya no puedo comérmelo.

Ella se ríe divertida y me pone una raja de melón en el plato de ensalada. Es la primera vez que se ríe en los últimos seis meses. Estoy seguro de que recordaré este momento para siempre. Aparto la cebolla de la ensalada y la dejo sobre una servilleta de papel. Ella me mira sorprendida, como si no recordase mis gustos.

—¿Desde cuándo no te gusta la cebolla?

Corto el melón en dados y los mezclo con la ensalada para que no esté tan sosa. A ella le parece una buena idea y me imita. La aliño de manera tradicional, con un poco de sal, un poco de pimienta, un chorro de vinagre y aceite abundante. Pondría la mano en el fuego por que no es de oliva. Comemos sin decir nada. Ella mira por la ventana, mientras yo me quedo ensimismado mirando a un matrimonio de ancianos que están sentados unas cuantas mesas más allá y que tampoco se dicen nada mientras comen. Cuando acabamos, ella se va a buscar dos cafés y la observo mientras hace cola. Se ha hecho dos coletas que le caen por la espalda, y le dan el aspecto de una niña traviesa. Saca el pie de la chancleta y juguetea con él haciendo círculos en el suelo. Se queda observando una estantería llena de paquetes de chicles y, después de dedicarme una sonrisa pícara, coge uno y se lo guarda en el bolsillo. Cuando vuelve con los cafés, protesta porque le han costado una fortuna y, cuando los probamos, no podemos evitar echarnos a reír. Están tan malos que no se pueden ni beber. Como acto de protesta por los precios abusivos y la mala calidad, llenamos las tazas de café con los sobres del azúcar, lo que nos ha sobrado de la ensalada y la piel del melón. Ella hace una foto de recuerdo del asqueroso bodegón y otra de la salchicha que parece un dedo. Cuando voy al lavabo me cruzo con el hombre que recogía bandejas. Ahora friega con pocas ganas la entrada del lavabo de señoras mientras unas turistas alemanas pisan sin miramientos el suelo mojado. Mientras meo, veo que las baldosas de la pared están llenas de moho. Me mojo la cara y la nuca, y observo mi imagen en el espejo. Con el pelo tan corto, incluso más que cuando hacía la mili, me cuesta reconocerme. Tengo bolsas bajo los ojos y mala cara pero nunca lo voy a arreglar, por muchas cremas antiedad que me ponga, si no duermo y descanso bien. Últimamente tengo la sensación de que el rostro se me va deformando y de que cada día que pasa me parezco más a un monstruo. Soy como Dorian Gray, o peor. Antes de irme, cojo un rollo de papel higiénico y abro todos los grifos, pero justo cuando cruzo la puerta el dispositivo automático los ha cerrado. El hombre que friega lo ha visto todo, porque la puerta estaba abierta, pero cuando paso por su lado, asustado o indiferente, mira en otra dirección. Cuando nos vamos del área de servicio, ella coge el salero y se lo guarda también en el bolsillo. Y, sin dejar nuestras bandejas en el carrito de las bandejas sucias, la saco a empujones antes de que se le ocurra atracar el local.

Al llegar al coche, deja sobre la guantera todo su botín: el sobre de fotos, el paquete de chicles, el salero y una especie de argolla que marcaba que nuestra mesa era la número diecisiete. Dejo al lado el rollo de papel higiénico. Nos echamos a reír como niños pequeños. Arranco el coche y, cuando nos movemos, todas las cosas de la guantera caen sobre su regazo y al suelo. Cada vez se acumula más mierda a sus pies. Ella abre la guantera y busca entre los CD. Encuentra uno que le gusta, pero no me deja ver cuál es. Lo pone en el equipo y sube el volumen. Los primeros acordes de *Grace* de Jeff Buckley en directo suenan distorsionando los altavoces. Ella grita. Me parece que se cree que es Louise y que yo soy Thelma. Golpea con las manos el techo y mueve la cabellera rubia al ritmo de la música. Golpea con los pies la guantera, como si quisiera hacer saltar el airbag y provocar un accidente. Jeff Buckley es un cantante que me gusta mucho y que murió en un accidente de coche poco después de publicar su primer disco. Aunque hace mucho que no escucho este disco y me apetece, apago la música y la miro de reojo.

—¡Anastasia, cálmate! —Me siento como un padre riñendo a su niña pequeña—. ¿Quieres que tengamos un accidente?

Sé que así estará unos cuantos kilómetros sin decir nada. Ninguno de los dos vuelve a encender la radio. Mejor. Ella quizás no lo recuerde pero en este disco hay una canción que me duele. El silencio me permite oír bien un ruido extraño del coche que me está poniendo histérico desde que hemos salido. Mis nulos conocimientos de mecánica hacen que, pese a la atención que le presto, no pueda averiguar su origen ni si es perjudicial para nuestro viaje. Anastasia abre el sobre de fotos, las saca y durante un largo rato se entretiene con ellas.

—Están duplicadas.

No dice nada más. Las observa con atención. Al final del sobre, encuentra el recibo del revelado y lo lee en voz alta. Siempre lee en voz alta las cosas que teme no entender.

—Stéphane. Recoger el 31 de julio. Copias 2 x 1 10 x 15. Brillante. 7 euros con 20 céntimos.

Vuelve a repasar todas las fotos. Repite el nombre del cliente. Stéphane.

—Mira. —Me enseña un tríptico del Museo Dalí que estaba dentro del sobre—. Está cerca, ¿no?

—Sí. En Figueres.

—Quizás Stéphane, su mujer y los dos niños tan guapos que tienen iban hacia allá. Quizás ahora estén allí.

Capto su indirecta pero lo disimulo muy bien.

—Sabes, me parece que nunca he visitado el Museo Dalí —continúa—. Me gustan sus cuadros. Son... diferentes. Daaalí —dice intentando imitar al pintor mientras se pone un dedo bajo la nariz como si fuera un bigote—. Daaalí. Debe de ser bonito —dice volviendo a mirar el tríptico—. ¿Has estado alguna vez?

Como no contesto, se queda un rato callada. Mira las fotos una y otra vez. Lee en voz alta el recibo del revelado.

Estudia la publicidad del museo. Repite el nombre del cliente. Stéphane. Stéphane.

—Son franceses, creo. Stéphane. He escrito la nota del baño en catalán, castellano e inglés.

—¿En ruso no? —Me ignora.

—Stéphane. Stéphane. Tendría que haberla escrito en francés. Estamos cerca de la frontera. Qué estúpida soy. Stéphane. ¿Y ella? ¿Cómo se llamará ella? ¿Y los niños?

Palabra mágica. En cuanto lo dice, coge su móvil y marca un número. Espera pero no contesta nadie.

—Seguro que han salido a jugar al parque y tu madre se ha dejado el móvil, como siempre —se justifica.

Ahora se concentra en el tríptico del Museo Dalí. Lo mira del derecho y del revés. Lo huele. Lo dobla y vuelve a abrirlo. Stéphane. Daaalí. Cuando pasamos junto al rótulo de color marrón que anuncia el museo con el dibujo de una cúpula blanca, se sienta bien y mira hacia delante, emocionada. Sin embargo, unos metros más allá, cuando pasamos de largo la salida de Figueres-Roses, rompe el folleto con rabia y lo lanza al asiento trasero. Se tumba contra la ventana y se duerme o, como mínimo, finge hacerlo. Ese es el problema. Nunca sé hasta cuándo puedo tirar ni cuándo tengo que ceder. La mayoría de las veces que hago algo para intentar contentarla solo consigo que se enfade más. A veces quiero que se enfade y se echa a reír. Creía que después de lo que pasó ayer por la noche estaríamos más tranquilos. Que seríamos más tolerantes. Quizás sea porque nunca antes habíamos viajado juntos. Nos falta pasar más tiempo incómodos dentro de un coche. Seguramente habría sido más fácil y económico intentar volver a hablar. Consultar a otro terapeuta. El que tuvimos después del accidente nos dijo que un viaje nos sentaría muy bien. Aires nuevos. Gente nueva. Dormir en otra cama. También nos dijo que tener relaciones sexuales, en nuestra cama o en cualquier sitio, ayudaría. Tendríamos que haberlo hecho antes y no dejar que las cosas se deteriorasen tanto. No la culpo. Soy yo quien siempre deja las cosas para después. Para más tarde. Para mañana. Ella enciende la radio donde Jeff Buckley sigue cantando. Al sonar las primeras notas de su versión del *Hallelujah* ella se tapa la cara con una mano. Se han hecho decenas de versiones, pero la mejor, incluso más que la original de Leonard Cohen, sigue siendo la de Buckley. Aunque continúa con las gafas de sol puestas, me parece que llora. A mí solo se me humedecen un poco los ojos, es todo lo que consigo, pero se me hace un nudo en la garganta, un tapón en el estómago y noto un pinchazo en el corazón. Sabía que poner este CD era mala idea. Instintivamente acciono el limpiaparabrisas, como si pudiese limpiar las lágrimas que humedecen mis ojos. Aunque no me lo ha preguntado y ni siquiera me ha mirado, lo justifico porque me siento estúpido.

—Es por los mosquitos. —Pero ella no me escucha.

Aunque no encuentro la manera de exteriorizarlo, el dolor que siento es tan intenso que pienso que si quito la música disminuirá; pero, cuando estoy a punto de hacerlo, ella sube el volumen sin apartar la mirada de la ventanilla. Veo que con la boca echa vaho en el cristal y que escribe algo con el dedo que borra enseguida. Y durante un rato, los casi siete minutos que dura la canción, parece que todo a nuestro alrededor se hubiese detenido. El coche va a 120 por hora, pero juraría ante un tribunal que casi no nos movemos y que han pasado, al menos, un centenar de años. Al acabarse la canción, ella apaga el equipo de música cuando el público empezaba a aplaudir y deja el coche en silencio. Solo nos acompaña el ruido de fondo del motor y el otro cuyo origen no sé identificar. Ella se incorpora y se sienta como los indios. Busca en la guantera un kleenex, se limpia las lágrimas y se suena. Al recogerse el cabello con una goma cae en la cuenta de algo. Empieza a buscar por el suelo, entre la basura que se va apoderando del coche.

—He perdido un pendiente. Mierda.

—Se habrá caído mientras hacías el tonto.

—¡Mierda! —repite mientras lo busca entre la mierda.

—Ya lo buscaremos después.

Después. Más tarde. Mañana. Al final, se rinde. Coge el sobre de fotos y vuelve a sacarlas. Ahora las analiza como si fuesen las pruebas de un crimen. Parece David Hemmings, el fotógrafo que cree haber fotografiado un crimen en *Blow Up*. Tan rubia, tan blanca, tan delgada, tan obsesionada como él.

—Las hicieron en Barcelona. Mira, fueron al Tibidabo. Y al zoo. Esto es en el Acuario, ¿verdad?

Me enseña una foto de los niños bajo el pasillo de cristal donde están los tiburones. Sigue explicándome los sitios que ha visitado la familia de Stéphane. De repente, hace un gran descubrimiento.

—¡Qué fuerte! ¡Mira!

Me enseña una foto de los dos niños en alguna playa, pero como estoy conduciendo no me fijo apenas.

—Los niños llevan los nombres en las camisetas. Cédric y Cyrille. C y C. ¡Ya sabemos cómo se llaman!

Está contenta. Sigue mirando las fotos de Stéphane, Cédric y Cyrille. Cuando acaba vuelve a empezar y finalmente se queda mirando una foto donde sale la madre sola, una mujer no mucho mayor que ella.

—¡Qué pena! No sabemos cómo se llama. La madre sin nombre. La esposa sin nombre. La mujer sin nombre.

Pasa un rato sin decir nada. Me parece que se ha vuelto a dormir, pero observa la foto de la mujer pegada a la nariz.

—Tiene cara de Carole, ¿no crees?

Me pone la foto delante de los ojos, sin dejarme ver la carretera. Le da igual si no veo por donde conduzco mientras tenga cuidado y no corra. La aparto molesto. Estoy empezando a odiar a esta familia de papel.

—Stéphane, Carole, Cédric y Cyrille. ¿Y de apellido?

Enciendo la radio. El CD, que había llegado al final, vuelve a empezar por la primera canción del concierto. Los discos en directo son otra manera de seleccionar los grandes éxitos. Parece que no le molesta la música o quizás ni se ha fijado en ella porque sigue inmersa en sus especulaciones.

—Poucet, Bouquet, Colson, Rideau, Reymond o Amillat. ¿Cuál crees que les pega más?

Entonces, dice en voz alta cada uno de los nombres de los cuatro componentes de la familia de papel seguidos de los apellidos que ha propuesto. Aunque me lo consulta, mi abstención consigue que la familia adopte oficialmente el apellido Rideau. Busca un bolígrafo por el coche y apunta en el sobre de las fotografías sus nombres y su apellido. Lo observa con orgullo mientras repite en voz muy baja el resultado final.

—¿Por qué no les inventas una historia?

—No.

—¿Por qué no? Eres escritor, ¿no?

—Ahora estoy conduciendo.

—Tú la inventas y yo la escribo.

Rescata el bolígrafo que había lanzado al suelo y busca un trozo de papel para escribir.

—Empieza.

Adopta un aire solemne, como la secretaria de alguien importante que espera escribir la carta que salvará al mundo de la tercera guerra mundial.

—No pienso inventarme una historia para esta familia. Déjalos en paz.

—Podría ser el punto de partida de tu nueva novela.

—No, gracias.

—Ay, es verdad, ya tienes un... proyecto. ¿Se le llama proyecto?

—Sí. Proyecto.

—Si quieres, te pagaré. ¿Cuánto te pagan por inventar una historia?

Hago un esfuerzo por contenerme. Me muerdo la lengua, cuento hasta diez, enciendo el aire acondicionado para que el aire frío me quite de la cabeza lo que quiero responderle, pero no puedo evitarlo.

—¿Cómo piensas pagármelo, Anastasia? ¿Con mi dinero o con sexo?

La respuesta la deja atónita.

—Eres un idiota, Gerard.

No dice nada más. No llora, ni parece enfadarse. De hecho, cuando se enfada de verdad, me llama por el nombre y el apellido. Guarda las fotos dentro del sobre y mira hacia delante, concentrada en la carretera. Gerard soy yo. Jeff Buckley sigue con su concierto porque ninguno de los dos hace el gesto ni de cambiarlo ni de apagarlo. Al final, ella lo para cuando vuelve a empezar el *Hallelujah*, supongo que para evitar otro drama. Acelero, indiferente a su advertencia de tener cuidado y no correr. Justo antes de llegar al control fronterizo de la Junquera pasamos por el último peaje español, donde aumenta el número de camiones con matrículas internacionales. Paso por la cabina manual y pago con un billete de 10 euros los 6,40 que cuesta el peaje. Me gusta ver a las personas que trabajan allí. No soy capaz de imaginar que tengan una vida fuera de la cabina, dónde viven o cómo van y vienen del trabajo. Me pregunto cómo debe de ser eso de trabajar en un sitio tan inconcreto, en medio de la nada. Un sitio de paso todavía más insignificante que un área de servicio. Nunca podría trabajar en un peaje. Anastasia, decepcionada, se guarda su pasaporte porque nadie ha mostrado ningún interés en verlo.

—¿Ya estamos en Francia?

—Oficialmente no.

Cuando pasamos por Los Límites le explico que ese es el último pueblo español. Siempre me ha gustado el nombre, sumamente explícito, tremendamente efectista, como quien avisa de que se está a punto de entrar en la dimensión desconocida. Ambos somos presas de un ataque de optimismo y le digo que cambie la música, que ponga algo adecuado para el momento.

—¿Alguna idea?

Revisa los CD y, entonces, como si fuese una señal, vemos un cartel que anuncia las poblaciones cercanas. Una de ellas es Amélie-les-Bains-Palalda. Ambos sonreímos como si aquello fuese lo más emocionante del mundo. Ella pone un CD de Yann Tiersen en directo también, porque todavía no ha sacado ninguno de Grandes Éxitos. Su música inconfundible, a medio camino entre el circo y la fiesta mayor, crea a nuestro alrededor un espejismo como si nuestra vida fuese perfecta. En el cielo azul han aparecido algunas nubes blancas, que parecen de algodón, y todavía lo hacen más irreal. Incluso la tramontana ha dejado de soplar de golpe, de manera que conducir resulta más fácil. Yann Tiersen es un compositor y músico multiinstrumentista francés conocido, sobre todo, por la banda sonora de la película *Amélie*.

Seis kilómetros más allá tenemos que reducir la marcha para cruzar oficialmente la frontera francesa. En la cabina, el gendarme nos hace una señal con la mano para que pasemos sin detenernos. Ella se vuelve a guardar el pasaporte con la cabeza agachada. Esta frontera ha perdido toda la emoción. Es como si Francia estuviese de jornada de puertas abiertas durante todo el año. A partir de allí, lo único que indica que estamos en otro país es el cambio de lengua en los carteles y el permiso para circular a 130 por hora. Aunque hace un rato que tenemos ganas, esperamos a pasar Perpiñán para deternernos en un área de servicio de esas en las que solo hay un edificio con lavabos y mucho sitio para aparcar camiones y autobuses. Pisar suelo francés nos ilusiona, y ella, riendo, dice que, si no supiera que se han meado encima la mayoría de los camioneros europeos, lo besaría. Mientras ella se aventura a entrar en el lavabo, yo paseo y observo el cartel que bautiza esta área como «L'Aire de Château-le-Salses». Hay hombres que viven dentro de sus camiones. Han convertido el espacio minúsculo de la cabina en una especie de hogar con todas las comodidades y han adaptado su cuerpo normalmente inmenso al espacio asfixiante. Tengo claustrofobia y nunca podría dormir en la cabina de un camión ni trabajar de camionero, pues me da la impresión de que viajar siempre a destinos determinados de antemano acentúa la sensación de que la vida no tiene rumbo alguno. Cuando vuelve, soy yo quien se aventura hasta el lavabo, que no es más que un agujero en el suelo mojado por mil orinas diferentes. Salgo fuera para abrocharme el pantalón, porque el mal olor es insoportable, y me doy cuenta de que hay un pósit de color verde fluorescente como los que he cogido de casa, pegado en una columna de la entrada a los lavabos. Es un mensaje en francés con la letra de Anastasia y va dirigido a Stéphane, Carole, Cédric y Cyrille. Más o menos, entiendo que les dice que tiene sus fotos y que la llamen si ven ese mensaje. Cojo el papel y dentro del coche se lo enseño enfadado.

—¿Qué pretendes? ¿Que todos los salidos de Francia te llamen a medianoche?

Cuando arranco el coche, me coge el papel de las manos y lo lanza por la ventanilla riéndose. Tararea una canción de Tiersen aunque el CD no está encendido. Entonces, veo que ha cogido el libro que llevo en la cartera de trabajo.

Lo observa sin decirme nada. Está esperando que la riña por haber revuelto mis cosas; el libro y los pósits de color verde fluorescente. Sabe que no soporto que toque mis cosas de trabajo. Sin embargo, el juego con la familia de papel, nuestras peleas surrealistas, y nuestros altos y bajos empiezan a cansarme. Dejo que hojee el libro y me concentro en la autopista, donde casi todos los vehículos llevan matrículas francesas. Un coche, que da un volantazo porque se pasaba su salida, está a punto de provocar un accidente. Más adelante, un camión adelanta a otro y colapsa el carril rápido. Cuando miro por el retrovisor solo veo el potente sol que nos ilumina por la espalda y hace que la sombra del coche vaya por delante de nosotros pero, por más que corra, no puedo atraparla. Más allá, vemos molinos de viento en una montaña y un cartel que anuncia que el canal del tráfico es el 107.7 FM. Adelantamos a un tráiler gigante que, escoltado por dos coches con sirenas en el techo, transporta una gran casa de madera. Van muy despacio, como si quisieran que todo el mundo viese la casa de color blanco, con dos ventanales a cada lado de la puerta de entrada. Ella deja de mirar el libro, coge la cámara y le hace unas cuantas fotos.

—Es la casa de la familia Rideau.

Y pienso que sí, que aunque odio a la familia de papel, seguramente tienen una casa como esta, con un jardín alrededor, para que los dos niños puedan jugar.

—Tienen un jardín alrededor —dice ella, como si me hubiese leído el pensamiento— para que Cédric y Cyrille puedan jugar. Y también tienen un columpio de color rojo.

A veces esta conexión me asusta. Cuando ya hemos dejado atrás la casa, ella vuelve a hojear el libro pero no lo lee, como si le diese miedo. Mira la portada y la contraportada, la foto del autor y su biografía. Después vuelve a hojear las páginas y las huele, acercándoselas a la nariz y pasándolas rápidamente como si fueran un abanico. Pese a la curiosidad que siente, no se atreve ni a leerlo, ni a preguntarme nada. Sabe que ha infringido una norma sagrada y, de momento, tantea el terreno. Observa la portada, la analiza con interés, recorre con los dedos las letras del título, *Me, Myself and I*. Lee la contraportada y la biografía del autor. Observa la foto y sigue con los dedos el rostro, como si pudiese tocarlo.

—¿Quién es? —dice con un hilo de voz, asustada.

—Findlay Kennedy —digo antes de pensar que soy estúpido porque su nombre está impreso en la portada—, el hombre con quien tengo que reunirme.

Mi respuesta serena, sin ninguna muestra de enfrentamiento, la anima a continuar.

—Es mayor. Tiene la mirada triste y parece cansado.

—La foto es de hace quince años. Imagina cómo será ahora.

Se quita las gafas de sol y se las pone en la cabeza. Vuelve a mirar el libro por fuera con cuidado. Lo abre y busca la página donde están los datos editoriales como el *copyright* y la fecha de publicación. Está comprobando que el libro se ha publicado este mismo año. Su mente hace cálculos rápidamente y valora las posibilidades. Se acerca tanto a la imagen de ese señor que podría ser el abuelo de cualquiera de nosotros, que parece que le quiera dar un beso. Vuelve a mirar el título de la novela, la fecha de publicación y la foto. Se le ha ocurrido una pregunta que quiere hacerme, pero no se atreve. Su cerebro ha generado un misterio. Quizás es un misterio que le parece muy apasionante y sabe que, si me lo pregunta y se lo resuelvo, perderá toda la magia. Finalmente, se atreve a leer la contraportada en voz alta, como si quisiese incitarme a participar de este enigma que acaba de descubrir.

—«Findlay Kennedy es uno de los autores más reconocidos de la literatura universal. Sus diecisiete novelas se han traducido a más de sesenta idiomas, muchas de ellas se han llevado al cine en producciones de lujo y entre los reconocimientos más importantes destacan el Premio Pulitzer, el Premio Nobel de Literatura y el Príncipe de Asturias de las letras. Después de quince años de silencio desde la publicación de *The Survivor*, ahora vuelve con *Me, Myself and I,* su autobiografía, donde explica la parte anónima del mito, su vida privada, que siempre ha estado a oscuras, y revela por primera vez el motivo de su larga ausencia».

No obstante, ella, con su mente divagante, me sorprende con la pregunta inadecuada.

—Es un seudónimo, ¿no?

Y repite el nombre del autor en diferentes tonos de voz y volumen, como si así pudiese comprobar su veracidad. Dice el nombre solo, y después el apellido. Va intercalándolo y, después, como si fuese la prueba final, vuelve a unirlos. Findlay Kennedy, dice seria. Vuelve a mirar la foto del autor.

—Sí —afirma contundente después de un rato de silencio.

—¿Es real? —pregunto confundido.

—No lo sé, pero le queda bien con esta cara. Kennedy, Findlay Kennedy. Findlay. Findlay Kennedy. Me gusta. Tiene una cara agradable. Inspira confianza. ¿Te has fijado en que tiene el pupilo de un ojo más grande que el otro? —Se me escapa la risa porque en masculino la palabra no tiene el mismo sentido. —Me compraría un libro suyo solo por la cara que tiene. Tú siempre quedas mal en las fotos.

—¿Mal? —No puedo ocultar que me molesta que diga eso.

—No me compraría nunca ninguna novela tuya si tuviera que guiarme por tu foto.

—Tú nunca has comprado una novela mía. Te las he regalado todas y no has leído ninguna.

Se da cuenta de que me he enfadado. Deja el libro sobre su regazo y mira por la ventana. Conduzco con mala cara sopesando la posibilidad de parar en Narbona y dejarla allí. Vuelvo a poner el CD para evitar el silencio. Escuchamos a Yann Tiersen, que empieza a cargarme, mientras repaso mentalmente las fotos de mis tres últimas novelas. La primera la hice con seudónimo y en la foto, donde salgo dentro de una bañera, vestido y bebiendo Jack Daniels, no se me ve la cara. Supongo que esa no la cuenta. No creo que haya quedado tan mal en las otras dos. De hecho, en *Dia de caça*, mi editora insistió en poner una foto muy grande en el reverso del libro.

—¿Es interesante?

Sé que se refiere a la biografía de Kennedy, pero me hago el tonto. Especialidad de la casa.

—No lo sé. Todavía no lo conozco.

—No me refiero a él, sino al libro.

—Léetelo.

—Cuando escribas tu biografía, ¿saldré en ella?

No pienso contestar a su absurda pregunta. Llevamos cinco años juntos. ¿Qué pretende que haga si alguna vez escribo un libro sobre mi vida? ¿Que deje en blanco las páginas en las que debería aparecer nuestra historia, nuestra vida y nuestro hijo? Es como preguntar a Dalí si en su biografía se olvidaría de Gala; a Napoleón, de Josefina; o a Adolf Hitler, de Speer. Anastasia vuelve a mirar la portada, la contraportada, el texto de detrás, la foto del autor, la primera página donde aparece el *copyright* y la fecha de publicación, y después de soltar un suspiro y apagar la radio para concentrarse, empieza a leer la primera página. Al cabo de un rato, levanta la cabeza sin perder la página del libro.

—Te has enfadado, ¿verdad?

—Si no he dicho nada... —pero mi tono me delata.

—Que hayas puesto el silenciador no quiere decir que no te hayas enfadado.

—No me he enfadado, pero sí que lo haré si sigues preguntándomelo.

—No he dicho que seas feo, lo que pasa es que no quedas bien en las fotos. No eres...

No encuentra la palabra adecuada y no pienso ayudarla. Que se compre un diccionario y espabile. Busca la cámara de fotos entre la mierda de los asientos traseros y me hace una foto, de perfil, mientras conduzco concentrado en la carretera. Después vuelve a mirarla, dispuesta a demostrar que no soy fotogénico, pero se queda callada. La veo manipular la cámara, con el zoom hacia delante y hacia atrás, pero no dice nada. Se ha quedado muda mirando mi foto. Al cabo de un rato, guarda la cámara dentro de la funda en la guantera. Este gesto y el silencio posterior me inquietan. Ella fija la vista delante y no dice nada. Quizás, como los vampiros, no aparece mi imagen en la foto, solo el coche a 130 kilómetros por la autopista sin nadie al volante. Durante mucho rato, seguimos así: yo conduzco y ella mira hacia delante, inexpresiva y en silencio. De repente, vuelve a coger el libro y sigue leyendo donde había dejado un improvisado marcador hecho con un trozo de papel. La controlo de soslayo, para saber por dónde va, y veo que se detiene al encontrar el primer fragmento resaltado con rotulador fluorescente amarillo. Lo mira, pero no se atreve a leerlo, como si por estar marcado no pudiese hacerlo. Repasa las letras con el dedo, pero no lee el fragmento. Hay muchos fragmentos subrayados, y si cada vez que se topa con uno se detiene, no acabará de leerlo nunca.

—No soporto a la gente que pinta los libros.

No me tomo su reflexión como algo personal, porque no creo que no me soporte. Sencillamente, ha escogido la frase equivocada. Estoy acostumbrado a interpretar lo que dice mal.

—Necesitaba marcar esos fragmentos.

Dudo que la respuesta la satisfaga porque sigue pensativa, sin leer. Repasa con el dedo el fragmento y después lo observa para ver si la punta también se ha vuelto de color amarillo fluorescente.

—¿Por qué lo has subrayado?

—Porque es importante.

—¿Importante para quién?

—Importante para mí.

Se llena los pulmones de aire, cambia de postura y se pone a leer el fragmento marcado. Sé que lee porque mueve los labios, repitiendo las palabras. Siempre lo hace cuando lee en un idioma que no domina del todo. Susurra el texto muy bajito, como si así pudiese entenderlo mejor. De vez en cuando repite una palabra en voz alta, y si me mira, solo si me mira, le corrijo la pronunciación. Cuando acaba de leer el fragmento de color amarillo se detiene y me mira. Parece afectada o sencillamente cansada.

—Como nosotros —dice sin apenas entonación. Vuelve a mirar la portada del libro, la contraportada, la foto del autor, el *copyright* y la fecha de publicación—. Como nosotros —repite más alto pero con la misma intensidad, como si pensara que no lo he oído. El fragmento que acaba de leer le ha recordado cómo nos conocimos, pero no está marcado por eso.

—Tú nunca has estado en Roma —le recuerdo, porque la acción sucede allá.

—¿Ah, no? —dice absorta, mirando la portada del libro con el mismo interés que si la viese por primera vez. Pienso que quizás haya olvidado esto también o que sí que haya estado y soy yo quien desconoce ese episodio de su pasado. Sea como sea, nosotros no nos conocimos en Roma.

Marmota. ¿Cómo se dice marmota en inglés? Me preocupa que se me acerque alguien y me pregunte algo que no entienda. Quizás marmota es un mal ejemplo. Sé que nadie me preguntará nada que contenga la palabra marmota. Tal vez alguna dirección. ¿Existirá alguna calle de la Marmota? Me gustaría que alguien me preguntase alguna dirección porque eso significaría que me ha confundido con un habitante de esta ciudad que me fascina. Seguramente, si me paran será solo para pedirme dinero. Con mi pinta de inmigrante, mi piel oscura y la barba de tres días, igual me confunden con un terrorista islámico y me detienen. Tendré suerte si no me disparan en la cabeza por precaución. Seguro que ya han empezado a seguirme a través de los miles de cámaras de la CCTV que hay por la ciudad y por todo el país. Me gustaría saber cuántas leyes se infringen con la excusa de velar por nuestra seguridad. Me duelen los pies y me han salido ampollas porque llevo casi una semana sin parar de caminar y el calzado que llevo no es el más indicado. Ahora sé moverme por las calles del centro sin necesidad de mirar un mapa. Doy largos paseos por las orillas del Támesis, pero prefiero el lado del London Eye, porque es más accesible para los peatones. Aunque la idea de ver Londres desde tan arriba es atractiva, no pienso subir porque me da pánico pensar en combinar mis dos fobias: la claustrofobia y el vértigo. En este lado, hay sitios donde el agua no llega hasta la pared y se crean pequeñas playas de piedra e, incluso, de arena donde algunos artistas hacen figuras monumentales. También es la orilla donde está la Tate Modern, el refugio que los *skaters* se han hecho bajo una estructura de hormigón llena de grafitis y el National Theatre, cuyo edificio es mucho menos ostentoso que el de Cataluña y que, en mi opinión, ofrece una programación mucho más interesante. La otra noche vine a ver *The Reporter,* protagonizada por Ben Chaplin. He paseado durante tantas horas por la calle que, cuando paso por debajo del Big Ben ya ni levanto la vista, igual que tampoco lo hago al pasar cerca de la Sagrada Familia. También conozco bastante bien las paradas de metro, aunque las he usado muy poco. A pesar del frío, prefiero caminar y sentir cómo respira la ciudad. Un día, incluso, cayeron cuatro copos de nieve que no cuajaron. Ya no hay niebla en Londres. Al menos, no la he visto ningún día desde que estoy aquí. Si fuera un turista me sentiría estafado. Es como si vas a ver las cataratas del Niágara y la sequía hace que baje solo un chorrito de agua. El clima aquí es extraño y deprimente, cambia cada poco rato, pero a mí me gusta. De hecho creo que esta es la ciudad donde quiero vivir.

Hace un rato que me he cansado de escuchar música y la he cambiado por el sonido de la ciudad. Ahora llevo los auriculares del iPod colgando del cuello. Si cierro los ojos no podría distinguir en qué ciudad estoy. Por eso, la oigo cuando me alcanza por detrás. Con la música no la habría escuchado, habría seguido caminando y ella habría pensado que era estúpido o sordo. Sin embargo, su pregunta me desconcierta. Es la pregunta equivocada, la pregunta que nunca puedes hacer a un desconocido en una ciudad extranjera. Tardo unos segundos en reaccionar porque a mi cerebro le cuesta procesar la traducción de la pregunta que ella acaba de hacerme en inglés con un acento curioso. Me ha preguntado si podía caminar conmigo. Caminar. Ha dicho caminar conmigo. Sorprendido le digo que sí y, mientras damos los primeros pasos juntos, le pregunto si tiene algún problema, si alguien la ha molestado. Eso justificaría el hecho de acercarse a un desconocido en una ciudad extranjera para preguntarle si puedes caminar a su lado. Me dice que no, que no tiene ningún problema, que nadie la ha molestado. Caminamos un rato en silencio. Ella no se queja porque mi paso sea el de alguien con prisa que llega tarde. Si esperaba un paseo turístico por los sitios más interesantes, lo lleva claro. Ya los he visto todos y no pienso cambiar mi orden del día. Por la mañana he comprado una entrada para el Soho Theatre donde representan *Someone else's shoes* y solo falta una hora para la función. Antes quería pasar por el hotel para cambiarme e ir a un cibercafé para ver si tengo e-mails. Mi ruta incluye dos de las calles más comerciales, Regent y Oxford Street, pero no contempla la visita a ningún monumento ni ningún sitio típicamente turístico. Pasaremos por Picadilly Circus, pero no nos detendremos. Esto es lo más turístico que verá; pantallas gigantes que anuncian miles de productos. Tampoco le doy conversación porque no sé qué decir y no me gusta hablar con una desconocida, por muy guapa y joven que sea. Quizás es esto lo que más me extraña y me hace sospechar. Es ella quien empieza a hablar con su gracioso acento. Dice que es rusa y que se llama Anastasia. Eso confirma mi desconfianza. Si es una prostituta que busca clientes por la calle, podría haber elegido un nombre menos típico y ridículo. Se me ocurre una explicación cinematográfica para su comportamiento que todavía me asusta más: quizás sea una princesa rusa que se ha escapado del palacio donde se aloja y quiere descubrir Londres junto a un desconocido muy atractivo, o sea, yo, del que acabará enamorándose. Me intriga ver en qué momento me propondrá ir a su casa y cuáles serán sus tarifas. Miro hacia atrás un par de veces, esperando ver a un tipo con cara de proxeneta que nos sigue, aunque tampoco sé qué pinta tiene un proxeneta. Ella me cuenta que es estudiante, que está de viaje de fin de curso y que ha llegado hoy con los de su escuela. Sus compañeros se han quedado en el hotel porque estaban cansados, pero ella tenía ganas de ver la ciudad. Me cuesta creerlo porque nunca había pensado que en Rusia hicieran viajes de fin de curso. Me llevo la mano al culo para comprobar que la cartera sigue en su sitio y agarro con fuerza la bolsa que llevo cruzada sobre el pecho. Es muy guapa, y es una lástima que se prostituya siendo tan joven. No sé qué debieron de prometerle en su país para venir a Inglaterra. Acelero el paso; si ve que voy con prisa, que no soy un turista, tal vez desista en su intento de endosarme su producto. Sin embargo, se acomoda bien a mi ritmo y, después, me pregunta si tengo algún plan para esta noche. Le contesto que sí, que todos tenemos un plan en la vida, pero como ella no capta la magnitud y profundidad de mi respuesta, opto por el camino más práctico. Le explico que tengo una entrada para el teatro y, esto me lo invento, que las localidades están agotadas, por si se le ocurre apuntarse. Vuelvo a intentar alejarla. Le digo que, ahora, me voy a mi hotel y que, después, iré a comprobar los mensajes a un cibercafé. Parece que le da igual porque sigue a mi lado. Cuando me pregunta algo, como mi nombre, de dónde soy o qué hago aquí, le respondo con una sola palabra: Gerard,

Barcelona, trabajo. Al llegar a Tottenham Court Road soy yo quien desiste de subir a la habitación del hotel porque, al ver que sigue pegada a mí, temo que eso alimente sus ilusiones de hacer negocio. Le propongo que, si quiere, mientras reviso los e-mails, podemos tomar un café.

En el easyInternetcafé de delante del hotel, que comparte espacio con un Subway, pido dos cafés, que nos sirven en un vaso de plástico. Buscamos un sitio delante de los muchos ordenadores que llenan el inmenso local, medio vacío a estas horas. Saco el resguardo con el código, porque no es el primer día que me conecto, y compruebo mis correos: amigos que se interesan por cómo estoy y la gente del Rep Theatre de Birmingham, donde he pasado las últimas tres semanas, que quieren saber cómo me va todo en la City. Mientras les contesto, ella mira el local con tanto interés como si fuese la National Gallery. Y en este preciso momento, mientras yo consulto los e-mails y ella observa el local, a la vez que bebemos este horrible café, me doy cuenta de que formamos una extraña pareja que, no obstante, sigue siendo normal en una ciudad como Londres. Ella, tan pálida, de pelo rubio y muy pendiente de mí; yo, de piel oscura, pelo negro y barba de tres días y muy pendiente de que no me robe la cartera y se largue por piernas. Nos despedimos en la esquina de Oxford Street con Neal Street. Es la primera vez que nos miramos cara a cara. Aunque no me guste reconocerlo, es preciosa. Sus ojos azules escrutan los míos, y parece decepcionada. Seguro que esta no es la aventura romántica y excitante que esperaba. Le pido disculpas por este paseo tan poco gratificante y le digo que, si quiere, a la mañana siguiente podríamos hacer algo más interesante, pero que antes debe demostrarme que es mayor de edad. Ella sonríe y cuando ve que lo digo en serio dice que se ha dejado el pasaporte en el hotel y me jura que acaba de cumplir los diecinueve. No sé si esto me tranquiliza o me pone todavía más nervioso. Después apunta su número de teléfono en un papel y me lo da. Le doy dos besos que la cogen por sorpresa y le prometo que la llamaré al día siguiente, aunque no estoy nada seguro de que vaya a hacerlo. Reconozco que el prejuicio de llevarnos catorce años de diferencia me frena. Camino por Dean Street y me pongo los auriculares en las orejas. En mi iPod empieza el *loop* frenético de piano de «La tarda esclata», de Mishima. Me gusta oír hablar catalán fuera de Cataluña. Mishima es un grupo de Barcelona que antes cantaba en inglés y que forma parte de la nueva hornada de grupos y cantantes que cantan en catalán y que valen mucho la pena. Solo he dado unos pasos cuando retrocedo para verla, pero ya se ha mezclado entre la multitud. Quizás ha encontrado a otro con quien pasear. De camino hacia el Soho Theatre, escucho a Mishima con la certeza de que cuando salga de ver *Someone else's shoes* ya no me acordaré de Anastasia.

Ahora sí que se ha dormido con el libro sobre el regazo y en una posición incómoda; tiene la cabeza apoyada contra la puerta y el cinturón en el cuello, como si quisiera estrangularse. Aunque no hace tanto que hemos salido, el viaje se me está haciendo eterno. Me duele el culo y necesito estirar las piernas. Piso el acelerador para acortar este sufrimiento y noto por primera vez que el coche va a la velocidad que me gusta. Tampoco es demasiado, pero aunque voy con cuidado, ahora corro. Tengo ganas de llegar al hotel, pero me resultará extraño volver a estar los dos encerrados en un sitio tan pequeño. Al reservarlo por Internet a través de booking.com, me planteé incluso pedir dos habitaciones. O una con dos camas. Me he arriesgado a pedir una con cama de matrimonio. Supongo que siempre estaremos a tiempo de cambiar y, si está todo lleno, también puedo dormir en la bañera, pero por el precio que voy a pagar sería una pena. Le quito el libro del regazo porque está arrugando las páginas y lo lanzo con tanto cuidado como puedo al asiento trasero, con la mala suerte de que va a parar encima de la sillita del niño. Creo que es una señal, pero no sé interpretar si buena o mala. Parecemos dos gitanos sudorosos viajando en un coche sucio lleno de maletas, papeles y mierda. Necesitamos una ducha urgentemente. También necesitamos hablar y seguramente follar. Aprovecho que está dormida para ponerle la mano sobre la rodilla, y subo lentamente por su piel blanca y suave. Me detengo justo sobre su sexo y la dejo allí un rato, notando el ligero movimiento de su cuerpo al respirar, y me pregunto por qué las cosas no pueden ser un poco más fáciles.

El sol ya no cae con tanta fuerza. Ahora empieza ese momento del día en el que apetece pasear, acompañado por la brisa de última hora de la tarde. Aunque siga haciendo calor, será mucho más agradable. Espero que aquí no haga el mismo bochorno que en Barcelona, donde es imposible dormir. Si por mí fuese, más de una noche dormiríamos con el aire acondicionado encendido. Ella se mueve y aparto la mano de su sexo rápidamente. Se desabrocha el cinturón de seguridad y se encoge en posición fetal en el asiento. Ha encontrado una postura más cómoda, pero si nos paran los gendarmes nos multarán, y si chocamos frontalmente saldrá disparada por el parabrisas. Sus pies sobre el asiento casi tocan el cambio de marchas y, cuando paso de cuarta a quinta, los rozo. La primera vez los ha movido un poco, por las cosquillas, pero después se ha acostumbrado y ya no ha vuelto a moverlos. Si las cosas no acaban bien, al menos recordaré este momento: mis dedos rozando sus pies al cambiar las marchas del coche. Intento grabar esta imagen en algún lugar seguro de mi memoria, por si acaso. Un cartel de color azul, a un lado de la autopista, anuncia que estamos llegando a Montpellier. Ya era hora.

Nos atrincheramos en mi pequeña habitación del hotel St. Giles. A través de una minúscula ventanita que solo se puede abrir un palmo porque choca con el armario, vemos el easyInternetcafé de Tottenham Court Road, ese en cuyo interior hay un Subway y donde tomamos el café ayer, cuando nos conocimos. Durante los siguientes tres días solo salimos muy de vez en cuando para ir hasta el local de enfrente a comer un bocadillo y beber mal café en vaso de plástico. También bebemos mucho té gracias a la tetera eléctrica que hay en la habitación, pero, cuando se acaban los sobrecitos, nadie los repone. La mujer de la limpieza no ha entrado ningún día porque en la puerta siempre está colgado el cartel de *Do not disturb*. Así es como me fundo el resto de la beca del British Council para establecer contactos internacionales con diversos teatros. Ella solo ha salido una mañana durante unas horas. Me dice que ha ido a una visita obligada de la escuela al British Museum, que casualmente está justo detrás del hotel. Pasamos el resto de los días encerrados en la habitación haciendo el amor y escuchando sin parar el segundo disco de Kaiser Chiefs que me compré por solo 8 libras en el Virgin Megastore que está justo en la acera de enfrente. Nos encanta *Love is not a competition, but I'm winning*, que repetimos constantemente. Hemos convertido en rutina hacer el amor mucho rato, en diversas posturas, y dormir abrazados el resto del día. Nos duchamos juntos y volvemos a meternos en la cama. Cuando estamos exhaustos volvemos a dormirnos y, al cabo de un rato, cuando uno se despierta, empieza a manosear al otro hasta que volvemos a liarnos otra vez. Ella comenta sonriente, con ese inglés de acento indefinido que me vuelve loco, que al final no habrá visto nada de la ciudad. Se me ocurre una idea que, de hecho, adapto de una película de Peter Greenaway. Cojo su guía de Londres y un rotulador negro, y empezamos a poner nombres turísticos a las partes del cuerpo escribiéndolos con poca gracia. Así, previsiblemente, mi pene es el Big Ben y su vagina, Buckingham Palace; mi ombligo, Trafalgar Square, y el suyo, Piccadilly Circus. Mi tórax es Hyde Park porque ella dice que cada pelo es un árbol y el hoyo de en medio, el lago. Sus pechos son la Tate Gallery y la Tate Modern, porque son casi iguales pero uno un poco más pequeño que el otro. Mi columna vertebral es el río Támesis y su cuello es el Tower Bridge porque une su cabeza con el torso. Ella dice que mi culo es la Westminster Abbey, y mi brazo derecho, que giro como un molino de viento, el London Eye. Sentado sobre su vientre, me acerco a su cara y le doy un beso en la nariz. Le escribo en la frente London Tower porque creo que su cabeza es una fortaleza inescrutable. Conozco muy bien su cuerpo, pero no sé nada de ella. Y dudo que lo poco que me ha explicado sea verdad. Después escribo sobre sus ojos «Crown Jewels» porque son tan azules como dos piedras preciosas. Ponemos nombre a nuestros dedos de las manos y de los pies. Son estaciones de metro como Euston, Waterloo, Covent Garden, Leicester Square, Sloane Square o Victoria. Me reservo King's Cross para el dedo gordo de mi pie derecho porque me gusta mucho la canción de Pet Shop Boys. Y así nuestras lenguas empiezan a viajar por la ciudad, sin necesidad de desplazarnos. Yo voy de la Tate Gallery a la Modern sin tener que cruzar el río. Ella recorre con su lengua Hyde Park, baja hasta Trafalgar Square, donde se entretiene un poco, y, después, por el camino de pelo al que llama St. James Park, llega hasta el Big Ben y lo visita a conciencia. Yo bajo en todas las estaciones de sus pies, sigo por sus piernas de seda, tan blancas como las sábanas de la cama, y llego a Buckingham Palace, justo para el cambio de guardia. Después la pongo boca abajo y encajo el Big Ben entre sus nalgas, que decido llamar Heathrow, porque las convierto en mi pista de aterrizaje. Con el sudor, los nombres que hemos escrito en la piel se van deshaciendo y manchan las sábanas. El efecto es tan curioso como excitante; ríos de tinta recorren nuestros cuerpos. Con lo que acabamos de hacer, la expresión turismo sexual cobra una nueva dimensión. Extasiados, después de esta larga visita guiada por la ciudad, nos tumbamos panza arriba y observamos el techo de la habitación. Estoy tan cansado que los últimos orgasmos iban acompañados de un calambre en alguna parte de mi cuerpo, y me he asustado cuando ha sido el lado derecho de la cara el que se ha quedado tenso. Y en esta misma postura, en silencio, escuchando nuestra respiración, le cojo la mano, la pongo sobre mi pecho y nos dormimos o, como mínimo, nos quedamos en un estado de semiinconsciencia muy relajante. Desde la lejanía, llega el ruido de la calle, algún claxon por un coche mal aparcado o por un peatón que cruza Tottenham Court Road sin mirar. El día se va acabando y la luz mengua en la habitación, que pronto se queda en penumbra, iluminada solo por la luz artificial que entra de las farolas de la calle. Noto un sabor extraño en la boca. No es desagradable, pero no sé reconocerlo. Me incorporo lentamente para no despertarla y apoyo la cabeza sobre su vientre. Me quedo así un buen rato, y su respiración me mueve la cabeza arriba y abajo. Cuando estoy seguro de que no se ha despertado, deslizo la mejilla por su pubis y le lamo la vagina. El sabor que tenía en la boca es el de su sexo y me resulta tan delicioso como una bebida exótica. Casi a oscuras, observo su cara angelical y sus cabellos rubios repartidos sobre la almohada como un abanico. Acaricio con la punta de los dedos el Tower Bridge y le doy un beso en los labios, a los que no hemos bautizado. Ella se despierta y me mira. Parece seria, pero no asustada. Acaricio con un dedo Picadilly Circus y después me echo a reír. Ella, sorprendida, me pregunta por qué me río. Hace un momento, he pensado que dormía como una marmota, pero no se lo puedo explicar porque no sé cómo se dice marmota en inglés. Nos quedamos un rato más así, en silencio, mirándonos sin poder ver por la oscuridad. La acaricio, pero ella no me toca, parece distante o quizás está triste porque sabe que este idilio está a punto de terminar.

Nos duchamos separados por primera vez desde que nos encerramos en la habitación. Compruebo aliviado que no me ha robado ningún riñón y desmiento la leyenda urbana de que, en Londres, si te topas con una chica que quiere irse a la cama contigo, te levantas por la mañana en una bañera llena de hielo y con un riñón menos. Observo fascinado cómo la tinta desaparece de mi cuerpo y se diluye bajo el agua caliente. Más tarde, bajamos al Subway de delante del hotel, que cierra a medianoche. Comemos un bocadillo y bebemos café en un vaso de plástico, mientras confirmo en un ordenador que mi vuelo sale a media mañana. Nos quedamos un rato sentados a una mesa, delante de los cristales que dan a Tottenham Court Road, y vemos la ventana de la habitación del hotel, donde hemos estado recluidos voluntariamente todos estos días. Imagino que quizás alguien, desde esta misma mesa, ha podido vernos haciendo el amor. Al cabo de un rato salimos a la calle. Ella me coge la mano y caminamos por Oxford Street, mirando los escaparates de las tiendas, y cuando llegamos a Oxford Circus, bajo la puerta de la tienda Nike, nos despedimos, sin hacer ningún drama. Le regalo el disco de Kaiser Chiefs, nos damos un beso en los labios y ella empieza a andar entre la gente. Siento una especie de cosquilleo en el estómago, que probablemente se deberá a los celos que me produce pensar que quizás caminará al lado de otro desconocido. Deseo que se gire y me mire, pero, por mucho que intento llamarla mentalmente, no lo hace. Por la noche, no puedo dormir. Quito las sábanas de la cama porque están manchadas de sudor, semen, flujo y tinta de rotulador. Aún puedo notar el sabor de su sexo en la boca. Su almohada aún huele a ella y encuentro un par de cabellos rubios que conservo como una reliquia. Veo las noticias de la BBC en el pequeño televisor que solo les ha cabido encima del armario, con la esperanza de que un atentado terrorista sumerja al Reino Unido en un caos y se cancelen todos los vuelos. Así tendríamos una excusa para no separarnos. También espero en vano que ella me envíe un mensaje al móvil. No lo hace, ni yo tampoco. Por la mañana me voy pronto porque prefiero esperar en el aeropuerto. No soporto más la claustrofóbica habitación del hotel que huele a ella. En la recepción no me dicen nada ni por las sábanas manchadas ni por haber tenido a otra persona durmiendo, más o menos, en mi habitación. Durante el trayecto en tren desde la estación de Victoria hasta el aeropuerto de Gatwick, escucho a Mishima en mi iPod y, aunque me pone melancólico, me gusta. En el aeropuerto, después de facturar las maletas, paseo por la terminal y repaso las tiendas. En una librería Waterstones veo una novela con una cinta de color rojo que anuncia la reedición del Premio Pulitzer de hace diez años. Leo la contraportada y me llama la atención, más que el argumento, una frase del autor: «El día en que a todo el mundo le guste mi novela y no publiquen ninguna crítica negativa, dejaré de escribir».

La compro porque me parece una frase acertada, de lo mejor que puede hacer un escritor. Y, mientras estoy suspendido a miles de kilómetros en el aire, leo *The survivor*, de Findlay Kennedy, uno de los autores más importantes y prolíficos en premios, traducciones y versiones cinematográficas. Y me gusta tanto que, aun pareciéndome imposible, deseo que haya alguien en el mundo a quien no le haya gustado nada porque, si no, Kennedy dejará de escribir.

Ella se estira perezosa y hace un ruido con la boca. Se mueve incómoda. Estira los pies, pero no controla la distancia y choca con la guantera. Se sienta bien y mira por la ventana mientras con una mano se frota los ojos y con la otra se tapa la boca para esconder un bostezo que me contagia. Escruta con la mirada las calles de la ciudad y, como no sabe dónde estamos, me lo pregunta.

—En Montpellier.

—¿Te has perdido?

—Estoy buscando el hotel.

—Te has perdido, ¿verdad?

Perderse no es la palabra exacta. Llevo una hora buscando aparcamiento porque esta ciudad es un caos. Cuando quiero volver atrás me obligan a dar toda la vuelta al casco antiguo. Antes he visto un par de sitios vacíos que nos obligarán a caminar un rato, pero, cuando vuelvo a pasar, ya nos los han cogido. Las afueras de la ciudad parecen abandonadas y tienen un aspecto fantasmagórico y decadente. Cansado, opto por el aparcamiento de pago y, después de una vuelta más, consigo meterme en el que está justo debajo de la Place de la Comédie. E, incluso allí, tengo que dar dos vueltas más antes de poder aparcar en la segunda planta, donde unos fluorescentes de color verde hacen que aquello parezca más una nave espacial que un aparcamiento.

El agua extremadamente caliente, supongo que para compensar tantas semanas de duchas con agua fría, me limpia el sudor pegajoso, el polvo y toda la mierda que he acumulado durante el viaje. Si cierro los ojos y dejo que el agua me caiga por el centro de la cabeza, puedo aislarme e imaginar que estoy en cualquier otro lugar del mundo. Me seco con una toalla, aquí no tengo que ahorrar como en casa, y me quedo mirándome la cara en el espejo durante un buen rato. Busco los tres cabellos blancos que descubrí cuando estaba en Roma y que me persiguen desde hace algunos meses. Me los arranco con unas pinzas, pero sé que, dentro de unas semanas, volverán a aparecer para recordarme el paso del tiempo. Me paso la mano por la cara y considero que, quizás, debería afeitarme pero, al buscar la maquinilla y la espuma en el neceser, me doy cuenta de que no están. Pensaba que ella se encargaba del neceser. Me siento en la esquina de la bañera, porque en este hotel el váter está separado del resto del baño. En el techo, hay una mancha de humedad que ha amarilleado la pintura blanca. Busco alguna grieta en las baldosas blancas y granates del suelo, pero me canso enseguida de este juego estúpido y me toco la planta de los pies esperando no haber cogido hongos. He heredado este miedo, como muchos otros, de mi madre. Salgo de la habitación con una toalla alrededor de la cintura y el roce de la moqueta con los pies me provoca un escalofrío. Anastasia no está. En el televisor que hay encima de la nevera está puesto un canal francés, donde dan anuncios. En la mayoría de los hoteles ya hay televisiones vía satélite y es fácil ver los canales de tu propio país pero yo prefiero poner canales del país en el que estoy. Para sentirme más en el extranjero o más integrado. No lo sé. Las maletas están abiertas sobre la cama y en la silla. En el escritorio que hay junto a la nevera, veo la biografía de Kennedy y mi portátil. Compruebo que están todos los sobres de dinero repartidos entre las maletas, pero me molesta que ella se haya marchado con semejante tranquilidad. La ventana da a un callejón estrecho y oscuro, aunque al final se puede ver un trocito de la concurrida e iluminada Place de la Comédie. En el edificio de oficinas que hay enfrente, una mujer limpia una mesa sin demasiadas ganas. Debe de ser muy humillante hacer un trabajo así, un domingo por la tarde, en el más profundo anonimato y sin ninguna posibilidad de reconocimiento público. Yo nunca lo aceptaría. Cuando ella se da cuenta de que la observo, me devuelve la mirada, quizás porque solo llevo la toalla y espera que me la quite. Abro la puerta de la habitación y miro en el pasillo. Anastasia no está por ninguna parte. Repaso la habitación con la mirada; aunque la han reformado hace poco, conserva premeditadamente un aspecto antiguo. Busco alguna nota que me pueda haber dejado. No hay nada. Me acuerdo del principio de *Frenético*, cuando Harrison Ford pierde a su mujer exactamente igual que yo, pero él está en París. *Frenético* es una película de Roman Polanski. Me siento en la cama y me quedo embobado mirando la fotografía en blanco y negro que hay en la pared. Es una especie de pasillo con una puerta cerrada y, al final, hay unas arcadas que conducen a algún sitio que no se ve. Lo más inquietante es que una grieta cruza toda la pared. No veo su móvil; por tanto, si no vuelve dentro de unos minutos, la llamaré. Enciendo el ordenador y abro un documento nuevo, en el que escribo algunas cosas que me parecen interesantes desde que hemos salido de Barcelona. El motorista muerto, la familia de papel, la casa de madera sobre el tráiler. Me gustaría conectarme a Internet, pero el servicio vale 8 euros la hora. De hecho, tampoco tengo nada tan importante para consultar desde que anulé mis cuentas de correo electrónico. Recojo la ropa sucia que he dejado tirada en el suelo, al lado de la suya, y la guardo en una bolsa de plástico. Del bolsillo de mis pantalones, se me cae la tecla de *Suprimir* de mi ordenador destrozado. La miro como si fuese una piedra preciosa y, después, la dejo sobre la mesita de noche, al lado del mando del aire acondicionado, con el mismo cuidado que si fuese una reliquia. Hace calor. Enciendo el aire aprovechando que ella no está. Abro la nevera que está debajo del televisor pero, aunque está bastante bien surtida, no cojo nada. Me siento en la cama y veo la tele. Después de algunos anuncios empieza una película. Los títulos de crédito aparecen sobre imágenes teñidas de azul de la Primera Guerra Mundial y, sobreimpresionado, el rostro de un soldado. El soldado es el director François Truffaut, que interpreta a Julien, quien, para honrar la memoria de su esposa difunta, convierte su habitación en una especie de santuario. La primera escena es realmente emotiva. Julien va a visitar a su amigo Gérard, al sitio en el que está velando el cadáver de su joven esposa, una chica de piel blanca y larga cabellera rubia, sorprendentemente parecida a Anastasia. Gérard prefiere que su amigo no vea el cuerpo de su mujer y la recuerde como era en vida, pero Julien desea ver el cadáver por última vez. Cuando entran los responsables de la funeraria para cerrar el ataúd y llevárselo, Gérard se derrumba y lo evita abrazándose al cadáver de Geneviève, la joven esposa. Todo el mundo lo mira como si estuviese loco por perder las formas, y un cura intenta reconfortarlo recordándole el sufrimiento de Jesús, el precio del pecado y que ella no ha muerto sino que duerme esperándolo hasta el final de los días. Le recomienda que rece y, sobre todo, que se resigne. Gérard comete un patético intento de suicidio, y Julien recrimina al cura su actitud; finalmente lo echa porque, si no puede hacer que Geneviève se levante y camine, su presencia allí es completamente inútil. Aunque ya la he visto más de una vez, me quedo embobado porque me fascina la obsesión por la muerte, alejada del morbo, que narra esta historia basada en una novela de Henry James. A mí también me obsesiona la muerte. Supongo que es un efecto similar al de comprarte un coche y después ver centenares del mismo modelo, o cuando esperas un hijo y te das cuenta de que todas las mujeres están embarazadas. El ritmo lento de la película, el rumor del aire acondicionado y el cansancio del viaje y de los ajetreados últimos días se alían, primero, para enturbiarme la visión y, después, para hacerme perder el conocimiento.

Me despierto repentinamente, como si me hubiesen aplicado una descarga eléctrica en todo el cuerpo. Temblando de frío, miro aturdido a mi alrededor y me doy cuenta de que me he dormido sentado en la cama, llevando solo la toalla y con el mando del televisor en la mano. La película ya se ha acabado y ahora emiten una especie de concurso que no entiendo. Me visto con ropa limpia y fresca, me calzo con las chancletas ahora que puedo librarme de las calurosas zapatillas, que, no obstante, son muy cómodas para conducir. Cojo todos los sobres con dinero y busco un sitio donde esconderlos. Finalmente los guardo dentro del armario, en el que hay una caja fuerte que debe pagarse aparte. Me parece que estarán seguros durante un rato dentro de la funda de una de las almohadas extras que hay. Espero no olvidarme de que los he dejado ahí. Cojo el móvil, la cartera y las llaves del coche. Apago la luz, que es manual, y me doy cuenta de que me he dejado la tele encendida, pero no vuelvo a apagarla. Mientras bajo por la lujosa escalera de mármol, con grandes vidrieras de colores y una retorcida barandilla de hierro negra, la llamo, pero su móvil está apagado o fuera de cobertura. Pediría ayuda a la recepcionista, una mujer rubia de edad difícil de adivinar, pero no sé cómo se dice en francés «he perdido a mi mujer». Además, me imagino que si no ha tenido la decencia de hablarme en inglés ni cuando nos hemos registrado, menos lo hará ahora por algo que no le importa en absoluto. Intento recordar qué hacía Harrison Ford tras salir del hotel.

En la calle, doy unos cuantos pasos para poder observar con perspectiva la grandiosa plaza que tengo ante mí y que se extiende desde la avenida de la derecha, por donde circula el tranvía, hasta el majestuoso edificio de la Ópera iluminado con elegancia. Anastasia podría estar sentada en el carrusel de animales que hay en una esquina y que ahora está cerrado o en alguna de las mesas que hay justo encima de las escaleras de la Ópera. Como hay muchas posibilidades y la plaza está muy concurrida, opto por volver a llamarla, pero de nuevo no me contesta. Avanzo unos pasos hasta la fuente que tiene dos estatuas de mármol encima y de la que brota agua que cae hasta el suelo. Doy una vuelta de trescientos sesenta grados y me doy cuenta de que el New Hotel du Midi, al lado de la Ópera, está muy bonito con la iluminación que le han puesto y parece de más calidad por fuera que por dentro. Supongo que, aparte de las fotos que vi por Internet, también influyó en la elección que se encontrase en la intersección entre el boulevard Victor Hugo y la Place de la Comédie. Pensé que era una buena señal para un escritor y dramaturgo. Cruzo la plaza, llena de terrazas de bares y cafeterías a un lado y al otro, abarrotadas de gente. Hay un McDonald's y más allá unos cines Gaumont donde la gente hace cola en la calle. En la cartelera, destaca *Vicky Cristina Barcelona*, ese retrato forzado, tópico y sin jugo que Woody Allen ha hecho de Barcelona. Si supiese francés, intentaría persuadir a los que hacen cola de que cambiasen de sala. Llego al principio de un parque que es como una gran avenida ajardinada para peatones, con dos grandes surtidores en medio y dos caminos bordeados por árboles a cada lado. Hay menos gente, aunque está bien iluminado y no da miedo pasear por él. De todas maneras dudo de que Anastasia haya llegado hasta aquí. Prefiere las zonas comerciales y el contacto con la gente. Quizás ha preguntado a algún desconocido si podía caminar con él. Cuando regreso al centro de la plaza, veo a dos chicas que se levantan de la terraza de la Crêperie de la Comédie, me miran y se ponen a hablar sin dejar de mirarme y reírse. Me parece que he ligado. Aunque lo he hecho sin querer, me alegra ver que todavía tengo algo que ofrecer. Harrison Ford se ligó a una francesa mientras buscaba a su mujer. Las dos chicas empiezan a caminar, cruzando los raíles del tranvía, y una de ellas se gira para ver si las sigo. Valoro la posibilidad de ir a casa de las dos francesas para follar hasta la madrugada y después seguir el viaje sin Anastasia. Cuando vino a vivir conmigo, pensaba que duraríamos muy poco, y ya llevamos cinco años. Todo ese tiempo que le he regalado. Mientras camino en la misma dirección que las dos chicas, vuelvo a llamarla pero sigue sin contestar. Las francesas bajan por la rue Boussairolles, que está llena de restaurantes exóticos: tailandés, chino, vietnamita y africano. Se apodera de mí el remordimiento y me desvío por la primera calle a la derecha, que me llevará de vuelta al hotel. Como es tarde y no sé a qué hora volverá Anastasia, compro dos kebabs, dos latas de cerveza y un zumo de melocotón, sin gas, en un pequeño local que se llama Délices du Liban, y que solo tiene un mostrador que da a la calle y cuatro mesas en la acera. Vuelvo a la plaza por otro callejón y corroboro que es preciosa. Estoy seguro de que todo el casco antiguo y la catedral cambiarían la opinión que me he formado de la ciudad al entrar. Me siento en el escalón del carrusel por donde los niños suben a los caballitos y que, ahora, cerrado, a oscuras y con una red que impide que nadie entre, tiene un aspecto triste. Como todas las cosas de niños cuando dejan de funcionar para ellos. Abro una lata de cerveza y, mientras me la bebo, observo a la gente que pasa. Hay muchas parejas multirraciales, y me pregunto si serán felices estando donde están y haciendo lo que hacen. Esa es una pregunta que me hago a menudo: ¿será la gente feliz? Porque yo no lo soy. Con todo lo que he vivido en los últimos meses, creo que he perdido la noción de la felicidad. De hecho, he perdido la noción de muchas cosas. Cada día siento menos. Me estoy convirtiendo en el hombre máquina que inventé para el teatro, y que, en el fondo, no debía de ser nada más que otro yo, como todos los personajes que he creado.

Cuando me acabo la cerveza, me levanto, aplasto la lata con la mano y la tiro a una papelera al lado de la parada del tranvía. Un pósit de color verde fluorescente me llama la atención. Me acerco y lo leo porque me parece reconocer la letra. Es otro mensaje de Anastasia para la familia de papel; les dice que tiene sus fotos y deja su número de teléfono móvil para que la localicen. A saber cuántos habrá dejado por la ciudad. Cuando estoy a pocos metros del hotel, llama mi atención el estridente ruido de una moto que se acerca de frente, subiendo por el boulevard Victor Hugo. La miro y el corazón me da un vuelco al ver que el motorista lleva un casco de color negro con unas letras amarillas brillantes donde se puede leer: «Fuck you!». La moto se desvía por el callejón que está junto al hotel, que da a nuestra habitación, y yo, sin pensarlo ni un segundo, empiezo a seguirla. Instintivamente, miro hacia arriba para ver si hay luz en la habitación; sin embargo, estoy a punto de chocar contra un pilón de hierro y dejarme los genitales allá incrustados. La moto gira a la izquierda y yo acelero para no perderla, pero es complicado correr con chancletas. Al girar por la misma calle, hay una furgoneta mal aparcada que me impide el paso y ya no veo la moto. Sin embargo, al girar por la siguiente calle, por donde suben los tranvías que van a la plaza, la veo más abajo, parada en un semáforo en rojo. Cuando casi la atrapo y la tengo a solo tres pasos, me detengo. Si estirara el brazo, podría tocar al motorista. El semáforo se pone en verde y la moto arranca, pero dejo de seguirla. Vuelvo caminando hasta la plaza, siguiendo los raíles de la calzada, pero tengo que apartarme porque se acerca un convoy de cara. Me siento en las escaleras laterales de la Ópera, al lado de la puerta donde venden las entradas. Me quedo allí un buen rato, resoplando, intentando recuperar el aliento y el juicio. Si hubiese tenido el valor para hacerlo, me habría disculpado con el motorista por haberle provocado la muerte esta mañana en la avenida Meridiana.

Entro en la recepción del hotel, inquieto por mi persecución y porque tengo que pedir que me den otra tarjeta, por si ella no ha vuelto. Ahora está un chico joven, pero no es más amable que la señora de antes. Tampoco hace ningún esfuerzo por hablarme en inglés y, encima, yo no sé ni cuál es mi habitación. Me pide alguna documentación para comprobar que efectivamente me alojo en el hotel. Mientras consulta algo en el ordenador, echo una ojeada a mi alrededor. Todo está nuevo. Deben de estar pintando todavía algunas paredes porque hay un andamio montado, pero han conservado una gran vidriera de colores, la escalera de mármol con una barandilla de hierro forjado y una lámpara de lágrimas de cristal que cuelga sobre el mostrador de madera de la recepción. Me llama la atención un pósit de color verde fluorescente que hay junto a un jarrón cuadrado lleno de caramelos de propaganda. Lo ha escrito Anastasia, su letra es inconfundible. Lo observo con atención y me doy cuenta de que es otra nota para la familia de papel. Lo cojo sin que el recepcionista se dé cuenta y me lo guardo en el bolsillo, junto con el otro que he encontrado en la calle. Empieza a preocuparme seriamente esta obsesión. El chico me da otra tarjeta de la habitación 303, y no contesta cuando le doy las gracias en francés. Subo por la escalera y veo que también están reformando el rellano de nuestro piso. Al entrar en la habitación, Anastasia está allí como si nada, tumbada sobre la cama, con unas braguitas y una camiseta rosa; está leyendo la biografía de Kennedy con todas las luces y la tele encendidas. Me mira y me sonríe.

—¿Dónde estabas? Llevo horas esperándote.

Me muerdo la lengua decepcionado por que no la hayan secuestrado como a la esposa de Harrison Ford en *Frenético*.

—¿Qué te ha pasado? —dice al verme la mala cara—. Pareces un fantasma.

—No lo soy, pero lo he visto —digo mientras le doy la bolsa con lo que he comprado.

Ella coloca el marcapáginas en el libro, se sienta en la cama con las piernas cruzadas como los indios e inspecciona el contenido de la bolsa.

—Algún día te explotará la barriga con tanto gas —dice sacando la lata de cerveza.

Mientras ella prepara el picnic sobre la cama, yo voy al lavabo y me mojo la cara y las axilas porque estoy sudando como un cerdo. Tengo la cara blanca, de ahí su comparación, y el pulso me tiembla como si tuviese párkinson en estado muy avanzado. Cuando vuelvo a la habitación, tengo la sensación de que hace mucho calor, pero después compruebo turbado que el aire acondicionado está encendido. Quito mi maleta de la silla y me siento de espaldas a ella porque necesito más rato para recuperarme, pero enseguida me levanto inquieto y miro por la ventana hacia el callejón por donde he perseguido la moto. En el reflejo del cristal, la veo desenvolver los kebabs. Antes de empezar a comer, hace una foto para documentarlo para la posteridad. Comemos sin decirnos nada. Las noticias de un canal francés nos informan de lo que ha pasado en el mundo, aunque nos importa muy poco. Cuando acabamos, ella vuelve a coger el libro y sigue leyendo apoyada en el cabecero de la cama y, de vez en cuando, da un sorbo al zumo de melocotón. Sin gas. Acerco la silla al pequeño balcón, tanto como puedo para intentar ver si pasa alguien por el callejón; sin embargo, no puedo sacarla porque el aparato de aire acondicionado ocupa todo el espacio. En el edificio de oficinas, la mujer de la limpieza ha acabado o quizás está trabajando en las que dan al otro lado. Cuando me canso de mirar un decorado donde no pasa nada, la observo a ella. Está muy concentrada en la lectura, sé que le cuesta entenderlo todo, y que debe hacer un gran esfuerzo. Cojo la cámara de fotos, que ella ha dejado sobre la cama, y la espío a través de la pantalla digital. Con el zoom me acerco para ver con detalle un cuerpo al que, desde hace tiempo, no estoy autorizado a acercarme tanto. Repaso las piernas blancas y me detengo justo en la goma de las braguitas. Sujeta con fuerza el libro con las manos. Libera una de esta tarea para rascarse el muslo. Tiene la piel seca porque se le ha quedado la marca de las uñas. Subo por la camiseta y me detengo a la altura de los pechos. Me gusta imaginármelos bajo la tela de algodón. Les hago una foto. Después sigo subiendo y, cuando llego a la clavícula, me doy cuenta de que tiene un poco de salsa del kebab. Aunque interrumpo su lectura, se lo digo porque no quiero que se ensucie la camiseta o las sábanas. Ella no la encuentra y me dice que se la limpie yo. Me siento delante de ella y con el dedo se la quito y se la enseño. Sin dudarlo, se mete mi dedo en la boca y chupa la salsa. Empiezo a pensar que todo estaba premeditado. Nos miramos unos segundos a los ojos, confirmando en silencio que ambos queremos hacerlo. Nuestras respiraciones empiezan a acelerarse. Ella deja el libro a un lado, sin poner ninguna señal, y se lanza a mis labios. Nos revolcamos por la cama y, mientras ella me quita la camiseta, yo le quito las braguitas. Nos besamos con pasión y hacemos el amor sin preocuparnos ni de la lata de cerveza, ni del zumo de melocotón, que se derraman sobre las sábanas. Tampoco me importan los gritos y golpes contra la pared porque en la información de Internet se decía que las paredes de la habitación estaban insonorizadas.

Suerte que hace calor, porque hoy tendremos que dormir sin sábanas. Ella las moja en la bañera y las extiende en la mampara de cristal deslustrado para que se sequen, con la esperanza de que por la mañana las manchas ya no estén. Después, vuelve a la cama y, como si no hubiese pasado nada, se tumba desnuda sobre el colchón sin mirarme. Coge el libro y busca con paciencia la página donde estaba. Yo repaso todos los canales de la tele, pero la apago porque no me apetece ver nada de lo que hacen. Vuelvo a mirar por la ventana, pero la calle está muy tranquila. Camino sin rumbo por la minúscula habitación y me doy cuenta de que la estoy poniendo nerviosa. Busco en la maleta del ordenador los DVD que he traído.

—¿Quieres ver una película?

—¿Has traído películas? —pregunta sorprendida—. ¿Tanto creías que te ibas a aburrir conmigo?

—Son para el proyecto.

Esta respuesta la ha molestado. Sabe que hacemos el viaje por el proyecto, pero no le he explicado de qué se trata. Cree que temo que vaya a explicárselo a alguien o que no lo entienda. Lo sé, tiendo a subestimar su inteligencia. La verdad es que todo ha sido muy precipitado y no sé si estoy preparado para explicárselo. Cuando lo haga descubrirá una parte de mí que desconoce y seguro que no le gustará.

—¿Cuáles has traído?

Miro uno a uno los DVD del estuche para leer los títulos, como si no los recordase, pero estoy fingiendo.

—*Vacaciones en Roma, El graduado, Adivina quién viene esta noche, Descalzos por el parque, Días de vino y rosas, Kramer contra Kramer* y *El nadador.*

—Elige tú —me dice indiferente antes de seguir leyendo el libro.

Me molesta que me haga decirle todos los títulos para después dejarme elegir.

—¿Por dónde vas? —la interrumpo a propósito como represalia. Vuelve a mirarme, sin entender a qué viene esto ahora.

—Findlay ha presentado a su prometida a sus padres, pero no les ha gustado demasiado. Esta familia tiene muchos prejuicios.

Espera que le diga algo más, pero cuando ve que vuelvo a repasar los DVD hace una especie de sonido con la boca desaprobando mi actitud, tan molesta como yo por la indiferencia que muestra por las películas. Me siento a su lado y completo el bodegón que podría titularse «Dos cuerpos sin ropa sobre colchón desnudo». Me pongo el ordenador portátil sobre las rodillas y empieza la película.

—¿Ahora quieres ver una película? —dice como si hubiese pensado que toda la conversación de antes era para matar el tiempo.

—Yo sí, tú haz lo que quieras.

Deja de protestar, pone el marcapáginas en el libro y lo deja en la mesita.

—¿Qué vamos a ver?

—*Adivina quién viene esta noche.*

Me mira a mí y luego a la pantalla, sin saber si estoy tomándole el pelo o realmente ese es el título de la película.

—No será en blanco y negro, ¿no? No soporto las películas en blanco y negro.

Y yo no soporto a la gente que habla cuando las películas ya han empezado, pero ella, aunque se lo he dicho mil veces, parece que no puede o no quiere recordarlo.

—¿Quién sale?

—Katharine Hepburn, Spencer Tracy y Sidney Poitier, con guion de William Rose y dirigida por Stanley Kramer. ¿Ahora podemos ver la película en silencio?

—¿Katharine Hepburn no es esa actriz que te gusta tanto?

—No —digo en tono hostil—, es Audrey Hepburn.

—No soporto que me corrijas.

—Ni yo que te equivoques.

—¿Son hermanas?

—¿Por qué cojones van a ser hermanas? —digo gritando, a punto de perder los nervios, pero enseguida me arrepiento. Katharine llamaba a Audrey, cariñosamente, mi hermana pequeña.

—¿Te puedo decir una cosa sin que te enfades?

Le digo que sí para intentar calmar las cosas.

—No me gustas con el pelo tan corto —dice sin apartar la vista de la pantalla.

Lo primero que hago al llegar a casa es salir a pasear por las Ramblas porque añoraba el ambiente y el clima cálido. He podido quitarme unas cuantas capas de ropa, pese a estar en la misma época del año que en Londres. Ahora que estoy aquí, me gusta oír a los turistas hablar en inglés. Me entretengo toda la tarde en las librerías del centro. Solo en un par puedo encontrar mi última novela publicada. Compro todas las novelas de Findlay Kennedy que hay en *stock* y encargo las que no encuentro. Solo tres, de las diecisiete que ha publicado, están descatalogadas y, en principio, son imposibles de localizar. De todos modos, lo intentaré en alguna librería especializada en libros antiguos y de segunda mano y, si no, siempre me quedará mirar en Amazon o eBay. Conforme me van llegando los libros que había encargado, los pongo encima de la mesa del comedor, incluido el que me compré en el aeropuerto, y los ordeno del más viejo al más nuevo. Escribo en papeles los títulos de los que no he podido conseguir y lleno con ellos los huecos que quedan. Durante unos días, dudo qué orden seguir, pero, como empecé por el final, leyendo la última novela que ha publicado, decido leerme su bibliografía al revés, rebobinando su obra y su vida. Compagino esta actividad, que ocupa la mayor parte de mi tiempo durante las siguientes semanas, con mantener el contacto con Anastasia. Básicamente lo hacemos por e-mail, Skype y Messenger, tecnologías modernas que abaratan las relaciones a distancia, pero el teléfono acaba siendo un buen aliado. Oír la voz de una persona que te susurra al oído no tiene precio ni sustituto. No es igual un *I love you* mal escrito en una pantalla y acompañado por un icono estúpido, que dicho con voz melosa. Es más fácil detectar si miente. Y las cosas de repente se precipitan. Anastasia planea un viaje a Barcelona, sola en esta ocasión, sin los amigos de la escuela que nunca llegué a ver, y eso confirma que nuestra relación tendrá continuidad. Y pensar que todo empezó con una pregunta equivocada, con una pregunta fuera de lugar... Mientras espero que llegue a Barcelona –la he invitado a quedarse en mi apartamento–, me dedico a leer las novelas de Kennedy e investigo su vida y obra. En esta investigación, empiezo a descubrir cosas que me sorprenden, que hacen que me parezca casi más interesante el autor que su trabajo, y eso, a priori, parecía imposible. Kennedy ganó hace diez años el Premio Pulitzer por *The Survivor*, la novela que me compré en el aeropuerto y que leí suspendido a miles de kilómetros en el aire. Cuando ganó el Pulitzer concedió una única entrevista. De esa entrevista, se recuerda su famosa declaración de que, el día en que a todo el mundo le gustase su novela y no le hiciesen ninguna crítica negativa, dejaría de escribir. En algún sitio he leído que había dicho que dejaría de publicar. Sea como sea, el resultado es más o menos el mismo. Decía que ya habría cumplido su objetivo. *The Survivor* fue un éxito unánime. Aparte del premio, recibió el reconocimiento de muchas otras instituciones, y las ventas, en todos los idiomas a los que se tradujo, fueron espectaculares. Un gran estudio compró los derechos para la versión cinematográfica e hizo una adaptación de lujo, ganadora de algún Oscar. Y ninguna crítica, absolutamente ninguna, fue mala. El misterio que sigue rodeándolo es si cumplirá su amenaza. Si se habrá retirado como prometió. De momento, lleva diez años en silencio, desaparecido y sin dar señales de vida. Dicen que se retiró a algún pueblecito de Suiza, lejos de todo y de todos, como antes hicieron Charles Chaplin y Audrey Hepburn. Hay una especie de leyenda urbana que dice que hasta ahora nadie lo ha encontrado. Tal vez sea porque tampoco lo han buscado.

De pie, en medio de la multitud que espera impaciente la llegada del vuelo que viene con retraso, valoro si quedarme o dar media vuelta e irme. Una voz que cuesta entender anuncia que el vuelo se retrasa de nuevo. Gano tiempo al tiempo y mi dilema se dilata absurdamente. Si no quería verla, tendría que habérselo dicho antes de que cogiese el vuelo. Supongo que tenía curiosidad por comprobar si realmente venía de algún destino ruso, y tengo que reconocer que me ha desconcertado saber que llegaba de Gatwick, por mucho que me haya explicado que había hecho escala. No sé por qué, pero no puedo dejar de pensar que, desde que nos despedimos delante de la tienda Nike de Oxford Street, ha seguido vagando sola por las calles, entrando en los cafés con Internet para chatear conmigo. Sería muy romántico, pero profundamente aterrador. Si aún desconfío de ella, no debería estar aquí. Me gustaría que un ataque terrorista impidiese que aterrizase ningún vuelo en el aeropuerto: así podría irme sin sentirme culpable. Al ver en las pantallas que el avión ha aterrizado, empiezo a notar que me sudan las manos y, como me pasa siempre que estoy muy nervioso, se me seca la boca, el labio superior se me pega a los dientes y hace un ruido curioso. Calculo mentalmente el tiempo que tardará en bajar del avión y llegar a las maletas. Ojalá se las hayan perdido, así ganaré más tiempo antes de que salga, antes de que decida si irme o quedarme. También valoro la posibilidad de que esté embarazada. Creo que es eso, por raro que parezca, lo que me retiene aquí. Miro los carteles que la gente levanta para que se vean bien cuando empiezan a salir pasajeros cargados de maletas por la puerta de llegadas internacionales. Por fin, aparece ella, con su melena rubia que parece blanca con la luz potente de la sala; el corazón se me acelera y la respiración se me detiene. Va demasiado abrigada porque aún no sabe que aquí ya parece primavera. Me busca con la mirada entre la gente. Quizás esperaba un recibimiento espectacular, pero al no verme detecto cierta tristeza en su expresión que tal vez sea solo cansancio. Deja el poco equipaje que lleva en el suelo y vuelve a mirar a su alrededor. Busca nerviosa el móvil pero parece que no le funciona. Quizás su compañía no tiene cobertura en este país extranjero. Y cuando me parece que, desesperada, está a punto de echarse a llorar, salgo de entre la gente, me acerco corriendo y, como si yo fuese Superman y ella Lois Lane, la cojo entre mis brazos y ella me abraza tan fuerte que casi no me deja respirar.

Cuando entramos en mi pequeño apartamento, en uno de los callejones que salen como ramas de la Rambla del Raval, y ella deja las maletas en el recibidor, sé que ha venido a quedarse para siempre. Cuando le enseño el piso, aunque no hay mucho que enseñar, veo que le brillan los ojos. Mientras cenamos, la observo con atención por primera vez desde que ha llegado, y pienso que no queda mal entre mis muebles, entre mis cosas, entre mi vida. Después de cenar, nos sentamos en el sofá para hablar y espero que me revele que está embarazada y que me explique qué quiere a cambio; pero ella se queda dormida en mi regazo porque está agotada. Cuando intento despertarla para llevarla a la cama, está tan sonámbula que tengo que cogerla de la mano y, como a una niña pequeña, la llevo a la cama y la arropo. Esa primera noche, no puedo pegar ojo. Me siento en una silla a sus pies y la observo dormir. Quizás ella es lo que siempre he pensado que faltaba en mi cama. Leo un rato a Kennedy y cuando los ojos se me cansan, pero aún no tengo suficiente sueño, sigo mirando cómo duerme. De repente, me doy cuenta de que ella, sin hacer nada, solo descansando plácidamente, se está apoderando de todo lo que me pertenece; del aire de la habitación, del espacio en el lado derecho de la cama, del recibidor donde sus maletas, dejadas de cualquier manera como una barricada, impiden que salga de casa. No sé cómo lo ha hecho, pero al cabo de pocas semanas, pese al poco equipaje que traía, se ha apoderado de una parte del armario, más grande que la que me deja a mí, del baño, de la cocina y del comedor. Y un día, mientras ella prepara la cena, vestida con ropa mía, me doy cuenta de que, si nos separáramos ahora, sería más fácil que me fuera yo que ella. Me parece que la perspectiva de empezar a pensar como nosotros, y no como yo, llega incluso a gustarme.

Cuando el *The End* aparece en la pequeña pantalla del ordenador, que tengo todavía sobre las rodillas, hace rato que su cabeza reposa sobre mi hombro. No sé en qué momento se ha dormido, pero dudo que haya visto más de la mitad de la película. Apago el ordenador y lo dejo sobre la cama. Nos quedamos un rato prácticamente a oscuras, porque del callejón casi no entra luz, pese a que tenemos las cortinas y la ventana abiertas. No se oye nada excepto el ruido del ventilador del aire acondicionado que hay en el balcón. No me muevo y casi no respiro porque no quiero despertarla. Estoy tranquilo y creo que tal vez hoy duerma en paz, sin los sueños tan reales y extraños que me acosan todas las noches pero que, por la mañana, cuando me levanto con intención de escribirlos porque podrían servir para algo, ya he olvidado. Sé que hablo en sueños, pero nunca digo lo mismo. Lo sé porque ella me lo ha contado alguna mañana. A veces me repite alguna palabra que he dicho pero que para mí carece de sentido. Un día le pedí que me despertase cuando me oyese hablar, porque quizás así recordaría lo que soñaba. Lo intentó con todas sus fuerzas pero no pudo. Se asustó mucho y me dijo que nunca volviera a obligarla a hacer algo así. No sé cuánto rato ha pasado, minutos u horas, cuando ella se despierta aturdida. No sabe dónde está y, al principio, incluso parece no reconocerme. Me pregunta cuánto falta para llegar porque cree que todavía estamos en el coche. Al cabo de un buen rato, parece que ata cabos y me sonríe con los ojos entreabiertos.

—¿Ya se ha terminado la película?

—Hace rato.

—Solo me he perdido el final, ¿verdad?

Le acaricio la cabeza y le doy un beso en la frente. Este gesto tan sencillo me alegra porque demuestra que nuestra tensión sexual ha desaparecido. Me levanto y pongo a cargar el ordenador al lado de los teléfonos móviles y la cámara de fotos. Cuando vuelvo a tumbarme a su lado, ella ya se ha puesto de lado dándome la espalda. Ver su cuerpo desnudo al lado del mío, también desnudo, me provoca una erección, pero no me atrevo a acercarme a ella por temor a que en esta ocasión sí me rechace. Cuando estoy a punto de dormirme con el ruido de fondo del aire acondicionado que nadie ha apagado y que actúa de sedante, ella me pregunta si todavía estoy despierto.

—Quería explicarte una cosa pero no sabía cómo hacerlo.

—¿Qué pasa? —digo en el tono más conciliador del que soy capaz por mi estado de semiletargia.

—Esta mañana, cuando hemos salido de casa, ¿te acuerdas de que he tardado mucho en bajar?

—¿En bajar del piso? No, no lo recuerdo —miento.

—Cuando he salido de casa y he cerrado, se me ha roto la llave dentro de la cerradura. He intentado sacarla pero no he podido. Ahora no podremos entrar en casa cuando volvamos.

—Llamaremos a un cerrajero.

—He llamado a la portera.

—¿Y qué te ha dicho?

—No me ha contestado. También he llamado a Susana. Me ha dicho que mañana intentará localizar a la portera.

—¿Era con ella con quien hablabas antes?

—No, con tu madre. —Como no le pregunto nada más, continúa—: Cuando hemos hablado, Yul y ella acababan de volver del parque.

Estamos un rato en silencio. Cada uno analiza la conversación como mejor le conviene.

—Lo siento mucho, de verdad.

—No te preocupes. —Busco su mano en la oscuridad, se la cojo y la aprieto con fuerza—. No es culpa tuya.

—Sí, la he roto yo.

—Sí, tú la has roto, pero la cerradura era vieja. También podría habérseme roto a mí.

—Sí, pero se me ha roto a mí.

Cierro los ojos y respiro hondo pero sin hacer ruido, porque si oye que lo hago pensará que estoy enfadado. Tampoco dejo de darle la mano. No hago ni digo nada que pueda indicar que estoy molesto. Me quedo callado, sin moverme. Y así me quedo dormido, con el deseo de que esta conversación final no estropee la tranquilidad conseguida hasta entonces y destruya la posibilidad de no soñar nada esta noche.

Y la casa avanza majestuosa por la carretera. Resplandece con orgullo a toda velocidad, como una gran mancha de madera imparable. No tiene ruedas y no la transporta ningún vehículo. Flota en medio del asfalto como por arte de magia y, por debajo de ella, una sombra negra se mueve a la misma velocidad. El sol se refleja en los cristales de las ventanas y deslumbra a los conductores, que se maravillan al ver la casa que avanza majestuosa por la carretera. Todos ellos, con cierta envidia, se preguntan quién vivirá ahí. Cómo serán el hombre o la mujer, los niños o las niñas que tienen la suerte de vivir en esa casa que avanza majestuosa por la carretera. Sin embargo, están seguros de una cosa: quien sea que viva allí debe de ser muy feliz. Intentan hacerle fotos y grabarla con sus cámaras digitales; todos quieren tener un recuerdo de la casa, todos quieren enseñársela a sus amigos, pero ninguna cámara puede capturar la imagen de la casa que avanza majestuosa por la carretera. La casa se detiene en un área de servicio y justo allí, ante la mirada atónita de decenas de turistas curiosos, la familia de papel entra en la casa. Cuando se vuelve a poner en movimiento, los niños, Cédric y Cyrille, corren cada uno a una ventana y dicen adiós a la gente que, desde arriba, parecen pequeños, como si fueran clics de Playmobil. La gente los saluda pensando en lo afortunados que son y en la envidia que les tienen. La casa se incorpora al tráfico de la carretera y va acelerando cada vez más hasta que vuelve a correr a toda velocidad. Los niños se quedan un buen rato pegados a los cristales, viendo cómo el paisaje cambia cada pocos metros; ahora un río, ahora una ciudad, ahora ven las montañas lejanas y más allá, si abren la ventana y sacan la mano, pueden tocar los árboles. Se pasan horas allí, con las narices pegadas a los cristales, porque les encanta vivir en una casa que avanza majestuosa por la carretera. Stéphane y Carole ordenan las cosas que se habían llevado para las vacaciones: la ropa sucia para lavar, la comida que ha sobrado en la nevera y los juguetes de los niños en su habitación. Después, cansados pero contentos de volver a estar en casa, se sientan en el sofá y contemplan cómo los niños miran por la ventana. No tienen televisor porque una vez el instalador les dijo que, como iban de un lado para otro, la antena se volvería loca y no captaría ninguna señal. Sin embargo, con el tiempo se han dado cuenta de que no les hace falta porque, cuando están en casa, los niños se quedan mirando por la ventana y ellos miran a los niños mirar por la ventana. De repente, Stéphane recuerda que no ha cerrado la puerta con llave. Por seguridad, siempre cierran con llave, para que los niños no la abran y se caigan de la casa en movimiento. Se apresura a hacerlo, pero, justo antes de sacarla de la cerradura, la casa coge un bache y la llave se rompe dentro. Saca solo un trozo al que le falta la punta. Prueba a abrir la puerta encajando la llave, pero no sirve de nada. Mira a su mujer con cara de circunstancias y ella se levanta preocupada mientras los niños miran por la ventana ajenos a lo que pasa a su alrededor. Intentan sacar el trozo de llave con un alambre, con un destornillador y con un imán, pero no sirve de nada. Carole dice que deberían llamar a alguien para pedir ayuda, pero ambos saben que no tienen a quién llamar. Y, con la casa en movimiento por la carretera, no tienen ninguna dirección que dar. La familia de papel empieza a racionar la comida y el agua. Stéphane hace una estricta lista de horarios para usar el váter, y Cédric y Cyrille son quienes más sufren las consecuencias. Pronto ni los paisajes que van cambiando cada pocos metros, ahora un bosque de pinos verdes, ahora un desierto árido y seco, los distraen del hambre y la sed. Al cabo de una semana, la casa empieza a resultarles pequeña pero no pueden hacer nada por detenerla. Al cabo de un mes, cuando Carole abre la última lata de conserva que les queda y Cyrille comparte con su hermano Cédric el último vaso de agua potable, Stéphane recuerda que, justo antes de subir a la casa que avanza majestuosa por la carretera, cogió un trozo de papel en un área de servicio. Una chica decía que había encontrado sus fotografías y quería devolvérselas. Carole, Cyrille, Cédric y Stéphane, la familia de papel, se miran esperanzados mientras el padre coge el teléfono y marca el número con prefijo internacional que está anotado en el papel. El teléfono suena, suena, suena…

Tardo unos segundos en situarme. Quién soy. Dónde estoy. Por qué ella no está a mi lado. Poco a poco, mis ojos se acostumbran a la oscuridad y después veo que sí que hay luz aunque no sé de dónde viene. Estoy inquieto, sé que he soñado algo pero no recuerdo qué. Sé que era una historia apasionante que podría utilizar en alguna novela, pero he vuelto a olvidarlo. Paso la mano por el lado vacío de la cama para corroborar que solo está el colchón desnudo. Me siento en la cama, me froto los ojos y me paso la mano por la cabeza, sorprendiéndome cuando noto lo corto que llevo el pelo. Cojo el teléfono móvil, que se está cargando en la mesita, y miro qué hora es. No sabría decir si es muy tarde o muy pronto. Apago el aparato de aire acondicionado con el mando porque hace mucho frío y me levanto. Entonces, veo que la luz que ilumina la habitación viene del lavabo. Dentro, oigo unos gemidos apagados. Me acerco poco a poco y abro la puerta con parsimonia, expectante ante lo que me aguarda. Ella está sentada en el suelo, en un rincón, tan desnuda como cuando nos dormimos. La miro sin decir nada, apoyado en el marco de la puerta, tan desnudo como cuando nos dormimos. Aunque no levanta la cabeza, sabe que estoy ahí, como mínimo puede verme los pies. No sé cuánto rato nos quedamos así, yo observando cómo su cuerpo se agita con el llanto y ella mirándome los pies sobre las frías baldosas blancas y granates. Con una mano, coge con fuerza el teléfono móvil, pero no creo que haya llamado a nadie. No sé por qué, pero tengo la sospecha de que se trata de un efecto secundario del poder que tiene, y que ayer, cuando me lo explicó, omitió. Espero que no se repita el mismo drama cada noche. Como no sé qué tengo que hacer, me quedo apoyado en la puerta y supongo que, en algún momento, ella dirá o hará algo. Me avisará de que es el momento de rescatarla de la pesadilla y volver a llevarla a la cama. Se mueve, deja de sollozar, se pasa la mano por los ojos y, después, el brazo por la nariz, para secarse los mocos. Resulta curioso ver como la máscara que ha pulido durante todo el día para parecer entera y estable se ha estropeado tanto que la hace parecer completamente loca. Repaso el baño con la mirada, pero no puedo encontrar la mancha de humedad que he visto después de ducharme. No sé cuál de los dos está peor.

—¿Crees que si llamo a tu madre se asustará? —dice acurrucada desde su rincón, con los cabellos dorados caídos sobre la cara.

Pienso qué decirle y cómo hacerlo para no empeorar la situación. Las cosas deberían ser más fáciles.

—Son las cuatro de la mañana. No es hora de llamar a nadie.

—Gerard Guix —dice mirándome por primera vez con sus ojos azules completamente enrojecidos—, he soñado que Yul se moría.

Aguantándome las lágrimas que están a punto de caerme de los ojos, la cojo de la mano, como si fuera una niña, y la llevo a la cama. Ella saca una foto de la familia de papel del sobre de Kodak y la pone en la mesita. Los cuatro nos miran y sonríen felices, pero a mí la foto me horroriza. Y, como si con eso todos los problemas se acabasen, aprieto la tecla de *Suprimir* que está encima de la mesita de noche. Nos dormimos abrazados con los ojos húmedos y el corazón roto, pero sin poder escondernos de nada ni de nadie, porque no tenemos sábanas.

«Si tienes un monstruo, escríbelo».
GOETHE, novelista, dramaturgo y poeta

Día 2

Y entonces, cuando me abraza tan fuerte que casi no me deja respirar, me despierto.

Tardo unos segundos en situarme. Quién soy. Dónde estoy. Qué vínculo afectivo me une a la mujer que duerme a mi lado. Después recuerdo que hemos hecho un largo viaje físico, pero sobre todo emocional, hasta encontrarnos hoy en esta cama donde antes han dormido centenares de personas que nunca conoceremos. Me froto los ojos con las manos y espero a que se acostumbren a la luz que entra por la ventana con las cortinas abiertas de par en par. Como si fuese la primera vez que lo veo, observo con atención el cuerpo que descansa de espaldas a mí. Sus cabellos, tan rubios que parecen blancos, están repartidos sobre su almohada como un gran abanico que amenaza con invadir la mía. Tal vez su cuello sea el lugar donde la piel es más fina, pues se ven las venas azul cielo que transportan ríos de sangre muy roja. Recorro su brazo con la mirada, deteniéndome en cada imperfección, ya sea una peca, una cicatriz o la moradura a causa de algún golpe que está a punto de desaparecer. Me quedo mirando un rato las caderas, donde se le marcan los huesos. Me alegra que vuelva a dormir desnuda. Camino con la mirada por sus piernas, sorprendido porque, aunque nunca se depila, solo veo a contraluz una fina línea de vello rubio y muy fino. Me detengo en sus pies menudos, con las uñas arregladas pero sin pintar, que nunca encajan en los zapatos caros que siempre quiere comprarse. Levanto un poco la cabeza, lo necesario para ver por encima del hombro el perfil de un pecho blanco con el pezón rosa oscuro. Es tan pequeño que por mucho que pase el tiempo nunca se caerá. Acerco la nariz a su piel para notar su olor; me gusta porque me recuerda el sabor de su sexo, que me tiene fascinado. Miro cómo su espalda se mueve sutilmente por la respiración. Acerco una mano y con un dedo recorro, una a una, las vértebras que marcan el camino de la nuca hasta las caderas huesudas. Es tan delgada que siempre pienso que si la toco se romperá. No se mueve. No me muevo. No nos movemos en absoluto, como si temiéramos que esta cama barata de hotel se pudiese desmontar. Antes, cuando me despertaba, solía tener una erección que tardaba en bajar. Hoy me he despertado en paz, quizás porque ayer por la noche hicimos el amor después de mucho tiempo de abstinencia. Miro qué hora es en mi teléfono móvil, que se está cargando en la mesita de al lado. Dentro de diez minutos, sonará la alarma y nos despertaremos. Oficialmente, ahora sigo dormido y creo que tendría que aprovechar esos diez minutos que he ganado al tiempo. Me pongo boca arriba y miro el techo intentando dejar la mente en blanco. Me acaricio los pelos que van del ombligo al pubis. Yo también vuelvo a dormir desnudo. La ventana está cerrada porque aquí el verano no es tan caluroso como en casa. Mis ojos repasan el techo y veo una mancha en una esquina. No sé si es alguna sombra o una mancha de humedad. En el pasillo, alguien habla en francés en voz muy alta, pero no entiendo qué dice. Me pongo la mano sobre el vientre, cierro los ojos e intento volver a dormirme. A mi lado, ella sigue sin moverse ni un milímetro. Aguanto la respiración para notar si todavía respira. Emite un ruido con la boca, o la nariz, que me confirma que está viva. Vuelvo a llenar los pulmones de aire y mi tórax se hincha. Me meto un dedo en la nariz y saco un moco que me impedía respirar con normalidad. Recuerdo el abrazo, tan fuerte que casi no me dejaba respirar, pero soy incapaz de ver la cara de la persona que me lo daba. Juraría que he soñado con la familia de papel, que he vuelto a hablar en sueños y que ella ha llorado, pero no estoy del todo seguro. Si es así, lo he olvidado, y solo me queda una extraña sensación de angustia. Me pongo de lado y me acerco a ella. Paso el brazo por encima de su cintura y la abrazo, pero enseguida lo aparto porque podría parecer demasiado premeditado. Incrusto mi cuerpo en el suyo, haciendo la cucharita. Entonces, sí que tengo una erección y la encajo entre sus nalgas donde su piel se pega a la mía sin intermediarios. Mi tórax, pegado a su espalda, adopta el ritmo de su respiración y por un momento parece que nos fusionamos. Aunque entra luz por la ventana, todo lo que me rodea se va fundiendo lentamente a negro, como si fuese el final de una película.

Oigo un ruido extraño, como si una ráfaga de viento continuo se hubiese colado en la habitación. Abro los ojos y busco de dónde viene. La luz que entra ha cambiado de dirección y de intensidad, pero la habitación sigue siendo lúgubre. Me incorporo en la cama sobresaltado y veo que ella no está a mi lado. Creo que el ruido que oigo viene del lavabo y quizás sea el secador de pelo. Me froto los ojos con las manos y, cuando voy a apartar la sábana, recuerdo que hemos dormido sin ella, directamente sobre el colchón y completamente desnudos. Busco en la mesita de al lado el teléfono móvil. Miro qué hora es y el corazón me da un vuelco. Corroboro que es correcta cotejándola con la que aparece en la pequeña pantalla digital del televisor. Son casi las cuatro de la tarde. Dentro de una hora tenemos que estar en Suiza por mi cita del proyecto, y aún nos quedan como mínimo cuatro horas de viaje. Es culpa mía, porque me dormí sin volver a poner la alarma. Estoy temblando y no es de frío, aunque siga desnudo. Me levanto y camino nervioso por la habitación pensando en alguna solución, aunque ahora mismo lo mejor sería saltar por la ventana. Salgo al balconcito que da al callejón y me sorprende que, a pesar de ser un día laboral, no se oye ningún sonido. En el callejón no hay nadie, y en la plaza, que se ve perfectamente desde aquí, tampoco hay mucha gente. Miro el teléfono que sujeto en la mano y me dan ganas de tirarlo porque todo se ha estropeado por su culpa. Podría intentar ir, pero tengo la sensación de que he perdido mi oportunidad. No he sabido jugar bien mis cartas y si me presento esta noche o mañana por la mañana, perderé credibilidad. Una mujer y un hombre, desde el edificio de oficinas de enfrente, me miran atentos y, cuando se dan cuenta de que yo también los miro, fingen trabajar. Cuando llegue a Barcelona, buscaré trabajo en algo que no me guste nada. Tal vez me cambie el rostro, porque no sé si podré soportar ver en el espejo la cara de un fracasado. Es muy probable que me cambie de identidad también. Buscaré otro nombre, seré otra persona. Entonces, podré trabajar de lo que quiera o de lo que pueda. Seguramente tendré que aceptar alguno de los trabajos que me ofrecieron en la empresa de trabajo temporal antes de irme. Y, si todo va muy mal, siempre me quedará el suicidio, pero será una pena no dejar ningún heredero que reciba el dinero que generarán los derechos de autor de mis obras una vez muerto. Seguro que entonces sí que alguien valorará mi trabajo. Ella sale del lavabo, duchada y vestida, y la oigo removiendo cosas en la habitación.

—¿Qué haces desnudo en el balcón?

Vuelvo a entrar y veo que ya lo ha ordenado casi todo. Me ha dejado ropa limpia, pero todo lo demás está recogido. Está activa, como si hiciese mucho rato que se ha levantado. Resulta extraño verla así, acostumbrado a su lento proceso de reacción cuando se despierta.

—El viaje se ha acabado. Ya no vamos a ninguna parte.

Me mira sorprendida pero no deja de recoger cosas, y eso me molesta.

—¿Qué quieres decir?

—Nos hemos dormido. Tendríamos que estar en Morges dentro de una hora.

A ella se le escapa una sonrisa y sigue ordenando cosas. Yo la sigo con la mirada sin entender esta reacción que me está poniendo muy nervioso.

—¿No has oído el teléfono?

—¿Qué teléfono?

—El tuyo. Han llamado a primera hora de la mañana. Era una mujer. Me ha costado entender lo que decía y lo he apuntado. Ya sabes que tengo un despertar... difícil.

Entra en el lavabo y vuelve a salir enseguida con las sábanas que había tendido en la mampara. Las coloca en la cama y las observa orgullosa.

—¡Perfecto! No ha quedado ni una mancha.

No me puedo creer que, en una situación tan delicada, ella siga como si no hubiese pasado nada y se ponga a ordenar una habitación que no le pertenece. Cuando no puedo aguantar más, exploto.

—¿Piensas decirme qué te ha dicho la mujer por teléfono?

—Ah, sí. Al lado de tu ordenador está el papel donde he apuntado el mensaje.

Voy hasta el escritorio y lo leo, pero está en alemán. La situación es tan surrealista que me cuesta creerla. Ella ha amontonado las maletas junto a la puerta.

—¿Te duchas o qué? —pregunta impaciente—. A las cuatro tenemos que dejar la habitación. Ya he hablado con el chico de recepción, muy simpático, y solo nos cobrarán un pequeño suplemento.

—¿Te haces la tonta o es que lo eres de verdad?

Se queda quieta, pero no me mira. No sé si le ha afectado lo que he dicho o si está intentando recordar algo.

—Usa mi toalla para secarte. He guardado la otra para llevárnosla a casa.

Me acerco y le pongo la nota en las narices.

—¿Piensas traducírmela?

Ella le echa un vistazo rápido y me mira contrariada.

—Perdona. No me había dado cuenta de que la había escrito en alemán.

—¿Desde cuándo sabes alemán?

—Dice que el señor Kennedy está indispuesto y que no te podrá atender hasta mañana por la mañana. Que lo siente mucho y que le llames a este número cuando llegues a Morges. Por eso te he dejado dormir. ¿Sabes que ha pensado que era tu secretaria?

Mientras el agua, tan caliente como puedo soportar, cae sobre mi cabeza, busco la mancha de humedad que había desaparecido la noche anterior. La encuentro pero me parece que se ha movido de sitio y que se ha hecho más grande. Incluso me parece que ha cambiado de color. Me quedo un rato sentado en la esquina de la bañera intentando encontrar algún sentido en todo eso. Quizás es una señal para que abandone el proyecto mientras aún estoy a tiempo. Sin embargo, tal vez me esté diciendo que ningún impedimento puede arruinar mi plan maquiavélico. Lo cierto es que la cuenta atrás que empezó ayer al recibir el e-mail continúa ahora en el tiempo de descuento. Cuando salgo de la habitación, ella está colocando la colcha. Me visto con la ropa que me ha dejado. Aunque me dice que ya está todo recogido, cojo el dinero que ayer escondí dentro de la funda de una almohada en el armario y vuelvo a repartirlo en diferentes maletas. Después, pongo en práctica un consejo de mi madre: repaso armarios y cajones aunque sepa que no los he usado. En un cajón, encuentro un pósit de color verde fluorescente y ya sé lo que pone antes de leerlo. Ella me mira, supongo que esperando que la riña y tire el papel, pero esta vez ni lo rompo ni lo quito. Cierro el cajón con el papel dentro. Tal vez tenga que dejar las cosas como están para que todo siga adelante.

Cuando bajamos por las escaleras, le pido que me explique más cosas sobre la mujer que ha llamado, pero ella se disculpa diciendo que estaba muy dormida y que casi no recuerda la conversación; solo me dice que la mujer hablaba en alemán en un tono seco y autoritario que la ha impresionado. En recepción, hay un hombre negro, de mi edad, que tampoco hace ningún esfuerzo por hablar conmigo en inglés, y Anastasia tiene que traducirme sus palabras. Dice que no nos cobran el *petit déjeuner* que costaba doce euros por persona. Le digo que le traduzca que, por ese precio, podría pagarme una comida espléndida que, además, la cama era pequeña y que me sobresalían los pies por debajo, pero ella solo sonríe. El recepcionista negro ni me mira a la cara cuando me devuelve el cambio.

En la calle hace frío y el cielo está nublado, pero nosotros disimulamos porque vamos vestidos como turistas que se dirigen al sur. Miro a mi alrededor por si veo al motorista muerto que ayer por la noche perseguí. Hay poca gente en la calle a pesar de ser lunes. Supongo que dentro de poco volverán a abrir las tiendas y todo se animará. Cruzamos toda la plaza hasta llegar delante del cine Gaumont y, justo antes de sumergirnos en las profundidades del aparcamiento subterráneo, echo un último vistazo a la majestuosa Place de la Comédie, que de día ha perdido parte del glamur que le da la iluminación de color azul. Pago 12,80 euros y pienso que no es caro teniendo en cuenta que hemos dejado el coche toda la noche y que el desayuno del hotel me habría costado lo mismo. Volvemos a poner las maletas en el coche estratégicamente y, de manera intencionada, decido forzar la situación. Coloco una bolsa sobre la sillita del niño. Ella, al verlo, se apresura a quitarla y la coloca en otro lugar. Todo sigue igual. Anastasia, antes de arrancar el motor, se pone crema protectora, aunque hoy no hace sol, y deja en la guantera la foto de la familia de papel, que nos mira sonriendo. Tengo la tentación de escribir con rotulador en el borde de la foto «Papá, no corras», pero para eso ya la tengo a ella que me lo recuerda constantemente.

—Ten cuidado y no corras —dice, mientras se abrocha el cinturón.

Salir de Montpellier me resulta menos complicado que entrar. Cuando volvemos a estar en la autopista de nuevo, avanzando en dirección a Nimes, tengo la sensación de que todo irá mejor.

Dicen que la música es una buena manera de aprender un idioma extranjero. Yo mismo, de pequeño, aprendí inglés básicamente con las canciones de Pet Shop Boys. La primera vez que los escuché fue en una excursión a Montserrat con la escuela. En la radio del autobús sonaba una canción que me cautivó. Corría el año 1986 y la canción era *Suburbia*. El primer casete que compré fue *Actually* y todavía hoy es uno de mis grupos de referencia. Creo que sería una buena idea que Anastasia hiciera lo mismo con el catalán. Le paso algunos CD que pueden ayudarla, Mishima, Antònia Font y Manel, y le digo que vea TV3, aunque su programación, sobre todo la de ficción, es patética. Durante las primeras semanas después de su llegada a Barcelona, nuestra actividad sexual ha seguido en el mismo punto en el que la dejamos en la pequeña habitación del hotel St. Giles de Londres, pero aquí hemos ampliado las prácticas a la cocina, la ducha o el sofá. También hemos probado en mi coche y en la escalera, que es tan vieja que no tiene ni ascensor, pero no se puede pedir más a un edificio del Raval que se cae a pedazos. Un día, en el metro, me metió la mano dentro de los pantalones, pero yo me corté. La pasión no ha disminuido, pero tampoco ha subido de nivel. Supongo que nuestra semana encerrados en el hotel es insuperable. Anastasia y yo somos perfectos en la cama, o cuando practicamos sexo, pero, en cuanto la vi en el aeropuerto, me di cuenta de que éramos muy diferentes. Dos mundos, dos culturas, y nos separan catorce años de distancia en el tiempo. Ella tiene diecinueve y yo treinta y tres. De momento, no contemplo la posibilidad de presentársela a mis amigos, ni a la gente de mi entorno profesional. No encaja en ninguna parte. Es como una flor que se marchitará si sale de mi casa. Tampoco me gusta cómo viste, ni sus gustos musicales, cinematográficos, literarios o televisivos, ni casi nada de lo que dice y hace. Sin embargo, todo lo que me disgusta desaparece cuando nos desnudamos. Poco a poco, intento educarla. Hemos ido a comprar ropa, que he pagado yo, y la obligo a ver películas y oír la música que a mí me gusta. Progresa rápidamente con el catalán. Aprende el idioma con tanta facilidad que he llegado a sospechar que ya sabía hablarlo. Como el castellano, que no sé dónde lo aprendió pero lo habla con fluidez. A veces, me la encuentro por casa en braguitas, cantando las canciones de Marc Parrot o Lluís Llach como si estuviese en un musical. Mientras hacemos el amor repite poemas de Brossa o Palau i Fabre que le he hecho aprender. Cuando se ducha recita el abecedario o cuenta del uno al cien y vuelve a empezar. Y, en todos esos momentos, me pregunto si estaré creando un monstruo. Este periodo coincide con el momento crítico en que empiezo a estructurar mi cuarta novela y pronto ella descubre una cara de mí que no había imaginado. El hombre amable y sensible que la abraza de noche y le hace el amor con pasión se transforma en un ser antipático y cínico cuando se pone delante del ordenador. No soporto ninguna interferencia a mi alrededor y eso, en un apartamento de treinta metros cuadrados con todo a la vista y solo la puerta del baño, resulta imposible. Me refugio para trabajar en los únicos sitios donde puedo aislarme de ella: en el lavabo, pero es incómodo, o en la terraza, que está demasiado cerca de los ruidosos vecinos multiétnicos que mezclan indiscriminadamente sonidos y olores. Todas sus cosas que antes me gustaba que invadieran mi espacio son objetos susceptibles de ser lanzados por la ventana en cualquier momento. Finalmente, opto por grabarle canciones en el iPod y la obligo a marcharse de casa mientras trabajo. Pronto esto se convierte en una norma que ya no me discute. Coge sus cosas y se va. No sé adónde, ni me importa. Le doy dinero por si quiere ir a tomar algo o para comprarse ropa. Lo que sea para que me deje en paz. Un día, con los ojos anegados en lágrimas, me dice que cuando le hago eso se siente como Jack Lemmon en *El apartamento*. Me sorprende que cite esa referencia tan acertada, y después veo en el periódico que la Filmoteca dedica una retrospectiva a Billy Wilder. Me la imagino sentada sola, en una butaca del cine Aquitània, enamorándose y haciéndose amiga de los personajes que ve en la pantalla, como Mia Farrow en *La rosa púrpura de El Cairo*. También me dice que necesita compañía y que podríamos comprar un gato, pero acabo la conversación diciéndole que odio los gatos.

Algunos días, cuando bajo a tomar un café al Zentraus, uno de los pocos establecimientos autóctonos que quedan en la Rambla del Raval, la veo apoyada en una pata del gato de Botero. Durante mucho tiempo, fue su punto de referencia para no equivocarse de calle para llegar a casa. Ella, como yo hace tiempo, ya se ha acostumbrado a que cada esquina de nuestro barrio apeste a meados. Me escondo de ella y la dejo allí en el suelo, leyendo o escuchando música. Al principio, los traficantes del barrio la molestaban, pero ellos también se han acostumbrado a su presencia silenciosa, y nadie le dice nada. En casa, he conseguido aislarla tanto de mí que siempre se pone los auriculares para ver la tele o escuchar música. Muchas veces no se los quita y va por el apartamento con los auriculares desenchufados, arrastrando el cable por el suelo. Se pasa horas sentada en el suelo de la terraza escuchando música con el iPod, yo me siento en una silla y, desde dentro de la habitación, observo cómo mueve los labios repitiendo las palabras que oye cantar. Se está acostumbrando a vivir conmigo pero sin mí. Supongo que más de una vez se pregunta qué hace aquí y si valía la pena dejarlo todo, fuese lo que fuese, porque nunca me lo ha contado, para venir a Barcelona a sentarse en la calle o en una terraza y ser ignorada. Apenas tengo que inventar excusas para evitar presentarla a mis amigos porque casi no los veo. A los treinta años, todos empezaron a caer en la trampa del matrimonio y después en la de los hijos. He ido quedándome solo y cada día me cuesta más encontrar con quién ir a los estrenos teatrales a los que me invitan o al cine, aunque no me importa ir solo. Sé que Anastasia sospecha que me avergüenzo de ella, porque, cuando tengo que ir a sitios donde hay gente que me conviene, prefiero ir con Carlota, que al menos está a mi nivel intelectual y con la que no me importa que me relacionen. Dejo en casa a Anastasia, y cierro la puerta con llave por fuera, para evitar que salga. Después, durante la función, no dejo de pensar en que, si se prende fuego en el edificio, ella no podrá escapar. Carlota es la escritora con la que, hace años, tuve una apasionada relación de una noche. Tiene pareja estable desde hace tiempo, de hecho ya la tenía cuando nos liamos, y desde entonces compartimos una interesante amistad donde nos hacemos todo tipo de confidencias sexuales pero nunca hemos vuelto a tocarnos.

Llega un día, al cabo de tres o cuatro meses, en el que cambio de opinión y estoy convencido de que ya puedo enseñar mi creación al mundo: ahora viste, habla, piensa y actúa como yo quiero. Una noche la llevo a cenar al restaurante Me, en la calle París, que ofrece una curiosa mezcla de cocinas de Saigón, Nueva Orleans y Cataluña. Es su primera presentación en público. Ella está nerviosa porque después hemos quedado con unos amigos en el bar Raval para tomar algo y, de paso, presentarles a la que supongo que es mi pareja oficial. Mientras esperamos que el camarero venga a tomar nota de lo que queremos, la observo bajo la luz temblorosa de una vela que da a su rostro un aire misterioso. Imagino qué será de ella cuando decida volver a pensar como yo y no como nosotros, cuando me canse de jugar a ser Rex Harrison y ella Audrey Hepburn en *My fair lady*. Nubes de tormenta amenazan esta relación construida sobre los débiles cimientos del sexo.

Truena. Al fondo, en la dirección hacia la que nos dirigimos, el cielo está cada vez más negro. Es como si fuésemos directos a la boca del lobo a toda velocidad. La familia de papel nos mira con sus sonrisas congeladas desde la guantera. Les odio. El CD de las mejores canciones cantadas por Chet Baker se ha acabado e interpreto el silencio que nos acompaña como una señal de la calma antes de la tormenta que llegará. Me pesan los ojos y hago ejercicios mentales y físicos para mantenerme concentrado en la carretera. Quizás una música animada ayudaría. Aunque he dormido muchas horas creo que el descontrol horario contribuye a la sensación de cansancio. Hace rato que llevo a un idiota pegado detrás, pero más le vale armarse de paciencia, porque yo también estoy adelantando. Me molesta la gente que se te pega sin respetar la distancia de seguridad. Cuando lo hacen tengo ganas de frenar de golpe y provocar un accidente que será mortal para mí y para el imbécil de detrás. Si tuviera los cojones necesarios, haría como Robert Loggia en *Carretera perdida*, que humilla al conductor de un coche que se le pega detrás. Si todo el mundo utilizase ese método violento no harían falta campañas para concienciar a nadie. Me limito a adelantar hasta el último camión y a volver al carril de la derecha. Cuando el Saab plateado, que lleva una pegatina de Disneyland París al lado de la matrícula, me adelanta a toda velocidad, deseo mentalmente que se estrelle en alguna curva peligrosa. Compruebo que mi teléfono móvil tiene cobertura con el equivalente francés de mi compañía y busco en la agenda el teléfono de la casa de Findlay Kennedy. Después de cuatro tonos, salta el contestador automático, y una mujer, que debe de ser la que ha llamado por la mañana, dice algo en francés. Debe de sugerir que deje un mensaje pero, como no sé francés, cuelgo. Llamaré más tarde.

—¿Has felicitado a tu madre?

Su pregunta me desconcierta. Miro la carretera con el devastador panorama de tormenta delante de nosotros, tan descorazonador que entran ganas de dar media vuelta. Cae un rayo en el horizonte, pero no oigo el trueno.

—Hoy es su aniversario.

Nunca recuerdo ni santos ni cumpleaños. Solo el mío. Suena egoísta, pero el 23 de febrero es fácil de recordar por el frustrado golpe de estado del 81, no por mi onomástica. Antes de Facebook, la mayoría de mis amigos se acordaban de felicitarme, sin embargo yo no, a menos que lo tuviera apuntado en la agenda. Ella me pregunta cuánto falta para la próxima gasolinera, porque necesita ir al lavabo. Le digo que no lo sé; viajamos con una hoja de ruta impresa de viamichelin.com donde se especifica el trayecto, pero sin detalles.

—¿Tanto costaba comprar un puto GPS?

No nos ha ido tan mal hasta ahora, pero la chica se pone de mala leche cuando está cansada, y nada le parece bien. Además, iba a hacer el viaje yo solo en avión. Ya tenía el billete de Swiss Air, que se ha quedado en un cajón de casa. Tampoco le digo que ya he hecho antes este viaje desde el ordenador. Me conecté a Google Earth e hice todo el recorrido, con todas las paradas previstas, a través de las imágenes por satélite que el programa proporciona gratuitamente. Creo que podría inventarme este viaje, o cualquier otro, y relatarlo con detalle para una novela o guía de viaje. Y todo sin salir de casa, cómodamente sentado delante de mi ordenador. Me da rabia tener que parar ahora con el buen ritmo que llevamos, serpenteando paralelamente al Ródano, y con poco tráfico. Además, si no nos damos prisa, la tormenta que se prepara ante nuestros ojos nos pillará de lleno. Sin embargo, a su favor tengo que decir que no hemos comido nada desde el picnic de ayer en el hotel y, de todas maneras, tarde o temprano tendremos que parar para echar gasoil. Un poco antes de pasar por un pueblo que se llama

Albon, encontramos un área de servicio donde nos paramos a llenar y vaciar. Ella entra corriendo en la cafetería y yo me preocupo primero de echar gasoil en el coche, después lo aparco en una esquina del edificio y, como no hay nadie, aprovecho para mear detrás de un árbol. Cuanto menos tiempo esté el coche sin vigilar, mejor. Después me siento dentro, y busco entre los CD hasta que encuentro una grabación en directo de Maria Callas hecha en Ámsterdam en 1959. Escucho a todo volumen «Tu che le vanità» del segundo acto de la ópera *Don Carlo*, de Verdi. Me gusta esta grabación porque se oye al público toser al principio, y los aplausos y bravos que dedican a la soprano al final. Con la solemnidad de la música, miro el paisaje que se abre ante nosotros y que todavía debemos recorrer. Es curioso el efecto con la música que sale de las ventanas abiertas; parece que a mi alrededor todo se ha sincronizado. Los coches de la carretera pasan al ritmo que marca la orquesta y, en un momento de crescendo instrumental, dos coches de policía pasan a toda velocidad con las sirenas y las luces de emergencia encendidas; como nosotros, se dirigen hacia donde el horizonte se oscurece. Sopla un viento de tormenta cargado de electricidad y, justo cuando la voz de la Callas empieza a sonar, un rayo de luz perfora la oscura capa de nubes negras, y aparece una columna de luz que marca un fragmento del paisaje como si allá hubiese algo muy interesante que visitar. Si no fuéramos tan mal de tiempo, iría a ver que es aquello que alguien, desde arriba, ha decidido marcar como hace un conferenciante en una pizarra con un puntero láser de color rojo. Recuerdo el extraño ruido que hace el coche desde que hemos salido de Barcelona y que no sé de dónde viene. Abro el capó y observo perplejo las vísceras del vehículo y, como si fuese un cirujano aprensivo a quien marea la sangre, vuelvo a cerrarlo sin tocar nada para evitar empeorar las cosas. Anastasia vuelve al coche cargada con dos bolsas, que deja en su asiento. Después abre el maletero y saca de una de las maletas un jersey, y yo cojo otro para mí. Nos encerramos dentro del coche, y ella reparte los sándwiches y las bebidas; una Coca-Cola para mí y un zumo de piña, sin gas, para ella. Comemos en silencio porque, sin consultarlo, ha apagado la radio diciendo que la Callas le molesta. Me ha sorprendido que haya usado «molestar» en lugar de «no gustar». No sé si es uno de sus errores de léxico o si contiene algún mensaje subliminal. Cuando arranco, guarda la basura en una bolsa que ata y deja a sus pies, con los desperdicios de todo el viaje, y cuando me incorporo de nuevo a la autopista ella vuelve a decir sin entonación, de forma mecánica:

—Ten cuidado, no corras.

Este es el único tic que le queda del accidente. Justo cuando acaba de decirlo, como otra señal que no sé interpretar, empieza a llover. Primero caen unas gotas muy gordas que salpican el parabrisas poco a poco y, después, con mucha fuerza, como si quisieran romper el cristal. Instintivamente, disminuyo la velocidad porque los dos accidentes de coche que he sufrido hasta ahora tuvieron lugar en un día lluvioso como hoy. Tuve el primer accidente a principios de un mes de mayo, justo después de publicar mi primera novela, y en el radiocasete sonaban The Chemical Brothers. Cuando tuve el segundo con un coche nuevo, acababa de publicar la segunda novela y en el radiocasete sonaba Radiohead. El limpiaparabrisas automático se adapta a la velocidad de la lluvia y los faros se encienden solos porque han detectado poca luz en el exterior. Anastasia me pasa la botella de Coca-Cola; aunque no tengo sed, bebo porque espero que la cafeína me espabile. No sé cuánto hace que conduzco ni dónde estamos exactamente. Llueve tanto que el paisaje a nuestro alrededor se ha borrado hace rato. De lejos, intuyo las luces rojas de freno de los coches de delante, que han puesto también los intermitentes para evitar colisiones. Disminuyo aún más la velocidad y me coloco en la cola donde detengo el coche. Enciendo los intermitentes esperando que los coches que vienen por detrás tengan suficientes reflejos y no nos conviertan en un bocadillo con los de delante. Detrás de nosotros, bajo el gran temporal, se va formando una fila paciente. Aunque no lo vemos bien, suponemos que un accidente de tráfico es la causa del atasco. Ninguno de los dos se atreve a bajar y, cuando abro la ventana para ver algo, solo consigo que entre agua. Estamos aislados dentro del coche, sin poder bajar de él, sin saber qué está pasando en el exterior. Al cabo de un rato, y viendo que la cosa va para largo, paro el motor. Cierro los ojos, cansado de forzar tanto la vista a través del agua que la imagen de delante de mí se estaba volviendo borrosa. Y es aquí, en silencio, mientras oigo el fuerte repicar del agua sobre la carrocería, donde me asalta la imagen del motorista muerto en la Meridiana después de haberle deseado la muerte y la del Saab gris que nos ha adelantado hace un rato y que también he deseado que se estrellara. Me incorporo nervioso y, en el mismo momento que yo, Anastasia se sienta bien y me mira preocupada.

—¿Y si son ellos?

Los dos a la vez abrimos las puertas del coche y salimos. El agua nos deja completamente empapados al instante, pero eso no nos impide avanzar entre la procesión de coches parados hasta llegar al primero de todos, donde dos coches de policía, seguramente los mismos que he visto donde el área de servicio, cortan el tráfico y dos ambulancias se ocupan de auxiliar a los ocupantes de un Saab de color gris. No veo si lleva una pegatina de Disneyland porque se ha estrellado contra un Peugeot 301 y ambos coches han quedado deformados. Ella se acerca a un gendarme y le pregunta algo, pero yo estoy ofuscado porque, como Bruce Willis en *El protegido*, acabo de descubrir que tengo un superpoder y ahora mismo no sé ni para qué me sirve, ni cómo puedo usarlo. Vuelvo al coche caminando como un zombi y, cuando cierro la puerta, me doy cuenta de que se me han mojado incluso los calzoncillos. Enciendo el motor y pongo la calefacción al máximo. Miro si en el asiento trasero hay algo para poder secarme, pero solo veo la mantita de Yul sobre su sillita. Me moriría de pulmonía antes de usarla. Y mientras espero que Anastasia vuelva, hago un repaso mental para saber en qué momento apareció este poder tan extraño que me permite provocar accidentes de tráfico con solo pensarlo.

Creo que era la madre de John Lennon quien, cuando su hijo ya era un Beatle famoso y se ganaba la vida mejor que bien, seguía sin ver claro que lo de la música funcionara y le decía que, por favor, se buscara un trabajo de verdad. De hecho, me parece que todas las madres de artistas han pensado lo mismo en algún momento. Cuando empecé mi transformación de Anastasia sabía que, en realidad, la estaba preparando para mi madre, mucho más que para mis amigos casi inexistentes. Ahora, meses después de su lenta inserción social, ha llegado el gran momento. Un domingo por la mañana, subimos a Vic para comer con ella. Anastasia está nerviosa, como si estuviera a punto de enfrentarse a un examen muy importante. Mientras vamos a Vic por la C-17, ella se maravilla del cambio de paisaje y de clima, y yo le explico cómo es mi madre y cómo tiene que interpretarla. Es una mezcla de la madre de Jane Fonda en *Descalzos por el parque*, estricta pero a la vez con sentido del humor, la vecina cotilla de *La semilla del diablo*, interpretada magníficamente por Ruth Gordon, y añado en broma que tiene un toque de la madre de Norman Bates en *Psicosis*. Sin embargo, ninguna de estas referencias le hace gracia porque me parece que no ha visto ninguna de esas películas. Tendremos que hacer una sesión de cine y me parece que empezaremos por Hitchcock. A mi madre nunca le ha gustado que yo fuera escritor. Aunque dijo que mi última novela le había gustado bastante, siempre insiste en que escriba cosas más normales y en que lo haga como afición, por las noches, para poder tener de día un trabajo de verdad. Creo que nunca me dirá que está orgullosa, pero cuando alguna vez me he encontrado con vecinas suyas siempre me dicen que está encantada con lo que hago, y que se le ponen los ojos brillantes cuando les explica que he publicado tal cosa o que he ganado un premio. Y más desde que mi padre no está. Nunca he explicado a Anastasia dónde está mi padre. Un día decidí que lo haría cuando ella me dijese algo sobre su familia, su infancia o sobre los hombres a los que ha amado en su vida. Hasta ahora, toda ella es un secreto y yo, como represalia, no le he explicado una cosa que me parece que le da igual.

Vic ha cambiado con los años, ha crecido y, gracias a la Universidad, se ha expandido considerablemente, pero, aun así, sigue siendo un pueblo grande o una ciudad pequeña, como preferimos los vicenses. Por la mañana, damos una vuelta por el casco antiguo; Anastasia dice que le recuerda a Italia, pero me parece que nunca ha estado. Siempre me ha maravillado el templo romano que se alza majestuoso sobre las ruinas del Palau dels Montcada y la iglesia de la Piedad, que, pese a caerse a pedazos, es preciosa. Para hacer tiempo antes de comer, tomamos el aperitivo en la terraza del Snack en la plaza Mayor. Los años pueden pasar pero en la plaza, pese a las remodelaciones que ha sufrido, y en el Snack, donde no se ha realizado ninguna, parece que el tiempo no tenga poder. A las dos menos cuarto, mi madre viene a buscarnos a la plaza. Sigue vistiendo de forma tan exagerada como siempre; alguien debería decirle que ya no tiene veinte años, pero no seré yo quien lo haga. Me molesta que, aunque no nos vemos desde hace semanas, no me da ni un beso. Me aparta de inmediato para conocer a Anastasia. A mí solo me hace un comentario que me deja trastornado durante un buen rato:

—Prefiero que salgas con una rusa a que te enamores de un hombre. Aquí la gente empezaba a hablar.

Vamos a comer al restaurante de unos amigos a los que no veía desde hacía tiempo. El Dues Soles es un local de tapas con una terraza que da al Portalet, la muralla medieval de Vic; allí se come muy bien, pero mi vínculo con el local va mucho más allá. Raquel, su propietaria, es una de las personas a las que conozco desde hace más tiempo. Fuimos juntos de párvulos a quinto de EGB y, después, a lo largo de los años, hemos ido separándonos y encontrándonos. Ahora, desde que tiene el restaurante, nos vemos poco, pero al menos sé dónde encontrarla. Mi madre también la recuerda, sobre todo porque en casa tiene una fotografía nuestra, con cinco o seis años, disfrazados de monos y cogidos de la mano. Durante la comida todo fluye bien, y mi madre se sorprende al ver a Anastasia comer tanto.

—Pensaba que eras anoréxica —le espeta—, pero ahora veo que eres bulímica. ¿Te ha dado tiempo a hacer turismo, guapa?

Después de los cafés, Raquel nos invita a una copa de whisky para mí y a licores digestivos para ellas. Antes de irnos, quedamos un día en vernos con tranquilidad para recordar tiempos pasados y explicarnos proyectos futuros. Después de comer, paseamos hasta la catedral pero no entramos. Mi madre parece enfadarse cuando Anastasia muestra más interés en la psicodélica estatua dedicada al abad Oliva que en el magnífico campanario románico. En casa de mi madre, me tumbo en el sofá mientras ellas ven álbumes de fotos buscando la fotografía en la que salgo con Raquel disfrazados de monos. Medio dormido, las oigo reír y parece que se entienden bastante bien. Pese a la aparente concordia entre ambas, mi madre aprovecha que Anastasia está en el lavabo para despertarme y decirme indignada:

—Muy guapa y muy simpática, pero no me ha contado nada de su familia. No será de la mafia, ¿verdad?

Le digo que se tranquilice, que la conocí hace medio año en Londres y que todavía no sé nada de ella; y creo que, a estas alturas, ya nunca me lo explicará. Tengo que reconocer que, últimamente, a mí también me han asaltado dudas sobre su identidad, y más desde que, por Internet, no paro de recibir e-mails de supuestas chicas rusas que buscan a alguien en Occidente para mudarse a vivir con él. Y lo que más me asusta es que la mayoría de las fotos que adjuntan suelen parecerse terriblemente a Anastasia.

Ella se aprende los horarios de tren y, muchos días, en lugar de quedarse encerrada en el pequeño apartamento de Barcelona, se va a Vic a pasar el día con mi madre. Dice que así se siente útil, y a mí me parece bien, porque me permite trabajar tranquilo. Sin embargo, un día, cuando vuelvo de algún sitio al que he preferido ir con Carlota, me la encuentro en el sofá llorando desconsolada y, cuando consigo entender qué le pasa, me suelta una batería de reproches. Dice que he creado un monstruo, que la he transformado a mi gusto, que la he convertido en la mujer que yo quería. Ahora no sabe realmente ni quién es, ni qué debe hacer con su nueva vida. Sospecho que detrás de este cambio de humor está la mano o, mejor dicho, la lengua de mi madre. Estamos mucho rato hablando, intentando buscarle un sitio donde encajar. Como siempre, encuentro el lado práctico de las tragedias, y le propongo una idea que a mí me iría muy bien: traducir mis novelas a los idiomas que conoce, pero me parece que no le hace mucha gracia. Al final dice, creo que sin demasiada convicción, que quiere ser actriz. Piensa que como yo soy escritor podré colocarla en cualquier sitio, que con un par de llamadas le conseguiré un papel importante en alguna de las series de TV3 que veía para aprender catalán. Le prometo que haré todo lo que pueda. Le prometo mover cielo y tierra para encontrarle un sitio en la nueva vida que le he construido. Le prometo que no volveré a dejarla sola en el apartamento, encerrada todo el día como si fuera un perro. Se lo prometo, se lo prometo, se lo prometo. Para empezar, la apunto a la autoescuela, diciéndole que así tendrá más independencia, para que pueda ir a ver a mi madre en coche. Además, cuando le saliera algún casting o algún trabajo como actriz, podría desplazarse al rodaje sin impedimentos. Finalmente, he conseguido convencerla para que me traduzca al menos la última novela al francés y mantenerla ocupada durante un tiempo.

Estos cambios coinciden con mi marcha una semana a Bari, al sur de Italia, para preparar un proyecto internacional de teatro coordinado por The Rep, de Birmingham. Si conseguimos la subvención de la Unión Europea, el proyecto me tendrá ocupado durante dos años y no pararé de viajar a Birmingham, Bari y Dubrovnik. Curiosamente, ningún teatro de Barcelona se ha interesado por el proyecto aunque se lo he presentado a la mayoría. En principio, voy a Bari por trabajo. Del hotel al teatro Kismet OperA para redactar todo el papeleo para la subvención. No hago nada de turismo, pero un par de noches puedo darme una vuelta por el centro histórico, por la catedral y el castillo, y descubro que Bari es una ciudad fantástica a la que habría que volver para visitarla a fondo. El gerente del teatro ejerce de anfitrión y me lleva a restaurantes fabulosos. Del viaje a Bari me quedan dos cosas grabadas en la memoria. Una, que los italianos salvaron el Smart, el coche. La otra es una noche en la que el gerente me lleva a cenar al Ristorante-Pizzeria La Cecchina, que está en la Piazza Mercantile, un sitio precioso al lado del mar, auténtico, no como las pizzerías de España, que pretenden imitar esta autenticidad. En cuanto entro, compruebo que el ambiente que se respira es típicamente italiano, en el sentido más mafioso del término. Al fondo, hay una gran mesa con restos de un gran banquete, pero solo hay tres o cuatro personas sentadas a ella. El gerente corre a saludar a un señor mayor de manera cordial pero efusiva. Cuando vuelve, me explica que se trata de una familia muy importante en Bari que «controla» la Universidad. Eso me lleva a especular sobre si el gerente formará parte también de «la familia», y si sería muy complicado que yo pudiese entrar también.

Lo que Anastasia no sabe, porque se lo he ocultado vilmente, es que en Bari estoy solo hasta el viernes por la mañana. A las ocho cojo un tren y en un relajante viaje de cuatro horas cruzo media Italia hasta Roma. Allí he reservado una habitación en el hotel Principessa Tea, delante de los jardines de Villa Borghese, hasta el domingo por la noche, que es cuando sale mi avión de Fiumicino hacia El Prat. Podría haberle dicho que nos reuniéramos en Roma para pasar estas minivacaciones juntos, pero necesito estar solo. No tengo remordimiento alguno. La ciudad me enamora por su calidez y su constante movimiento aparentemente aleatorio, pero perfectamente coordinado. De hecho, creo que es la ciudad en la que quiero vivir. Paseo sin prisa por el Foro Romano entre riadas de turistas y figurantes vestidos de romanos, que te permiten hacerte tres fotografías con ellos con una sonrisa amable a cambio de 5 euros. Solo tres, eso sí. Si intentas hacerlo sin permiso o sacas más fotos de la cuenta, se acuerdan de toda tu familia. La imagen más impactante que recuerdo del Coliseo es la secuencia final de *Roma,* de Fellini, donde un montón de motoristas se acercan a toda velocidad mientras hacen una tétrica y ruidosa visita nocturna a la ciudad. Intento ver la Fontana di Trevi, para rememorar uno de mis mitos eróticos de la infancia: la sensual Anita Ekberg en *La dolce vita*, también de Fellini; sin embargo, se amontonan tantos turistas que resulta imposible. Hace muy pocos días, como acto de protesta por algo, un hombre lanzó pintura roja y el agua parecía sangre. Una semana después no queda ni rastro del atentado. Si no hubiese policías vigilando que nadie tire monedas al agua, me mearía en ella por haber convertido este símbolo cinematográfico en un vulgar espectáculo turístico. Me encanta pasear por las calles y vivir la esencia romana, aunque el idioma que más oigo es el castellano, porque Roma, como la mayoría de los destinos turísticos, está llena de españoles.

Como me gusta pasar desapercibido en las ciudades extranjeras y no parecer un turista más, no me siento nunca en las terrazas ni en los restaurantes típicos. Evito los carteles de «Menú turístico» como la lepra. En la via dei Lucchesi, una calle cerca de la Fontana di Trevi, encuentro el Papyrus Café, un interesante restaurante-librería donde no hay ningún turista. De hecho, los propietarios, descaradamente gays, me toman por un autóctono y no se dan cuenta de mi nacionalidad hasta los postres, cuando intentan ligar conmigo. Sin embargo, con quien intercambio miradas más pasionales es con una preciosa morena que ronda los cuarenta y que está sentada en la mesa de delante, acompañada de una señora mayor. En el café ya estoy en su mesa hablando sobre algunos de los libros que hay en los estantes del local. Les explico que soy escritor. Ellas son interioristas y están preparando un importante proyecto para un museo de la ciudad que no me especifican, quizás por prudencia. De vez en cuando, pienso en Anastasia. La imagino sola y aburrida en el pequeño apartamento del Raval, viendo la tele sin ver nada y con un principio de depresión que un día me dará un susto. Conforme mi deseo hacia Francesca aumenta, ayudado por el hecho de que es una lituana establecida en Roma y por sus grandes ojos verdes, me doy cuenta de que hace tiempo que ya no deseo a Anastasia. Sin embargo, para sustituirlo, como siempre he oído decir, no he sabido encontrar el amor, ni el respeto, ni nada de nada. Y tampoco es culpa suya. Me parece que nunca podré quererla, porque me temo que no puedo querer a nadie. Después de comer, nos despedimos de Chiara, la señora que acompañaba a Francesca, y paseamos sin rumbo fijo. Me lleva lejos de las zonas con aglomeraciones de turistas y, por tanto, lejos de los monumentos más conocidos. Ella es una auténtica eminencia en arte y tenemos una conversación apasionante. Si tuviésemos tiempo sería un placer inmenso que me enseñase los tesoros de la ciudad y me llenase con sus conocimientos. De repente nos detenemos delante de un portal que da al lateral izquierdo del Panteón, el templo con una gran cúpula que tiene un agujero en el techo. Con una sonrisa ambigua, me dice que hemos llegado a su casa. Esto me desconcierta y creo que me sonrojo porque ella suelta una sonora carcajada mientras introduce la llave en la cerradura de la puerta de madera de color verde oscuro, en el número 5 de la via della Minerva. Aparece durante unos momentos la sombra del prejuicio, pero si en Londres confié en una rusa, en Roma puedo hacerlo en una lituana. Ella abre la puerta y la aguanta esperando a que entre, sin consultarme si quiero subir o no; lo da por hecho y no la decepciono.

Tiene un apartamento impresionante que parece muy grande, y diría que en realidad han juntado dos pisos pequeños. Mucho espacio para una sola persona. El piso está diseñado con el gusto y la clase que se esperaría de una interiorista, aunque a mi gusto hay demasiados objetos, que tal vez sean muy valiosos, pero lo recargan. Por la ventana de este cuarto piso puedo ver el lateral del Panteón. No pensaba que tendría la oportunidad de admirarlo desde semejante altura. La mujer no debe de tener muchos problemas de dinero para vivir aquí. Me pregunta qué me gustaría hacer y, aunque se me pasa por la cabeza escribir los nombres de los sitios más interesantes de Roma en nuestros cuerpos para después visitarlos a conciencia, pienso que sería una traición demasiado grande a Anastasia. Nos limitamos a hacer el amor en el sofá donde el tatuaje tribal de la espalda de Francesca y sus pezones extremadamente grandes me resultan turbadores. Solo desvío la mirada de vez en cuando para observar la majestuosidad del templo que se ve por la ventana. Cuando acabamos, se levanta y me dice, con su curioso inglés que mezcla diversos acentos, que se va a duchar y lo acompaña, sin ningún resentimiento aparente, con la frase que siempre he querido decir, pero que nunca me he atrevido a pronunciar.

—Cuando salgas, cierra de un portazo.

Sentado en el sofá de piel blanca me limpio los genitales con un cojín que tiene bordadas unas flores con hilo dorado. Francesca se parece mucho a Anouk Aimée en *La dolce vita* y ahora mismo me siento como Marcello Mastroianni, que es infiel a su mujer mientras ella intenta suicidarse. Tal vez sea eso lo que esté haciendo ahora Anastasia en casa. Todavía desnudo, me levanto e inspecciono el comedor. Podría robarle algo y no creo que se diera cuenta porque todo está tan lleno de objetos que más que una casa parece un museo. Cotilleo los CD y los DVD que tiene en un mueble. Gianna Nannini ha sacado uno nuevo que todavía no he escuchado y lo busco, pero compruebo sorprendido que todos son de Maria Callas. Recopilaciones, grabaciones diferentes de diversas óperas, grabaciones en directo y otras rarezas relacionadas con la Diva. Al lado, hay una estantería llena de libros y objetos también de la soprano. Me llama la atención una fotografía de Francesca en el Westminster Bridge con el Parlamento y el Big Ben al fondo. Seguro que es una señal, pero no sé interpretar si buena o mala. Enciendo el equipo de música y dejo sonar el CD que hay dentro. Cuando suenan las primeras notas de «Un bel dì vedremo», de la ópera *Madama Butterfly*, de Puccini, subo el volumen para que ella pueda oírla desde la ducha o desde su habitación si ya se está vistiendo. Me siento otra vez en el sofá y espero paciente hasta que ella entra en el comedor, envuelta solo con una toalla justo por encima de los pechos, y me mira con una sonrisa. No sé si está desconcertada porque no le he hecho caso y me he ido, o contenta por esa falta de disciplina en un amante que la excita aún más. Se acerca a mí, sin decirme nada me besa y volvemos a excitarnos de inmediato. Cuando las quince canciones del CD recopilatorio se acaban, nos quedamos agotados sobre la alfombra del suelo, en silencio, contemplando el techo en la penumbra porque ya ha oscurecido y entra poca luz de la calle. Solo el tictac de un reloj que antes no he visto rompe la paz del piso. Entonces oigo por primera vez la señal acústica de un mensaje en mi móvil, pero la ignoro. Levantarme ahora y estropear este momento sería un crimen. A lo lejos, se oyen las campanas de una iglesia y, aunque no lo pregunto, ella me dice que son de Sant' Agnese in Agone. Noto que el cuerpo me pesa y se pega al suelo sin que pueda moverme, mi respiración se ralentiza, todo lo que me rodea empieza a desaparecer y, cuando estoy a punto de perder la conciencia, me parece oír, a lo lejos, la señal del móvil que me avisa de otro mensaje pero, aunque quisiera, ahora ya no podría levantarme.

Cuando vuelvo a abrir los ojos, lo hago sobresaltado. Me siento en el suelo de golpe y noto que estoy sudando y temblando, pero no recuerdo si estaba soñando algo. Sé enseguida dónde estoy, pero ella no está tumbada a mi lado sobre esta alfombra de tacto agradable. Me levanto en la penumbra y camino con las manos por delante para no chocar con nada. Busco mi teléfono móvil y después me guío con la luz de la pantalla hasta el lavabo. Enciendo la luz y cierro la puerta con pestillo. Tengo siete llamadas perdidas y cinco mensajes de Anastasia. Está preocupada porque no contesto y, aunque lamento haberla hecho sufrir, pienso que ha sido una suerte que la música estuviese tan alta, porque, si no, nos habría estropeado la tarde. El baño me decepciona. Esperaba algo más moderno. Supongo que se les habría acabado el presupuesto para reformarlo. Después de mear y mojarme la cara, me miro el pelo y descubro que tengo tres cabellos blancos justo en la frente. Busco unas pinzas para poder arrancarlos y veo que en el armario hay un vaso con dos cepillos de dientes y, más abajo, una máquina de afeitar eléctrica. Al lado de una botella de perfume Bulgari, que debe de ser de ella, hay otra de Acqua di Gio. Me hace gracia porque uno de los protagonistas de *La deriva dels continents* también la usa. Cojo el perfume y lo huelo. Pese a haberlo mencionado en una novela, nunca lo he olido. Imagino al propietario de estas cosas, un amante habitual o un marido esporádico, y noto un nudo en el estómago. Sabía que no era el único, ni el primero, pero me gustaba imaginarlo. No sé nada de Francesca, ni ella de mí. De nuevo, mi tendencia a liarme con mujeres misteriosas que no explican nada de su vida, ni de su pasado. Me arranco los tres cabellos blancos con las pinzas y abro el grifo para ver cómo se ahogan y se van por el desagüe. Envío un SMS a Anastasia para decirle que estoy bien, que estaba en una reunión y tenía el móvil en silencio. Que la llamaré cuando llegue al hotel. Sin embargo, no llego al hotel hasta la madrugada porque paso la noche en casa de Francesca, escuchando el segundo volumen del CD de Grandes Éxitos, e inventando para cada tema de la Callas una nueva postura, cada vez más excitante. Reposamos para recuperar fuerzas, tumbados boca arriba sobre la alfombra de formas abstractas, que cubre el parqué de color claro. Sus cabellos largos y negros como el carbón han quedado extendidos como un abanico. Con los dedos recorro su cuerpo casi perfecto, de pechos voluminosos y curvas pronunciadas. Cuando me echa por segunda vez, me lo tomo en serio: aunque son las cinco de la madrugada, me parece un buen momento para poner punto final a esta relación construida solo a base de sexo.

Al salir a la calle, me sorprende la paz que encuentro en un lugar de culto que, durante el día, profanan miles de extranjeros. Me quedo un rato parado en la Piazza della Rotonda, mirando el Panteón, el templo antiguo mejor conservado de la ciudad. No puedo evitar mirar de soslayo el edificio de al lado, de donde acabo de salir, y me pregunto si la ventana donde hay luz es la suya. Justo al otro lado del templo, reconozco el lugar donde se rodó la divertida escena del bar de *Vacaciones en Roma*, donde Gregory Peck presenta a su amigo fotógrafo a Audrey Hepburn. Intento entrar en el Panteón, pero todas las puertas están cerradas. Después camino por las calles desiertas de la ciudad, como Roberto Benigni en *Noche en la tierra*, y solo me cruzo con un equipo de limpieza que riega una calle, un grupo de turistas borrachos que vomitan en una papelera y dos curas que hablan sin parar de forma muy expresiva. Roma es la ciudad que mejor ha mostrado el cine, mucho mejor que París. Seguro que la gana en metraje dedicado a ella, pero es mucho menos acertado. En mi opinión, uno de los retratos más precisos de sus habitantes corrió a cargo de Ettore Scola en *Gente de Roma*. Hasta llegar al hotel, tengo tiempo de sobra para paladear por primera vez el sabor agridulce que deja la infidelidad y la extraña sensación de poder y culpabilidad que la acompaña. Justo en la puerta del Principessa Tea, muy decadente y que guarda una agradable sorpresa en sus lujosas habitaciones, decido ir a dar otra vuelta. Quiero dar un paseo a orillas del Tíber. Quiero dormirme donde se durmió Audrey Hepburn cerca del Foro Romano. Quiero ver salir el sol desde el Domus Aurea como debía de hacer Nerón todas las mañanas. Quiero impregnarme de la esencia de esta ciudad donde se respira un aire diferente y la imagen de los pinos crea una simbiosis perfecta con las piedras milenarias. A cada paso puedes percibir el nacimiento de nuestra civilización. Los callejones estrechos y sus plazas me recuerdan a Vic. En uno de estos callejones, veo a dos mujeres muy mayores, vestidas de negro, que caminan encorvadas y entran en una pequeña iglesia que no destaca por su belleza exterior y que debe de pasar inadvertida a la mayoría de los turistas. Me detengo delante de la puerta y leo el cartel dorado, desgastado por el tiempo, donde hay unas letras rojas grabadas: «SS. Salvatore Alle Coppelle. Chiesa Cattolica di rito Bizantino. (XII sec.)». Entro en la iglesia, donde solo hay cinco bancos y un pequeño altar medio escondido detrás de un gran retablo blanco con escenas bíblicas. En los laterales hay grandes estructuras de hierro y deduzco que la deben de estar restaurando. Parece que la poca luz que ilumina el espacio proviene de las velas que hay por todas partes. Las dos mujeres están arrodilladas en el primer banco y rezan en voz baja. Me siento en el último banco sin ninguna intención de rezar ni de pedir perdón por mis pecados, sino porque un momento de paz como este me irá bien para decidir qué hacer con Anastasia cuando vuelva a Barcelona.

Al entrar en el apartamento del Raval tengo la sensación de que se ha hecho más pequeño. Ella me promete que no ha cambiado nada, que todo está igual, pero si antes lo veía minúsculo ahora me parece que será imposible que ambos vivamos allí. Ella está ilusionada con mi llegada, como si esperase que a partir de entonces todo fuera a ser diferente. Me explica que se ha pasado encerrada allí todos estos días, que solo salía para ir a comprar y poca cosa más. No ha avanzado nada con el carné de conducir, y tiene los libros enterrados bajo montones de otros libros que ha sacado de las estanterías pero que no creo que haya leído. Dice que ha dormido mucho, que ha visto la tele y ha estado pensando en su futuro. No ha ido a ningún casting, y cuando se lo recrimino me dice que pensaba que yo la ayudaría, que a ella eso le parece muy difícil, y que no sabe ni por dónde empezar. No soporto a la gente dependiente, pero cuando utilizo este argumento para contraatacar, ella me recuerda que yo la creé tal y como es. Cuando me habla de sus problemas y de las cosas que ha hecho me doy cuenta de que no soy nada empático con ella. No me interesa nada de lo que dice y aprovecho para desconectar y pensar en mis cosas. Me pregunta cómo me ha ido el viaje y se lo resumo rápidamente, sin ganas, omitiendo mucha información y alegando que estoy muy cansado. Ella supone que tengo ganas de sexo y esa noche no puedo rechazarla, mi mala conciencia me obliga a hacer ese acto de caridad, pero mi mente no para de proyectar el tatuaje de simbología tribal de la espalda de Francesca. Mis manos añoran sus pechos perfectos y sus curvas pronunciadas, que no encuentro en el cuerpo de Anastasia. Mi boca me recuerda constantemente el sabor del sexo de la lituana. Me parece que, sin la música de Maria Callas del CD que robé de casa de Francesca, no habría podido llegar al orgasmo. A la mañana siguiente le compro una botella de perfume Bulgari y, aunque de momento no me atrevo, más adelante le pediré que se tatúe algo en la espalda y que se tiña el pelo de negro. Las semanas pasan y yo, en lugar de seguir trabajando en la novela, me dedico a escribir un guion para decirle que nuestra relación se ha acabado y que tendrá que buscarse la vida. Redacto diversas versiones en Word y, cuando finalmente me parece suficientemente contundente, lo imprimo y me lo aprendo, repitiéndolo por la calle, mientras conduzco, en la ducha o bajando la escalera para ir a tirar la basura. Incluso a mí me asusta la frialdad con la que lo he hecho. Sin remordimientos ni escrúpulos.

Como no encuentro a nadie más que me acompañe a la inauguración que Cementerios de Barcelona hace de la nueva ruta guiada por el cementerio de Montjuic, voy con ella. Será un acto protocolario, ligado a un futuro proyecto teatral que me han encargado, solo tendré que saludar a los responsables y hacer la visita guiada. Lo que no espero es que la guía de nuestro grupo, el número ocho, me atraiga de manera tan apasionada, pese a que es muy joven y tampoco es excesivamente guapa. Creo que las copas de cava que me he tomado en el catering de la entrada y el morbo de ligar en un cementerio tienen mucho que ver. La chica no tiene ninguna experiencia en hacer visitas guiadas, se nota sobre todo porque se atasca y, al final de cada frase, añade un «¿vale?», como si esperase que todos aprobásemos su trabajo. Cuando consigo dejar al resto del grupo atrás, me explica que está estudiando turismo en Barcelona, aunque es de Igualada. Tengo que disimular cada vez que Anastasia se acerca a nosotros, pero creo que no sospecha nada porque de vez en cuando pregunta a la guía información sobre los panteones que más le llaman la atención. Al final de la visita, cuando nos dan una bolsa con un libro de fotografías del cementerio y diversos catálogos de los servicios que ofrece la empresa, me acerco a la guía, que se está quitando el pañuelo que llevaba atado al cuello, y le digo que podríamos quedar un día para tomar un café. Ella, desconcertada, busca con la mirada a Anastasia, que se ha quedado un poco más atrás repasando el libro que le han regalado, y me dice que no le parece una buena idea; después vuelve con sus compañeros y me ignora. Me enfado mucho, no con la guía, sino con Anastasia, porque otra vez, sin hacer nada, me ha chafado el plan. Cuando vuelvo a su lado, avergonzado por mi fracaso, ella levanta la cabeza del libro y me sonríe contenta, ajena a todo. Y su simpleza y su dependencia hacia mí me parecen tan patéticas que decido que esa misma noche le pondré punto y final. Después de cenar, nos sentamos en el sofá, apago la tele y me quedo mirándola, dispuesto a soltar de corrido el discurso ensayado mil veces, pero ella me sonríe y me dice lo que yo había previsto hace tiempo, en el aeropuerto, el día que llegó a Barcelona, mientras decidía si me quedaba o me iba corriendo. Mi plan se hunde, noto que la presión de la sangre me baja de golpe y me mareo. Me trago el orgullo y el discurso que tanto me ha costado aprender. Anastasia ya ha decidido incluso cómo se llamará si es niño.

Un grupo de gendarmes camina en fila bajo la lluvia, al mismo ritmo y manteniendo la misma distancia el uno del otro, moviendo todos el brazo derecho al mismo tiempo, como si siguiesen una coreografía que les han marcado. Hay movimiento en el lugar del accidente. Como mínimo, parece que algún coche de policía o una ambulancia se marcha, pero, pese a la esperanza que eso supone, seguimos parados un buen rato. Tenemos la calefacción del coche a toda pastilla, porque ambos estamos totalmente empapados. Esperamos pacientes y en silencio bajo esta lluvia intensa que intenta perforar el techo de metal con persistencia, y me preocupa que al final lo consiga. Ella se mueve incómoda en el asiento. Los cabellos, que se le han oscurecido con el agua y ya no parecen tan rubios, se le pegan a la cara. Me asusto cuando alguien llama a mi ventana, pero no puedo ver quién es por los cristales empañados. Bajo la ventanilla y, además de la lluvia que entra precipitadamente, veo a un gendarme cubierto con un impermeable que nos ilumina con una linterna y, al ver que nos está deslumbrando, la aparta hacia el volante. Me dice algo completamente incomprensible y estoy a punto de decirle que el accidente ha sido culpa mía, que yo he deseado que el Saab gris con la pegatina de Disneyland tuviese un accidente. Acabo de descubrir que tengo el poder de provocar accidentes con el pensamiento y lo lamento. Anastasia se me adelanta y le contesta; empiezan una conversación de la que estoy excluido por no entender este estúpido idioma. Los observo con atención y pienso que pasearse bajo la lluvia y comunicar a todo el mundo que ha habido un accidente debe de ser un trabajo muy poco gratificante. Y aún peor si te toca recoger los trozos de los cadáveres. Cuando el gendarme desaparece bajo la lluvia, vuelvo a subir la ventanilla y la miro, esperando la traducción. Tienen que desviar el tráfico por el interior del pueblo y quería saber adónde nos dirigimos para no desviarnos más de la cuenta. Al cabo de unos cinco minutos, un gendarme, no sé si el mismo que nos ha informado porque tapados con los impermeables todos parecen iguales, hace señales bajo la lluvia con la linterna y, poco a poco, los conductores se van despertando y encienden los motores de sus coches. El desvío está a pocos metros y no pasamos junto a los coches accidentados.

—¿Te imaginas que Stéphane y su familia hubiesen ido en uno de los coches?

—No hemos tenido suerte.

Lo digo sin ni siquiera pensarlo. Ella se abrocha el cinturón y mira hacia delante sin decir nada, y sigue con la mirada el limpiaparabrisas que va a toda velocidad, como si quisiera ser hipnotizada. Cruzamos un pueblo cuyo nombre desconocemos y que se vuelve fantasmal bajo la lluvia. Seguimos a los coches que van por delante de nosotros, esperando que el que encabeza la comitiva no se pierda, y finalmente volvemos a salir a la autopista y retomamos el camino como si todo el tiempo perdido esperando no hubiera existido nunca. Ella está enfadada, no lo dice, pero lo noto. Vuelve a tener la sensación de que la menosprecio, de que la considero solo una ignorante. Hemos hablado de esa sensación suya muchas veces. Busca en la guantera los CD y coge uno sin dudar, como si supiese muy bien qué quiere escuchar. También selecciona la canción con premeditación. En cuanto empiezan los primeros acordes de guitarra, noto que un puñal se me clava un poco más abajo del corazón. Fui yo quien hizo que se obsesionara con esta canción; mientras aprendía catalán no dejaba de escuchar a Mishima una y otra vez, así que supongo que ahora no me puedo quejar. Aunque miro hacia delante, con la vista clavada en la calzada, sé que ella me está observando para ver cómo reacciono a cada palabra que oigo: «Tu no saps com em fas sentir, com un ninot fora la caixa, tan petit i insignificant, a les teves mans un tros de fang»[1], y me mira sin decir nada: «Tu no saps com

[1] No sabes cómo haces que me sienta, como un muñeco fuera de su caja, tan pequeño e insignificante, en tus manos un trozo de fango.

em fas sentir, com un idiota que compta el temps perdut entre un "ja ens veurem" i un "avui no puc"»[2]. Y ella me mira sin decir ni hacer nada, esperando que sea yo quien diga o haga algo. «Tu no saps reconèixer en mi, el que tinc d'or et sembla una llauna, i jo m'arrugo i vaig oxidant-me»[3]. Ella me mira imperturbable, y me incomoda y consigue ponerme nervioso. «El que trobo dolç a tu t'amarga... I per allargar la tonteria, el que ens cremava, avui està ofegant-me..."»[4]. La venganza que tanto he temido llega finalmente en forma de canción dedicada, atrapado en un coche que se mueve a toda velocidad bajo una lluvia persistente. Se conjuran todos los factores para tener un accidente espectacular. No quiero pensar en ello. Si lo hago, si lo planifico, sé que con mi poder acabaremos estampados contra la valla lateral o contra otro coche. «Tu no saps com em fas sentir» se repite varias veces al final de la canción mientras ella me mira sin parpadear. Tengo que aprender a controlar mi poder. Cuando la canción se acaba, apaga el CD y nos quedamos en silencio, supongo que me deja tiempo para reflexionar y para que la tortura se alargue todavía más. Al cabo de un rato, cuando ya no soporto el silencio, me atrevo a mirarla y me doy cuenta de que se ha dormido.

Le cuesta dormir y cuando lo consigue se queja de que lo hace mal. De hecho, durante los nueve meses siempre se queja por algo. Cuando no tiene problemas para hacer la digestión o hacer de vientre, le cuesta respirar. Siempre se está hacien-

[2] No sabes cómo haces que me sienta, como un idiota que cuenta el tiempo perdido entre un «ya nos veremos» y un «hoy no puedo».

[3] No sabes reconocer en mí, lo que tengo de oro te parece una lata, y yo me arrugo y me oxido.

[4] Lo que me parece dulce, a ti te amarga... Y para alargar la tontería, lo que nos quemaba hoy me ahoga.

do pis, le pesan las piernas y se le hinchan los brazos. Le salen granos y eccemas en la piel, y se queja de que se ha vuelto fea y gorda. Está cansada todo el día, pero, aunque no hace nada y casi no sale de casa, dice que no puede descansar. Y para sorpresa mía y de mi madre, un día empieza a fumar. Me parece que se lo oculta al médico, porque no sabría cómo justificarle esa extraña decisión. Desde el primer día, mientras el feto empieza a desarrollar los tejidos y los órganos vitales como el corazón, el cerebro y las extremidades, yo planifico y ordeno todo el material que he ido acumulando para la novela. Me concentro en la estructura de la historia y en el tono que quiero darle. Un poco es como decidir si la novela será niño o niña. Un día hablo con ella, no de la novela sino de nuestro hijo, y la verdad es que nos da igual qué sea. Como siempre, lo importante es que nazca bien. Ella apunta en una libreta todos sus cambios físicos y los documenta fotográficamente. Cada mañana, me pide que le haga una fotografía y, al principio, las cuelga en la nevera, pero cuando hay demasiadas decidimos guardarlas en un álbum. En la nevera solo colgamos la primera de cada mes. Vomita varias veces al día. Lo sé, porque no deja de repetirlo, pero me parece que exagera para darme pena. A ella le molestan los cambios físicos que sufre su cuerpo, pero yo solo me he fijado en que sus pequeños pechos ahora son bastante dignos. La convivencia vuelve a ser imposible, y mis ataques de mal humor creativo, combinados con su susceptibilidad, provocan momentos dramáticos. Como está embarazada y es invierno, no contemplo la posibilidad de mandarla a dar un paseo a la calle o al cine, como hacía antes. Se queda en el sofá mientras yo escribo en la mesa de la cocina y, cuando necesito más concentración, me encierro en el baño. A veces, voy a casa de Carlota, pero no me gusta mucho invadir la intimidad de los demás.

Cuando se cumplen los dos primeros meses y parece que ya no hay peligro para el niño, damos la noticia a mi madre. En una sensata conversación, y por el bien de los dos, creemos que hasta que encontremos un piso más grande es mejor que ella se vaya a vivir a Vic con mi madre. Un domingo la llevo con la mayoría de sus cosas y la semana siguiente acabo de llevarle todo lo que puede necesitar. Todos los fines de semana voy a visitarlas, al menos los tres primeros meses. Después, la frecuencia es menor porque mi trabajo con la novela aumenta y absorbe casi todo mi tiempo. Mientras el feto se va formando rápidamente, y ya tiene manos, pies y el esqueleto osificado, yo construyo el esqueleto de mi historia, hago una escaleta detallada de todo lo que pasará, capítulo por capítulo, y decido dos cosas muy importantes para mí: la frase inicial y la final. A partir de ahí, ya estoy absolutamente capturado por la historia, y en la ducha, en la calle, mientras conduzco o camino, mientras como y mientras cago, mi cabeza da vueltas y vueltas sobre la que creo que será mi mejor novela y, quién sabe, quizás también la mejor novela del año. Una de las decisiones que tomo, pensando que así romperé alguna maldición que me ronda, es que en esta novela no aparecerá ninguna referencia a Macbeth como he hecho en las dos últimas. Cuando al feto se le forman los genitales externos, yo mantengo relaciones sexuales con una camarera aspirante a actriz que trabaja en el Candela, el bar que está justo delante del teatro Romea. Este teatro me inspira sentimientos contradictorios desde que estrené en él *Gènesi 3.0*, la obra con la que gané el premio de la Fundación. Hace días que espero conocer a alguien interesante y cuando me canso de escribir voy a tomar una cerveza y flirteo con la camarera hasta que, al final, cede. En su piso, porque me da cosa que se meta en la misma cama donde duermo con Anastasia, hacemos el amor, pero me siento sucio, no por estar con ella, sino porque a la casa le faltan unas cuantas horas de limpieza. La chica comparte piso, y mientras estoy allí me siento como un estudiante. Me voy cuando ella está en la ducha sin decirle adiós. De camino a casa, vuelvo a notar el sabor agridulce de la infidelidad, junto con la mezcla de superioridad y remordimientos que proporciona. Ahora, no obstante, se añade otro sentimiento que no sé definir; esta vez, todo ha sido absolutamente premeditado, no como en Roma con Francesca. La cuestión ahora no es si puedo ser fiel, sino si quiero serlo. No vuelvo más al Candela y me voy a tomar cerveza al Ámbar, en la Rambla del Raval. Cuando el feto mide nueve centímetros y le late el corazón, doy vida a mis personajes, les enseño a hablar, a caminar, a vestir, a comportarse y les fabrico un pasado inventado. En la vigésima semana de embarazo, que ella cuenta con precisión como un preso que cuenta los días que le faltan para recuperar su libertad, yo estoy inmerso en la novela, escribiendo a un ritmo perfecto. Páginas y páginas donde vierto todos mis sentimientos. Por comodidad, cuando se acerca el parto que tenemos programado en la Vall d'Hebron, ella vuelve a vivir conmigo. Un sábado hacemos el traslado de sus cosas de Vic hasta el apartamento, y al día siguiente vuelvo solo a buscar el resto. Ahora tiene mucha más ropa que cuando se fue.

Anastasia empieza a estar intranquila porque dice que cuando el niño nazca no cabremos los tres en nuestro pequeño apartamento del Raval. Dedicamos toda una tarde a mirar tres pisos que podemos alquilar y, finalmente, nos enamoramos de uno muy grande, con seis habitaciones, en el Eixample izquierdo. Me gusta porque me recuerda al piso de Francesca en Roma, pero seguro que nuestra decoración no será tan recargada. La única pega es que tendremos que hacer reformas y eso supondrá más tiempo enjaulados en el pequeño apartamento. Acordamos con la propietaria que mientras duren las obras no pagaremos alquiler. Hago unos cálculos mentales y, entre mi proyecto internacional, el anticipo de derechos que acabo de cobrar por la novela, las clases de narrativa y algún otro proyecto teatral que tengo en marcha, nos las podremos arreglar. Incluso creo que, de momento, no tendré que dejar el apartamento del Raval. Mi madre se ofrece a dejarnos dinero, pero Anastasia promete por enésima vez que buscará trabajo cuando se haya recuperado del parto. Aprovecho las horas de tranquilidad que ella pasa supervisando las reformas del piso para escribir y hacer excentricidades que no sabría cómo explicarle. A veces, me encierro en el lavabo, me quito toda la ropa, me siento en el suelo y releo lo que he escrito. Después me vuelvo a vestir y, como si nada, introduzco los cambios en el ordenador. Me gustaría acabar la novela antes de que nazca el niño, porque, si todavía no tenemos a punto el piso nuevo, será un infierno. Las obras van con mucho retraso, y ella dice que es culpa mía porque soy demasiado permisivo con los paletas.

Una noche, Anastasia, con una barriga tan grande que me hace temer que se le parta el espinazo, me enseña el diseño de la habitación del bebé. Es totalmente neutro porque no ha querido saber el sexo, dice que saberlo hace que el proceso pierda todo el sentido. No sé exactamente a qué se refiere con eso, pero he cedido a su petición. Miramos un rato embobados el móvil que cuelga sobre la camita y después ella dice que me quiere explicar una cosa. Me temo que será alguna tontería sobre el color del comedor o la calidad del mármol de la cocina, pero, cuando insiste en que nos sentemos en el suelo, me doy cuenta de que debe de ser algo grave. Se queda un rato seria y me dice que, antes de seguir adelante con todo este proyecto, tengo que saber una cosa. Entonces pienso que, sea lo que sea, es ya un poco tarde para explicarme según qué. Me da un pasaporte, que yo sostengo entre las manos sin abrir. Después, al ver que ella no quiere explicarme nada hasta que lo mire, me atrevo a abrirlo. Es de Bélgica. El corazón me late rápido y las manos me sudan. Miro el móvil sobre la cama del bebé. Miro la barriga de Anastasia. Quiero mirarla a los ojos, pero ella ha agachado la cabeza y los cabellos rubios le tapan la cara. Finalmente, abro el pasaporte y veo su foto, pero al comprobar el nombre siento un nudo en el estómago y soy incapaz de articular palabra. El documento acredita que se llama Kira Stieglitz y que nació el 31 de octubre de 1988 en Bruselas, Bélgica. Leo su nombre quizás unas cien veces, mientras espero a que ella me diga algo. Lo repito mentalmente en diferentes tonos. El nombre y el apellido por separado. Vuelvo a juntarlos y miro la fotografía de ella al lado, como si con este ejercicio fuera capaz de determinar si realmente ese es su nombre. Cuando finalmente ella se digna abrir la boca, en lugar de darme una explicación, me pide que confíe en ella. Que no tiene que cambiar nada entre nosotros y que ahora no me puede explicar nada. Me ha enseñado el pasaporte porque cuando nazca el bebé tendremos que hacer papeles y, entonces, tendrá que enseñarlo de todos modos. Nos quedamos mucho rato en silencio. El día se acaba y la luz de fuera se vuelve tétrica. Cuando encienden las farolas de la calle se cuela un poco de luz naranja, pero tampoco es suficiente para vernos las caras. Y no podemos encender ninguna luz, porque aún no tenemos electricidad en el piso. Solo oímos de vez en cuando el claxon de algún coche en el transitado cruce de Muntaner con Córcega. Nos quedamos mucho rato sentados en el suelo, cara a cara, mirándonos sin vernos en la penumbra. Yo sujeto su pasaporte en la mano. Me parece que ella está llorando. Valoro qué sentido tendría abandonarlo todo ahora. Si tiene alguna importancia que no se llame Anastasia, que no sea rusa, que no sepa nada de ella, pese a todo lo que hemos vivido juntos. Que desconozca a la persona con quien he estado viviendo el último año de mi vida. Esas cuestiones me rondan por la cabeza esa noche y las semanas siguientes. No volvemos a hablar del tema, no decimos nada más de su identidad. Ella esconde el pasaporte en algún sitio y actuamos como si esa conversación jamás hubiera existido.

La única vez que vuelve a salir el tema de los nombres es una tarde, sentados en el sofá del pequeño apartamento del Raval, mientras vemos la televisión. Ella de repente nota una patada en la barriga y, alarmada como si fuera una señal, se sienta bien y me mira preocupada porque todavía no hemos decidido ningún nombre para el bebé. Dice que le haría mucha ilusión que si fuese niño se llamase Yul. Insiste mucho en ello. No sé si es por algún familiar o quizás por Yul Brinner, pienso en broma. Tampoco se lo pregunto, he aprendido a convivir con sus misterios insondables. Parece que yo me he preocupado más por el tema, le enseño un libro de nombres que compré y le digo que si es niña me gustaría ponerle Èlia. Le enseño la página del libro donde aparece la onomástica. Ello lo coge, lo mira y sonríe. Después busca el significado de Anastasia. Al cabo de un rato, durante el que podría haberse leído todo el libro, pero no ha pasado de página, vuelve a tumbarse en el sofá y se duerme. Yo me encierro en el lavabo y me siento en la taza con el ordenador portátil. Hace días que no trabajo en la novela porque hay dos cosas que no sé cómo solucionar. Una es el final. Todo lo que tenía pensado y que aparece en los esquemas y en las ideas iniciales me parece flojo y previsible. Quizás lo que necesito es dejarla reposar una temporada. Al menos, hasta que nazca el bebé. Después todo habrá madurado y lo veré más claro. También dudo sobre el título, que es tan importante como el nombre de un bebé. *La deriva dels continents* antes se titulaba *Coches, ambulancias, sillas de ruedas y otros vehículos*. Menos mal que lo cambié. *Dia de caça,* antes de existir como novela, ya existía como título. Desde que empecé he sido incapaz de encontrar un título para la nueva pero ahora estoy seguro de que no solo será la mejor novela del año, sino de la década. Tecleo en el ordenador en times new roman de cuerpo 16 y en negrita. En la pantalla aparece:

Historia de Yul y Èlia

Las primeras notas de *Historia de Yul y Èlia* son de hace dos veranos y podría considerarse que acabé el proceso de gestación cuando estaba en Inglaterra, en marzo, gracias a la beca del British Council, y donde precisamente conocí a Anastasia cuando me pidió que caminara a su lado. Son apuntes a mano, con mi mala caligrafía que a veces incluso a mí me cuesta entender, hechos en el metro, sentado en un banco o tomando un café. Las primeras palabras escritas en un documento Word en mi ordenador y que empiezan a dar forma a la novela son del mes de julio. La época en la que Anastasia se quedó preñada. Han pasado unos ocho meses y todavía no está acabada. Mi proceso de trabajo para una novela es casi siempre el mismo. Necesito un año para concebir la idea, para pensar el tono, imaginar las situaciones, desarrollar la idea inicial, madurarla, decidir si me gusta lo bastante para dedicarle tanto tiempo y finalmente documentarme. El segundo año es para escribir la novela físicamente, delante del ordenador, gastando vatios de luz, ríos de tinta y montañas de papel. Imprimiendo y rompiendo las hojas que he reescrito. Nunca las reciclo porque corro el peligro de extraviar alguna versión descartada y confundirla con una buena. A veces me he pasado horas sentado en el mármol de la cocina, rompiendo los manuscritos con las manos en trocitos muy pequeños, por miedo a que alguien rebusque en las basuras, los encuentre y me los robe. Como si fuera un escritor tan bueno. El tercer año, que llega cuando ya he entregado el manuscrito a la editorial, sirve para hacer, junto con el editor, las correcciones de estilo, de ortografía y preparar todo lo necesario para la publicación de la novela: la portada, contraportada, fotos, promoción... Tres años para la creación de un libro que, al menos psicológicamente, me parecen tan agotadores como engendrar un hijo, con la diferencia de que, una vez lo has parido, te puedes olvidar porque tú, aparte de la promoción inicial, poca cosa puedes hacer. Normalmente, durante el primer y el último año de creación se solapan la novela anterior y la siguiente, así hasta ahora he podido publicar una cada dos años. Nunca me ha asustado el absurdo mito de enfrentarse a una hoja en blanco. Siempre tengo cosas que explicar. Lo que me asusta es darme cuenta un día, después de tres años de trabajar en una historia, de que no me gusta. Que no es lo que quería explicar. Sin embargo, no soy el único al que eso le asusta. Dostoievski trabajaba en una pobre habitación, bajo la luz de una vela mientras el frío invierno ruso se colaba por todas las ventanas. Cada pasaje importante que escribía le producía un ataque de epilepsia. Su mujer estaba a punto de parir, los acreedores llamaban constantemente a su puerta y él, cuando se quedaba sin excusas, apagaba la vela para fingir que no estaba. El editor esperaba el libro para pagarle por capítulos. Ese libro podría salvarlo de todos sus problemas, pero un día Dostoievski lee su obra y no le gusta. Rompe los papeles y empieza una nueva: *El idiota*. Por eso, cuando un crítico o alguna otra persona destroza públicamente tu obra es normal que sientas el mismo dolor que si pegasen a tu hijo.

Muchos autores han optado por hacer una falsa autobiografía en algún momento de su carrera literaria. A veces, la han vendido como si fuese real, pero todos sabemos que los recuerdos lejanos se diluyen y acaban transformándose en reflejos aproximados de lo que en realidad fueron. Al final, una biografía acaba siendo una novela de ficción con algunas pinceladas de realidad, como cualquier novela que no pretende en ningún momento ser una biografía. También puede haber otros motivos para inventarse parte o la totalidad de una biografía: una vida poco interesante y que podría defraudar a los lectores o tener alguna cosa que ocultar, de lo que el autor se avergüenza. El caso más espectacular de biografía al límite es la de Gabriel García Márquez, donde constantemente tienes la sensación de estar leyendo una de sus fantasiosas novelas y no una autobiografía convencional. Federico Fellini decía que su memoria no estaba hecha de recuerdos. Que le parecía mucho más natural inventárselos. Hay otro juego literario que me parece mucho más interesante: inventarse una ficción a partir de personajes reales. Algunos autores, como Bret Easton Ellis, Luke Rhinehart o Kurt Vonnegut, se han colocado como protagonistas de sus propias novelas, como antes habían hecho directa o indirectamente Dante, Hemingway, Borges o Cortázar. Sin embargo, pese a ser los protagonistas, las historias que explican son inventadas y la realidad y la ficción se fusionan tanto que es muy difícil dilucidar el entramado. Sea como sea, está claro que todas las biografías son una mentira porque todos los escritores somos unos mentirosos. Escribir, aunque sea ficción, es un acto terriblemente egoísta, porque aprovechamos para poner en el papel todo aquello que no queremos olvidar y, a la vez, exorcizar nuestros fantasmas. Me he ahorrado muchos psicólogos a lo largo de mi vida. *Historia de Yul y Èlia* explica mi vida futura con Anastasia narrada a través de los ojos de nuestros dos hijos. Dos personas que todavía no existen aunque una ya está en camino.

Un 7 de marzo, la criatura llega al mundo en el hospital de Vall d'Hebron de Barcelona. Yo estoy en el centro mirando electrodomésticos para el piso nuevo cuando ella me llama asustada para decirme que le parece que ha roto aguas. Cuando bajamos del apartamento del Raval con las cosas necesarias para el parto, un guardia urbano me está poniendo una multa, pero al ver la situación de emergencia sonríe y nos indulta. Estaría bien que nos escoltase, pero no lo hace. No asisto al parto porque le hacen cesárea. Está tan delgada que no soportaría la presión y se le romperían las caderas. De todos modos, tampoco habría entrado. No entiendo la moda de querer ver un momento muy bonito, pero a la vez extremadamente violento y sucio. Soy demasiado aprensivo y seguro que me desmayaría. Me paso el rato en la sala de espera, mordiéndome las uñas, dando vueltas como un histérico, comprando cosas en la máquina expendedora y hablando por teléfono con Carlota sobre qué significará el nacimiento de mi hijo. Una enfermera me deja entrar a ver a Anastasia. Sonríe, medio dormida, y con lágrimas en los ojos me dice que es un niño. Yul. Mientras los suben a la habitación, llamo a mi madre para decirle que todo ha ido bien. Me pregunta cuánto ha pesado, pero no lo sé porque no lo he preguntado. Ella dice que coge el primer tren desde Vic y viene a vernos. Después envío un SMS a todos mis amigos y conocidos, e inmediatamente empiezo a recibir felicitaciones de forma masiva. Cuando vuelvo con ella a la habitación, le pregunto si quiere decírselo a alguien en Rusia, Bélgica, Londres o donde sea, pero ella cambia hábilmente de tema. La primera noche es especial, mágica, y la paso pensando que aquella cosita que está dentro de la camita de metacrilato es nuestra, fruto de nuestro último contacto sexual, aunque me temo que ya no hubo ni amor, ni pasión. Somos felices, o lo aparentamos, como el resto de las parejas de la planta de maternidad. Salgo a estirar las piernas al pasillo que está lleno de plantas y ramos de flores que hacen guardia delante de las puertas de las habitaciones. Miro en el interior de las que están abiertas y observo las escenas de felicidad que todavía se ven, aunque estoy seguro de que muchos de ellos no se quieren. Como nosotros. Ahora entiendo que muchas parejas tengan hijos para distraerse y no tener que recordar todos los días que las cosas no han salido como ellos habían previsto.

Cuatro días más tarde dan el alta a madre e hijo, y volvemos al apartamento del Raval porque las obras del piso nuevo van muy atrasadas. Durante el día colocamos la cuna de Yul sobre nuestra cama y, por la noche, tenemos que ponerla sobre el sofá. Tengo la sensación de que los vecinos, desde sus casas, están empujando las paredes y hacen que el apartamento sea minúsculo. De noche, antes de irnos a dormir, mientras Anastasia da el pecho a Yul, en el sofá, nos miramos a los ojos y percibo un destello que quizás sea esperanza o ilusión por lo que ahora empieza. Sé que a mí también me brillan; puedo notar las lágrimas que están a punto de caer. Y él, chupando el pezón, es ajeno a la felicidad que nos proporciona con un gesto tan sencillo. La tercera noche el niño empieza a llorar como si estuviese muy enfermo o poseído. Anastasia no sabe qué hacer ni qué darle, y mi madre, por teléfono, nos dice que debe de tener cólicos. El pediatra lo confirma, pero pese a las recomendaciones de infusiones para él y dosis de paciencia para nosotros, la situación es insoportable. Ambos acumulamos horas de sueño perdidas y estamos tan susceptibles que apenas nos decimos nada para evitar enfrentamientos. Yul sigue llorando inconsciente del conflicto que está generando con su sufrimiento. Hay momentos en los que pienso que, como su habitación del piso nuevo está acabada, podríamos llevarlo allí por la noche e ir a buscarlo por la mañana. Mi sentido práctico vuelve a aflorar, pero evidentemente no le comento a ella esta idea.

Sobrevivimos dos meses así, con los nervios a flor de piel, hasta que finalmente podemos hacer el traslado al piso del Eixample. Mi madre nos ha dejado dinero para comprar muebles y electrodomésticos, ya que queríamos estrenarlo todo y ahorrarnos tener que llevárnoslo del apartamento del Raval. Hemos contratado a una empresa de mudanzas y, en un día, nos han trasladado todo lo que queríamos del piso. Todo ha ido muy rápido y, por suerte, no ha sido demasiado molesto, teniendo en cuenta que unas mudanzas siempre son molestas. No obstante, pasamos las siguientes semanas con el piso lleno de cajas sin saber dónde está nada. No trabajo en la novela. No sé si debería hacerlo en el Raval, que ahora es mi estudio, o en la habitación donde he montado mi despacho. Tendría que acabarla, necesito la segunda parte del anticipo que me dará la editorial cuando entregue el manuscrito, pero no puedo concentrarme. Mi cerebro ha entrado en un estado de semiletargia constante, provocado por la falta de sueño, y hace que nunca esté del todo despierto ni del todo dormido. A mi alrededor, las cosas van a cámara lenta y todo parece ajeno a mí. Una tarde, cuando todavía quedan muchas cajas por abrir amontonadas en el pasillo, nos quedamos mirando el piso nuevo. Desde el recibidor, a media luz y en silencio, ya parece un hogar. Me doy cuenta de que es mucho más grande de lo que imaginaba. Tendremos que ponerle más cosas. Más muebles. Más cuadros. Más jarrones. Me gusta que cada habitación tenga un color diferente, cálido, agradable y acogedor, que lo hace parecer más recogido. Quizás más adelante podamos pedir permiso a la propietaria para bajar los techos, que son altísimos, y hacer altillos, así la sensación de recogimiento también será más grande. Supongo que, cuando nuestros amigos nos regalen cosas para la casa y conforme el niño crezca y tenga más juguetes, el piso resultará más acogedor. Una vez instalados del todo, me dedico a hacer algunas reformas en el apartamento del Raval para que sea cómodo para trabajar, pero esto todavía retrasa más el momento de volver a ponerme a trabajar en *Historia de Yul y Èlia*.

Cuando Yul empieza a gatear y se aventura a descubrir a cuatro patas las habitaciones, como si fuera un explorador intrépido que recorre el mundo, Anastasia y yo hablamos del futuro de ella y de qué rumbo debe tomar cuando el niño vaya a la guardería. Ella dice que no sabe dónde encaja, todavía tiene problemas de identidad y no quiere hacer nada excepto quedarse en casa con Yul. Se cierra en banda y la discusión se acaba, aunque durante los siguientes meses es un tema recurrente ideal para empezar peleas. Mi futuro tampoco está demasiado claro. No soy capaz de tocar la novela, creo que no es lo que quería hacer, no es la historia que quería explicar y, como siempre, aparece el fantasma de la inseguridad. En mi cabeza hago una lista de los reproches habituales: no sé escribir, no soy un buen autor, soy un fracaso, soy una mierda. Paradójicamente, en un momento en el que estoy seguro del todo de que no tengo ningún talento para escribir, doy más clases de escritura que nunca. Y me compadezco de mis pobres alumnos, pues tengo la sensación de estar estafándolos; pero todo el dinero es bienvenido en un momento tan delicado como este.

El primer día que llevamos a Yul a la guardería es todo un drama. No por él, que me parece que está encantado de perdernos de vista un rato, sino por su madre, que no deja de llorar hasta que vuelve a buscarlo. Se sienta en el sofá y, cuando regreso del estudio, la encuentro en la misma postura y sin indicios de haber hecho nada. Eso precipita que contratemos a una chica de Vic, Susanna, para que venga a limpiarnos el piso. Un día, sin ningún motivo aparente, la indiferencia que Anastasia muestra hacia todo se va disipando y empieza a estar más activa. No obstante, en lugar de ayudarme a llevar dinero a casa, lo que hace es gastarlo. Se dedica a decorar el piso, que desde el traslado había quedado un poco desangelado. Llena estanterías y paredes, cuelga cortinas y luces, y por un momento temo que se acabe pareciendo demasiado al piso de Francesca en Roma.

Cuando Yul imita los sonidos que oye, entiende su nombre y el significado de las palabras «adiós» y «no», me llama el gerente del teatro Kismet OperA de Bari para decirme que finalmente la Unión Europea nos ha denegado la subvención para el proyecto de teatro internacional. También se caen un par de proyectos más de teatro y mi novela sigue en un cajón esperando a que me decida a darle el final que le debo. Me da rabia haber perdido las últimas semanas trabajando en los nuevos proyectos que, ahora, de repente, parece que nadie quiere. Cenando con Carlota en El Japonés, ubicado en un pequeño pasaje que cruza de Rambla de Cataluña a paseo de Gracia, le digo que estoy pensando seriamente que no sé escribir. Que seguramente ya he tocado techo y lo que he hecho hasta ahora es todo lo que podía ofrecer. Durante mucho tiempo he intentado luchar contra los elementos externos y he culpado a los demás de mis fracasos. He defendido a capa y espada, aun a riesgo de dejarme la piel, que la tierra es plana. Muchas veces, solo por llevar la contraria. Porque sé que los rebeldes despiertan una especie de romanticismo morboso. He publicado artículos en revistas y en mi blog que han incomodado y herido. A veces con razón; otras, sin ella. Es cierto que los teatros públicos de este país dejan mucho que desear y que, a veces, los favoritismos y el mismo sistema van en contra de nuestros autores. No obstante, si al final no he conseguido llegar más arriba, tal vez sea culpa mía y solo mía. Mi reiterada postura de *enfant terrible* no me ha llevado más arriba ni me ha aportado nada interesante. Solo he conseguido cerrarme las puertas de todos los teatros y enemistarme con muchos colegas de profesión. Pero hay rasgos que caracterizan a toda mi generación; aspiramos a escribir la obra definitiva, estamos obsesionados con acumular Grandes Éxitos, sabemos qué no queremos, pero no tenemos ni idea de qué queremos, tenemos un gran ego y nuestro narcisismo nos lleva a buscar en Google en cuántas páginas aparece nuestro nombre. Nos enamoramos y desenamoramos con la misma facilidad porque queremos estar solos o quizás porque no somos capaces de querer a nadie aparte de a nosotros mismos. Somos los mejores y no soportamos que nadie nos diga lo contrario. Somos una generación fantasma que se ha ahogado en sus propios tópicos. Hasta hace poco tenía muy claro que no sabía escribir teatro, es evidente. Las últimas tres producciones han sido tres fracasos rotundos y lo único que tenían en común era que el texto era mío. Ahora empiezo a tener claro que tampoco sé escribir novelas. Sin embargo, no me preocupa excesivamente. En caso de guerra, los escritores seremos los primeros a los que enviarán al frente y a las trincheras. Cuando hice la mili me quedó claro; como no sabían dónde ponerme, acabé encargándome de la biblioteca, de la sala de vídeo y del gimnasio (?!).

Yul empieza a caminar y se convierte en un peligro constante que requiere que uno de los dos lo siga siempre para evitar que se abra una brecha en la cabeza. Anastasia, que desde el primer día lo ha bombardeado con miles de fotos, ha encontrado un trabajo, no remunerado evidentemente. Ahora se entretiene horas y horas montando álbumes por etapas. Conforme crece, busco similitudes físicas con mi hijo, que es prácticamente calcado a su madre, pero no tiene ningún rasgo mío. Por un lado, mejor: si tiene que heredar mi nariz o las orejas, vamos mal. Por suerte, las manchas en los dientes por culpa de algún medicamento defectuoso en los años setenta no se transmiten en los genes. A veces, me conformo pensando que quizás herede mi carácter y, otras, me torturo con la posibilidad de que no sea mío. Un domingo, mi foto, junto con la de otros treinta jóvenes escritores, aparece en un especial de *La Vanguardia* sobre la nueva generación de autores menores de cuarenta años. Yo sonrío al objetivo y finjo que soy uno de ellos, con talento y prestigio, pero mi novela aún reposa en un cajón porque algo me impide acabarla.

Yul, que curiosamente dice primero «papá» antes que «mamá», se vuelve muy sociable con todo el mundo y extremadamente charlatán. Una maestra de la guardería nos dice que su vocabulario debe de tener ya unas cien palabras, mientras parece que yo me he olvidado de leer y escribir. Me enfrento a la novela, presionado por algún e-mail de mi editora y un par de llamadas de mi agente que no he sido capaz de contestar. Solo con pensar en ello, me duele el estómago y tengo ganas de saltar por el balcón. Cuando vuelven a intentar contactar conmigo, obligo a Anastasia a mentir por mí, a dar las excusas que me invento y que apunto en una libreta para no repetir. En eso sí que sigo siendo bueno. La última consiste en decirles que un virus ha destruido toda la información de mi ordenador. Por suerte, lo tenía impreso en papel y tendré que transcribirlo, lo cual, como mínimo, supondrá unos tres meses de trabajo.

Y justo entonces, en este momento patético, sin valor para enfrentarme a la novela que iba a ser la mejor de la década y que se ha convertido en el fracaso del siglo, con mis ingresos y ahorros menguando de manera espectacular, con la mayoría de mis colegas de profesión enfadados conmigo por culpa de mi actitud combativa y obligado a dejar mi estudio del Raval porque su pequeño alquiler es ahora un gasto que no puedo asumir, me refugio en Carlota. Un día, sin premeditación aparente y en su casa, aprovechando que su pareja no está, hacemos el amor. Todo el deseo que hemos reprimido en los últimos años, desde que tuvimos nuestro primer y último contacto sexual cuando nos conocimos, sale por todos los poros de nuestra piel. Y esta puerta, una vez abierta, no sabemos cómo cerrarla. Nuestro sexo es tan apasionado como lo era con Anastasia en Londres, o con Francesca en Roma. Es curioso que en Barcelona sea con ella con quien puedo mantener una relación sexual diferente, diría que salvaje. La relación con Carlota es perfecta. Cada uno tiene una pareja con quien convivir y nuestros encuentros no necesitan ninguno de los requisitos que pide el amor. Y además podemos ir a cenar o al teatro sin alterar nada. El mal humor enrarece todavía más mi relación con Anastasia y me distancia de mi hijo. Me doy cuenta de que ha crecido mucho, y yo no me he fijado. Daría todo lo que tengo por poder rebobinar un poco y ver a Yul crecer. Solo recuerdo haberlo llevado a la guardería dos o tres veces, y eso me entristece. Y el único día que dormí con él fue una noche que estaba con cuarenta de fiebre y tuvimos que bañarlo en agua fría. Cuando la fiebre le bajó, me quedé dormido con él en el sofá toda la noche, porque Anastasia estaba exhausta después de cuidarlo todo el día. A veces, me parece que sería más fácil abandonarlos, irme a un país del Tercer Mundo, crearme una nueva identidad y empezar de cero. Sería más fácil para mí y seguramente para ellos. La tensión y el malestar hacen que me cueste mucho dormir por las noches y, cuando lo consigo, sueño mucho. Son sueños muy reales, con detalles sorprendentes, historias fascinantes que tengo la sensación de que podrían ser el final que no soy capaz de escribir para la novela. Solo se tendría que transcribir e imprimir. Pero, cada mañana cuando me despierto, lo he olvidado completamente y solo me queda una extraña sensación de angustia. Le he pedido a ella que intente despertarme mientras sueño para ver si entonces soy capaz de recordar algo. Un día lo intentó y, aunque nunca ha querido explicarme qué pasó, no quiere volver a oír ni hablar del tema. Ha llegado un momento en mi vida en el que estoy tan perdido que solo soy capaz de generar caos a mi alrededor. Carlota tiene una teoría respecto a eso. Dice que quizás así, si toco fondo, me veré capaz de levantar la cabeza y dar un paso adelante. Quizás sí me haga falta tocar fondo del todo. Y me esfuerzo, mentalmente me esfuerzo para visualizar una situación lo bastante caótica como para hundirme completamente. Y, cuando ya la he creado, deseo con todas mis fuerzas que se vuelva real, pero, de momento, todo sigue tan abajo como siempre.

El día del tercer cumpleaños de Yul hacemos una fiesta íntima en casa de mi madre en Vic. Cuando el niño sopla las velas y abre los regalos, Anastasia le hace fotos desde todos los ángulos posibles. Yo lo observo a cierta distancia e intento imaginar cómo será de mayor, cuando tenga mi edad, pero por más que lo intento no soy capaz de hacerlo. Mi madre, que hace tiempo que se ha dado cuenta de nuestra situación, nos pincha hasta que finalmente le explicamos mi precariedad laboral y, de rebote, la emocional. Tranquila, como si lo tuviese planeado desde hace tiempo, nos dice que, al día siguiente por la mañana, irá al banco y nos hará una transferencia para que podamos ir más tranquilos, y que ya se lo devolveremos cuando estemos mejor. Después dice que le gustaría mucho quedarse a Yul una semana y así, de paso, nosotros podríamos «ir a nuestro aire». Primero decimos que no podemos aceptarlo porque ya nos dejó dinero para los muebles y los electrodomésticos del piso y todavía no se lo hemos devuelto, pero ella acaba convenciéndonos de ir a Londres y recordar cómo y cuándo nos conocimos. Un detalle que nunca le hemos contado. De vuelta a Barcelona, mientras Yul duerme en su sillita del coche, hablamos sobre ello. Reconocemos que es una buena idea y empezamos a planearlo todo. Anastasia está contenta porque ve un hilo de esperanza. Quizás sí tendríamos que haberlo hecho hace mucho tiempo, antes incluso de que naciese Yul. Esa semana compro los billetes en una compañía de bajo coste y reservo una habitación en el hotel St. Giles, aunque no será la misma porque ninguno de los dos recuerda el número. El viernes al mediodía, llevo a Yul a Vic y dejo a mi madre las instrucciones que Anastasia ha escrito en una lista que va acompañada de una nota: «Carme, los juguetes y la ropa del niño están en la maleta grande. Sus medicamentos, en la más pequeña. No dudes en llamarme si falta algo». También hay una lista con nuestros números de teléfono y el del hotel. Los dejo viendo dibujos en la tele, aunque mi madre me dice que después de merendar se irán un rato a jugar al arenero que hay en la plaza Mayor. Vuelvo enseguida a Barcelona porque tengo el tiempo justo para subir al piso, ducharme, recoger las maletas y a Anastasia y coger un taxi hasta el aeropuerto. Por el camino, mientras escucho la información de tráfico por la radio para decidir qué ronda es mejor coger, suena el móvil un par de veces. Es Anastasia, pero no contesto; sé que me dirá que me dé prisa porque teme que lleguemos tarde. Al entrar en el piso del Eixample, que está en penumbra y en silencio, noto en el ambiente enrarecido que algo no va bien. Busco a Anastasia en nuestra habitación, en la cocina y en el baño pero la encuentro sentada en el sofá del comedor con la cabeza agachada mirándose los pies. Me quedo un rato de pie, observándola. Espero que me diga algo, pero no se mueve. Me siento a su lado y, entonces, como si se despertase de un sueño, nota mi presencia. Levanta la cabeza y primero me busca justo donde he estado de pie antes y, después, muy lentamente, se gira hacia mí y sus ojos azules, rojos por el llanto, se cruzan con los míos que la miran expectantes. Me doy cuenta de que, en una mano, lleva un pañuelo de papel hecho trizas y, en la otra, aguanta el teléfono con fuerza.

—Te he llamado —dice mirándose de nuevo los pies—, dos veces. —Y se sorbe los mocos.

Querría que nos quedásemos así para siempre, en silencio, sin movernos porque sé que no quiero oír lo que tiene que decirme. Con la mirada repaso el comedor y no sé por qué, en ese momento tan angustioso, pienso en el comedor de casa de Francesca en Roma y me gusta que el nuestro esté menos recargado y sea mucho más acogedor. Miro al suelo esperando ver la alfombra que ella tenía, pero nosotros no tenemos alfombra. No sé si pasa un minuto o un año, pero, al final, con la tranquilidad de quien cuenta algo intrascendente, ella vuelve a mirarme y dice:

—Yul y tu madre han muerto.

Ella se despierta de repente, como si hubiera tenido una pesadilla. Después, al ver que todo va bien, se estira perezosa y hace ruido con la boca. Se mueve incómoda. Estira los pies y hace crujir la espalda. Se sienta bien y mira por la ventana, mientras con una mano se frota los ojos, y con la otra se rasca la cabeza. Se le abre la boca en un bostezo y me lo contagia. De reojo, veo cómo me mira durante un rato, pero no dice nada. Como si no se atreviese a hablarme o no me hubiese reconocido. Abre la guantera y busca algo pero no saca nada. Mira por la ventana durante un buen rato, como si en el paisaje hubiera encontrado algo muy interesante. Al entrar en el pueblo, escruta con la mirada las calles y, como no sabe dónde estamos, me lo pregunta.

—En Morges.

—¿Tiene mar? —dice desconcertada cuando pasamos junto a un puerto con pequeñas embarcaciones ancladas en él.

—Es el lago Lemán.

—¿Te has perdido?

—Estoy buscando el hotel.

—Te has perdido, ¿verdad?

Mientras ella se queda un largo rato en la ducha para relajarse, yo sigo sentado en la cama observando la habitación. Me parece que hace cerca de un año que la reformaron y también conserva el estilo antiguo que aquí han conseguido con mucho mejor gusto que en Montpellier. Hay un escritorio forrado con piel, igual que la silla, y un puf redondo. Me gusta la combinación de tonos ocres y marfiles con el marrón oscuro de la madera de los muebles. El televisor está encendido pero le he quitado el volumen. He puesto un canal suizo en el que emiten un concurso, porque así se acentúa la idea de que estoy en el extranjero. Reviso el armario y me alegra que la caja fuerte sea gratuita. Leo las instrucciones para guardar todos los sobres con dinero que hay en las maletas. Al menos ahora podré estar tranquilo cuando salga de la habitación. Como en los hoteles de Inglaterra, hay una tetera eléctrica, sobres de café soluble y azúcar y un surtido de bolsitas de té. Una agradable costumbre que te permite sentirte como si estuvieses en casa durante unos momentos, mientras calientas el agua y te tomas el té. También hay mantas y un aerosol para matar mosquitos. Las dos grandes ventanas, con cortinas y unas persianas laminadas horizontales que permiten ver el exterior, pero que no te vean dentro, dan al callejón estrecho por donde está la entrada del hotel. Al encontrarnos en el piso más alto, disfrutamos de una espléndida vista del paseo lleno de zonas verdes y flores que rodea el lago Lemán. Ahora empieza a oscurecer, pero estoy seguro de que durante el día se pueden ver los Alpes al otro lado. Me quedo un rato, respirando el aire puro que viene de este balneario de salud que es Morges y, seguramente, el resto del país. Sería bueno anotar algunas de las incidencias del día para recordarlas. No sé si alguna vez me serán de utilidad, pero vale la pena. Enciendo mi portátil y, mientras se inicia, busco en la funda el alimentador. Los enchufes aquí tienen tres agujeros y no consigo conectarlo. El de la cámara de fotos y el del móvil entran sin problemas, pero el del ordenador es más grueso y no cabe. Compruebo que me quedan unas tres horas y media de batería y me maldigo por haber olvidado el adaptador. Abro un documento Word, pero no puedo concentrarme en nada. La presión de saber que la cuenta atrás de la batería se ha iniciado me agobia. Finalmente, lo apago, decidido a ahorrar energía hasta que tenga algo importante que escribir. Me quedo un rato allí, sentado delante del ordenador apagado, con las manos cruzadas bajo la barbilla, flagelándome mentalmente por haber olvidado una cosa tan importante. De repente, como si me hubiesen pellizcado, me levanto y empiezo a deshacer las maletas buscando la tecla de *Suprimir* de mi ordenador destrozado, pero me parece que con las prisas se ha quedado en la mesita del hotel de Montpellier. Todo esto debe de ser culpa mía, por no haber tenido en cuenta con qué pie me levantaba.

Paseo descalzo por la habitación para comprobar si el tacto de esta moqueta es más agradable que en Montpellier. Si mi madre lo viese, me reñiría. Siempre decía que las moquetas son un nido de mierda y que le daban asco. Vuelvo a mirar por la ventana y la luz es cada vez más débil. Han encendido las farolas del paseo y se ha levantado viento. Una bandera suiza que antes no había visto ondea en un mástil que hay en el paseo. Sin embargo, un nudo de nervios en el estómago estropea esta paz y hace que el momento no sea perfecto. Estoy a menos de cinco kilómetros de mi destino, pero tenemos que alojarnos en Morges porque Tolochenaz es tan pequeño que no tiene ni un solo hotel. De hecho, no sé si tiene alguna tienda, pero sí que hay una oficina de correos. Nada más. En ese pueblo, mi plan, el que me tiene que sacar del callejón sin salida en el que me he metido solito, acabará de desplegarse con todas sus consecuencias. No puedo permitirme ningún error más, ninguna vacilación. Si he llegado hasta ahí, tengo que ser fuerte y seguir. Pase lo que pase. Aunque tenga que sacrificarlo todo. De hecho, tengo la sensación de que he perdido tantas cosas en los últimos meses, que ya no me queda nada más que perder. Bueno, sí, ella, pero seguro que estará mucho mejor sin mí. Busco en mi maleta los documentos del proyecto y la biografía de Findlay Kennedy. Me siento en una silla de diseño que hay debajo de la ventana y el aire frío que se cuela me golpea en la nuca y se desliza dentro de la camiseta, espalda abajo. Me gustaría saber cómo es su carácter solo con mirar el rostro del autor en la contraportada; si detrás de esos ojos con una pupila más grande que la otra hay alguien amable y comprensivo. Cómo valorará mi proyecto. Cómo encajará mi propuesta. Me molesta que entre él y yo ahora se haya interpuesto su asistente. El correo electrónico no decía nada de ningún asistente o secretaria que actuara de intermediario. Quizás sea su enfermera pero, aunque solo he oído su voz seca y autoritaria una vez grabada en el contestador de la casa, me ha incomodado, como si fuese una mala señal. Abro el libro y busco uno de los fragmentos marcados con rotulador fluorescente amarillo donde Kennedy dice que tiene diversas novelas acabadas, no especifica cuántas, y a punto para publicar. Después de *The survivor,* dijo que dejaría de publicar si no había ninguna crítica negativa y nadie decía que no le había gustado. Ha dado órdenes a su secretaria, aquí la nombra pero no pensaba que viviera en su casa, de quemarlas cuando se muera. Me resulta demasiado tópico. Si no quisiera que se publicaran, no las habría escrito o ya las habría destruido. Estoy seguro de que, por codicia, la secretaria romperá la promesa cuando él muera y se lucrará con esas novelas inéditas que valdrán una fortuna. Miro el reloj y pienso que es buena hora para llamar y concretar la cita de mañana. Busco el número de la casa de Kennedy en la agenda de mi móvil, pero llamo desde el teléfono de la habitación, que me saldrá mucho más barato. Contesta su secretaria en alemán y más que hablar parece que ladre. Cuando me presento, ella se queda unos segundos en silencio antes de decirme en inglés, en un tono que todavía se vuelve más agrio, que el señor Kennedy me atenderá a las diez en punto, y repite «en punto» con más severidad. Me da las indicaciones de cómo llegar a la casa de Tolochenaz, que en coche son cinco minutos, y a pie, no más de veinte, en un paseo muy agradable. Me sorprende que con su tono antipático haya hecho una apreciación como esta. Sin darme la posibilidad de decir nada, cuelga después de un seco *Gute nacht*. Imagino que debe de ser una señora mayor, de cabellos rubios, con un moño tirante que le acentúa las facciones arias de la cara, vestida con el uniforme de la sección femenina de las SS. Noto que las piernas me desfallecen y me siento en la cama. Vuelvo a repasar la habitación, pero con menos interés que antes. Hay cuadros con fotografías en blanco y negro, como en Montpellier y como en la mayoría de los hoteles del mundo. Construyo la teoría de que la misma persona diseña todas las habitaciones de hotel del mundo. Me pica la curiosidad porque en una esquina me parece ver una mancha. Siempre hay problemas en los edificios viejos por muy bien que los hayan reformado. Me acerco y tengo que agacharme para examinarla bien. Es grande, tal vez un palmo o un poco más, y se está extendiendo hacia un enchufe. Busco la cámara de fotos de la bolsa de Anastasia y hago una foto para que más tarde, cuando desaparezca o se mueva de sitio, tenga una prueba gráfica de que no me estoy volviendo loco. Cuando oigo ruido detrás de mí, disimulo y finjo que busco una moneda. Anastasia, envuelta en una toalla, busca ropa limpia en la maleta abierta sobre la cama, y yo me quedo embobado mirándola.

—¿Con quién hablabas? —pregunta ella mientras se seca los cabellos a conciencia dejando su cuerpo desnudo, indefenso ante cualquier mirada que se cuele por la ventana.

—Con la mujer con la que has hablado por la mañana. Hemos quedado mañana a las diez.

Se pone unas braguitas y un sujetador blancos. Siempre lleva la ropa interior blanca, menos cuando tiene la regla, que la lleva negra. Como si quisiera hacerme saber que su sexo está de luto. De repente, suena un móvil y los dos somos presa de un ataque de histeria mientras buscamos cada uno nuestro teléfono, como si esperásemos el perdón de un preso condenado a muerte dos segundos antes de la ejecución. El que suena es el suyo. Antes de contestar me mira preocupada, pero cuando lo hace intenta fingir normalidad y se va al baño para tener más intimidad. Me molesta que se esconda de mí, aunque yo hago siempre lo mismo. Me acerco al baño y antes de que me dé con la puerta en las narices puedo oír que dice a alguien que no se preocupe. Voy hasta la ventana y la abro de par en par. Fuera, ya ha oscurecido completamente y la oscuridad se ha tragado el agua del lago, que ahora está tan negro como el cielo. Veo por el reflejo del cristal que ella vuelve a la habitación y deja el móvil encima de la mesita junto a la cama. Se viste con unos tejanos y una camiseta de manga larga de color naranja.

—¿Quién era? —le pregunto sin dejar de mirar afuera.

—Tu madre. Esta tarde ha ido a nuestra casa y no ha podido entrar. Pobre mujer, estaba preocupada.

—Me parece que en este precioso lago habrá preciosos mosquitos.

Cuando por el reflejo veo que vuelve al baño, voy corriendo hasta la mesita de noche y cojo su móvil. Busco en las llamadas entrantes y compruebo aliviado que quien ha llamado era Susanna, la mujer de la limpieza, que es de Vic. Debe de haberse asustado al ver que no podía meter la llave en la cerradura. Dejo el teléfono otra vez en la mesita y me siento en la cama, delante de la puerta del baño, esperando a que salga. Cuando lo hace, lleva una goma del pelo en la boca porque se está haciendo una coleta con las manos. Se detiene unos momentos justo delante de mí y yo aprovecho para decirle en el tono más natural que soy capaz de impostar:

—En este hotel, las camas para niños son gratuitas. Podríamos haber venido con Yul.

Ella acaba de hacerse la coleta y, como si no hubiera oído nada y no hubiese nadie más en la habitación, vuelve a entrar en el baño para acabar de arreglarse. Quizás, alojarnos en un hotel que pertenece a la cadena Romantik no nos ayudará en nada.

Caminamos un rato por Morges, primero por el paseo junto al lago y después por las calles del centro buscando un restaurante o algún sitio donde nos den algo de comer. Aunque es pronto para nosotros, me da miedo que aquí sea demasiado tarde. Espero que sea lo bastante turístico y tengan alguna deferencia con los horarios mediterráneos. Durante el paseo descubro un pueblo pequeño pero muy acogedor, de pasado señorial y muy bien cuidado. Todo está limpio y ordenado y no son necesarios semáforos aunque hay mucho tráfico. Los conductores son lo bastante civilizadas para detenerse en los pasos de peatones y no conducir con violencia. Tampoco necesitan tocar el claxon ni los insultos. Cuando pasamos por delante de una bonita iglesia con paredes blancas y un gran campanario que están restaurando, Anastasia dice que le gustaría visitarla, pero yo le recuerdo que mi nueva religión me prohíbe entrar en las iglesias. Aunque no pregunta nada más, sé que no entiende por qué se lo digo. Hace fresco y ella se queja de que no la haya avisado de que haría tanto frío. Teniendo en cuenta que nació en un país del norte, no me atrevería a decir en cuál, podría habérselo imaginado cuando le dije que nos íbamos de viaje a Suiza. En la calle de detrás del hotel, paralelo al paseo junto al lago, me llama la atención un *salon de chocolats, café & thés* y *restaurant*, quizás porque recuerda al Papyrus Café de Roma, donde conocí a Francesca. Al ver que se llama Balzac, entramos sin dudar. Un nombre así tiene que ser una buena señal para un escritor. Una chica muy simpática y guapa nos señala una mesa en la entrada del local. Hay un segundo nivel, separado por tres escalones, que lleva a otro espacio, con más mesas y una puerta al fondo, donde debe de estar la cocina. Mientras esperamos que la chica vuelva con las cartas, echo una ojeada al local. Las paredes están pintadas con colores cálidos y estridentes: amarillos, naranjas y rojizos. Justo a la entrada, hay un mostrador y una gran estantería llena de pasteles y de cajas de té. La decoración es exótica y tanto los cuadros como algunas figuras representan budas de todo tipo. Las lámparas están hechas con pequeños cristales emplomados de colores, y en el techo hay ventiladores de madera, pero están parados. En las paredes también hay estanterías llenas de libros que no sé si están en venta o son de decoración. La camarera vuelve, nos pone en la mesa una especie de manteles individuales de caña y deja dos cartas. Repaso con la mirada los platos que ofrecen. Todo está en francés, pero hago un esfuerzo por entenderlo. De fondo, suena música chill out a volumen agradable y, aunque el local está bastante lleno, todo el mundo habla bajo y las conversaciones no se mezclan. Aviso a Anastasia de que ya he elegido y le pido que me lo traduzca para asegurarme de que lo he entendido todo. Voy a tomar una ensalada verde, una brocheta de gambas con arroz basmati y salsa de curri, y macedonia de frutas naturales. Para beber me pido una Coca-Cola. Le ruego que sobre todo diga a la camarera que no quiero cebolla en ningún plato. Cuando la chica vuelve, Anastasia pide la comida y yo vuelvo a insistir en lo de la cebolla.

—¿Desde cuándo no te gusta la cebolla?

La camarera nos trae las bebidas, un agua sin gas para ella, y prepara la mesa con los cubiertos y servilletas de papel que tienen impreso el logotipo del restaurante y un dibujo de Balzac. Me resulta curioso ver que aquí ponen el nombre de los propietarios de los locales en las tarjetas y en las servilletas. El Balzac es propiedad de Cay & Anne Nielsen. El Romantik Hotel-Mont-Blanc au Lac, donde nos alojamos, es propiedad de Susanna et Robert Pontet. Me parece un detalle muy simpático. Ella busca en su bolsa el paquete de fotos de la familia de papel y saca la foto en la que los cuatro sonríen a la cámara. La apoya contra la pared con el sobre detrás, de manera que nos miran indiscretamente. Estoy tentado de pedir cena para ellos, pero sé que la broma no le haría ninguna gracia. Observo cómo la camarera sirve las mesas del piso superior y pienso que es muy guapa. Podría ser la versión suiza de Anastasia: es delgadita, con poco pecho y pelo largo, pero morena. Anastasia mira hacia la entrada, a la estantería de los tés o a la calle. Siempre he odiado a los matrimonios que, cuando salen a cenar fuera, no se dicen nada y cada uno mira hacia un lado diferente. Ahora nos hemos convertido en uno de ellos. Cuando la camarera nos trae el primer plato, nos da una excusa para no romper este silencio. Ella come mucho, siempre lo ha hecho, y sorprende porque parece que no tenga sitio en su cuerpo para almacenarlo. Por fin, cuando está a punto de acabarse el segundo plato, ella interrumpe el silencio con la pregunta equivocada.

—Y ahora que estamos aquí —dice antes de meterse en la boca lo que sea que haya pedido—, ¿me vas a explicar en qué consiste tu proyecto?

—¿Proyecto? —digo como si no supiese de qué me habla.

—Debe de ser algo muy importante si has viajado hasta tan lejos, ¿no?

—Una entrevista con Findlay Kennedy.

—¿Entrevista? Tú no eres periodista.

—No.

—¿Quieres adaptar su libro al teatro?

—No.

—¿Al cine?

—No.

—Entonces, ¿qué quieres hacer?

—Un proyecto. Es que es muy difícil de explicar.

—Te crees que soy idiota, ¿verdad?

—No.

—Sí, lo piensas.

—No, ¿por qué dices eso?

—Porque nunca me explicas nada. Piensas que no entenderé tus proyectos.

—No se trata de eso.

—Entonces, ¿de qué se trata? ¿Tienes miedo de que se lo explique a alguien?

—Tampoco es eso.

—¿A quién quieres que se lo explique? No tengo amigos, no tengo a nadie. De eso ya te has ocupado tú.

—No empecemos —digo cuando me doy cuenta de que su tono de voz es muy alto y la gente de la mesa de al lado nos mira.

—A veces, no entiendo por qué estás conmigo, Gerard. ¿Por qué estás conmigo? —No contesto—. ¿Te importo? —No contesto—. ¿Me quieres? —No contesto—. ¿Ese silencio es un no?

—Si no quieres que te mienta no me preguntes por la verdad.

Esta respuesta la mantiene un rato callada. No sé qué he querido decir exactamente con eso, pero si mi intención era desconcertarla, me parece que lo he conseguido. Nos acabamos el segundo plato y cuando la camarera nos trae los postres parece que ella ya ha descifrado el enigma de mi respuesta o sencillamente ha decidido obviarla y seguir hostigándome con el mismo tema de siempre.

—¿Te crees que es muy agradable vivir con la continua sensación de ser un estorbo?

—Yo no te retengo. Eres libre. Puedes irte cuando quieras y, si no te gusta, olvídalo, como has hecho con el resto.

—Eso no tiene ninguna gracia.

—No pretendía que la tuviera. ¿Sabes una cosa? Aún dudo de si realmente lo has olvidado todo o solo finges.

Sé que esta respuesta me acarreará unos días de mala cara. Ella se levanta y coge su bolsa con la intención de irse, pero se detiene un momento y mira la estatua de un buda que nos observa desde un cuadro. Parece que espere alguna señal de él para continuar.

—Me voy al hotel.

—¿Sabrás encontrar el camino?

—Y tú, Gerard Guix, ¿sabrás encontrar el tuyo?

Y, como la protagonista de un culebrón sudamericano, coge su vaso de agua, me lo tira a la cara y sale corriendo del local. Me seco con la camiseta evitando mirar a los demás clientes, que sé que han clavado los ojos en mí. Con toda la dignidad que puedo, cojo la cuchara y me como la macedonia de frutas naturales, que lleva higos, mi fruta preferida. Cuando la camarera vuelve a preguntar si quiero tomar café o té, tiene el detalle de traerme una toalla. Se le escapa la risa, que me contagia, y acabamos los dos riéndonos. Le pregunto si habla inglés, pero se sonroja y me dice que no. Me parece que la he cohibido y me está mintiendo. Me da la carta de tés y, después de un vistazo rápido, me decido sin lugar a dudas por el thé l'Écrivain, un thé qui inspire! convencido de que es otra señal. Me voy decepcionado porque no ha sido ella quien me ha traído el cambio, sino un señor mayor que debe de ser el propietario. Justo cuando estoy en la puerta, la chica me alcanza y, al girarme con la esperanza de que me diga a qué hora sale o que me dé su número de teléfono, me doy cuenta de que tiene en las manos el sobre Kodak con las fotos de la familia de papel. Le quiero decir que se las puede quedar pero, como no sé cómo decírselo, las cojo.

Cuando salgo a la calle, siento una extraña sensación de soledad. Reviso el sobre impaciente para ver si la chica ha apuntado su teléfono, pero solo están escritos los nombres de los cuatro miembros de la familia y su apellido inventado, con la caligrafía de Anastasia. Me guardo el sobre en el bolsillo, contento de tenerlas yo, porque seguramente volverá a buscarlas cuando se dé cuenta de que se las ha olvidado. Odio a esta familia; han ayudado a acelerar el proceso de descomposición de nuestra relación. Camino un rato por el paseo marítimo, donde no hay nadie, y me detengo a observar dos cisnes que parecen flotar en el vacío por el efecto óptico que crea el agua negra. Si no me hubiesen dicho que es un lago, podría engañar fácilmente a mi cerebro y hacerle creer que es un mar. También resulta difícil creer que al otro lado están los Alpes. Hace bastante frío y sigo caminando hacia el hotel, pero me detengo en el otro lado y observo la que me parece que es nuestra habitación en el tercer piso. Hay luz. Estoy al lado del puerto viejo, que tiene dos pequeñas torres de vigilancia, justo al final de los dos brazos que se adentran en el agua para abrazar y guardar las pequeñas embarcaciones que duermen con el ligero vaivén de las olas. La puerta que cierra el acceso a uno de los brazos, con un gran barco de hierro blanco y rojo, está medio abierta y parece que me invite a entrar. Un camino de luces me guía hasta la torre del final. Con un cosquilleo de nervios en el estómago, convencido de que no tendría que ir más allá, me adentro con paso lento. A la izquierda, está el agua negra y, a la derecha, los barcos amarrados que se mueven sutilmente. Más allá veo el castillo de Morges, una fortificación con cuatro grandes torres redondas, iluminado con luz de color naranja como la mayoría de los monumentos del mundo. Me siento en las rocas con las piernas colgando sobre el agua y me lleno de la paz que me rodea, mientras oigo a mi espalda el repiqueteo y el traqueteo de las embarcaciones que intentan mantener el equilibrio. Hay una con un cartel que anuncia que se vende y un teléfono de contacto. A priori parece una buena idea comprarla para escapar de aquí, pero me doy cuenta de que en el fondo es una trampa. Estaría condenado a dar vueltas por el lago sin poder salir de él por siempre jamás. Saco el sobre de fotos Kodak del bolsillo y, con la parsimonia de un ritual muy bien estudiado, voy rompiéndolas una a una y las tiro al agua. Soy consciente de mi atentado ecológico y, cada vez que rompo una, puedo oír a Anastasia diciéndome que es pecado tirar fotografías. Ahora, con el montón que acabo de tirar, ya debo de estar condenado al infierno. Observo los fragmentos que flotan en el agua y que, poco a poco, se van dispersando y se alejan navegando a la deriva. Esa sería una imagen de silencio mucho mejor que la que di cuando me entrevistaron en el programa de Canal 33. Mañana por la mañana, la costa de Morges se despertará con los trozos de los cadáveres mutilados de la familia de papel.

Cuando vuelvo al paseo marítimo, no tengo ganas de subir a la habitación. Todavía no he decidido si quiero volver a verla alguna vez. Cuando me meto las manos en los bolsillos, encuentro las llaves del coche, que he aparcado delante del hotel. Con el coche puedo llegar más lejos si decido emprender esta huida sin rumbo ni destino. Lástima que el dinero esté en la caja fuerte. Subo al coche, pero aún tardo en encender el motor, como si hacerlo supusiese un riesgo muy alto o pudiese alterar irreparablemente las cosas. El cuentakilómetros digital marca con números muy grandes 30 y no aumento esta velocidad. Paso por delante del castillo y veo un gran cartel que señala la dirección hacia Tolochenaz. Uno más pequeño indica el camino hacia el cementerio. Sonrío cuando me acuerdo del patético intento de ligar con la guía del cementerio de Montjuic y se me pone la piel de gallina al pensar en el pequeño ataúd de Yul entrando dentro del nicho del cementerio de Vic. Para llegar al pueblecito solo he tenido que seguir los carteles indicadores, pero no soy capaz de encontrar la casa aunque seguro que debe de ser muy fácil. Después de unas cuantas vueltas en coche por las calles absolutamente desiertas, aparco delante de una especie de barracón que parece abandonado. Es una estructura rectangular pintada de blanco con grandes ventanales de cristal y unas escaleras con tres o cuatro peldaños para acceder a ella. Debía de ser una escuela provisional o algo por el estilo. Hay un busto de bronce delante, amenazado por una monstruosa planta que parece que vaya a devorarlo, pero desde el coche no puedo distinguir quién es. Al lado hay un edificio grande, una especie de sala polivalente, de las que se han puesto de moda en todos los pueblos y que sirven para todo en general y para nada en concreto. Abro las dos ventanas aunque hace frío y busco entre los CD el recopilatorio de Maria Callas que robé a Francesca en Roma. Cuando empieza a sonar «La mamma morta» subo el volumen al máximo hasta que los agudos se distorsionan en los altavoces. No sé cómo hemos llegado hasta aquí, ni si tiene algún sentido continuar. Tal vez haya llegado el momento de rendirse. Bajo del coche y escruto la oscuridad con la mirada. A un lado, hay campos cultivados y en el otro, algunas casas. Seguro que pueden oír como la Callas desgarra el silencio de esta tranquila noche en Tolochenaz. El capó de mi coche está lleno de insectos que se han ido estrellando durante el viaje. Me acerco y los observo desde más cerca, como si estuviesen en un microscopio. Hay tantos cadáveres que parece que los invertebrados hayan librado una sangrienta batalla para conquistar este territorio de cristal y metal. Yul también murió como los insectos, con la cabeza aplastada por el parachoques de un coche. No sufrió. El golpe fue tan fuerte que cayó muerto en el suelo. Mi madre sufrió más. Se lanzó bajo las ruedas para intentar sacar al pequeño y otro coche le pasó por encima. Cuando la ambulancia la llevó al hospital, seguía con vida, pero ya había muerto cuando yo llegué. La Callas sigue recordándomelo con esta canción. Busco en el maletero una botella de limpiacristales y un trapo, y empiezo a frotar con energía el coche para quitar los cadáveres. Mi madre no estaba acostumbrada a cuidar de un niño que con tres años corría más que ella. Le gritó, el niño se paró y el coche lo embistió. Si no lo hubiese llamado, el niño habría cruzado y no habría pasado nada. Froto cada vez con más fuerza y recuerdo al motorista muerto en la Meridiana y el Saab plateado estrellado en la carretera. No recuerdo desde cuándo tengo este extraño poder que provoca accidentes. Un día, hace muchos años, vi en el cine *El club de la lucha*. Hay una escena en la que Brad Pitt provoca voluntariamente un accidente para que Edward Norton sienta el placer que eso produce. Al salir del cine, pensé que sería una buena experiencia. Al cabo de muy poco, cuando volvía de comprar el *Ulises* de James Joyce, tuve mi primer accidente y estrellé mi primer coche. No creo que el libro tuviera nada que ver. Unos cuantos meses más tarde, pensé que me gustaría ser testigo de un accidente sin estar involucrado en él, y pocas semanas después vi como un coche se salía de la carretera y se empotraba contra una casa. No recuerdo haber pensado en nada cuando tuve mi segundo accidente y destrocé mi segundo coche. Tampoco recuerdo haber pensado en nada de eso cuando dejé a Yul con mi madre, justo antes de que los atropellasen, pero seguramente mi poder es tan grande que no necesito ni pensarlo. Me preocupa cuántas muertes más provocaré a lo largo de mi vida y cómo podré vivir con los remordimientos de una cosa que no puedo controlar. Cuando acabo de quitar todos los cadáveres del capó me pongo a hacer limpieza en el interior del coche mientras en el CD vuelve a sonar una vez y otra la misma canción, que he puesto en repetición, como una penitencia macabra. Tiro todas las bolsas de plástico, los envoltorios de comida y las latas. Encuentro en un rinconcito el pendiente que Anastasia perdió cuando hacía el tonto al salir de un área de servicio. Me lo guardo en el bolsillo, como si fuera un tesoro muy valioso. Sacudo las migas de las alfombrillas, que, en el fondo, simbolizan mi vida, reducida a algo parecido. Queda el dilema de qué hacer con la sillita de Yul, que después de todo sigue ahí, intacta, como su habitación en el piso, negando la evidencia, tapando la desgracia, como si no hubiera pasado nada. La saco con cuidado del coche y la destrozo con violencia contra el suelo hasta que solo queda la estructura deformada y la tela desgarrada, más o menos como debió de quedar el cadáver de mi hijo. La tiro a un contenedor junto con el resto de mierda y me apoyo resollando, intentando recuperar el aliento después de tanto esfuerzo. La Callas vuelve a empezar la misma canción por enésima vez, pero apago la radio de un puñetazo. Me siento donde antes estaba la sillita de Yul y, acurrucado de lado como un feto mientras lloro como un niño, pienso que quizás pueda volver al Café Balzac, si sigue abierto, y pedir a la camarera que vayamos a su casa a follar durante toda la noche. Mientras decido si ir o no, exhausto de tanto llorar, me sobreviene un ataque de sueño, como si sufriese narcolepsia. Me pesan los párpados, los ojos se me cierran, todo a mi alrededor se va apagando, la respiración se vuelve lenta e incluso mi corazón late cada vez más despacio hasta que, cuando parece que se detiene, me duermo.

El último cigarrillo que se fuma Anastasia es, precisamente, en el entierro del niño, poniendo fin de manera drástica a un vicio que empezó el día que supo que estaba embarazada de Yul. Los dos días que hemos pasado en el tanatorio casi no se ha alejado de la sala del velatorio, y me parece que cuando lo hacía era más para estar sola y llorar que para fumar. Es odiosa la sensación de tener que parecer entero y calmado en un momento en el que solo querrías derrumbarte. Una de las cosas más aberrantes de nuestra sociedad es querer convertir el velatorio de un muerto, o de dos en mi caso, en un acto social por donde va desfilando gente que a veces ni conoces y que te dicen palabras de consuelo que no te consuelan nada. Cuando vamos hacia la iglesia para oír el oficio de mi madre y mi hijo, la cojo de la mano y le pregunto por tercera vez si quiere comunicárselo a alguien. Ella no me contesta, como las otras veces, y pienso que, si no tenía a nadie a quien comunicar el nacimiento, tampoco debe de haber nadie a quien comunicar la muerte. Me molesta que haya venido Carlota y encima con su pareja. Una actriz amiga mía, Montse, canta *a capella* el *Hallelujah* de Leonard Cohen que Jeff Buckley popularizó. Ese momento se convierte en uno de los más preciosos y a la vez en uno de los más horribles de mi vida. El cura intenta reconfortarnos recordando el sufrimiento de Jesús, diciendo que ellos no están muertos sino solo dormidos esperándonos hasta el final de nuestros días; nos recomienda que recemos y sobre todo que nos resignemos. Ese día decido que nunca más volveré a entrar en una iglesia porque a partir de ahora mi nueva religión me lo prohíbe. Mientras en el cementerio esperamos que introduzcan los ataúdes dentro de los nichos, recuerdo que de pequeño fui a Montecarlo con mis padres. En la visita a la Catedral vimos la tumba de Grace Kelly. Me quedé solo, mirando durante un buen rato la sencilla tumba que tenía a mis pies. Me impresionó mucho ver su nombre real grabado en el mármol de la lápida, Gratia Patricia. La estrella de Hollywood de las películas de Hitchcock, sobre todo de *La ventana indiscreta*, ya no era más que una lápida de mármol blanco. Grace Kelly también murió por culpa de un coche.

Lo primero que hago al llegar a casa, después de quitarme la ridícula ropa negra, es encerrarme en el despacho para acabar con mi crisis creativa. Ya no tiene ningún sentido una novela que se titula *Historia de Yul y Èlia* porque Yul ha muerto y no habrá nunca ninguna Èlia. Rompo con las manos el manuscrito que hay sobre la mesa hasta que me duelen los dedos. Cojo la pantalla del ordenador y la lanzo con fuerza contra el suelo. Hago lo mismo con el teclado, el ratón, los altavoces y la torre. Una vez abierta, me entretengo arrancando todos los cables y los chips. Rompo con las manos los CD donde tenía las copias de seguridad y todo lo relacionado con la novela. Abatido, caigo de rodillas al suelo y se me clavan las teclas, pero me parece que me he vuelto insensible al dolor físico porque no siento nada. Me quedo un rato mirando el caos que he sembrado buscando una explicación coherente a mi comportamiento y solo soy capaz de llegar a la conclusión de que lo único que he sabido hacer bien es decepcionar a mi familia, a mis amigos y a todos aquellos que me importan. Los cimientos de mi vida están mal hechos. Las estructuras empezaron a ceder hace tiempo y yo las aguanto como puedo. He ido añadiendo parches por todas partes, pero ahora es mejor dejar que todo se hunda. Como cuando pasa un huracán que lo arrasa todo. Primero es doloroso, pero después es mucho más fácil volver a construir sobre las ruinas.

Al cabo de un rato, cuando vuelvo a salir, todo el piso está a oscuras. No sé dónde está Anastasia, pero tampoco tengo muchas ganas de verla. Camino en silencio como un espectro e inspecciono todas las habitaciones menos la del niño. No me atrevo a abrir la puerta porque posiblemente sea donde ella se ha refugiado. Me encierro en el baño sin hacer ruido y me miro en el espejo. Me sorprende comprobar que el hombre de menos de cuarenta años que se refleja en él aparenta más de cincuenta. Me quedo un buen rato con los párpados abiertos, intentando derramar alguna lágrima, pero, pese a todo lo que ha pasado, soy incapaz de llorar. Me mojo la cara con agua y finjo que las gotas que han quedado en las mejillas son lágrimas que han caído de mis ojos. Entonces veo el frasco de perfume Bulgari que regalé a Anastasia cuando volví de Roma, el mismo perfume que llevaba Francesca y que quería que ella utilizase para excitarme. Siento que se me contraen los músculos del estómago y tengo ganas de vomitar. Me entristece enormemente que todavía utilice ese perfume. Eso la hace más frágil, ignorante y terriblemente patética. Nunca se da cuenta de nada, ajena a todo lo que la rodea. Sé que, por mucho tiempo que pase a su lado, nunca llegaré a saber nada de cómo era antes de nuestro encuentro en Londres. La impotencia se transforma en rabia, cojo la botella de perfume y la tiro contra el espejo, rompiendo ambas cosas en mil pedazos. Siete años de mala suerte pero tal vez sea eso lo que necesito al fin y al cabo. Afortunadamente, no se tatuó nada en la espalda porque ahora tendría que arrancarle la piel a tiras. A pesar del estruendo, ella no sale de la madriguera en la que se ha escondido y, cuando me voy a dormir sin cenar, sigue sin aparecer.

Me paso la noche en la cama, vestido, en un estado de semiinconsciencia que me permite seguir los concursos que echan por la noche en la mayoría de las cadenas de televisión. Sus preguntas estúpidas me crispan los nervios porque parece imposible que nadie acierte nunca las respuestas. Todo es una gran estafa. Como cuando vinieron a vendernos los servicios funerarios para enterrar al niño y a mi madre. Yo no los escuché, Anastasia no los escuchó. De hecho, ella insistía en que quería que los incinerasen a ambos y pusieran sus cenizas en una misma urna. Al final, alguna otra persona decidió enterrarlos en el nicho que mi madre tenía en el cementerio de Vic. Y ninguno de los dos se opuso, firmamos un documento y seguimos como corderitos todo lo que nos dijeron que teníamos que hacer. Solo teníamos ganas de acabar, de encerrarnos en casa, de aislarnos del mundo.

Durante las semanas siguientes no salimos del piso y nos atrincheramos en él. Tenemos las persianas bajadas para no distinguir el día de la noche. Lo hacemos prácticamente todo juntos, pero separados por una distancia abismal. No nos decimos nada, no nos miramos y no hemos vuelto a tocarnos. Los primeros días recibimos muchas llamadas, pero no contestamos a ninguna de ellas, ni devolvemos los mensajes que preguntan si estamos bien. No, no lo estamos y no hace falta que nos llaméis. Al cabo de unos días, la gente se cansa o se olvida de nosotros. Ni mi agente ni nadie de la editorial ha vuelto a decirme nada. Supongo que dan por perdido el avance y entienden que ya no acabaré la novela. La única que se muestra perseverante es Carlota. Sus mensajes son más elaborados, no tanto por compromiso como la mayoría de los otros. Incluso ha venido algunos días a llamar a la puerta pero no le hemos abierto. Habla un rato desde el rellano, como si alguien la escuchase, pero normalmente yo estoy en la cocina y Anastasia en la habitación del niño. Al final, como era previsible, también se ha cansado.

Pasamos muchas horas viendo la tele, pero cada vez que sale un anuncio de juguetes o productos infantiles ella cambia de canal. No lo hemos hablado nunca pero es evidente que nos corroe el sentimiento de culpa por intentar librarnos de Yul para tener unos días de vacaciones. He analizado la secuencia mil veces, la hora a la que llevé al niño a Vic; si hubiese sido un poco antes o un poco después, no se habrían cruzado con ese coche de camino al arenero de la plaza Mayor. Sé que todo esto solo puede llevarme a la locura, cuyos primeros síntomas he empezado a detectar porque veo manchitas en las paredes, como salpicaduras de aceite de la sartén, solo que las veo en sitios poco habituales. Poco a poco, nos vamos alejando físicamente el uno del otro. Aunque los primeros días nos sentábamos muy juntos en el sofá pero sin tocarnos, ahora nos ponemos cada uno en una punta. Nos pasa lo mismo en la cama y en la mesa de la cocina, cuando comemos la poca comida que compramos por Internet en un supermercado que sirve a domicilio. Susanna, la mujer de la limpieza de Vic, nos trae lo demás. Le hemos prohibido que entre en la habitación del niño y en mi despacho. Aunque lo disimula muy bien, me parece que nos tiene miedo y cada vez que tiene que venir a limpiar está atemorizada. Seguro que espera abrir un día la puerta y encontrar nuestros cadáveres en el suelo o en la bañera. El piso que nos parecía grande empieza a hacerse pequeño porque cuando queremos alejarnos el uno del otro solo conseguimos tropezar. Hacemos pintar todas las paredes de blanco con los ahorros de mi madre. No queda mucho después de que nos dejase dinero para los muebles y los electrodomésticos que nunca le devolvimos. Nos hemos gastado lo que nos dejó para el viaje a Londres en los entierros. Pedimos presupuesto para quitar algún tabique pero nos dicen que son paredes maestras y que se nos caería la casa encima. Finalmente, cambiamos el suelo de gres oscuro por parqué claro, pero aun así el piso sigue siendo pequeño. Regalamos muebles, cuadros y jarrones a unos amigos que nos dicen que se van a vivir juntos. Nos invitan a la fiesta de inauguración pero no vamos y tampoco insisten. Dejamos las ventanas sin cortinas y nunca, llueva, nieve o haga un sol de justicia, volvemos a bajar las persianas. Solo en nuestra habitación tenemos que volver a ponerlas unos días después, porque el vecino del edificio de enfrente nos espía cuando nos desnudamos. Lo único intocable es la habitación del niño. Allí hemos guardado todas las fotos y todas las cosas que nos recordaban su existencia en el resto de la casa. Lo hemos convertido en una especie de santuario, en una habitación mausoleo, en una habitación del pánico. A mí, más que las fotografías, me molestan los vídeos porque devuelven al niño un movimiento que no volverá a tener nunca más. A pesar de los cambios, este piso se ha convertido para mí en un sitio claustrofóbico y deprimente. O nos mudamos a una casa con jardín o nos separamos. No hay más opción.

Un día, mientras almorzamos en silencio como cada mañana, tan alejados el uno del otro como la mesa nos permite, ella parece despertar de un coma emocional y, como si acabase de darse cuenta, me dice, sin malicia aparente, que no me ha visto llorar nunca. No creo que se refiera a la muerte de Yul y de mi madre. Ha dicho llorar en general y supongo que se refiere a hacerlo en una película o en cualquier otra ocasión.

—No lloraste cuando te dije que habían muerto. Ni en el tanatorio. Ni en el funeral. Ni en el cementerio. No te he visto llorar nunca. Es como si no te importase.

—Tú tampoco lloras y eso no quiere decir que ya no te importe.

—Yo lo tuve dentro de mi vientre. No tienes ni idea de lo que me importa.

—Yo tuve que identificar su cadáver. No tienes ni idea de cómo me siento.

Se unta otra tostada con mermelada de albaricoque y, como si esta conversación no hubiese existido nunca, vuelve al estado emocional letárgico de las últimas semanas. Aunque al principio intento no hacerle caso, más adelante empiezo a obsesionarme y a pensar que tiene razón. No recuerdo cuándo fue la última vez que lloré. Quizás tengo alguna afección física que me lo impide. Decidido a descartarlo, compro un kilo de cebollas en una frutería del barrio y me encierro en la cocina, las corto en trocitos y empiezo a llorar. Las lágrimas provocadas de forma artificial al principio consiguen que, una vez abierto el grifo, empiecen a caer las demás y me paso varias horas llorando completamente desinhibido. Cuando acabo, guardo la cebolla cortada en la nevera y me siento mucho mejor, como si me hubiesen quitado un peso de encima. A partir de ese día, repito el ejercicio como mínimo tres veces a la semana, y pronto la cebolla cortada y guardada en fiambreras se va acumulando en la nevera y el congelador. Todo esto permite que mi relación con las fruteras del barrio se vaya intensificando y, aunque son feas y no valoro la posibilidad de proponerles nada sexual, sí que me ayudan a reinsertarme en la vida social. Me invento una identidad, ya no soy el escritor que ha perdido a su madre y su hijo, ni cuya mujer está tan desconectada del mundo que estaría también mejor muerta. Soy un cocinero de élite que está experimentando con la cebolla y por eso cada día compro un kilo. Ellas flirtean conmigo y me regalan perejil, y yo, durante el tiempo que dura esta farsa con ellas y mi sesión de lágrimas diarias, me siento completamente en paz.

Poco a poco vuelvo a caminar por el mundo de los vivos y enseguida reparo en el abismo al que estamos abocados. Ahora, cuando paseo por el puerto olímpico, al lado del mar, ya casi no tengo ganas de saltar y dejarme llevar por la marea. Pero nuestra economía es absolutamente precaria. Nos gastamos el dinero de mi madre en las reformas del piso y, por culpa de la crisis que sufre el sector inmobiliario desde hace tiempo, no hay manera de vender su piso de Vic. Ya hace meses que no ingreso ni un euro en mi cuenta y en el banco me dicen que dentro de poco tendrán que devolver los recibos que lleguen. También he puesto a la venta mi coche para conseguir dinero rápido y salir del paso, pero en un concesionario de segunda mano me dicen que pueden tardar meses en venderlo. Me apunto a diversas empresas de trabajo temporal, pero ahora mismo no es un buen momento para encontrar trabajo, y menos con mi falta de estudios. No impresiono a nadie cuando les digo que he escrito tres novelas y ocho obras de teatro. Aun así, me ofrecen algunos trabajos: en una gasolinera, de camarero en un área de servicio, de limpieza en una empresa, de transportista por Europa e incluso de cajero en un peaje de autopista. Digo que ya me lo pensaré pero no vuelvo nunca más. Mi orgullo todavía no está preparado para un golpe tan duro. Empiezo a contestar antiguos mensajes del móvil y busco a los amigos olvidados con la esperanza de que me presten dinero. Estoy tan desesperado que incluso relleno los documentos para una subvención a la creación literaria que da la Institució de les Lletres Catalanes, consciente de que si me la diesen tendría dinero para salir del agujero en el que estoy, pero, a cambio, tendría que entregarles una novela. No sé si eso mejoraría o empeoraría las cosas. La única persona que me devuelve la llamada es Carlota. Pese a haberla ignorado durante tanto tiempo accede a dejarme dinero suficiente para pasar medio mes. Insiste en quedar, pero finalmente me hace una transferencia al banco y, después, creo que lo da por perdido porque no vuelve a insistir en verme.

La mente humana puede ser muy retorcida cuando quiere. Tiene la misma facilidad para hacernos olvidar los recuerdos bonitos y agradables que para torturarnos reproduciendo una y otra vez lo que no nos gustaría recordar jamás. Supongo que por eso me paso muchas horas mirando escaparates y las mesas de novedades de las librerías del centro. Imagino que mi novela está allí, con una portada muy potente y una cinta roja donde se anuncia algún premio y los miles de ejemplares que ya se han vendido. Solo deseo que esos otros autores hayan sufrido tanto o más que yo en el proceso creativo. Un día, paseando por la FNAC, veo un montón de libros que me llama la atención y, al acercarme, el corazón me late más rápido. Es un libro de Findlay Kennedy con una cubierta que no había visto nunca. Primero pienso que debe tratarse de la reedición de algún libro antiguo pero, al leer el título, *Me, Myself and I*, me doy cuenta de que es nuevo y eso me alegra y contraría a la vez. Ha vuelto a publicar quince años después de su amenaza, rompiendo su promesa. Leo la contraportada con afán y descubro que el libro es una autobiografía, la excusa perfecta para volver a publicar sin traicionar sus principios. Inteligente. Dijo que no publicaría ninguna novela más, pero nunca dijo nada de publicar su vida. Cojo un ejemplar y lo hojeo impaciente mientras hago cola en la caja. Me parece que nunca podré dejar de culpar a Anastasia de mi fracaso como autor. Si hubiese traducido alguna de mis novelas a alguno de los idiomas que sabe quizás yo también sería un autor internacional. Al pasar la tarjeta, la cajera me la devuelve; la han rechazado. Sonrío intentando fingir sorpresa y le doy la VISA, deseando que el banco todavía no la haya anulado.

En el Starbucks de la Rambla pido una taza mediana de café y me siento en la butaca que queda más alejada de todo el mundo. Antes de ir a Inglaterra jamás había entrado en ningún local de esta franquicia, pero allí me acostumbré. Son iguales en todas partes: la misma decoración, el mismo café malo, el mismo personal multiétnico vestido con los mismos uniformes ridículos. La globalización ha acabado con la autenticidad de las cosas y de los sitios. Hojeo el libro pero no lo leo, como si me diese miedo. El suelo vibra bajo mis pies y pienso que lo mejor que puede pasar es que un terremoto hunda el edificio y yo muera enterrado bajo toneladas de escombros. Observo la portada y la contraportada, la foto del autor y su biografía. Después vuelvo a hojear las páginas y las huelo, acercándomelas a la nariz y pasándolas rápidamente como un abanico. Pese a la curiosidad que siento, no me atrevo a leerlo. Analizo con interés la portada, sigo con los dedos las letras del título. Leo la contraportada y la biografía del autor. Sigo con los dedos la foto, como si pudiese tocar el rostro. Me acerco tanto a la imagen de ese señor, que podría ser mi abuelo, que parece que quiera darle un beso. Otras réplicas del terremoto me decepcionan; solo es el metro que circula bajo tierra. Vuelvo a leer la contraportada en voz muy baja para que la gente sentada en la mesa de al lado no me tome por un loco. «Findlay Kennedy es uno de los autores más reconocidos de la literatura universal. Sus diecisiete novelas se han traducido a más de sesenta idiomas, muchas de ellas se han llevado al cine en producciones de lujo y entre los reconocimientos más importantes destacan el Premio Pulitzer, el Premio Nobel de Literatura y el Príncipe de Asturias de las Letras. Después de quince años de silencio desde la publicación de *The Survivor*, ahora vuelve con *Me, Myself and I*, su autobiografía, donde explica la parte anónima del mito, su vida privada, que siempre ha estado a oscuras, y revela por primera vez el motivo de su larga ausencia». Y, de repente, como si hubiera recibido alguna señal oculta, empiezo a leer la biografía con tanta pasión que, cuando me decido a dar un trago al café, está totalmente frío. Cuando vuelvo a levantar la cabeza del libro, ya ha oscurecido en la calle y, en el local, los camareros están recogiendo para cerrar porque ya son casi las once de la noche. Subo apresurado por Rambla de Cataluña. Cuando giro por Córcega, las piernas me duelen, me falta el aire y me lo tomo con más calma hasta que llego a la esquina con Muntaner. Vuelvo a subir las escaleras corriendo porque me muero de ganas de seguir leyendo y nada ni nadie podrá impedírmelo.

Al entrar en el piso, me doy cuenta de que se ha creado un microuniverso independiente del resto del mundo. Un olor extraño me da la bienvenida y todo está a oscuras, aunque no creo que ella haya salido en todo el día, en toda la semana o en todo el mes. Dejo el libro de Kennedy en la cómoda del recibidor y empiezo a caminar con cuidado, seguro de que el olor que noto es de gas. Avanzo a ciegas, convencido de que, si enciendo la luz, volaremos por los aires. En el comedor, abro todas las ventanas y me asomo fuera para llenar los pulmones de oxígeno. No sé de dónde puede salir el gas, posiblemente Anastasia habrá roto alguna cañería porque el horno y la cocina son eléctricos, pero con la oscuridad no puedo detectarlo. Corro hasta la entrada, abro la ventanita que da al patio interior y estirando mucho el brazo cierro la llave de paso del gas. Después, por precaución, desconecto la electricidad del cuadro de luces que hay detrás de la puerta. Me apresuro a abrir el resto de las ventanas de la casa para que circule el aire y se lleve con él este gas letal. El cuerpo inmóvil de Anastasia está en el suelo de la cocina. Ha arrancado una cañería a ras de suelo y se la ha puesto delante de la cara. Me agacho e intento despertarla, pero no responde. Por la cabeza me pasa la macabra idea de que todo iría mejor si hubiera llegado demasiado tarde. Llamo al 061 y, en menos de cinco minutos, aparecen una ambulancia, que se la lleva, y un coche de la Guardia Urbana, que se asegura de que el gas ya no es una amenaza para los vecinos. Cuando la bajan en camilla por la escalera, no cabe en el pequeño ascensor, la portera me fulmina con la mirada. Seguro que me culpa de lo que ha sucedido. Deseo que el gas acumulado haga explotar su pequeña portería con ella dentro. Cruzamos la ciudad en la ambulancia, con las sirenas a todo volumen, avisando de nuestra urgencia, ignorando las señales de tráfico y las prioridades. Tal vez al volante estén los dos conductores esquizofrénicos que inventé para *La deriva dels continents*. Sentado en el asiento trasero, voy haciéndome pequeño mientras pienso si tendré algo de culpa en todo eso. Cojo la mano de Anastasia y observo su rostro pálido medio oculto por la mascarilla de oxígeno que le han puesto. Y, sin necesidad de cebollas ni otros condimentos, me echo a llorar.

El médico me asegura que está fuera de peligro y que enseguida la subirán a planta donde pasará la noche en observación. Más tarde voy a buscar algunas cosas necesarias para su estancia en el hospital. Al entrar en el piso todavía noto el olor a gas aunque las ventanas siguen abiertas. Me parece que no dejaré de olerlo nunca por mucho que ventilemos la casa. Lleno una maleta con todo lo que pueda necesitar y algunas cosas para mí, pues pasaré la noche a su lado. Si no me quedo, tendrán que atarla. Siempre lo hacen con las personas que han intentado quitarse la vida. Durante la noche, mientras ella duerme un sueño profundo, yo sigo leyendo la biografía de Findlay Kennedy. Hacia la madrugada, llego al último capítulo, que es especialmente emotivo. Kennedy explica el porqué de los quince años de silencio y creo que a Anastasia leerlo podría ayudarla a salir del agujero en el que ha caído. El autor narra de manera magistral cómo, después de la muerte de su mujer y su hija en un accidente de coche, vuelve a la casa en la que vivían y visita a sus vecinos, que se sorprenden al verlo después de estar mucho tiempo fuera, pero ninguno de ellos sabe nada de la desgracia que lo rodea. Finalmente, Kennedy, que actúa como si todo fuese bien y su mujer y su hija estuviesen vivas, llega a su casa y, de manera sorprendente, se da cuenta de que la mentira que ha construido con sus vecinos había acabado confundiéndolo incluso a él mismo. La casa está vacía, abandonada, y él se ha convertido en el reflejo de un fantasma que vaga sin rumbo desde la muerte de sus seres queridos. Cuando acabo el libro, ya casi es de día. Lo dejo sobre la mesa, al lado de una botella de agua, y por la ventana veo como la ciudad empieza a despertarse lentamente. El tráfico se intensifica conforme la gente sale de sus casas para ir a trabajar. Espero hasta que las farolas se apagan para volver a sentarme y releer el último capítulo. En esta ocasión, lo hago en voz alta, tal vez con la esperanza de que Anastasia se despierte y lo escuche. Y parece que surte efecto, porque al acabar, aunque tiene los ojos cerrados, dice con una tímida sonrisa en los labios:

—Como Burt Lancaster en *El nadador.*

No dice nada más. No sé si se ha vuelto a dormir o quizás han sido sus últimas palabras antes de abandonar este mundo definitivamente. Durante una época, al principio de que se viniera a vivir a Barcelona, iba mucho a la Filmoteca cuando la echaba del apartamento del Raval para escribir. Supongo que debió de ser allí donde vio *El nadador*. Mi intención de hacerle despertar algo que la hiciese reflexionar ha causado el efecto contrario y es a mí a quien se le ha despertado la curiosidad. Por la tarde, voy a la FNAC del Triangle y compro la película que protagoniza Burt Lancaster y la antología de cuentos de John Cheever donde aparece el relato en el que se basa la película. Tengo que pagar con la VISA, con un crédito que no sé si podré devolver. Por la tarde, paso a buscar a Anastasia, que ya tiene el alta. Antes de marcharnos del hospital, nos visita un terapeuta familiar. Dice que un viaje nos iría bien. Aires nuevos. Gente nueva. Dormir en otra cama. Tener relaciones sexuales también nos ayudaría. En casa la acuesto en la cama y espero sentado a sus pies hasta que se duerme. En la cocina, con una taza de café en la mano, leo el cuento de Cheever. Después pongo la película, que me avergüenza reconocer que no he visto nunca, pero el cansancio puede más que la curiosidad y me duermo en el sofá. Cuando me despierto es de noche y ella sigue durmiendo. Me preparo un sándwich de atún de lata y mayonesa de bote y vuelvo al sofá donde pongo otra vez *El nadador* desde el principio. En esta ocasión la veo entera. Y, cuando acaba, vuelvo a empezar, contento porque los DVD no tienen que rebobinarse como las cintas VHS. Y, cuando acaba, vuelvo a verla una vez más. De madrugada quiero ducharme, pero sin gas el agua sale tan fría que desisto. Me preparo un café bien cargado y vuelvo a leer el último capítulo de la biografía de Kennedy, el responsable de iniciar esta obsesión. Me concentro en las palabras, en las frases, en su significado, en su construcción. Marco algunos fragmentos, los que me parecen más importantes, con un rotulador fluorescente de color amarillo. Cuando acabo, recorro uno de los fragmentos marcados con el dedo y compruebo que la punta no se me ha manchado de amarillo. Alguna cosa en mi cerebro se ha activado y no puede detenerse. No sé adónde me llevará todo esto, pero creo que vale la pena investigar. Preparo algo para comer y se lo llevo a Anastasia. Tengo que obligarla a que se lo trague y cuando acaba vuelve a quedarse dormida. La ato a la cama aunque me horroriza, pero tengo que salir de casa y, cuando vuelva, no quiero encontrármela hecha papilla en la acera.

Como hace tiempo que destrocé el ordenador, tengo que ir a un cibercafé que está en la esquina con Diagonal para conectarme a Internet. Exprimo la hora al máximo, que vale 2 euros, y aprovecho para consultar diversas cosas, aunque aún no sé qué busco. Tengo la sensación de que soy un detective privado que sabe que está sobre la pista de algo importante pero todavía no tiene claro de qué. A última hora de la tarde regreso a la FNAC y, tirando de VISA, compro algunas películas clásicas que, por suerte, están de oferta entre 5 y 9 euros. Al volver a casa, la portera me asalta y me dice que sería hora de que vaciase el buzón, porque ya no sabe dónde dejarme las cartas. Llevo días sin abrirlo porque no quiero enfrentarme al montón de facturas, avisos y últimos avisos que nos han enviado. Las cojo de mala gana y al llegar al piso las dejo sobre la cómoda sin ninguna intención de abrirlas. Anastasia, atada, no se ha despertado o, si lo ha hecho, se ha vuelto a dormir. La desato y preparo algo para cenar, que se come de mala gana. Después vuelve a dormir y me preocupa porque empiezo a pensar que nunca más volverá a ser como antes. Me paso la noche en el comedor, viendo las películas que he comprado, tomando notas en una libreta y subrayando con el fluorescente de color amarillo más fragmentos de la biografía de Findlay Kennedy. Necesitaba algo para salir a flote, y me aferro al libro como un náufrago a un salvavidas, pero mi obsesión por el libro va creciendo como las manchas que veo en las paredes, que han pasado de parecer salpicaduras de aceite a tener el tamaño de un huevo. Me parece que acabaré tan loco como Catherine Deneuve en *Repulsión*.

Mi teoría empieza a tomar una forma consistente y necesito espacio para poder trabajar. Como mi despacho con el ordenador destrozado está impracticable, me instalo en la cocina, que siempre ha sido un lugar de la casa donde me he encontrado a gusto. Es algo que ya me sucedía de pequeño. Recuerdo pasar largas horas jugando en la cocina, inventándome mundos paralelos que solo podían reproducirse allí, bajo la fría luz de los fluorescentes. Como un científico loco en busca de una fórmula que cambiará la ciencia, me paso horas encerrado, alimentándome de café y pan Bimbo. Releo decenas de veces los fragmentos marcados del libro con fluorescente amarillo. Escribo notas en mi libreta como si estuviese poseído, con una caligrafía que seguramente no podré volver a descifrar. Pego pósits de color naranja en las paredes con cosas que debo recordar. Con cosas que hay que tener en cuenta. Con cosas. Por comodidad he instalado el televisor y el DVD en la cocina, y veo una y otra vez algunas de las películas que compré. Ya he descartado definitivamente algunas y las he dejado en un estante aparte. Otras esperan sentencia a un lado de la mesa con un pósit que especifica «posibles». Llega un momento en el que pierdo la noción del tiempo y ya no sé si todo esto tiene realmente el sentido que yo quiero encontrarle. Pero llega un día en que, de alguna manera, todo se vuelve tan coherente que me vería capaz de defenderlo en público, aunque las pruebas no serían válidas delante de un tribunal. Me sorprende que nadie se haya dado cuenta todavía. Debe de ser que la evidencia nos vuelve todavía más ciegos. Esta ventaja no podrán quitármela.

Ahora solo me falta una cosa para completar mi primera fase del proyecto y es, a priori, la más difícil: descubrir dónde vive Findlay Kennedy para contactar con él. Se sabe que el año 2000 compró una mansión de dos pisos con una gran extensión de terreno en un pueblecito cerca del lago Lemán, en Suiza. De alguna manera sé que la información tiene que estar en su biografía, en las cosas que se han publicado en Internet, en las entrevistas de los periódicos. Sé que con dedicación y perseverancia lo encontraré. Me paso un par de noches en un cíber de la Rambla que abre las veinticuatro horas, buscando con ayuda de Google toda la información que puedo encontrar del escritor. Hay algunos artículos que lo relacionan con la actriz Audrey Hepburn. Dicen que tuvo un idilio con ella. En otras partes, lo desmienten y dicen que ella iba a protagonizar la adaptación cinematográfica de una de sus novelas pero que nunca se llevó a cabo. También encuentro información sobre la amistad que a lo largo de los años fue consolidando con Charles Chaplin. Curiosamente, Hepburn y Chaplin se retiraron y murieron en Suiza. Busco en la Wikipedia las biografías de la actriz y del actor y director. Hepburn compró en 1965, en la pequeña localidad de Tolochenaz, cerca de Morges, una mansión de dos pisos y nueve habitaciones, llamada La Paisible, y que está rodeada por una gran extensión de terreno. Unos años antes, en 1952, Charles Chaplin, huyendo de la presión del gobierno americano, se instaló definitivamente en la pequeña localidad de Corsier, cerca de Vevey, en una gran mansión de dos pisos y quince habitaciones, llamada Manoir de Ban, con una gran extensión de terreno con piscina y una pista de tenis de color rosa. Morges y Vevey están al lado del lago Lemán. Busco información de Tolochenaz y Corsier en Google y veo fotos. A través de Google Earth y gracias a las fotografías aéreas, visualizo ambas zonas, una a cada lado de Lausana, y me hago una idea de los magníficos parajes en los que están ubicadas las casas. Tengo el fuerte presentimiento de que Kennedy vive en una de ellas. Además, hay dos factores, a priori casuales, que hacen que piense que puede ser una señal. Primero: uno de los proyectos teatrales que estaba preparando antes de la crisis que me ha traído hasta aquí era sobre Charles Chaplin. Segundo: cuando Yul era pequeño, para dormirlo, le cantaba «Moon River», la canción compuesta por Henry Mancini y que Audrey Hepburn popularizó en *Desayuno con diamantes*.

Al entrar en casa ya no me sorprende notar el olor a gas que ha impregnado las paredes. Da igual que ventilemos y perfumemos la casa cien veces al día. Estoy eufórico porque todo va encajando y he ido a celebrarlo con unas cuantas cervezas hasta que se me ha hecho de día. No obstante, ahora que creo saber cómo encontrar a Kennedy me falta una cosa muy importante para poder hacer el viaje. Necesito dinero. Hago unas llamadas al concesionario donde están intentando vender mi coche, pero me dicen que no hay ningún interesado. Pasa lo mismo con el piso de mi madre. Nadie ha preguntado ni siquiera el precio. Ninguno de mis amigos ha contestado a mis llamadas y mensajes. De hecho, ninguno de ellos ha venido a visitar a Anastasia al hospital ni se ha interesado por su estado de salud. Solo Carlota ha dejado un par de mensajes que no he contestado. Me parece que quiere recuperar el dinero que me prestó, y que ya no tengo. Incluso Anastasia parece que está en otra dimensión, encerrada en la habitación de Yul. No sé qué hace pero sospecho que alguna especie de ritual para devolverlo a la vida. Se me pasa por la cabeza atracar un banco o entrar a robar a casa de la portera. Cualquier medida desesperada. Incluso pienso en llamar a mi editorial o a mi agente y prometerles que si me dan otro anticipo les entregaré una novela. La mejor que hayan leído jamás. Pero sé que no confiarán en mí, y no puedo explicarles mi plan. No puedo decirles que tengo un plan. No entenderían nada si les explicase que, en algún momento de nuestra vida, todos tenemos uno. Me levanto enérgico y busco cosas de la casa que pueda vender de segunda mano rápidamente para sacar algo de dinero. Aunque sea para un billete de tren o para la gasolina justa para llegar a Suiza. Una vez allí, me da igual si duermo en la calle y no como. Tengo que ir para ejecutar mi proyecto. Venderé el televisor y el DVD. Venderé algunos muebles de diseño y algunos cuadros. Puedo vender mi colección de CD y libros. También pienso que puedo prostituirla a ella. En su estado de semiinconsciencia no se dará cuenta si hago entrar a hombres en la habitación para follársela. La cómoda de la entrada era de mis abuelos y me parece que puedo sacar algún dinero. La echo hacia atrás para observarla mejor y caen al suelo cartas y facturas que he ido acumulando. Me fijo en un sobre que no lleva los anagramas de los bancos ni de las compañías de luz, agua, gas y teléfono, que llevan meses amenazándome; de hecho, algunas ya han empezado a tomar represalias. Hay una que se ha quedado colocada de manera diferente. De forma estratégica. Intencionada. Y yo sé que es una señal. A mi alrededor todo se está confabulando para que las cosas empiecen a salir bien. Me agacho pero no la cojo todavía. La miro y sonrío. Primero sonrío tímidamente, después me río con fuerza y, finalmente, lloro de alegría. La carta especial lleva el logotipo de la Institució de les Lletres Catalanes. Nunca habría pensado que me alegrase tanto de ver el logotipo de un organismo oficial.

Las cartas que realmente tienen algo importante que comunicar no deberían escribirse a ordenador, no tendrían que enviarse por correo ordinario ni dejar que manos extrañas las tocasen y corrieran el riesgo de perderse. Las cartas importantes tendrían que escribirse a mano y confiarse a un buen amigo dispuesto a hacer un largo y fatigoso viaje si es necesario para asegurarse de que el destinatario las recibe. Ya no me queda ningún amigo, pero estas dos cartas las escribo a mano porque son las más importantes que he escrito jamás y porque destrocé el ordenador en un ataque de rabia e impotencia. Son dos cartas idénticas, escritas con la mejor caligrafía que soy capaz de hacer, en un inglés tan correcto como me es posible y ayudándome de un diccionario, donde busco las palabras más adecuadas para transmitir lo que quiero decir. Un error de traducción o de léxico podría ser fatal. Cuando tengo la versión final, las doblo con solemnidad y meto cada una en un sobre. En el primero escribo «La Paisible, Tolochenaz, Morges, Suiza». Con el código postal pertinente. En la segunda, Manoir de Ban, Corsier, Vevey, Suiza». Con su código también. Los dos pueblos son tan pequeños y las casas tan conocidas que seguro que el cartero sabe dónde están aunque no ponga el nombre de la calle. Ambas cartas llevan el nombre de Findlay Kennedy arriba del todo, aunque no estoy nada seguro de que viva en ninguna de esas casas. Como me baso en deducciones, es posible que no lleguen a ninguna parte o que, si lo hacen, no haya ningún Findlay Kennedy y acaben hechas trizas en un cubo de la basura. Justo antes de echarlas al buzón, les doy un beso, como si en lugar de una transacción comercial fuesen cartas de amor, y después me quedo allí de pie durante un buen rato, esperando que del interior del buzón salga alguna señal que me confirme que todo irá bien.

Me paso los días siguientes nervioso esperando recibir alguna noticia. Mentalmente, hago varias veces el recorrido de las cartas desde que las eché al buzón: un empleado de correos selecciona las cartas de la saca por destino; después, las colocan en una cinta transportadora que franquea el sello y las meten en diferentes sacos distribuidos por países. Cargan el saco donde van mis cartas en una furgoneta y desde la central de correos de Via Laietana llega al aeropuerto de El Prat. Después de pasar las medidas de seguridad, el saco se carga con el resto del equipaje de un vuelo de Swiss Air. Las puertas se cierran y el avión despega y vuela a miles de kilómetros con el saco y las cartas en su panza. Cuando aterriza en el aeropuerto de Ginebra los trabajadores que bajan el equipaje suben el saco a uno de los carritos y lo llevan a la terminal. Allí lo recoge el personal de correos, que pone el saco en una furgoneta y lo traslada hasta la central, donde una máquina especializada, con muchos brazos, va distribuyendo las cartas según el código postal de cada una. Las mías se separan por primera vez desde que salieron de Barcelona; una cae en el saco que va a Tolochenaz, y la otra, en el de Corsier. No obstante, como se trata de pueblos pequeños son las únicas cartas del saco y van de un lado para otro en medio de tanto espacio vacío. Cargan los sacos en un vagón de mercancías del tren que circula junto al lago Lemán y que se dirige a toda velocidad a Morges. Allí, un responsable de correos baja el saco de Tolochenaz, lo mete en una furgoneta y él mismo lo lleva hasta la pequeña estafeta de correos donde lo entrega al cartero local, que abre el saco y, sorprendido, coge la única carta que hay dentro. El saco de Corsier ha seguido viajando en tren junto al lago y, cuando llega a su destino, un cartero igual que el otro hace exactamente la misma operación. Ambos caminan tranquilamente con sus carteras de piel, donde solo llevan una carta, por las calles desiertas de los dos pueblos. Hace un día fantástico y no tienen prisa. Uno delante de La Paisible y el otro delante del Manoir de Ban llaman a la puerta con la carta en la mano. Esperan pacientes y, como nadie abre, dejan la carta en el buzón esperando que el destinatario la recoja en algún momento del día.

Igual que las malas noticias nunca llegan solas, las buenas también suelen venir acompañadas. Un día recibo una llamada al teléfono fijo de casa. Pensaba que nos habían cortado la línea hace semanas, así que me asusto cuando lo oigo sonar. Descuelgo con curiosidad por saber quién se aventura a llamarnos en un momento en el que vivimos tan desconectados del mundo. Una chica de la agencia inmobiliaria me dice que hay una persona muy interesada en el piso de mi madre, aunque el precio que ofrece es muy inferior a lo que yo pedía. Acepto sin pensármelo y le digo que me gustaría cobrar el dinero enseguida. Me promete que lo gestionarán para que vaya lo más rápido posible. El dinero ya no es un problema; con la subvención y la venta del piso puedo estar muy tranquilo. Mientras espero a que llegue alguna respuesta de Suiza, me dedico a planear cómo haré el viaje hasta allí, qué ruta será mejor y si iré en coche, tren o avión. Me compro mapas de carreteras y guías de viaje. Seguramente volaré de Barcelona a Ginebra y, una vez allí, según de dónde provenga la respuesta, iré en tren hasta Morges o Vevey, tal y como he imaginado que hacían las cartas. Miro hoteles y sus prestaciones por Internet en el cibercafé. Mediante Google Earth veo las calles por las que caminaré y acerco la imagen hasta que se vuelve borrosa. Compruebo distancias en viamichelin.com. Valoro posibilidades, pienso estrategias, planeo acciones. Me gustaría estar allí ya, en cualquiera de los dos pueblos, en cualquiera de las dos casas. Cada día reviso mil veces mi correo electrónico y el correo ordinario, las dos formas de contacto que incluí en la carta. La portera está dolida porque piensa que no confío en ella. Me reprocha que durante meses he dejado que las cartas se acumulasen en el buzón y ahora parece que haya perdido el juicio porque reviso el buzón tres veces al día. Insiste en que, si tan importante es esa carta, me la subirá a casa. Un día, en una de esas largas sesiones de navegación sin rumbo por la red, se abre una ventanita en el lado derecho de la pantalla y una señal acústica me avisa de que he recibido un e-mail. Hace tiempo que no recibo ningún correo electrónico aparte de los *spams* que me ofrecen viagra y alargamientos de pene. El corazón me late rápido, pero no me atrevo a abrirlo. Cierro los demás programas que tenía abiertos y maximizo el Messenger. Hay un icono de un sobre que muestra que efectivamente tengo un mensaje. Hago clic encima con el ratón y accedo a la bandeja de entrada de mensajes. Es de Findlay Kennedy y la casilla del asunto está en blanco. Abro el mensaje y lo leo. Está en un inglés muy correcto y me cita para el 3 de agosto a las cinco de la tarde en La Paisible, en Tolochenaz, en Suiza. Para eso solo faltan cincuenta y cuatro horas y treinta y cinco minutos, y quedan muchas cosas por solucionar. Noto que el corazón se me acelera al mismo ritmo que las agujas de un reloj imaginario que en mi cabeza ha empezado la cuenta atrás. Tengo que organizarme muy bien si quiero llegar a tiempo con todo el proyecto a punto. No puedo dejar escapar esta oportunidad.

Lo primero que hago es ir a la FNAC del Triangle y comprar un ordenador portátil, mucho mejor de lo que necesito, un móvil con tarjeta recargable y muchos CD de Grandes Éxitos de diversos cantantes y grupos, desde Norah Jones a Muse. Pago con VISA, con un crédito que ya sé que no devolveré nunca. Paso por la oficina de mi banco y, ante la sorpresa del empleado que me atiende, saco de mi cuenta la gran cantidad de dinero que he recibido de la subvención de la Institució de les Lletres Catalanes y cancelo la cuenta junto con todas mi tarjetas de crédito. Cambio una buena parte de los euros por francos suizos y me dan billetes que parecen del Monopoly. Después abro una cuenta corriente nueva, a nombre de Kira Stieglitz, e ingreso diez euros simbólicos para que la cuenta sea válida. Una vez en casa, me conecto a Internet gracias a la red wi-fi de algún vecino que no la tiene protegida, y compro un billete electrónico para el vuelo LX 1941 de Swiss Air que sale mañana a las 9.10 de Barcelona y llega a Ginebra a las 10.45. No compro billete de vuelta. Después envío un e-mail a la agencia inmobiliaria para que ingresen el dinero de la venta del piso de mi madre en la cuenta corriente que he abierto para Anastasia con su nombre real. Doy de baja mi web y las dos cuentas de correo electrónico que estaban ligadas a ella. También elimino mi polémico blog y mi perfil de Facebook. Solo dejo activa mi cuenta de Hotmail, la dirección que di a Findlay Kennedy, por si tiene que volver a ponerse en contacto conmigo. Le envío un e-mail con el nuevo número de teléfono, que solo tendrá él, y me doy de baja, después de quince años, de mi teléfono móvil. Y es así como finalmente, en silencio y sin que nadie se dé cuenta, desaparezco del mundo.

A media tarde, busco mi maleta naranja, la misma con la que fui a Inglaterra e Italia, y la lleno de la ropa que necesitaré para el viaje. Cojo un estuche archivador de CD y guardo en él todos los Grandes Éxitos que he comprado. También pongo los dos volúmenes del recopilatorio de Maria Callas que robé a Francesca. Cuando he solucionado todo eso, me encierro en el baño, donde observo mi rostro en el espejo durante un buen rato. Mecánicamente, como si lo hubiese hecho miles de veces, cojo la máquina de cortar el pelo. Primero me rapo los laterales y me dejo en el medio una larga cresta, como Robert de Niro en *Taxi Driver*. Al raparme el resto del pelo veo que lo he hecho al 10 y que aún lo llevo muy largo. Vuelvo a pasar la máquina al 6, pero sigo viéndolo demasiado largo. Finalmente, como Demi Moore en *La teniente O'Neil*, lo hago al 3 y, cuando la cáscara blanca queda al descubierto, guardo la máquina antes de que me entren ganas de arrancarme la piel. En el lavabo se han acumulado los mechones de pelo y siento el mismo dolor que si me hubiesen amputado una extremidad. No sé por qué me cuesta tanto desprenderme de algunas cosas. Solo es pelo, volverá a crecer. Supongo que este es otro de los tics de esta generación materialista y posesiva, preocupada solo por acumular bienes y éxitos.

A la hora de cenar, decido que me iré sin decir nada a Anastasia. Mentalmente está muy lejos de aquí y no sé si me reconoce o no. Sé que, algún día, Susanna encontrará su cadáver en la bañera con las venas cortadas o muerta en algún rincón por falta de alimento. Pero cuando salgo de la cocina, ella se acerca a contraluz desde el pasillo, vestida con un camisón que le va grande y tiene exactamente el mismo aspecto que un fantasma. Me acerco poco a poco, algo impresionado por su dejadez, sin verle bien la cara porque la luz le da por la espalda. Le digo que me voy al día siguiente. Que me he cansado de luchar, de ir a contracorriente y de abrirme camino a solas. Le digo que no volveré. Que he caído desde demasiado arriba y he llegado demasiado abajo, así que no volveré. Que me voy a luchar en la última batalla de la última guerra. Que es la última oportunidad que me queda. Le digo que aproveche el momento e intente empezar de cero. Que busque ayuda en algún lugar donde se la puedan dar. Le repito que no volveré, aunque me parece que ya ha quedado bastante claro. Entonces ella, con unos ojos que brillan de forma sobrenatural, me dice que ha llegado el momento de rebobinar. Entiendo esa expresión como volver atrás, al punto en el que todavía había alguna cosa por la que valiese la pena luchar. Me coge de la mano y me conduce hacia el comedor y, una vez allí, me hace sentar y, todavía más seria, me dice que me prepare para escuchar la historia más increíble que jamás me hayan contado. Apaga todas las luces de la habitación y deja solo la luz que entra del exterior y que ya ha empezado a menguar porque estamos en esa hora mágica que no pertenece ni al día ni a la noche. Diría que no ha puesto música, pero me parece oírla. Es muy relajante, pero no sabría decir si es moderna o clásica. Se sienta delante de mí, en una postura rígida, como si estuviese a punto de interpretar una pieza musical delante de un piano. Después, en un tono de voz mucho más grave y afectado, que no le había escuchado nunca, empieza a hablar y su aliento me llega a la cara; es tan cálido y agradable que me envuelve y me seda. Después de cinco años, se ha decidido a explicarme por qué no sé nada de su pasado.

—Tengo un poder, Gerard, tengo un poder que me transmitió alguien de mi familia, pero no recuerdo quién. Para explicarte este poder, necesito que estés preparado, necesito que no juzgues nada de lo que te voy a decir. Necesito que no me preguntes ni quieras saber más cosas de las que yo misma sé. Lo necesito. ¿Lo entiendes?

Me cambio de postura en el sofá y mis ojos se desvían un momento hacia la calle. Ya han encendido las farolas, pero todavía hay luz en el cielo. Me da miedo pensar que este discurso extraído de algún manual de autoayuda peligroso se alargará más de la cuenta.

—¿Te imaginas poder borrar de tu mente todo aquello que te sobra, que te duele, que te molesta? ¿Poder seleccionar qué recuerdos guardas y cuáles no? ¿Te lo imaginas?

No digo nada, pero no, no me lo imagino.

—Yo tengo esta capacidad. La técnica es relativamente fácil, pero extremadamente pesada. Para conseguirlo, tengo que revivir ese recuerdo que impide mi felicidad y borrarlo. Pero, lo más importante es revivirlo al revés, comenzando por el final, y cuando llegas al principio tienes que tomar la decisión de suprimirlo para siempre. Me parece que es una técnica mental llamada *rebobinar*.

Ahora ya solo puedo verla en la penumbra, gracias a la luz naranja que entra de la calle. No sé si echarme a reír antes de que lo haga ella, pero los siguientes minutos de silencio son tan extraños que me cuesta moverme e, incluso, me cuesta respirar para no romper este momento.

—La noche anterior a que nos encontrásemos en Londres, bajo el Big Ben, había rebobinado toda mi vida. Toda. Ya no recordaba absolutamente nada. Ni siquiera mi nombre. Las siguientes horas después de hacerlo fueron caóticas, extrañas, borrosas. Caminé por la calle sin rumbo, durante todo el día, intentando aferrarme a alguna cosa conocida o que me pareciera lo bastante confortable. Por eso tú, cuando accediste a caminar conmigo, te convertiste en mi único vínculo con el mundo. Cuando te fuiste yo seguí caminando por las calles de Londres sin propósito alguno. Esperaba el momento de entrar en un cibercafé para conectarme a Internet y hablar contigo. Hasta que me invitaste a venir a Barcelona.

—¿Y tu nombre? ¿Tu pasaporte belga? ¿Eso tiene alguna explicación?

—Cuando te encontré por la calle, no recordaba mi nombre y me inventé que me llamaba Anastasia porque lo había visto en una película. Antes de irme a Barcelona, al recoger las pocas cosas que me quedaban, encontré mi pasaporte, pero me pareció que, si te revelaba mi nombre real, te echarías atrás. Además, si quería borrar mi pasado, no tenía ningún sentido conservar el nombre.

—¿Y por qué lo olvidaste todo?

—No lo recuerdo. Lo he olvidado.

Me deja otro rato de largo silencio para asimilar lo que me acaba de contar. Esa podría ser la historia que estaba buscando para mi novela. Siempre la he tenido al lado, tan cerca, tan asequible. Quizás tendría que ser ella quien escribiese novelas. Con toda esta ciencia ficción barata seguro que crearía un buen *best-seller*. Seguro que Spielberg compraría los derechos. No dejo de dar vueltas a la idea de que, si fuese verdad, todo lo que hemos vivido en los últimos cinco años adquiriría una coherencia y un sentido brutales. Todas las incógnitas de esta ecuación se resolverían de golpe. Sin nuevos cálculos ni nuevas hipótesis. Pero toda esta locura todavía tiene traca final que se reserva para unos minutos más tarde, cuando supone que he asumido todo lo que me ha contado, aunque hacerlo, si es verdad, me costará siglos.

—Puedo volver a ser feliz, Gerard. Es muy fácil, solo tengo que *rebobinar* esta noche hasta el día que llevaste a Yul a casa de tu madre. Puedo borrar la espera mientras volvías de su casa. Puedo suprimir la llamada de la policía para decirme que habían muerto. Puedo eliminar de mi memoria la ansiedad por tu regreso. Puedo anular la farsa del tanatorio y puedo omitir la tristeza del funeral y el sufrimiento que hemos padecido hasta hoy. Puedo hacer que, para mí, Yul vuelva a estar vivo y así ser feliz de nuevo.

Todo esto me supera. No entiendo nada y me parece que no quiero entenderlo. Tiene que estar tomándome el pelo. Es una broma macabra sin ningún sentido. Me levanto de repente, me parece que la asusto, y me voy a la cocina. A oscuras me mojo la cabeza bajo el grifo del fregadero y vuelvo a sorprenderme al no notar el pelo cuando me paso la mano por la cabeza. Abro la nevera para verme con la luz que sale de ella y me horroriza que esté llena de fiambreras con cebolla en trocitos. Encuentro en un armario una botella de whisky de Malta de doce años que guardaba para una ocasión muy especial. Le quito el precinto y doy un trago directamente de la botella. La nevera abierta vuelve a llamarme la atención y me repugna la imagen que veo. Cojo bolsas de basura de debajo del fregadero y tiro todos los recipientes con cebolla hasta que la nevera queda completamente vacía. Para mí, esta acción tiene el mismo efecto que si hubiese borrado los recuerdos que necesitaba expulsar de mi cabeza. Bebo otro trago de whisky y, con la botella en la mano, regreso al comedor donde ella sigue sentada en el sofá a oscuras.

—¿Me prometes que volveremos a ser como antes? —le pregunto desde la puerta sin atreverme a entrar.

—Sí.

Vuelvo a sentarme en el sofá, a su lado, pero me quedo mirando la televisión, que está apagada. Bebo otro trago de whisky. Me preocupa si seré capaz de fingir que Yul está vivo para mantener su farsa cada día.

—Pero Yul no volverá... quiero decir... aquí —le digo para aclarar que no piense que el niño vaya a resucitar.

—También borraré la muerte de tu madre. Para mí será como si el niño estuviese siempre en su casa. Y si quieres puedo acompañarte a ese viaje que estás a punto de hacer. Todo cuadra, estaremos en el mismo punto que cuando nos íbamos los dos a Londres.

Me horroriza la perfecta planificación que ha hecho de semejante aberración. Me propone fingir que no ha pasado nada, que mi hijo y mi madre están vivos, en Vic, viviendo en un piso que ya está vendido. Sin embargo, a cambio, si consigo mantener esta farsa todos los días, ella volverá a ser la Anastasia de antes. Quizás podré volver a construir una vida para ella si olvida la parte dolorosa de nuestra relación. Quizás podamos salvarla fingiendo que no ha pasado nada. No sé cuánto rato estamos en silencio, a oscuras, mientras valoro los pros y los contras de este extraño pacto con el diablo, y ella permanece quieta, como si fuese un robot al que le han quitado la batería. De repente, me mira y, por el reflejo de la luz de fuera, veo sus dientes blancos e intuyo que sonríe. Entonces, pienso que está a punto de confesar que me está tomando el pelo, que ha sido una broma macabra sin ninguna gracia. Me mira durante un buen rato y me pasa la mano por la cabeza con un gesto que me coge por sorpresa.

—Me gustabas más con el pelo largo —dice sonriendo, y añade en un tono amable y cálido—: ¿Qué me dices, Gerard? ¿Quieres que lo olvide?

Los preparativos que lleva a cabo en el baño me parecen demasiado esotéricos e incluso ridículos. Incienso, velas, un reproductor de CD portátil con música tibetana y cojines por el suelo para estar cómoda. Dice que necesita tranquilidad para relajarse y, además, un sitio con agua para poder abrir un grifo y oírla fluir. A mí, me darían ganas de mear. Se despide de mí como si se fuese a una misión espacial de la NASA, cierra la puerta y pasa el pestillo por dentro. Me quedo allí delante como un pasmarote, con la puerta en las narices, pensando que tal vez se corte las venas o tire el reproductor de CD a la bañera con ella dentro. Pase lo que pase, como no puedo hacer nada, vuelvo al comedor y me siento en el sofá resignado. Cojo la botella de whisky y le doy otro largo trago. Hago zapping en la tele y, como siempre, no emiten nada interesante. Voy a la estantería de los DVD y repaso las películas clasificadas por directores. Me parece un buen momento para ver *La maldición del escorpión de jade,* de Woody Allen; aunque no es su mejor película, encaja bastante bien con el ambiente esotérico de la velada y me ayudará a quitarle dramatismo. Woody Allen interpreta a un detective de seguros al que hipnotiza un ladrón que tiene un espectáculo de hipnosis. Al oír la palabra *Constantinopla* obedece las órdenes que el ladrón le da por teléfono, en ese caso, robar las joyas de las casas que el propio detective protege. Cuando la película y la botella de whisky se acaban, noto que no puedo levantarme. La cabeza me da vueltas, pero después me doy cuenta de que en realidad es la habitación la que gira. Una arcada me sube por el estómago, me quema y no puedo evitar vomitar en el suelo. La cabeza está a punto de explotarme y ya soy incapaz de mantener los ojos abiertos. Me quedo dormido en el sofá, vestido y en una mala postura que, por la mañana, me dará problemas.

Me despierto cuando la luz del día entra ya por las ventanas, que tienen las persianas abiertas porque ya no las cerramos nunca. El sol casi toca el sofá y tengo miedo de que, si llega hasta mí, me derretiré como un vampiro. No puedo abrir los ojos porque las retinas me queman y me cuesta mucho acostumbrarme a esta luz potente. También me cuesta situarme. Quién soy. Dónde estoy. Qué hago durmiendo en el sofá. La cabeza me duele tanto que parece que me va a explotar y tengo la boca seca y me apesta el aliento. Veo la carátula de la película de Woody Allen sobre la mesita y es como un antídoto que me ayuda a recordar la conversación de la noche anterior. El corazón me da un salto y me siento en el sofá de golpe, pero estoy muy mareado y me duele todo el cuerpo por la postura en la que he dormido. En el suelo no hay ni rastro de mi vómito y la botella de whisky ha desaparecido. Me levanto con dificultades y espero que quien sea que esté tocando el tambor dentro de mi cabeza deje de hacerlo pronto. Cuando llego al lavabo evito mirar mi cara en el espejo, sé que no me gustaría ver la personificación de la decadencia humana. Mis ojos escrutan a mi alrededor, buscando rastros de velas, incienso y cojines, pero no queda nada. Su cadáver no está en la bañera y eso me tranquiliza, pero entre los geles, jabones y champús veo dos cosas que no encajan: un patito de plástico amarillo y una estrella de mar azul. Creía que los habíamos guardado cuando hicimos reformas. Meo aguantándome con una mano en la pared para no caerme. No tengo apenas puntería. Voy hasta nuestra habitación, donde la cama está deshecha, pero no hay rastro de ella. Me acerco a la ventana y miro a la calle. Tampoco la veo aplastada en la acera con el cráneo reventado. El cruce entre Muntaner y Córcega está mucho más tranquilo de lo normal, después recuerdo que ya estamos a 2 de agosto y que, además, es domingo. La ciudad se ha vaciado como si se hubiera declarado un brote de lepra. Me llama la atención una fotografía que hay encima del tocador y que ayer no estaba: Yul, en medio de nosotros dos. Camino aturdido por el pasillo, donde más fotografías de Yul que habíamos guardado en una caja y dentro del armario de su habitación han vuelto a ocupar el espacio que antiguamente les había pertenecido. Oigo un ruido que viene de la cocina, pero no sé identificar si es real o fruto de mi mente enferma. Es un ruido cotidiano, de platos, vasos, la tostadora que acaba de expulsar las tostadas y el timbre del microondas que anuncia que ya ha calentado lo que estuviera dentro de él. Asomo la cabeza y veo la mesa puesta con un desayuno fantástico donde, sorprendentemente, no hay mermelada de albaricoque. El olor a gas casi se ha desvanecido. Ella está delante de la encimera, pendiente de la cafetera, mientras habla por teléfono. Está amable y risueña, y hasta bromea.

—¡Es que ya no es un niño! —Se gira y me ve. Me dedica una sonrisa que me desconcierta—. Carme, te dejo, que el príncipe ya se ha levantado y me parece que tiene resaca. Nos vamos por la tarde en coche, pero me parece que antes tendremos que echarnos una buena siesta. Te llamo después.

Cuelga y, como si nunca hubiese pasado nada, se me acerca y me da un beso en los labios, pero estoy asustado, la única Carme que conocemos es mi madre. Anastasia me riñe porque me apesta el aliento a alcohol y me dice que desayune antes de que se me enfríe el café. Compruebo que la cañería de gas sigue arrancada a ras de suelo. Esto me da la certeza de que no se trata de una pesadilla, pero estoy convencido de que, igual que en la película de Woody Allen, cuando diga *Madagascar*, la contraseña para despertar de la hipnosis, ella volverá a estar como ayer.

—Madagascar —digo en voz baja.

Vuelvo a repetirlo más alto, esperando su reacción, pero ella se gira con la cafetera en las manos, que acaba de coger de la encimera, y me dice con una amplia sonrisa:

—Recuerdos de tu madre.

Me despierto de repente, sobresaltado, como si hubiese tenido la peor de las pesadillas. Esta vez tardo mucho más de lo normal en saber dónde estoy, hasta que, absolutamente desconcertado y un poco preocupado, me doy cuenta de que estoy en el asiento trasero del coche, donde antes estaba la sillita de Yul. Me duele todo el cuerpo y, como he dejado la puerta abierta, entra aire frío que me hace temblar como si tuviese párkinson. Me podría haber congelado y nadie se habría dado cuenta. Salgo del coche y miro al horizonte al final de unos campos de trigo que hay delante de mí y veo que empieza a clarear. Estiro las piernas y los brazos, flexiono las rodillas y la espalda para que la sangre vuelva a circular. Cierro las puertas y subo a mi asiento, enciendo el motor y pongo la calefacción al máximo para intentar que el calor me devuelva a la vida después de haber estado tan cerca de la muerte. Conduzco sin rumbo por las calles desiertas de Tolochenaz y, cuando vuelvo a entrar en calor y mentalmente consigo estabilizarme un poco, sigo un cartel que indica Morges. Quizás, a la hora que es, podría quedarme hasta las diez delante de La Paisible para la entrevista, pero si me doy prisa todavía podré dormir tres horitas en el hotel. El camino de vuelta, que hago en silencio, es tan fácil como el de ida. Todo está indicado a la perfección. Al llegar delante del hotel, el corazón me da un vuelco. Donde antes estaba estacionado mi coche, en una de las zonas azules del Quai du Mont-Blanc, ahora está aparcado un Saab de color gris con un adhesivo de Disneyland detrás. Aparco delante y bajo nervioso del coche. El corazón me va a mil y las piernas me tiemblan. Me acerco al Saab y lo observo. Si me ve alguien, pensará que quiero robarlo. Miro dentro buscando indicios que me ayuden a descubrir si este coche ha tenido algún accidente mortal en la autopista. Podría esperar hasta que aparezca el conductor o dejarle una nota en el parabrisas para que contacte conmigo, pero la táctica de las notas ya la usa Anastasia y no le ha servido de nada. Miro a mi alrededor pensando cómo puedo contactar con él y, de repente, como si el alma de Jack Nicholson en *El resplandor* me poseyese, rompo un retrovisor del Saab con violencia. Después le dejo una nota con mi teléfono y el número de habitación. Seguro que así contactará conmigo.

El recepcionista está durmiendo en la silla en una curiosa postura y no me oye cuando entro. Suerte que de momento no necesito la llave de la habitación porque lamentaría tener que despertarlo. Al lado del ascensor hay un gran marco apoyado en un caballete, donde está el menú del restaurante del hotel y las actividades que hacen. Me llama la atención un pósit de color verde fluorescente que desentona con la buena presentación del resto. Es la letra de Anastasia y se repite el mismo mensaje de siempre para Stéphane y su familia. No lo quito. Ojalá lo encuentre un psicópata y la moleste toda la noche. Seguramente, solo así escarmentará. Subo las escaleras con las paredes pintadas con rayas verticales de color gris y hueso, y acaricio el caballito de feria que hay en una de las esquinas como decoración. Me detengo delante de la puerta de la habitación 308 esperando que ella no la haya cerrado con llave. Abro la puerta de la habitación con mucho cuidado, procurando que no se cuele la luz del pasillo dentro. A oscuras, me desplazo intentando no hacer ningún ruido. Me desnudo con el mismo cuidado y me meto en la cama lentamente, pero enseguida me doy cuenta de que ella no está donde pensaba. Me siento en la cama y veo luz bajo la puerta del baño. Me levanto con el corazón en un puño y avanzo en la penumbra hasta la puerta. Está en el suelo, en braguitas y con una camiseta de tirantes. Se ha quedado dormida con la cabeza apoyada en el váter, supongo que exhausta de tanto llorar. Con una mano sujeta el teléfono móvil, pero dudo que haya hecho ninguna llamada. Cambian las baldosas del baño, la decoración de las habitaciones, los nombres de los hoteles y de las ciudades, pero llevamos dos noches viviendo el mismo drama. La cojo por debajo de los brazos y las piernas y, como si fuésemos dos recién casados, la llevo en brazos hasta la cama y allí la cubro con el nórdico. En la mesita veo la fotografía de la familia de papel donde los cuatro sonríen a la cámara. Supongo que la había guardado aparte de las demás fotos del sobre. Un escalofrío me recorre la espina dorsal. Me quedo un buen rato sentado en la butaca de color lila claro, observando cómo duerme gracias a la luz del baño que he dejado encendida. Esto me recuerda a la primera noche que se quedó a dormir en mi casa, en aquel pisito del Raval que casi he olvidado ya para siempre. La familia de papel mira esta tierna escena desde la mesita. Ahora que he intentado destruirlos, su mirada es mucho más amenazadora que antes, como si planeasen represalias por mi acto cruel de lanzar sus cadáveres troceados en el lago Lemán. Sé que volverán del más allá para perseguirme. Vuelvo a concentrarme en ella y creo que, después de todo, ahora empiezo a ser consciente de su sufrimiento. Intento imaginar cómo debe de ser vivir sin pasado, sin recuerdos, sin nada a lo que aferrarse. Es como tener alzhéimer toda la vida. Mi abuelo tenía y dicen que normalmente esta enfermedad se salta una generación. Supongo que a mí también me tocará. Si sigo con Anastasia, será perfecto que ninguno de los dos tenga recuerdos. Me tumbo al otro lado de la cama, es tarde y ya no podré dormir ni las tres horas que pensaba, pero reconozco que me da miedo hacerlo. Temo que Stéphane y su familia salgan de la foto para romperme en pedacitos como he hecho yo con ellos. Me invento juegos mentales para evitar dormirme, como repasar los títulos de todas las novelas de Findlay Kennedy o recordar todas las cosas que he olvidado. Al cabo de un rato, la oigo respirar profundamente y me reconforta saber que está tranquila. Esta es la cara amarga de la felicidad ficticia que se ha creado. Todos los recuerdos que consigue olvidar durante el día vuelven de golpe de noche en forma de pesadilla. A mí me pasa completamente al revés. Supongo que por eso volvemos a complementarnos. Llega un momento en el que, por más que intento mantenerme despierto y ser consciente de lo que pasa a mi alrededor, noto que los ojos se me cierran y no consigo volver a abrirlos por mucho que me esfuerce.

La tarde estalla como si fuese una magnífica mañana cuando Stéphane sale de la consulta del doctor Rochefort, spécialiste en maladies surprenantes, *en el número 22 de la rue des Nouvelles tristes de un pueblecito al este de Francia que se llama Le petit village des espoirs perdus. Camina con paso seguro, con la cabeza alta y una sonrisa en los labios, como si fuese el hombre más afortunado del mundo. Bajo el brazo, lleva el informe médico que le acaba de dar el doctor. Aunque las noticias no son nada afortunadas, está contento porque él será quien se lo comunique a su familia y podrá compartir con ellos tan desafortunado destino. Por un momento, se le pasa por la cabeza que si hubiese ido a ver al doctor Chevalie,* spécialiste en guérisons miraculeuses, *que tiene consulta justo en el pueblo de al lado, llamado Le petit village des bonnes nouvelles, tal vez las cosas habrían sido distintas. Al llegar a la casa de madera que está aparcada flotando en un descampado, al lado de un campamento de gitanos que la miran como si fuese un platillo volante, reúne a toda la familia para explicarles lo mismo que un rato antes le ha dicho el doctor Rochefort,* spécialiste en maladies suprenantes. *Stéphane tiene una enfermedad llamada* maladie du sommeil sans fin. *De hecho, él es el primer paciente en todo el mundo a quien se le ha diagnosticado y, por tanto, no aparece en los libros de medicina y, como es de esperar, no hay ninguna cura. Lo más tranquilizador que le ha dicho el doctor es que tampoco hay síntomas negativos ni dolor. La enfermedad es plácida y agradable y conlleva una muerte de iguales características. Esa misma noche, cuando Stéphane cierre los ojos y se duerma, no volverá a despertar nunca más. Después del desconcierto y los lloros iniciales, Stéphane convence a Carole, Cédric y Cyrille de que tienen que aprovechar el día al máximo hasta que llegue la noche y él se duerma. Van a la feria y se suben a todas las atracciones, por muy peligrosas que parezcan. Comen helados con sabor a frutas* qui n'ont jamais existé *y azúcar de ese rosa que parece algodón. Más tarde juegan a cazar patos con un palo y Cédric y Cyrille cazan tantos que se llevan un montón de regalos. Por la tarde pasean junto al río* où l'eau n'est jamais tout à fait transparente, *donde los niños juegan al pilla pilla y los padres esperan sentados en un banco, se cogen de la mano y comprueban que, ciertamente, las aguas del río no son nunca transparentes. Cuando los niños se cansan de correr dicen que quieren ir a ver una película al cine que han visto anunciada en la tele, aunque sus padres no saben en qué televisor porque no hay ninguno en la casa de madera. Mientras Cédric y Cyrille engullen palomitas mirando fascinados las imágenes en movimiento que ven en la gran pantalla de una película que se titula* Le film le plus merveilleux de ce côté de l'horizon, *Stéphane coge la mano de Carole en la oscuridad de la sala y la aprieta con fuerza. Aunque la película es, tal y como anuncia la publicidad del exterior del cine, «la comédie la plus amusante depuis* L'orange mécanique», *ella no para de llorar como si fuese el melodrama más triste. Al salir del cine, se meten los cuatro en un fotomatón al lado de la estación de tren y se hacen una foto donde sonríen como si fuesen la familia más feliz del mundo. Por la noche, van a cenar a una hamburguesería de una cadena muy famosa y se atiborran de comida basura que Carole suele negarse a darles, pero que los niños siempre quieren probar. Antes de volver a casa todavía tienen tiempo para dar una larga vuelta por el parque y Stéphane pide a los niños que le expliquen qué quieren ser cuando sean mayores. Cédric quiere ser* astronaute de planètes qui volent bas *y Cyrille quiere ser* écrivain de romans qui feront des chatouilles. *Cuando llegan a la casa de madera, a la que los gitanos se han acercado más y casi se atreven a tocarla, Stéphane se mete en la cama y Carole y los niños se sientan a su alrededor como si se preparasen para velar a un muerto. Y, como si no pasase nada de nada, hacen lo contrario a lo que mandan los cánones cuando los padres explican cuentos para que los niños se duerman. Aquí, los niños explican un cuento al padre para mantenerlo despierto. Los niños van improvisando una historia rocambolesca que escenifican sobre la cama. Saltan, cantan, bailan y luchan mientras intentan mostrar cómo era un combate en la Edad Media o cómo será el baile de moda del año 3000. Pero los niños, con tanta actividad, se cansan pronto y acaban sentándose en la cama al lado de su padre. Ahora es el turno de Carole, que explica anécdotas de cuando los niños eran pequeños y todas las travesuras que hacían. Los primeros en quedarse dormidos son los niños, que no pueden evitar que se les cierren los ojitos.*

—Heureux rêves, mes enfants —*les dice el padre mientras les acaricia el pelo.*

Entonces, Carole empieza a llorar porque dice que sin él no podrá sobrevivir. Se abraza a su marido y sigue llorando hasta que, exhausta, se queda dormida sobre el pecho de Stéphane.

—Heureux rêves, *Carole —le dice él mientras le acaricia el pelo.*

Y él, a solas, hace todavía un último esfuerzo por mantenerse despierto, luchando contra los párpados que se cierran con un peso sobrenatural. Parecen pesar lo mismo que las puertas de hierro del castillo que antes han descrito sus hijos. Y, cuando ya es incapaz de abrirlos y empieza a perder la conciencia por culpa del sueño, se dice a sí mismo, muy bajo, sin casi despegar los labios:

—Heureux rêves, *Stéphane.*

A todos los que siempre recordaré

2. Suprimir

«¿Le fallaba la memoria o la tenía tan disciplinada contra los sucesos desagradables que llegaba a falsear la realidad?».

JOHN CHEEVER, *El nadador*

Día 3

Y entonces, cuando me abraza tan fuerte que casi no me deja respirar, me despierto.

No puedo situarme. No sé quién soy, dónde estoy, ni qué vínculo afectivo me une al hombre que duerme a mi lado. Me froto los ojos con las manos y espero a que se acostumbren a la luz que entra descarada por la ventana abierta de par en par. Observo el rostro del hombre, pero de momento no me resulta familiar. Quizás, dentro de un rato, lo reconozca, pero, por el momento, no sabría ponerle un nombre. Me gustan las facciones de su cara, marcadas, la nariz prominente, con personalidad, la barba dura perforando como pinchos de acero negro su piel. El aliento que sale de su boca no huele mal y me parece que no respira por la nariz porque debe de tenerla tapada. Tiene las cejas gruesas pero bien arregladas, supongo que debe de cuidarse. El cutis no parece castigado y, al menos ahora que está relajado, no se le ven arrugas de expresión, aunque diría que debe de tener más de treinta años. Tiene el cabello muy corto y no parece que se lo tiña. Con un dedo, le marco las líneas de la cara, pero él no se despierta. Bajo por el cuello, que es largo y me gusta, paso por el hombro y sigo por el brazo. Tiene pelo en el tórax, una alfombra negra pero no demasiado frondosa. Bajo con el dedo hasta el ombligo y me quedo un rato antes de seguir el reguero de pelo que llega hasta su pubis y se adentra en sus calzoncillos. Le acaricio el pene por encima de la tela sin intención de excitarlo. Él se mueve y, como si estuviese cometiendo un delito, aparto la mano y me quedo quieta, esperando que no se despierte. Él se rasca un brazo y deja en la piel una marca blanca, pero sigue durmiendo como si nada. Observo la marca del brazo y compruebo que parece una picadura de insecto, probablemente de un mosquito. Después me doy cuenta de que tiene todo el cuerpo lleno de pequeñas marcas de picaduras, pero yo no tengo ni una. Me preocupa que mi sangre esté mala. Como este descubrimiento me ha despertado la curiosidad, me incorporo y me siento en la cama, dispuesta a adivinar dónde nos encontramos. Me levanto con un ligero mareo y camino lentamente hasta la ventana arrastrando los pies por la moqueta de esta habitación decorada de manera artificial. Una brisa agradable me despeina y mueve la camisa blanca de algodón con la que he dormido. Abro los ojos de par en par al descubrir que estamos enfrente de un mar donde navegan embarcaciones pero donde no hay playa. Vuelvo a la cama y me echo al lado del hombre que sigue durmiendo. Me tumbo de espaldas a él deseando que despierte y me aclare quién es. Veo una foto en la mesita de noche donde una pareja con dos niños me observa risueña. ¿Debería conocerlos? No sé por qué, pero su presencia me tranquiliza como si fuesen de mi familia, aunque sé que no lo son. El hombre se mueve intranquilo y yo cierro los ojos para fingir que estoy durmiendo. Puedo notar su aliento en la nuca, porque mis cabellos rubios han quedado extendidos en la almohada como si fueran un abanico. Él levanta la sábana y me llega el olor de nuestros cuerpos. Puedo notar que me observa con su mirada, especialmente las piernas, que es la única parte del cuerpo que llevo desnuda. Con un dedo recorre una a una, por encima de la camisa, las vértebras que marcan el camino que va desde mi nuca hasta las caderas huesudas. Deja caer la sábana y vuelvo a percibir nuestro olor, que me gusta. Lo oigo rascarse alguna parte del cuerpo y quejarse en voz muy baja. No se mueve. No me muevo. No nos movemos nada, como si tuviésemos miedo de que la cama pudiera desmontarse. Al cabo de un rato, cuando creía que se había vuelto a dormir, noto que se mueve, cambia de posición y se pone boca arriba. Respira profundamente, como si estuviese muy cansado o aburrido. Juega con la goma de los calzoncillos, que tira y deja que golpee contra el abdomen. Por la ventana abierta entra la brisa del mar sin playa y los gritos de algún padre que riñe a su hijo. Me parece que hablan en francés. Es posible que estemos en Francia. Mis ojos repasan el marco de una puerta cerrada que hay delante de mí, lo único que puedo ver sin delatar que estoy despierta. Debe de ser la del lavabo y diría que estamos en un hotel. Todo es demasiado impersonal para ser una casa. Alguien, en el pasillo, habla bastante alto repitiendo muchas veces la palabra «Marichal», cuyo significado desconozco, a pesar de hablar francés. Él, a mi lado, sigue sin moverse ni un milímetro. Contengo la respiración unos segundos para oír si respira todavía. Emite un ruido con la boca o con la nariz que me confirma que está vivo. Recuerdo el abrazo, tan fuerte que casi no me dejaba respirar, pero soy incapaz de ver el rostro de la persona que me lo daba. Creo que hoy he vuelto a llorar y él ha vuelto a hablar. Se vuelve a poner de lado y se acerca a mí. Me pasa el brazo por encima de la cintura y me abraza, pero enseguida lo quita como si temiese que fuera a electrocutarlo. Incrusta su cuerpo en el mío, haciendo la cucharita, y noto como encaja entre mis nalgas su erección. Lástima que la tela de nuestra ropa interior impida un contacto más íntimo. Noto como la respiración de su tórax se coordina con la mía y se convierte en un sedante potentísimo que hace que vuelva a dormirme.

Cuando suena el despertador tardo un poco en reaccionar y saber qué pasa. Sigo sin recordar quién soy, dónde estoy ni quién es el hombre que duerme a mi lado. El ruido molesto, tan estridente como una alarma antiaérea, me pone nerviosa y, como él no se mueve, me incorporo de repente y busco de dónde viene. Detecto un teléfono móvil en su mesilla y para detenerlo tengo que pasar por encima de él, que sigue durmiendo, clavándole una rodilla en las costillas. Me quedo sentada en la cama, con las piernas cruzadas como los indios, mirando a mi alrededor, buscando alguna pista que me ayude a recordar. Él se frota los ojos y me mira con una sonrisa estúpida. Deseo que diga algo que me ayude a ubicarlo, pero al descubrir que los mosquitos lo han masacrado, solo dice:

—Hijos de puta.

El idioma que habla me resulta familiar pero me sorprende oírlo. Se levanta de repente y sin aviso se quita los calzoncillos, que tira sobre la cama, y, mientras busca más picaduras en su cuerpo, entra en el lavabo sin ni siquiera mirarme. Cierra la puerta con pestillo y eso vuelve a desconcertarme. Cuando el ruido del agua me confirma que está bajo la ducha, me levanto enérgica y busco entre sus cosas alguna documentación. Encuentro su pasaporte y lo estudio con atención. Español. Gerard Guix Badosa. Nacido el 23 de febrero de 1975 en Vic, Barcelona. Vuelvo a guardarlo tranquila de saber al menos en qué idioma debo dirigirme a él. Busco entre lo que deduzco que son mis cosas y encuentro mi documentación, que reconozco por la foto. Un pasaporte belga dice que me llamo Kira Stieglitz, y que nací el 31 de octubre de 1988 en Bruselas,

Bélgica. Me sorprende descubrir que salgo con un hombre mucho mayor que yo. No tengo tiempo para mirar nada más. Oigo que cierra el agua y corro a la ventana a mirar el paisaje, pero él tarda todavía un buen rato en salir. Un ruido detrás de mí me sobresalta y, de repente, me doy cuenta de que está a mi lado, mirando por la ventana como yo. Ya se ha vestido y me resulta muy atractivo sin afeitar. Me sonríe y deja la vista perdida hacia el mar. Se queda tanto rato que parece que se haya convertido en piedra. Cuando mis ojos se saben de memoria ya este viaje paradisiaco, él abre la boca, pero tarda unos segundos en emitir algún ruido.

—¿Te duchas, Anastasia? —dice sin dejar de mirar al mar, y a mí eso todavía me desconcierta más.

Querría decirle que me llamo Kira, pero tampoco sabría explicárselo, porque no recuerdo nada de mí, ni de él, ni de mi vida. Me alejo de la ventana, entro en el baño y, aunque el hombre no parece peligroso, me cierro con pestillo, como ha hecho él. Me miro en el espejo y observo mi rostro con atención. Me preocupa si será todo tan complicado cada mañana cuando me levanto. Bajo el agua de la ducha, hago un esfuerzo por reconstruir las últimas horas. Me parece que a él lo conozco desde hace tiempo. Y diría que esta noche no hemos tenido relaciones sexuales, porque no me siento sucia. Recuerdo una larga carretera de tres carriles que hemos recorrido a 130 por hora en un coche azul. Hay lluvia y un accidente. Veo un hotel que no es este. Un restaurante, una gasolinera, un área de servicio. Un pastel de cumpleaños. Un niño. El niño sopla una, dos, tres velas porque cumple tres años. Una mujer y la propuesta de un viaje. Necesitamos un viaje para arreglar nuestras cosas. Este viaje, supongo. Negro. Hay un gran espacio en negro. Como si alguien hubiese borrado esa parte de la cinta del recuerdo. Desayunamos y preparamos el viaje. El niño está con la mujer. No es mi madre, sino la de Gerard. El niño es nuestro hijo. Nos hemos ido de viaje y ella se lo ha quedado. Queríamos ir a Londres, donde nos conocimos, pero al final vamos a Suiza, donde él tiene un proyecto que no quiere explicarme. Recuerdo el viaje en coche. Una cama de hotel donde hemos hecho el amor, pero hoy no porque no me siento sucia. Poco a poco, mi mente se va aclarando como el champú con el que me he lavado la larga melena. No sé si ha ayudado el agua caliente o quizás es que ya hace rato que me he despertado. Todo empieza a dibujarse con claridad. Cuando me seco tengo un recuerdo bastante exacto del viaje y, cuando me peino los cabellos oscurecidos por el agua, recuerdo a Yul y su sonrisa traviesa. Es el niño más guapo del mundo y sin él no podría vivir.

Al salir, encuentro a Gerard mirando una esquina de la habitación donde no hay nada. Lleva días haciéndolo; se queda observando sitios como si viese algo. Se levanta y disimula, pero hoy no puede fingir que se ata los zapatos porque lleva chanclas. Mientras yo me visto, él recoge sus cosas; todo lo que necesitará para su reunión con Findlay Kennedy, para ese proyecto hipersecreto que tiene entre manos y que no me explica porque nunca me explica nada. Me considera una ignorante y piensa que no lo entenderé. Eso lo recuerdo perfectamente. Con el tiempo me he acostumbrado a sentirme como un cero a la izquierda y a que me trate como si no existiese. Se lleva la biografía de Kennedy y lo lamento, porque más tarde, cuando me haya cansado de pasear sola y vuelva al hotel, tal vez la habría leído. Antes de salir, revisa la caja fuerte que hay dentro del armario y después lo cierra con llave. Mientras yo me pongo crema protectora para el sol, él esconde la llave dentro de la nevera que hay debajo del televisor. Bajamos por la escalera porque él tiene claustrofobia y, si puede, evita los ascensores. En la planta baja, en el tablón de anuncios, todavía sigue el papel que dejé ayer por la noche para recuperar las fotos de la familia de Stéphane, pero nadie ha llamado todavía. Entramos en el restaurante del hotel, que tiene una decoración agradable y vistas a un lago que, hasta hace muy poco, pensaba que era un mar. El desayuno está cuidado: selección de quesos, selección de panes, selección de embutidos, selección de mermeladas de diversos sabores. A la mesa te llevan una pequeña tetera de aluminio con café y otra con leche, de donde sale más de un café con leche por cabeza. Aunque él es de comer poco por la mañana, aquí se atiborra, supongo que debe de entrar en el precio de la habitación. Hay más gente desayunando, la mayoría parejas mayores, mucho más que nosotros, pero todo el mundo está en silencio, quizás están todos peleados o tampoco recuerdan nada de su pasado.

Mientras él va a dejar la llave en recepción, yo salgo a la calle y miro en el móvil qué hora es. Quiero llamar a la madre de Gerard para saber cómo está Yul, pero me da miedo despertarlos. Gerard sale y caminamos unos metros por el paseo junto al lago, con muchas zonas verdes llenas de flores de colores. Él se detiene delante de su coche, pero mira preocupado el sitio vacío de delante. Después inspecciona el parabrisas de su coche, como si esperase encontrar una nota. Ya dentro del coche, me doy cuenta de que está muy limpio. Huele bien y la basura que se había acumulado durante el viaje ha desaparecido. El único momento que ha tenido para hacerlo es ayer por la noche, cuando me marché enfadada del restaurante. Es capaz de haberse pasado la noche dando vueltas con el coche y limpiándolo. Al arrancar el motor, también se pone en marcha el CD y la voz de Maria Callas, a un volumen altísimo, nos ensordece. Él se apresura a apagarlo y se queda unos segundos pensativo antes de mover el coche e incorporarse a la calzada.

—Ten cuidado, no corras —le digo, a sabiendas de que no me escucha.

Circulamos unos cuantos metros por el paseo junto al lago y gira en la primera calle a la izquierda, donde hay un edificio con un gran cartel en el que pone «Casino». Gira otra vez a la izquierda y veo al final de la calle un gran castillo con cuatro torres de defensa muy bien conservado. Seguramente, ayer, cuando pasamos a su lado, estaba dormida. Lo rodeamos y, sin dejar esta carretera, pasamos junto a una gran explanada llena de campos de fútbol con un césped muy bien cuidado. Un cartel señala el cementerio y pienso que podría visitarlo si me aburro mucho durante la mañana. Al llegar a una rotonda, Gerard, sin el menor asomo de duda, toma la carretera de la derecha, donde un gran cartel indica que vamos bien para llegar a Tolochenaz. Cruzamos la vía del tren por debajo, y la autopista por encima. El paisaje se vuelve más abierto y más verde todavía. Hace un día espléndido y pienso que si me aburro podré volver paseando hasta Morges. Cuando llegamos al pueblecito, él no sigue el cartel que señala el centro, sino que continúa por la misma carretera con casitas de piedra y jardín que nos escoltan a ambos lados. Más adelante, llega a otra rotonda y la rodea, pero sigue todavía unos cuantos metros más por la carretera. Por mi ventanilla, veo que las casas han desaparecido y ahora se extienden campos hasta donde alcanza la vista. Él para el coche en medio de la carretera y, cuando han pasado dos vehículos que venían en sentido contrario, gira y se mete en una especie de aparcamiento de grava donde hay unos columpios de colores para niños y, justo detrás, un edificio que parece una escuela. Al fondo, veo la parte trasera de una pequeña iglesia.

Bajamos del coche y él me dice que la casa está al lado de la carretera y se llega a pie. Me plantea la posibilidad de que ni siquiera me acerque. Dice que, si quiero, puedo irme ya mismo a dar una vuelta por el pueblo o por donde quiera. Pero a mí me hace gracia ver la casa donde vive ese señor y lo acompaño sin darle más opción. Me da rabia que haya intentado echarme, como si se avergonzase de mí por enésima vez. La casa no está lejos, a unos metros de donde hemos dejado el coche, y está completamente pegada a la carretera por donde hemos venido. Justo delante, hay una granja y algunas vacas pastando en el prado de al lado, que crean una imagen típicamente suiza. Nos detenemos delante del muro de piedra que separa la propiedad privada del exterior y él la observa atento, escrutando las ventanas para ver si hay alguien al otro lado. Parece un psicópata, un voyeur. Sospecho que no conozco al hombre con quien vivo. Mira en el móvil qué hora es y respira hondo. Está nervioso pero no creo que lo admita. Me parece que mentalmente está repasando su discurso o el planteamiento de su proyecto para convencer a Kennedy de lo que sea que tenga que convencerlo.

—¿Qué harás durante la mañana?

—Pasearé. Si me canso de este pueblo volveré a Morges o al hotel.

—¿Cómo?

—A pie.

—De todos modos, coge las llaves del coche por si quieres quedarte un rato allí. Cuando acabe te llamo. Procura tener el móvil encendido.

Se me acerca y me da un beso en los labios que me pilla por sorpresa. Y, poco a poco, camina hacia la valla de madera blanca, busca algún timbre en el muro de piedra, pero no encuentra ninguno. Cuando intenta abrir la valla se da cuenta de que está abierta y entra en el jardín. Me mira confundido y deja escapar una sonrisa. Sé que esta aventura casi ilegal lo excita. Mientras él sube la escalera hacia la puerta de entrada, que curiosamente está en la segunda planta, y no en la planta baja, miro el cielo azul, que contrasta con el verde del paisaje. La casa es alargada y tiene dos plantas. Está llena de ventanas con el marco blanco y las contraventanas de color azul cielo que deben de dejar entrar mucha luz en el interior. Gerard busca algún timbre o campana en la puerta, pero tampoco hay ninguno. Me mira serio y yo vuelvo a buscar algún timbre en el muro de piedra, entre la frondosa hiedra, por si se le ha pasado. Descubro el nombre de la casa escrito con unas letras de hierro forjado, pintadas de blanco pero descoloridas por el tiempo: «La Paisible». Cuando vuelvo a mirar a Gerard, está golpeando tímidamente los cristales de la puerta y me mira preocupado. Tengo la sensación de que se ha quedado atrapado al otro lado del muro de piedra y que nunca más volverá a salir. Vuelve a llamar con más fuerza y finalmente una mujer, a la que no puedo ver bien porque él la tapa, abre la puerta. Hablan durante unos segundos y, justo antes de entrar en la casa, él vuelve a girarse por última vez y me mira, pero en esta ocasión su rostro no refleja preocupación, sino algo peor. De repente, se levanta un viento extraño que mueve las hojas de los árboles del jardín, como si nos quisiera advertir de algún peligro. Él entra en la casa y no aparto la mirada hasta que la oscuridad del interior lo ha engullido. No sé por qué pero esta sensación de pérdida al verlo entrar en la casa me resulta extrañamente familiar. La mujer que ha abierto la puerta me clava su mirada fría como el hielo. Debe de tener unos cincuenta años y es de complexión fuerte, aunque no demasiado alta. Lleva un traje de chaqueta azul marino que parece un uniforme. Posiblemente es la mujer con la que hablé ayer por teléfono y que ya entonces me pareció desagradable por el tono de voz. Querría apartar la mirada pero no puedo. El viento sigue moviendo con fuerza las ramas de los árboles, pero, en el momento en el que ella vuelve a entrar en la casa y cierra la puerta, el viento se detiene. La tensión que me ahogaba disminuye y poco después desaparece y la sustituye un sentimiento de soledad que me invade al instante. La única persona que conozco acaba de entrar en una casa misteriosa y no sé cuándo saldrá.

No tendría que estar asustada porque el paisaje que me rodea es precioso y la paz que se percibe es total, pero no puedo dejar de sentir una extraña inquietud. No sé cuánto rato me quedo allí de pie, esperando quizás que él salga y me diga que entre en la casa, pero no sale nadie. Incluso las vacas que pastaban al otro lado de la casa se han escondido detrás de la granja y no puedo verlas. La sensación de soledad es tan grande que me provoca vértigo. Vuelvo al coche, caminando junto a la carretera, alerta por el numeroso tráfico que hay y que me sorprende en un pueblecito tan pequeño. Cuando llego al aparcamiento de grava me apoyo en el coche y miro la escuela y los columpios, pero no hay niños porque es agosto. La pequeña iglesia, con la fachada pintada de ocre, también parece vacía. Abro el coche con el mando a distancia y me siento en el lado del conductor con las piernas colgando hacia fuera. Enciendo la radio pensando que tal vez la música mejore las cosas. Maria Callas canta alguna aria cuyo nombre y compositor desconozco, pese a haberla oído miles de veces. Él está obsesionado con la Diva y yo la odio porque es el recuerdo de una mujer que, por suerte, me parece que ya ha olvidado. Nunca ha sospechado que lo sé, pero hay señales que no ha podido esconderme. El perfume, la música o su esfuerzo durante una temporada por transformarme en otra mujer, como si la que había construido al principio ya no le gustase. Alguna vez he estado tentada de apuntarme a un curso de italiano, pero prefiero que piense que soy tonta, como siempre. Eso me da mucha ventaja. Siempre he pensado que la mejor manera de retenerlo a mi lado era con mi amor. Dándole todo lo que tenía: primero a mí misma y después a nuestro hijo. Sé que él no valora estas cosas. Es una persona práctica y egoísta. Él es absolutamente independiente y mi dependencia lo exaspera; pero por muchas Francescas que haya nunca me dejará. Es demasiado cobarde, o quizás incluso me quiera. Sé el nombre de todas sus amantes, de dónde son y cuándo estuvieron con él, pero a ninguna puedo ponerle cara. Solo son monstruos deformes que quieren destruir nuestra relación. Me acuerdo de la imagen mitológica de la Hidra de Lerna, con cuerpo de serpiente y múltiples cabezas, una por cada mujer que se ha ido a la cama con él. La música de la Callas me está poniendo nerviosa y la apago. Escucho el silencio de esta tranquila mañana en Tolochenaz mientras pienso que, en el fondo, no soy tan desgraciada. Tengo un hijo que me quiere. Busco mi teléfono en la bolsa y llamo a la madre de Gerard para saber cómo está Yul. Después de cinco tonos salta el contestador. Cuelgo y vuelvo a guardarlo con la certeza de que han salido al parque y, como siempre, la mujer se ha dejado el móvil en casa. Durante un rato juego con una piedra que tengo a mis pies; mientras, decido cómo volveré a Morges y qué haré durante la mañana. Me pongo crema solar para proteger la piel de piernas y brazos, que llevo destapados, y salgo enérgica del coche. Estoy dispuesta a volver caminando porque me parece que no estamos tan lejos, aunque me doy cuenta de que tendría que haberme puesto un calzado más cómodo y no las chanclas de piscina.

Y, como si tuviese todo el tiempo del mundo, empiezo a deshacer el camino que hemos hecho con el coche, caminando por el lado opuesto de La Paisible, para tener los coches de cara. Contemplo la extensión de campos que hay a mi izquierda y me pongo las gafas de sol porque a esta hora empieza a caer con fuerza. Delante de mí, en una colina, veo un pequeño cementerio que parece no tener ningún muro que lo proteja de los extraños. Al llegar a la primera rotonda me desvío, alejándome del camino de regreso a Morges. Aunque de lejos la puerta de hierro parece cerrada, diría que no es demasiado difícil acceder al cementerio porque solo está protegido por un muro de piedra muy bajo. Hay un caminito que sube por la colina hasta la entrada, protegido por la sombra de dos grandes árboles. Un par de bancos dan descanso a quienes se fatigan de tan ligero esfuerzo o les tiemblan las piernas cuando no pueden contener la emoción. Me apoyo en el muro y repaso con la mirada las tumbas, todas en el suelo, sin ninguna pared de nichos de las que hacen que los cementerios parezcan bloques de pisos mal acabados. En la mayoría, hay flores secas, como si la gente que está allí enterrada no importase a nadie. También hay una fuente de piedra justo en el medio y dos regaderas de plástico a disposición de los visitantes y familiares. Desde aquí se ve la carretera por la que he venido, pero no La Paisible, que queda escondida justo después de una curva. Me gustan los cementerios, aunque no he visto muchos. Me gusta la paz que desprenden, como si allí no pasase el tiempo, y en este caso además se acentúa la sensación porque todas las tumbas tienen vistas a los campos que se extienden hasta el horizonte. Supongo que si hubiese enterrado a alguien cercano, mis sentimientos serían diferentes. Cuando me canso de estar apoyada en el muro, que me ha dejado marcas de la piedra en codos y brazos, bajo por el caminito hasta llegar a la carretera y sigo caminando en dirección contraria a Morges.

Detrás del cementerio, hay un aparcamiento bastante grande, pero sin ningún coche aparcado. Al lado, un edificio muy grande y feo, y de construcción bastante nueva. Parece un pabellón o un auditorio. Justo detrás, hay un campo de fútbol que, a juzgar por su tamaño, podrían ser dos. El césped es verde e invita a tumbarse en él a descansar. Más allá, veo un pequeño edificio que parece una de esas escuelas que se montan en barracones, pero diría que está abandonada y no creo que sea solo por las vacaciones de verano. Parece que hace mucho tiempo que nadie entra porque tanto la fachada de color blanco, como los grandes ventanales con marcos, las persianas de aluminio y las escaleras para acceder a ella están sucios. Quizás la usaron temporalmente mientras construían la escuela que está detrás de la iglesia, donde hemos dejado el coche. Paso por delante del busto de bronce de una señora sobre un pedestal de hormigón y que una gran hiedra amenaza con devorar si alguien no la poda pronto. Sigo el camino, que empieza a descender, a paso muy lento, casi arrastrando los pies, con el peligro de perder una chancleta. A mi derecha, vuelve a haber campos y, a la izquierda, algunas casas de construcción similar a La Paisible, aunque son más pequeñas y más recientes. Todas tienen bonitos jardines muy bien cuidados, pero ninguna de ellas tiene piscina. Qué pena, porque el paisaje me recordaba al de la película *El nadador*. Me habría gustado imitar a Burt Lancaster y volver a Morges nadando por el río de piscinas, si lo hubiese. Supongo que el clima no invita a construirlas. Al final de la calle, encuentro la vía del tren que me corta el paso. Al otro lado, hay una pequeña estación de tren, que no es nada más que una estructura de aluminio y cristal con un banco en el interior para refugiarse del frío y de la lluvia, y una máquina expendedora de billetes. Encima de la mampara, hay un gran cartel de color azul que la bautiza con letras blancas como Prélionne. Me siento en el banco mientras decido si coger el tren para volver a Morges o ir a pie. Me pongo las gafas en la cabeza, me descalzo y subo los pies al banco para sentarme como una india. Sentada en una pequeña estación suiza esperando a un tren que no sé si parará, me siento como la protagonista de una película romántica. Posiblemente, en el tren conoceré a un atractivo turista norteamericano que viaja solo y con quien empezaré una conversación. Él tendrá que coger un avión por la mañana para volver a su país, pero pasaremos la noche hablando mientras caminamos por las calles de Morges; así, a orillas del lago Lemán, surgirá un apasionante idilio, aunque ambos sabremos que todo tendrá que acabarse por la mañana. Lástima que Ethan Hawke y Julie Delpy ya hayan interpretado una historia similar en *Antes del amanecer*. No recuerdo si vi esa película en alguna de las sesiones de la Filmoteca o fue en un cine convencional. Menos mal que tuve el cine durante esa época en la que Gerard me echaba para escribir algo que no ha acabado nunca. Quizás solo me echaba para estar con otras. No sé si es consciente de la cantidad de películas que llegué a ver. De hecho, me parece que no tiene ni idea de la mayoría de las cosas que hice cuando me echaba. Me levanto y miro a un lado y al otro de la vía para ver si se acerca algún tren. No se ve ni un alma, pero no me siento sola en absoluto. En Barcelona, a pesar de los miles de personas con las que me cruzo por la calle cada día, he llegado a sentirme solísima. Vuelvo a mirar dentro de la estación y me decido a comprar un billete, que me cuesta 1,50 francos suizos. En el exterior de la estación, en una pared, hay un cartel de color verde que me llama la atención: «DEMANDE D'ARRÊT». Las instrucciones dicen que tienes que apretar uno de los dos grandes interruptores que hay según en qué dirección vayas. El de la izquierda para Bière y el de la derecha para Morges. Presiono el botón de la derecha y se ilumina la bombilla que hay justo encima. Me río nerviosa y miro a mi alrededor para comprobar que no me ha visto nadie.

Una alarma naranja muy ruidosa suena a todo volumen en una gran sala llena de maquetas de trenes que reproducen la línea ferroviaria suiza. Los trenes en miniatura recorren las vías, simulando los trenes reales que en ese mismo momento están viajando por todo el país. Muchos trabajadores, físicamente iguales y vestidos con el mismo uniforme, corren de un lado para otro, agitados, buscando a quien ha hecho saltar la alarma. Inspeccionan con lupa todos los andenes de los centenares de estaciones que hay repartidas por la maqueta y finalmente uno detecta una muñeca de trapo con los cabellos amarillos, sentada en la cajita de cartón que han pintado como si fuese una mampara de aluminio y donde han puesto papel plastificado para simular los ventanales. En una cartulina azul han escrito con letras blancas Prélionne. El trabajador comunica a su superior que una bonita muñeca de trapo quiere subir al tren, y el superior se lo comunica al responsable del tren que se dirige hacia Morges en aquel momento. Después de una pequeña operación, el trabajador transmite al maquinista del tren la información y este se prepara para detenerse en el andén de Prélionne para recoger la bonita muñeca de trapo. El responsable general, que observa todo el espectáculo de las maquetas y los trenes sentado en una silla como las que usan los árbitros de tenis, apaga la alarma y se vuelve a concentrar en el periódico que estaba leyendo hasta que alguien, en otra estación, vuelva a activarla para solicitar que el tren pertinente se detenga.

Al cabo de un rato, no sé si demasiado porque mi fantasía de la alarma ha ido alargándose, veo de lejos un tren que se acerca y noto que el corazón empieza a palpitarme. Me levanto emocionada por comprobar si la aventura acabará bien. Me calzo las chanclas y me pongo las gafas de sol porque se me resbalan de la cabeza por culpa de lo finos que son mis cabellos. El tren disminuye la velocidad y, al pasar por delante de mí, el maquinista hace sonar el silbato. La máquina de color verde y blanco se detiene delante de la pequeña estación y presiono otro botón, el que abre la puerta, y subo riéndome como una niña, feliz de que haya funcionado. No baja ni sube nadie más, y me alegra que haya parado solo para mí. Sé que todo ha sido gracias a un mecanismo automático, pero yo prefiero pensar que, en realidad, lo han hecho los trabajadores que controlan las maquetas. Dentro del tren, hay poca gente y busco con la mirada al atractivo norteamericano con quien mantendré un idilio, pero no lo veo. Me siento delante de una mujer que duerme profundamente con la cabeza apoyada en el cristal y la boca abierta. Miro por la ventanilla mientras con las manos doblo en trocitos el gran billete azul y rosa que ha salido de la máquina de la estación. Pasamos de largo otra estación idéntica a la que me he subido, pero a esta la han bautizado con el nombre de La Gottaz. ¿Quién elegirá estos nombres? No paramos porque ninguna muñeca de trapo con los cabellos rubios ha presionado el botón. El sol intenta posarse sobre mi piel blanca y, aunque no parece tan nocivo como el de Barcelona, lo voy esquivando por si acaso. Cuando vaya al hotel renovaré la dosis de crema solar. De repente, un sonido estridente me sobresalta y hace que la mujer que dormía delante de mí se despierte. Me cuesta identificar el sonido, pero después pienso que suena como mi móvil y lo busco dentro del bolso, lleno de objetos que no sé si necesitaré alguna vez. Cuando lo encuentro ya han parado de llamar y la mujer me fulmina con la mirada por haberla despertado. Compruebo en la lista de llamadas que era Susanna, la chica de la limpieza. Tal vez haya pasado algo en casa, tal vez la hayan llamado de Vic para decirle que Yul o la madre de Gerard están mal. Me inquieto. Me levanto y miro por la ventana. Después vuelvo a sentarme y, cuando estoy a punto de llamarla, noto que el tren disminuye la velocidad y que finalmente se detiene. Un cartel en la estación anuncia que ya estamos en Morges. Suerte que no me he enamorado de ningún turista porque con los seis minutos que ha durado el viaje no habríamos podido intercambiar ni un par de miradas. Me levanto corriendo y por el camino casi pierdo una chancleta.

Me bajo del tren y observo cómo la máquina verde y blanca vuelve a ponerse en marcha pesadamente y se va alejando por su camino de hierro. Cuando salgo de la estación llamo a Susanna, pero no me coge el teléfono. Mientras el teléfono suena observo a un chico joven, vestido de militar, que espera apoyado en una farola con el equipaje a sus pies. No es el primero que veo desde que llegamos aquí. Llamo a la madre de Gerard pero tiene el móvil apagado o fuera de cobertura. Cruzo la plaza hacia donde creo que debe de estar el centro. No es difícil ubicarse y tengo en todo momento el lago como referencia. Las calles están limpias y flanqueadas por casas de dos pisos como máximo. No hay bloques de edificios que rompan la armonía. Conforme el día avanza hace más calor. Tal vez si encontrase el castillo podría visitarlo. Ya que estoy aquí, no sería mala idea hacer un poco de turismo. Hace rato que tengo hambre y al pasar por delante de una pastelería que se llama L'Arlequin, con mesitas y sillas de colores en una calle donde no circulan coches, me quedo clavada mirando el escaparate. Todo tiene muy buena pinta y me cuesta decidir qué quiero desayunar. Vuelve a sonar mi teléfono móvil y me sobresalto, segura de que ahora recibiré la mala noticia que antes he esquivado. Es Susanna y su voz suena serena y tranquila. Me dice que ha hablado con los del seguro y que no pueden abrir la puerta del piso sin autorización escrita de los propietarios. Ella les ha explicado que estamos en Suiza y dicen que, si no queremos esperar a la vuelta, tendremos que enviar un fax con una copia de nuestro DNI o pasaporte que acredite que somos los propietarios y una carta en la que autoricemos a Susanna para realizar las gestiones con la aseguradora. Le digo que me envíe un SMS con el número de fax al que tenemos que mandarlo y que me encargaré de hacerlo por la tarde. Me da pánico pensar que cuando lleguemos a casa no podremos entrar. Es como si ahora no tuviésemos casa, como si no perteneciéramos a ninguna parte. Busco en mi bolso el monedero para comprobar que todavía tengo los francos suizos que Gerard me ha racionado para mis gastos y entro en la pastelería.

Enseguida me rodea el dulce aroma del chocolate y los cruasanes recién hechos. Mientras espero a que la dependienta atienda en francés a una señora, miro una estantería repleta de golosinas en bonitas cajas de regalo. Podría comprar alguna cosa para Carme y, antes de irnos, tenemos que comprar chocolate para Yul, porque lo vuelve loco. Cuando la dependienta se dirige a mí, me sorprende que lo haga en alemán. Quizás mi aspecto le ha hecho pensar que era alemana, pero lo que me sorprende todavía más es que le contesto con naturalidad y le pido un par de cruasanes y una taza de chocolate para tomar fuera. Le doy un billete amarillo de diez francos suizos y, cuando me devuelve el cambio, me sonríe y me dice que me lo llevarán a la mesa. Vuelvo a salir a la calle y elijo una mesa de color rojo donde todavía no da el sol. Mientras espero, me entretengo escuchando las conversaciones de las personas que hay en las mesas de alrededor. Una pareja joven se dedica palabras de amor en italiano. Delante, dos ancianas critican en francés a una tercera que no está. A mi izquierda un ejecutivo abronca por teléfono a algún subordinado en alemán. Detrás de mí una familia que viaja con su hijo de poco más de un año planea en inglés dónde pasará el día. Y yo, en medio de ellos, me doy cuenta de que entiendo todos estos idiomas aunque no sé ni cuándo ni cómo los he aprendido. Me concentro también en las conversaciones de la gente que pasea por la calle y, aunque la mayoría son en francés, me sorprende entender lo que dicen todos. Me siento mareada y, cuando una chica que no había visto dentro de la pastelería me trae los cruasanes y la taza de chocolate, me doy cuenta de que ya no voy a poder comérmelo. Tengo ganas de vomitar y a mi alrededor todo gira tan deprisa que me produce vértigo. Un matrimonio anciano se detiene a pocos metros de mi mesa y el hombre me pide en un francés horrible si puedo hacerles una fotografía, pero, cuando se dirige a su esposa, lo hace en un idioma nórdico, tal vez sueco o finlandés, y yo entiendo perfectamente que le dice que me parezco mucho a su hija pequeña. Cuando se alejan, después de hacerles la fotografía, me voy de la terraza sin tocar nada de la comida. Mientras camino, noto que el mareo disminuye un poco. Como quiero llegar al hotel enseguida, me quito las chancletas, que me molestan, y me echo a correr.

En el hotel, pido la llave en recepción a un muchacho al que no había visto hasta ahora, y que me sonríe de manera extraña cuando ve que voy descalza. El llavero pesa tanto que es imposible que alguien se olvide de dejarlo en recepción cuando se va. Mientras espero el ascensor oigo a unos clientes quejarse al chico en un inglés nefasto, aunque hablan entre ellos en portugués. Y también los entiendo. En el ascensor suben conmigo una mujer y su hijo pequeño, que le comenta, en algún idioma del este que entiendo pero no ubico, que voy descalza, y la mujer le dice que no deberían haberme dejado entrar así en el hotel. Me doy cuenta de que todavía tengo las chancletas en la mano, pero no me las pongo para que no se den cuenta de que los he entendido. Al salir del ascensor veo el carro de la mujer de la limpieza, con las toallas y las sábanas sucias, unos cuantos envases de detergente y los recambios del mueble bar y del baño. Cojo una toalla limpia, que me meto debajo de la camiseta como si estuviese embarazada; pero, como la barriga me queda abombada, parece que el feto tenga alguna malformación horrible. Me encierro con llave en la habitación 308. Todavía no la han limpiado y no quiero que me molesten precisamente ahora. Solo me faltaría que la chica a la que he robado la toalla hablara otro idioma que también puedo entender. Me siento como la protagonista de una película que acaba de descubrir que tiene el don de hablar con el más allá y a quien se le llena la cabeza de mil voces que le hablan a la vez. Lo más probable es que no hable todos esos idiomas ni los entienda, y que sencillamente esté volviéndome loca. Podrían ser los primeros síntomas de un tumor cerebral o quizás solo esté cansada y necesite dormir.

El agua extremadamente caliente, tanto como mi delicada piel puede soportar, limpia mi cuerpo y especialmente los pies, alrededor de los cuales se forma un charco negro que se aclara con el agua y el jabón y que desaparece por el desagüe. Si cierro los ojos y dejo que el agua me caiga justo en medio de la cabeza, puedo aislarme e imaginar que soy cualquier otra persona. Me seco con la toalla robada y que me llevaré a casa, igual que la del hotel de Montpellier. Me miro desnuda al espejo y me gusta ver el aspecto frágil que me dan los pechos pequeños y la mayoría de los huesos que se marcan bajo la piel casi transparente y que deja ver perfectamente las venas. En el hospital les iba muy bien cuando tenían que sacarme sangre para las pruebas de embarazo y a mí me será útil si alguna vez me las quiero cortar. Quizás es la luz cálida que hay sobre el espejo, pero mis ojos hoy no tienen el mismo azul sobrenatural de siempre. Son como los de Yul que cuando te mira fijamente llega incluso a dar miedo. Salgo totalmente desnuda y noto que la moqueta me seca los pies y absorbe las gotas que caen de los cabellos. Me apoyo en la ventana y observo el lago, pero una neblina no deja ver los Alpes. Imagino que quizás alguien, desde el edificio que hay justo delante o desde el casino, disfruta de mi desnudez. Me quedo un buen rato esperando a que el pelo se me seque con el sol, y desde aquí intento contar cuántas islas de flores hay en medio del paseo. De repente, tengo la sensación de que me observan de cerca y, después, de reojo, puedo ver el flash de una cámara proveniente de la habitación de al lado. Al volver la cabeza, veo a alguien meterse al interior. Estiro el cuello tanto como puedo y saco parte del cuerpo hacia fuera, pero si me asomo más, me caeré. Quizás el vecino de enfrente de Barcelona, el que nos espía cuando nos cambiamos, nos haya seguido hasta Morges. Me haría ilusión saber que hay alguien conocido cerca, aunque en realidad no lo he visto nunca. Entro en la habitación y cierro la ventana. Me pongo unas braguitas blancas, unos tejanos y una camiseta roja de manga corta. Busco las zapatillas Victoria blancas debajo de la cama y después me acuerdo de que las guardé en el armario, pero al intentar abrirlo veo que está cerrado. Cojo la fría llave que Gerard ha escondido en la nevera, lo abro y rescato mis zapatillas. Mientras me las ato sentada en la cama, veo en la mesita la foto de la familia de Stéphane, que me miran con sus sonrisas disecadas. La cojo y doy un beso a cada uno de los miembros de la familia porque hoy no les he hecho demasiado caso. Busco con la mirada el sobre donde está el resto de las fotos, pero no lo veo. Rebusco entre mis cosas, en las de Gerard y por toda la habitación como si me fuese la vida en ello, hasta que me acuerdo del restaurante donde cenamos, de la discusión y de que me fui corriendo. Seguramente, se quedaron allí, en la mesa, impasibles ante nuestros problemas sentimentales. Ahora pasaré a ver si está abierto por si las han encontrado. Me pongo crema protectora en los brazos y en la cara. Busco un jersey de algodón fino en mi maleta y me lo ato a la cintura porque aquí la temperatura baja enseguida. Cojo el móvil, las gafas de sol, que me pongo en la cabeza, mi bolso, la llave de la habitación y salgo.

En el pasillo, una chica empuja el carro de la limpieza pesadamente y me sonríe cuando paso por su lado. Llamo al ascensor y, mientras espero, veo a la chica entrar en nuestra habitación. Tendría que haber escondido la toalla robada. Seguro que volverá a llevársela, pero da igual; mañana robaré otra. Subo al ascensor vacío y mientras bajo consulto la hora en el móvil. Entonces, veo que tengo una llamada perdida que deben de haberme hecho mientras estaba en la ducha. El número es internacional, comienza con el prefijo +33. Supongo que debe de haber sido Gerard desde casa del escritor. No debe de ser importante porque no ha dejado ningún mensaje. Son casi las doce y media y supongo que comeremos pronto. Aquí siguen los horarios europeos que Gerard tanto detesta. Llego a recepción y espero a que el recepcionista acabe de atender a dos hombres que deben de pasar de la cincuentena y que hablan un francés pésimo. Tengo ganas de arreglar lo de la llave rota dentro de la cerradura y quiero preguntarle si desde allí puedo enviar el fax. Cuando volvamos estaremos cansados y querremos entrar en casa enseguida. Además, antes tendremos que pasar por Vic para recoger a Yul y eso nos alargará un poco la jornada. Cuando los dos hombres acaban de hablar con el recepcionista se apartan, pero el chico atiende una llamada antes de dirigirse a mí. Observo a los dos hombres y escucho su conversación en un idioma que diría que es polaco o algo parecido. Comentan que, pese a que el recepcionista les ha ayudado muy poco, tal vez le propongan que suba a su habitación cuando acabe su turno. Noto que me sonrojo y me giro para evitar que se den cuenta de que los he entendido. El recepcionista cuelga el teléfono y me pide disculpas en francés con una sonrisa que me abruma. No me había fijado, pero es muy atractivo. Me recuerda a los galanes del cine mudo, y si llevase bigote todavía tendría más ese aire.

—Quizás esta tarde tenga que mandar un fax muy urgente y quería saber si podía hacerlo desde aquí.

—Desde luego. Se lo podemos enviar desde aquí.

—Muchas gracias. ¿No tendrá por casualidad un horario de trenes?

—Sí. ¿Qué línea desea?

—Tengo que ir a Tolochenaz. —Él me mira como si no hubiese oído nunca el nombre de ese pueblo que está a cinco minutos—. El pueblo donde está la parada de Prélionne.

—¡Ah! —exclama regalándome otra sonrisa encantadora—. ¡Tolochenaz! —repite, pero con una pronunciación totalmente diferente de la mía—. Un momento...

Se gira y busca en un cajón. Me doy cuenta de que los dos hombres siguen a mi lado y me fulminan con la mirada porque el chico me hace más caso a mí. Me da un horario de trenes y yo le entrego la llave de la habitación. Cuando ya me he dado media vuelta para marcharme, me grita:

—Disculpe. ¿A qué hora piensa enviar el fax?

—No lo sé. Después de comer, quizás.

—Si todavía estoy aquí, ya me encargaré yo.

—¡Gracias!

Le sonrío y veo a uno de los hombres coger la mano del otro, decir «puta» en su idioma y girarse ofendidos hacia el ascensor. El recepcionista y yo nos echamos a reír por su reacción y pienso que, si no puedo arreglar las cosas con Gerard, quizás él sería un buen padrastro para Yul.

Al salir, me pongo las gafas de sol y miro alrededor intentando recordar qué dirección cogimos ayer por la noche para ir al restaurante donde cenamos. Recuerdo que dimos una largo rodeo y me gustaría encontrar un atajo. En el paseo junto al lago, hay un grupo de turistas japoneses que miran hacia los Alpes, que ahora se ven bastante bien porque la calima se ha disipado. Desde aquí parece como si alguien hubiese puesto una sierra gigante de dientes desiguales al otro lado del agua. Los japoneses escuchan atentos las explicaciones de su guía y sonríen sin parar mientras hacen fotos a todo lo que se mueve. Con una mezcla de curiosidad y miedo, me acerco, tan absorta por su imagen que casi me atropella un coche. A cada paso, las palabras del guía me llegan con más volumen y claridad. No sé si quiero dar otro paso más y descubrir algo perturbador y excitante. La guía, una mujer joven que habla un japonés perfecto aunque ella no es japonesa, les está explicando la historia de la primera ascensión al Mont Blanc.

En 1760 Horace-Bénédict de Saussure, un rico ginebrino vestido con el traje típico tirolés, con un bigote retorcido que cada mañana tardaba dos horas en rizar y que se movía a cámara rápida como las antiguas películas de la época del cine mudo, deseaba ser el primer ser humano que subiera al Mont Blanc. Sin embargo, comprendió que por mucho di-

nero que tuviera, nunca sería capaz de hacerlo si antes alguien no le abría una ruta practicable. Así, puso un anuncio en un periódico en el que ofrecía una gran cantidad de dinero a quien abriera esa ruta. Durante semanas esperó a que alguien respondiese al anuncio y, mientras tanto, hizo una gran montaña con todo su dinero y se sentó encima, intentando crear una bonita metáfora de la montaña que quizás él jamás podría escalar. Tuvieron que pasar veintiséis años y publicarse miles de anuncios en miles de periódicos de todo el mundo, en todas las lenguas posibles, antes de que Horace-Bénédict de Saussure encontrara a alguien dispuesto a hacer realidad su sueño. Una tarde se presentaron en su mansión Jacques Balmat, un atractivo explorador vestido con toda la indumentaria típica de los colonizadores de la época, y Michael Paccard, un prestigioso doctor que llevaba una impecable bata blanca y un estetoscopio colgando del cuello. Ambos, que también se movían a cámara rápida como Horace-Bénédict, le prometieron que coronarían el Mont Blanc y encontrarían una ruta accesible para todo el mundo. Paccard y Balmat se despidieron del rico ginebrino que ondeaba un pañuelo blanco desde la cima de su montaña de dinero, contento porque quizás podría cumplir su sueño. Los dos exploradores iniciaron la ascensión de la montaña, luchando contra las inclemencias del tiempo, el hambre y el cansancio. No obstante, una mañana soleada llegaron a la cima y allí, contentos, clavaron en el suelo una bandera con la imagen de Horace-Bénédict de Saussure sentado sobre su pila de dinero. Cuando Paccard y Balmat bajaron del Mont Blanc, se subieron a la montaña de dinero de Horace-Bénédict, ahora de su propiedad. Dichoso, Horace-Bénédict se echó la mochila a la espalda y se puso rumbo hacia la ruta que los dos alpinistas le habían trazado. Pero lo que Horace-Bénédict no esperaba era que el camino fuera muy fácil y bo-

nito, con bancos de madera y fuentes de agua termal, con carritos de helados y hot-dogs y que, en la cima, habría un centro comercial donde no faltaba de nada.

Una señora japonesa comenta en voz baja a otra que le parece una historia muy bonita, un japonés dice a otro que está a su lado que esa información parece sacada de la Wikipedia y que no se lo cree, y yo, desconcertada en medio del grupo de japoneses, observo cómo se alejan caminando poco a poco, tomando las mismas fotos de los mismos sitios. No sé cuánto rato me quedo allí de pie, en el paseo que bordea el lago Lemán, haciendo un recuento mental de todos los idiomas que me parece entender o hablar sin haberlos estudiado nunca. No sé por qué nunca hasta ahora había descubierto este poder. Tampoco sé de qué me puede servir. Pero por encima de todo me pregunto quién demonios soy.

Al doblar la esquina del callejón del hotel en la rue Louis-de-Savoie veo a unos metros el edificio blanco del café Balzac con una banderola donde hay un dibujo del escritor como reclamo. Estoy segura de que fuimos por el nombre del local. Me he fijado en que desde que salimos de Barcelona todo está relacionado con escritores y dramaturgos. El hotel de Montpellier estaba en el boulevard Victor Hugo, esquina con la Place de la Comédie. Ayer cenamos en el Balzac. No sé si tendrá algo que ver con ese proyecto secreto que no quiere explicarme. Seguramente es una de sus premoniciones o excentricidades. De lejos, me parece que hay luz, pero, cuando subo los cuatro escalones hasta la puerta del restaurante, me doy cuenta de que está cerrado. Miro en el interior, pero no veo movimiento. Ojalá hayan encontrado las fotos y no las hayan tirado. Tendrían que saber que es pecado tirar fotografías. Llamo a los cristales y, cuando estoy segura de que no hay nadie y me planteo que quizás se han dejado las luces encendidas, veo en una esquina de la puerta un cartel con el horario del local. Me decepciona que hayan elegido precisamente este día para su fiesta semanal. Memorizo los horarios porque al día siguiente, si todavía no he encontrado las fotos, volveré.

Sigo caminando por la misma calle y, cuando llego delante de la iglesia que vi ayer con Gerard, retrocedo; me parece que me estoy alejando demasiado del hotel. No sé por qué ahora él no quiere entrar en las iglesias. Está cambiado desde el cumpleaños de Yul. Tal vez está menos tenso que antes, al menos en lo que respecta a nuestra relación, pero es como si hubiesen pasado muchas cosas en medio y yo me las hubiese perdido. Cuando vuelvo a estar a la altura del hotel, voy hasta el edificio que debe de ser el ayuntamiento. Hay una especie de torre más antigua, de piedra color marrón, con una portada que tiene un bonito arco y cestas con flores amarillas por todas partes. Recibo un SMS de Gerard desde su móvil en el que me dice que lo llevan hasta el hotel y que nos encontraremos en recepción dentro de diez minutos. Supongo que debe de traerlo la mujer que ha abierto la puerta. Me da cierta pereza la idea de que ella venga también a comer con nosotros. Para no llegar tarde, y empujada por la esperanza de volver a ver al recepcionista de la sonrisa agradable, acelero el paso hacia el hotel como una adolescente enamorada.

Cuando entro, reparo de inmediato en que el chico no está. Lo busco detrás del mostrador de recepción, escondido tras las dos lamparillas que hay encima, pero solo veo a una chica que consulta algo en el ordenador. Quizás está en la pequeña habitación que he visto al lado, detrás de la fotocopiadora, o quizás ya se haya ido. Me gusta este espacio. Los sofás tapizados con tela de rayas blancas y rojas y las cortinas de flores de los mismos tonos lo hacen muy acogedor. Hay una lámpara de pie con la pantalla que parece de pergamino y que es igual que las del mostrador. Me siento en uno de los sofás de dos plazas y miro fijamente la mesita de madera que tengo a la izquierda y que está cubierta de folletos que promocionan la región de Morges, sus joyas arquitectónicas, las flores y la gastronomía. Hace frío. No sé si tienen el aire acondicionado puesto o si siempre hace frío en esta zona. Me podría poner el jersey que llevo atado a la cintura, pero me he quedado inmóvil como una estatua y parece que no puedo moverme. Los ojos son lo único que tiene movimiento, pero, como la cabeza se me ha quedado clavada, solo puedo repasar una y otra vez la información turística que hay encima de la mesa. Un folleto en inglés explica que la región de la Côte, con dos mil hectáreas de viñas, dispone de un interesante itinerario: la famosa Ruta del Vino, con más de cincuenta kilómetros que ofrecen fantásticos paisajes del lago Lemán y los Alpes. Leo esa información muchas veces, mientras intento mover alguna parte de mi cuerpo. No sé si es el pánico lo que me paraliza o quizás otro síntoma del tumor cerebral que acabará matándome. Cierro los ojos y cuento hasta diez. Cuando llegue a diez, podré moverme.

—¿Anastasia?

Como si hubiese pronunciado la contraseña que hace que el embrujo desaparezca, la voz de Gerard consigue que abra los ojos y gire la cabeza en la dirección de donde proviene. Él me sonríe y con una mano señala a la mujer que lo acompaña, la misma que a primera hora de la mañana le ha abierto la puerta de La Paisible y se ha quedado un rato mirándome. Sigue llevando el mismo traje de chaqueta azul marino que parece un uniforme, pero ahora se ha puesto en la cabeza un ridículo sombrero del mismo color con una cinta fucsia.

—Te presento a Vanessa.

Me levanto y le tiendo la mano, que me coge con fuerza, pero no me sonríe. Parece como si las facciones de su cara también se hubiesen paralizado.

—¿Qué hacías? —pregunta él.

—Descansaba.

Durante unos segundos, los tres nos quedamos en silencio como si el embrujo nos hubiese poseído. Miro a mi alrededor para asegurarme de que el recepcionista no está presenciando esta insólita escena. Vanessa toma la iniciativa hablando en un inglés con marcado acento alemán y ordena, más que sugiere, que vayamos a comer porque, a las cuatro en punto, Gerard y el señor Kennedy deberán retomar su sesión de trabajo. Me sorprende ese término. Gerard siempre hablaba de proyecto, pero sesión de trabajo suena todavía más confuso. Salimos del hotel y la temperatura exterior es mucho más agradable que dentro. Hace sol y me pongo las gafas que llevaba en la cabeza. También me protegerán un poco de la mirada fría de la mujer, que de cerca aparenta ser más joven de lo que me había parecido por la mañana, cuando la vi de lejos en la puerta. En silencio, ella delante y nosotros detrás, como si nos hubiese castigado, caminamos por la acera y después giramos por una calle a la izquierda. Gerard me mira y señala el culo de la mujer. Me contagia su risa, que aumenta de tono, y nos tenemos que separar para evitar que ella se dé cuenta de que nos reímos de su vestuario y sobre todo de su sombrero. También es curiosa su forma de caminar, tan erguida que parece que lleve un palo metido en el culo. Subimos a su Opel Astra de color verde oscuro con tres puertas y que tiene aparcado muy cerca. Me acomodo detrás, donde me siento aprisionada. Si tenemos un accidente, no podré escapar. El coche huele a ambientador de limón y está muy limpio, aunque parece bastante viejo. Dentro de la funda de red de detrás del asiento del copiloto hay un ejemplar de una revista que no había visto nunca, *Curve*, con la foto de una modelo negra muy guapa en la portada.

No abandonamos la avenida que bordea el lago, aunque los carteles cambian de Quai du Mont-Blanc a Quai Lochmann, y, al tomar una pronunciada curva a la izquierda, aparece la iglesia que ya he visto varias veces. Detrás, hay un parque infantil con columpios y un bonito barco de madera pintado de azul cielo. A Yul le encantaría. También hay un extraño árbol que parece podado por Eduardo Manostijeras. Nos detenemos en un stop donde la mujer nos obliga a mirar un edificio viejo que se parece a una casa de película de terror y nos explica que es la comisaría de policía. A partir de aquí, hay menos casas, menos gente paseando, pero más coches. Pasamos por delante de un par de gasolineras y algunos carteles indican la dirección hacia Lausana y el hospital. Es evidente que estamos saliendo de Morges. Observo que en esta calle hay muchas tiendas de objetos de segunda mano y anticuarios. Finalmente, ella disminuye la velocidad y entra en el aparcamiento de un lujoso hotel de cuatro estrellas, el Fleur du Lac. Bajamos del coche y yo me quedo encandilada mirando una barca de pescadores que hay a la entrada con el nombre del hotel pintado en un lateral. Sobre nosotros, ondean tres banderas en palos muy altos, pero solo reconozco la suiza. La entrada del café restaurante des Amis es discreta, por unas escaleritas en el lateral del hotel. Un pequeño cartel, no demasiado vistoso y que fácilmente podría pasar desapercibido, indica el acceso. Ella camina decidida hacia allí y estoy segura de que no es la primera vez que viene. La seguimos y, sin que nadie haya dicho nada, ella aclara que esta comida es cortesía del señor Kennedy, aunque no nos acompañará. Y no sé por qué, pero creo que esto tranquiliza más a Gerard que a mí.

En el restaurante, la mujer habla con el *maître*, a quien parece conocer ligeramente. El hombre nos saluda con una sonrisa amable y nos conduce a la terraza que da al lago, donde hay algunas mesas preparadas para comer. En el jardín que nos separa del lago y del paseo marítimo hay sillas y mesas de mimbre. A una de ellas, está sentado un matrimonio de ancianos; la mujer lee un libro y el hombre dormita o quizás se ha muerto y nadie se ha dado cuenta. Vanessa comenta al *maître* que tenemos un poco de prisa y él nos sugiere que elijamos el *Menu du poissonnier* y nos trae la carta. *Salade de filets de rougets saisis en escabèche, servie froide, Filet d'omble chevalier du lac de Constance en croûte d'herbes sauce au thym citron et/ou Pavé d'espadon à l'huile d'olive, thym frais et pavot sur une tombée d'épinards* y, de postre, *Profiteroles, sauce chocolat parfumée aux épices douces*. Se lo traduzco a Gerard y le comento que puede elegir entre comer tres platos o cuatro. Tres platos cuestan 86 marcos y cuatro, 98. Sonríe y dice que cuatro, evidentemente, para un día que nos invitan. Me pide que me asegure de que nada lleva cebolla. Yo no podría acabarme cuatro platos, así que me decanto por el *Pavé d'espadon à l'huile d'olive, thym frais et pavot sur une tombée d'épinards*. Vanessa pide lo mismo que yo. El camarero toma nota y nos recomienda un vino de la zona que, como he leído antes, tiene una gran tradición vinícola. También nos traerá una botella de agua Évian, pues de algún modo se tiene que notar que el manantial está justo al otro lado del lago, según nos explica el *maître,* quien añade que, cuando no hay calima, se puede ver desde aquí con unos binóculos. Esperamos a que nos traigan las bebidas en silencio. Vanessa se quita el sombrero y lo deja en la silla vacía de al lado. Lleva el pelo corto y peinado hacia un lado con mucha gomina. Como si una vaca le hubiese lamido la cabeza. Busca en su bolso el paquete de tabaco y se enciende un cigarrillo. Gerard consulta el móvil, aunque me parece que solo yo y el señor Kennedy tenemos su número. Yo miro el fantástico paisaje que se abre ante nosotros. Se ha levantado una brisa agradable que me hace volar el pelo, pero no me molesta. El humo del cigarrillo de la mujer me viene directamente a la cara, pero ella se da cuenta y lo cambia de mano. Hay un pequeño embarcadero justo delante del hotel, con cuatro embarcaciones amarradas que se mueven sutilmente. Al fondo, se ven bastante bien los Alpes, como el perfil de unos dientes mal formados, pero muy bien afilados. Quizás me equivoqué y la familia de Stéphane no vive en una casa de madera rodeada por un jardín con un columpio donde Cédric y Cyrille juegan cada tarde.

Viven en un pequeño velero que navega por un lago como este. Cédric y Cyrille van vestidos de marineros, pero no como los niños que hacen la primera comunión. Más bien como los marineros que Jean-Paul Gaultier imaginó para su perfume. Corren de un lado para otro de la embarcación, izando las velas y limpiando la cubierta. No obstante, nunca se quejan, ni se cansan. Están muy contentos y no dejan de reír y jugar. Stéphane, vestido como un pirata, con una pata de palo y un pañuelo en la cabeza, dirige el barco y grita las órdenes con voz fuerte para que todo el mundo pueda oírlas. Carole se pasa casi todo el día en la cubierta, tomando el sol, y con un cubo se va mojando el cuerpo de pez que tiene, porque en realidad es una bonita sirena. En el mástil, ondea la bandera pirata, pero los niños, traviesos, han cambiado las tibias cruzadas por dos muslos de pollo. Al principio, cuando empezaron a navegar estaban muy felices y pensaban que vivirían muchas aventuras. Han tenido que luchar contra algún otro barco que pretendía quitarles sus tesoros y han tenido que ir con cuidado cuando se bañaban en el lago porque está infestado de tiburones de dientes más afilados que el perfil de los Alpes. Pero un día Stéphane se quita el disfraz de pirata y lo lanza al agua. Carole se quita la cola de sirena hecha de espuma y la guarda en una caja dentro del camarote. Y los niños se deshacen de los trajes de marineros y los queman en cubierta en una especie de ritual purificador. Se han dado cuenta de que, pese a la libertad que creían tener navegando a la deriva por siempre jamás, en realidad están atrapados en esta isla de agua en medio de un océano de tierra, condenados a dar vueltas y más vueltas como un hámster en la rueda de una jaula.

Y cuando me temo que pasaremos toda la comida en silencio, cada uno pendiente de sus cosas, pensando en sus cavilaciones, perdido en sus sueños, Vanessa rompe el silencio mientras apaga su cigarrillo en la barandilla de hierro, y después lo tira al suelo porque no hay ningún cenicero.

—¿Han tenido tiempo de hacer turismo?

La pregunta nos coge por sorpresa. A Gerard ni se le había pasado por la cabeza esa posibilidad, lo conozco. Siempre pensando en su trabajo, en su carrera, en su evolución personal. Si algún día se relajase tal vez las cosas irían mejor.

—Yo quería ir a ver el castillo —digo, consciente de que es la primera vez que Vanessa oye mi voz, aparte de la breve conversación telefónica cuando estábamos en Montpellier.

—¿El castillo de Morges? No pierda el tiempo. Por fuera está muy bien, pero dentro solo encontrará el museo militar, el de artillería y el de estatuillas. A veces, hacen exposiciones temporales, pero ahora están reformando la sala. No le recomiendo que lo visite, a menos que le guste el tema militar. No le gusta, ¿verdad?

Sonrío intimidada por el tono seco con el que lo ha preguntado y digo que no con la cabeza. Soy consciente de que si dijese lo contrario podría provocar un incidente diplomático. No le caigo bien, lo sé. Solo mira a Gerard y, cuando habla, se dirige a él. Quizás solo me lo parece. De hecho, siempre me parece que la gente me ignora, que no cuentan conmigo para nada. Pensar que nadie te presta atención debe de ser otro tipo de egocentrismo.

—Me encargaré yo de enseñarle las cosas que valen la pena de aquí —dice en el mismo tono mientras se enciende otro cigarrillo y mira hacia el interior del restaurante para ver si el camarero nos trae las bebidas y el primer plato.

Gerard mira hacia el lago, pero estoy segura de que no ve nada, de que su cerebro sigue dando vueltas a sus preocupaciones, a su proyecto.

—¿Cómo ha ido la sesión de trabajo?

Lo he dicho inocentemente, como si fuese la pregunta más normal del mundo, pero Gerard parece no haberme oído o lo finge. Vanessa me fulmina con la mirada mientras se enciende otro cigarrillo. Después, se levanta y va a buscar al camarero.

—¿Me has llamado antes? —pregunto a Gerard, que deja de mirar al lago y vuelve a consultar su teléfono.

—¿Llamado? ¿Cuándo?

—Antes, a media mañana. Desde la casa del escritor.

—No.

—¿Seguro?

—Sí. Seguro.

—Es que me ha llamado alguien desde aquí.

Busco mi teléfono móvil en el bolso para enseñarle el número. Vanessa vuelve a la mesa, apaga el cigarrillo en la barandilla y lo tira al suelo. Nos observa atenta y se interesa por nuestra conversación y eso, a mí, me molesta.

—¿Qué pasa?

—Antes alguien la ha llamado desde aquí.

—¿Quién?

—No lo sabe.

—Da igual —digo yo guardando el teléfono.

—Pensaba que había sido yo desde la casa.

—Déjeme ver el número. —Me gustaría coger el teléfono y tirarlo al lago, pero me limito a leer en voz alta el número que aparece en la pantalla.

—No es el teléfono de La Paisible. —Esta conversación me irrita—. Ni siquiera es un teléfono de Suiza—. De repente, empieza a interesarme.

La mujer se enciende un tercer cigarrillo en el mismo momento en que, por detrás, llega el camarero con las bebidas. Abre el vino y deja que sea ella quien lo pruebe. Lo hace con parsimonia, como si fuese una experta, demorando absurdamente la sentencia. Finalmente, con un gesto de cabeza, da su visto bueno y el camarero nos llena las copas. Su respuesta ha generado un misterio que no esperaba: si no es de Suiza, ¿de dónde es? Cuando el camarero se va, espero que la mujer prosiga la conversación pero se limita a fumar y beber vino.

—¿Qué quiere decir con que no es un teléfono de Suiza? —le pregunto impaciente.

—El prefijo de Suiza es 41. Su llamada empieza con 33.

—¿Y de dónde es el 33?

—De Francia.

Me quedo mirando el número de la llamada perdida que empieza con 33 en la pantalla de mi teléfono. No sé quién me puede llamar desde Francia. Gerard, que me parece que no ha escuchado nada de lo que hemos dicho, come un trozo de pan y bebe un poco de vino, y cuando llega el camarero con los primeros me obliga a preguntarle si su plato lleva cebolla. Comemos en silencio, sin levantar las cabezas de los platos. Cuando acabamos, ella se enciende otro cigarrillo, yo vuelvo a mirar hacia el lago y Gerard consulta su teléfono. El resto de la comida nadie dice nada más. Solo ella, al ver que como más de lo que se esperaba, comenta que al principio había pensado que era bulímica, pero que ahora está segura de que debo de tener algún otro trastorno alimenticio. Opina que no es normal que coma tanto y esté tan delgada. Gerard sigue pensando en su proyecto secreto y, cuando llega cada plato, me obliga a preguntarle al camarero si lleva cebolla. Incluso en el postre. Yo me obsesiono con la llamada perdida, mientras observo al matrimonio que está sentado en torno a la mesa del jardín y que no se ha movido ni un ápice. Quizás sean figuras que ha colocado el hotel para decorar. Vanessa no para de fumar mientras va creando a sus pies un cenicero improvisado en este restaurante de lujo donde no se puede fumar, pero nadie se atreve a decírselo.

La mujer vuelve a llevarnos en coche hasta la puerta del hotel, en el mismo silencio que nos ha acompañado durante la parte final de la comida. A pie no habríamos tardado más de quince o veinte minutos y habría sido menos tenso. Justo cuando estamos a punto de entrar, ella baja la ventanilla y me llama. Me sorprende porque solo ha tratado con Gerard.

—Venga a las cuatro a La Paisible. Cuando Gerard y el señor Kennedy empiecen su sesión de trabajo, la llevaré a ver cosas interesantes. —Lo que debería sonar como una invitación ha sonado como una amenaza.

Mientras Gerard se ducha, yo intento redactar en su ordenador portátil una carta para la aseguradora que acredite a Susanna para poder hacer las gestiones necesarias y cambiar la cerradura de la puerta. Se lo he explicado a Gerard y me ha dicho que lo haga yo misma pero que me dé prisa, pues al ordenador le queda poca batería. Me parece que no le preocupa demasiado que no podamos entrar en casa. Cualquiera diría que se ha olvidado de que tenemos que volver. A veces, me parece que se olvida de muchas cosas importantes, como de que tenemos un hijo, somos una pareja o de que yo no he dejado de amarlo nunca. Espero poder imprimir la carta, igual que espero que esté allí el recepcionista atractivo para ayudarme. Cuando hemos vuelto de comer tampoco lo he visto, y me temo que, cuando bajemos antes de ir a Tolochenaz, tampoco estará. El agua de la ducha se ha parado, pero él no sale. Últimamente lo hace mucho. A veces pienso que se masturba para evitar mantener relaciones conmigo. No sé dónde ha quedado la pasión de hace cinco años, cuando nos conocimos en Londres. Quizás realmente ha pasado más tiempo del que tengo conciencia. Me doy cuenta de que estoy escribiendo palabras incoherentes en el documento Word que he abierto en el ordenador. Cada una de ellas está en un idioma diferente de los que, recientemente, he descubierto que entiendo. Gerard sale con una toalla enrollada en la cintura, coge la cámara de fotos que está encima de la mesa y vuelve al lavabo. El cursor de la pantalla del ordenador permanece intermitente esperando una orden que yo no le doy, como un metrónomo silencioso que me recuerda que la batería se acaba. La habitación está en penumbra porque él ha cerrado las persianas de láminas horizontales y las cortinas de flores. Quiere dormir la siesta aunque yo no tengo sueño. Tampoco quiero irme. Si lo hago, me sentiré como cuando él me echaba del apartamento del Raval. Gerard vuelve a salir, deja la cámara donde estaba antes, se quita la toalla y se tumba desnudo sobre la cama. Cierro el documento

Word sin guardarlo, apago el ordenador y bajo la pantalla. Me tumbo a su lado aunque no me quito la ropa. Me gustaría abrazarlo, girarme y encajar mi cuerpo en el suyo, haciendo la cucharita, pero siempre temo que me rechace. Me gusta su cuerpo, me gusta el sabor de su sexo, aunque casi lo he olvidado. Si yo no hubiese provocado el encuentro de hace dos noches en el hotel de Montpellier, habríamos batido un triste récord de abstinencia. A veces, me sorprende que hayamos tenido un hijo con las pocas veces que hemos hecho el amor los últimos años. También me sorprende que todavía no me haya dejado por otra. Oportunidades ha tenido. Creo que nunca volveremos a estar tan cerca como al principio, la distancia que nos separa es enorme. Como ahora: nuestros cuerpos están solo a dos dedos escasos de distancia, pero no osan tocarse. Cuando me parece que se ha dormido, me giro lentamente y le paso el brazo por encima de la cintura y después lo dejo caer poco a poco; entonces, sorprendentemente, me coge la mano y se la acerca al pecho. Sé que ha sido un acto reflejo porque está dormido, pero me gusta imaginar que ha sido un acto plenamente consciente. Noto que su respiración se acompasa con la mía. Los ojos se me cierran, todo lo que me rodea se aleja, como si la cama fuese una balsa y estuviésemos flotando en medio del océano.

Cuando me despierto, me siento en la cama, pero sorprendida reparo en que la habitación ha desaparecido y todo lo que me rodea es agua. Mire donde mire, solo hay agua, tan azul como el cielo, y los rayos del sol son tan potentes que parece que van a atravesarme el cráneo. Gerard sigue durmiendo a mi lado, desnudo, pero se le ha carbonizado la piel y se le cae a tiras. En el horizonte, puedo ver una pequeña embarcación con velas blancas que se va acercando a nosotros.

Me pongo de pie y les hago señales con las manos para que nos vengan a rescatar, pero la cama empieza a hundirse en el agua. A nuestro alrededor aparece la aleta de un tiburón que rodea la cama, cada vez más cerca y más deprisa. Intento despertar a Gerard, pero me doy cuenta de que está muerto. Lanzo su cuerpo al agua, ya que se ha convertido en un lastre que hace que la cama se hunda todavía más rápido. Cuando el agua casi ha engullido toda la cama y puedo ver los dientes del tiburón que me recuerdan al perfil de los Alpes, el barco llega a mi lado y Stéphane me llama y me dice que coja el salvavidas que me lanzan Cédric y Cyrille. Subo al barco, donde Carole me abriga con una manta, me da una taza de caldo muy caliente y me acaricia el pelo. Los niños corren contentos por la proa, vuelven a izar la bandera pirata en el mástil y después luchan con espadas de madera. Stéphane se acerca y me enseña un mapa roto y sucio. Hay un punto marcado con una X, e imagino que debe de ser la ubicación de un tesoro. Posiblemente de un galeón francés que se hundió cargado de oro. Sin embargo, Stéphane me dice que la X marca el lugar donde se encuentra Yul, en la playa que cada noche aparece en mis sueños y donde me reúno con toda la gente a la que he olvidado. Stéphane, delante del timón, pone rumbo hacia la X del mapa, mientras Carole me acaricia el cabello, y me dice al oído que no me preocupe, que todo irá mejor.

Un sonido estridente me pone en alerta. Abro los ojos y todo el sueño desaparece. Es mi teléfono móvil que suena indiscreto. Lo cojo de la mesita y, por error, aprieto la tecla de colgar. Me aseguro de que Gerard no se ha despertado. El corazón me late a mil y estoy temblando. Miro el aparato con miedo, como si fuese una granada de mano sin la anilla. En la pantalla, todavía iluminada, aparece «Ver llamada perdida». Lo leo varias veces como si no lo hubiese entendido. Finalmente aprieto la tecla de aceptar y accedo a la lista de llamadas que no he contestado. Otra vez aparece el número que no conozco, con prefijo de Francia. Poco a poco, para no despertar a Gerard, me siento en la cama para pensar qué hacer. En primer lugar, pongo el móvil en modo silencioso, para que, si vuelve a sonar, al menos lo haga de manera discreta. Accedo al apartado de mensajes SMS y escribo: *Qui es-tu?* Lo envío al número que me acaba de llamar. Dejo el teléfono encima de la cama, porque lo cogía con tanta fuerza que me hacía daño la mano, pero no puedo apartar los ojos ni un segundo. Al principio, ni siquiera parpadeo, pero, como veo que no me contesta y se me están secando los ojos, decido darle tiempo para responder. Me levanto de la cama inquieta y miro a mi alrededor, que solo está iluminado por la luz que se cuela entre las cortinas. Me siento delante del ordenador portátil, pero no lo abro. Con el pie rasco la moqueta y la pata de la silla que tengo delante. Me levanto y miro de cerca el cuadro que hay en la pared. Son las hojas de una planta exótica que, de lejos, forman un dibujo abstracto. Gerard sigue durmiendo plácidamente desnudo sobre la cama. Su pecho se mueve sutilmente por la respiración. Mi móvil, a sus pies, no recibe ningún mensaje. Veo la cámara de fotos en la mesa. La cojo y miro si ha hecho alguna foto antes, cuando se la ha llevado al lavabo. Hay una foto de las baldosas, pero no sé por qué la ha hecho, puesto que no se ve nada extraño. Miro las fotos anteriores y la mayoría son de paredes, baldosas y esquinas. Me parece que se está volviendo loco. Quizás tiene también un tumor cerebral. Dejo la cámara en la mesa y me arrodillo a los pies de la cama. Cojo el móvil para comprobar que no se ha muerto, que tiene batería y cobertura. Accedo al apartado de mensajes y escribo otro: *Je ne peux pas parler. Qui es-tu?* Se lo envío al número con prefijo francés, que ya me ha llamado dos veces, y me quedo allí, de rodillas a los pies de la cama, con el móvil en la mano porque sé que ahora sí contestará. Tres segundos después el móvil se ilumina y vibra en mi mano. El corazón me late muy rápido y la respiración se me acelera. Leo el mensaje que acabo de recibir con prefijo francés: *Je suis Stéphane*. Lo releo al menos diez veces, pero tengo que parar porque el pulso me tiembla cada vez más.

—¿Qué haces?

La voz de Gerard me sobresalta. Se incorpora con ojos de sueño y me mira tan desconcertado como yo. Apago el teléfono para evitar problemas y me levanto del suelo con una sonrisa, intentando fingir naturalidad.

—He enviado un mensaje a tu madre para decirle que estamos bien y preguntar por Yul.

Él comprueba la hora en su teléfono móvil y, como no son ni las tres, vuelve a tumbarse en la cama y se duerme o, al menos, finge hacerlo. Nunca sueña al mediodía. Dice que no tiene ninguna de las pesadillas que hace meses que lo despiertan a medianoche y que olvida en el mismo momento en que abre los ojos. Una vez, me pidió que lo despertase mientras soñaba. Le dije que lo había intentado, pero que no se despertaba por mucho que insistiera. Es mentira. Sí que se despertó, pero parecía otra persona. Tenía los ojos en blanco y al hablar su voz sonaba distorsionada y desincronizada, justo unos segundos después de haber movido los labios. No sé qué dijo, no lo escuché porque estaba asustada. Después volvió a dormirse como si nada. Nunca he querido explicárselo; sé que se preocuparía y tal vez me obligaría a volver a despertarlo. Cojo mi bolso, las gafas de sol y mi móvil apagado y salgo de la habitación sin hacer ruido. En el pasillo me siento más tranquila y, mientras espero el ascensor, me fijo en una máquina que hay para limpiar zapatos. En el ascensor no hay nadie a quien pueda escuchar para averiguar si también hablo su idioma y, en recepción, una chica escribe algo en un papel, pero mi recepcionista no está. En la calle, me pongo las gafas de sol aunque el cielo está cubierto, y camino decidida hacia el Balzac. Tengo que recuperar las fotos ahora que Stéphane se ha puesto en contacto conmigo. Sería una situación muy incómoda tener que decirle que las he perdido ahora que me ha encontrado.

El tiempo ha cambiado, no solo se ha ocultado el sol, sino que las nubes tapan el cielo y sopla un viento que trae electricidad. La noto en el pelo, en el vello de los brazos, cada vez que inspiro el aire. Con cada paso que doy, cuanto más me alejo del hotel y me acerco al Balzac, parece que la intensidad del cielo menguara, como si alguien se dedicara a apagar cada vez más bombillas. Suerte que se encuentra muy cerca porque ahora está ya tan oscuro que parece que sea invierno. Al otro lado del lago, hacia los Alpes, el cielo está muy negro. El Balzac sigue cerrado como antes. Las luces que estaban encendidas en el interior ahora están apagadas y, dentro, todo se ve casi tan negro como el cielo amenazador. Sé que es absurdo volver sabiendo que es su día de fiesta, pero la urgencia de ahora, que antes solo era interés, hace que sea mucho más perseverante en mi intento de encontrar a alguien. Golpeo con fuerza los cristales e intento abrir la puerta, que está cerrada con llave. Bordeo el edificio buscando alguna otra entrada al local, pero no encuentro ninguna. Vuelvo a la puerta de entrada y observo con más atención el cartel donde está el horario. También aparece el nombre de los propietarios, como en las servilletas y en la tarjeta, y un teléfono. Tal vez Cay o Anne Nielsen estén dentro y no me hayan oído llamar. Cojo mi teléfono móvil, lo enciendo y marco el número de teléfono con el prefijo 41 de Suiza. Lo oigo sonar dentro del local, y como era de esperar no me contesta nadie. Cuelgo el teléfono y vuelvo a desconectarlo. Me siento en las escaleras intentando pensar qué puedo hacer para contactar con ellos y saber si han encontrado las fotografías. Tengo ganas de fumar. Busco en el bolso, pero no tengo ningún paquete de tabaco. Es curioso, empecé a fumar cuando nació Yul, pero no recuerdo cuando lo dejé. De hecho, estoy segura de haberlo hecho en su fiesta de cumpleaños de hace unos días; sí, después de encender las tres velas de su pastel, me encendí un cigarrillo. La gente que pasa por la calle ha apretado el paso porque caen algunas gotas. Hace frío y el viento sopla con mala intención desviando las gotas hacia mí. La cabeza no para de darme vueltas mientras busco la forma de recuperar las fotos. Saco los pósits de color verde fluorescente y el bolígrafo del bolso y escribo una nota para los propietarios del local. Les digo que necesito recuperar las fotos y que me llamen, por favor, que es muy importante. Anoto mi teléfono y lo pego en el cristal de la puerta. Cuando vuelvo a caminar hacia el hotel, los coches llevan las luces encendidas y han puesto en marcha el limpiaparabrisas. La gente, al menos quien lo llevaba, ha abierto el paraguas, y los que no tienen se refugian en los portales o bajo los balcones. Llego al hotel empapada y de lejos veo a Gerard delante de la puerta, bajo la marquesina con el nombre del hotel.

—¿Se puede saber por qué narices tienes el móvil apagado? ¿Dónde estabas?

—He ido a dar una vuelta.

—¿Quieres hacer el favor de dejar de desaparecer de las habitaciones de los hoteles? Vamos, que llegamos tarde.

—Subo un segundo a cambiarme.

Está a punto de decirme algo, pero, al ver que estoy completamente empapada, se arrepiente y me hace un gesto de aprobación con la cabeza. Entro en el hotel con la esperanza de que el recepcionista esté allí, pero tampoco lo veo. Empiezo a pensar que es fruto de mi imaginación. Pido la llave a la chica, que me sonríe amable, y para ahorrar tiempo subo corriendo por la escalera, dejando un rastro de agua detrás de mí. Me sorprende que, en un pequeño rellano entre dos pisos, haya un caballo de cartón igual que los de las atracciones de feria. En la habitación, me quito toda la ropa y la dejo tirada por el suelo. Voy al armario para buscar ropa seca, pero está cerrado y no veo la llave. La busco en la nevera, donde Gerard la escondió ayer, pero no está allí. Su paranoia con la seguridad llega a extremos preocupantes. Intento pensar dónde puede haberla escondido hoy y, aunque reviso nuestras maletas y su neceser, soy incapaz de encontrarla. Me seco con una toalla y busco dentro de una bolsa mía que está encima de una silla. Por suerte, encuentro unos pantalones y un jersey, pero no hay ninguna braga. Vuelvo a ponerme las zapatillas mojadas, porque las otras están dentro del armario, cojo el bolso y salgo de la habitación. Bajo corriendo las escaleras y, al dejar la llave en recepción, veo que el recepcionista guapo está allí. Me sonríe y me pregunta si pienso salir con esa lluvia.

—Sí, tenemos que ir a la estación de tren.

Me hace una señal para que me espere, abre un armario que tiene al lado y busca algo en su interior. Por la ventana, veo a Gerard esperando impaciente.

—Aquí tiene —dice el recepcionista dándome un paraguas de color negro—. Ya me lo devolverá.

—¿Seguro que no te hará falta?

—De momento, aquí dentro no llueve.

Y me regala una de esas sonrisas suyas que me tienen enamorada. Fuera, Gerard consulta un mapa debajo de la marquesina. Me dice que lo siga, que ya sabe cómo llegar a la estación, aunque él no ha estado nunca y yo sí. Si me lo hubiese preguntado, se lo habría dicho pero, como siempre, piensa que no sirvo para nada. También lleva un horario de trenes que debe de haber pedido en recepción, idéntico al que yo llevo en el bolso.

—¿De dónde has sacado este paraguas?

—Me lo han dejado en recepción.

—Caray. Yo he pedido uno antes y me han dicho que no tenían.

Llegamos con tiempo a la estación porque está cerca y porque me ha hecho ir a un paso rápido para mí, pero normal para él, con su manera de andar característica, dando saltitos. Como el tren sale a las 16.46 y todavía faltan veinte minutos, tomamos un café en una cafetería junto a la estación que se llama Du Croco's Café. Él tiene la mirada perdida en algún punto y yo escucho las conversaciones de la gente que nos rodea, la mayoría habla en francés, excepto unos extranjeros, que lo hacen en inglés. Un señor lee el *Corriere della Sera* con un gran titular que reza *Via alla guerra ai falsi malati: Brunetta vara la «svolta».*

—¿Tienes ganas de quedar con esa mujer?

Su pregunta me coge por sorpresa y, además, me obliga a dejar de mirar al hombre que lee el *Corriere della Sera*. Me parece que encima de la mesa tiene otro periódico con caracteres árabes y esperaba que lo cogiera para ver si soy capaz de entenderlos.

—No es precisamente la simpatía personificada...

—Me parece que intentará sonsacarte algo. —Mi mirada de interrogación lo hace continuar—. Sí, sobre el proyecto, me parece que es una táctica para estar a solas contigo y tirarte de la lengua.

—Pues lo lleva claro.

—Una de las razones por las que no te he explicado nada es precisamente para evitar eso. No quiero que nadie te involucre en esta mierda.

—¿Tu proyecto es una mierda?

—Todo yo soy una mierda. Ahora no tengo tiempo, pero esta noche te lo explicaré todo. Ya es hora de que sepas con qué tipo de monstruo vives.

Sus palabras me asustan y, cuando voy a pedirle que me explique algo más, él desvía la mirada y da la conversación por acabada.

El tren llega puntual y, sentados junto a la ventana, no volvemos a cruzar palabra. Él mira el paisaje bajo la cortina de lluvia y yo, el paraguas, que está formando un charco a mis pies. La posibilidad de saber algo sobre el proyecto esta noche me inquieta; no por la historia en sí, sino por la amenaza de descubrir que no conozco al hombre del que me enamoré, que es el padre de mi hijo y que me ha llevado hasta aquí sin saber por qué. En cierto modo, no puedo culparlo, supongo que ahora estamos al mismo nivel. No sabemos nada el uno del otro pese a los años que hemos compartido. Busco el teléfono móvil y lo conecto. Recibo un aviso que me indica que tengo una llamada perdida.

—Debe de ser mi llamada —dice Gerard.

Observo la pantalla y el corazón me da un salto al comprobar que, en realidad, tengo once llamadas perdidas. Una, efectivamente, es del móvil de Gerard. Las otras diez son del teléfono con prefijo 33. De Stéphane. No ha dejado ningún mensaje, solo se ha dedicado a llamar como un psicópata. Pongo el móvil en silencio por si volviera a hacerlo y lo guardo en el bolso. Dejo la mirada perdida en un punto del horizonte que se desplaza a la misma velocidad que el tren. Las gotas de lluvia se estrellan contra el cristal y se mueven a toda velocidad creando extraños senderos de agua.

Podría dormirme fácilmente, pero no tengo tiempo porque enseguida llegamos a la estación de Prélionne. Al bajar nos protegemos bajo el paraguas porque, a excepción de la estructura de aluminio y cristal, no hay ningún sitio donde refugiarse de la lluvia. Gerard mira a su alrededor desconcertado. Supongo que se imaginaba una estación de verdad y no esta caja prefabricada en medio de ninguna parte. Al otro lado de la vía, vemos a un señor mayor que se acerca caminando a paso lento mientras silba una melodía que me suena pero no sé de qué. La lluvia debe de haberlo pillado desprevenido y se ha cubierto la cabeza con un plástico transparente. Mira a un lado y a otro para asegurarse de que no viene ningún tren, pese a que la barrera está levantada, y después cruza con grandes dificultades.

—Pregúntale dónde está La Paisible —dice Gerard señalándome al hombre.

—Yo sé dónde está la casa. Por la mañana he venido desde allí para coger el tren.

—Sí, pero seguro que has cogido el camino más largo y ahora no tenemos tiempo.

Como no tengo ganas de discutir, con una sonrisa amable me acerco al hombre y le pregunto en francés dónde está la casa. Me contesta algo en un idioma que no identifico y que no puedo entender. Vuelvo a preguntárselo en alemán, italiano e inglés, pero él responde exactamente lo mismo. Incluso se lo digo en ruso, pero él hace el mismo gesto con las manos y me repite las mismas palabras en ese idioma incomprensible. Vuelvo a sonreírle y él sigue caminando mientras silba la melodía que me suena.

—¿Qué dice?

—Me ha explicado el camino más corto —miento, porque no quiero reconocer que el poder que pensaba que tenía se ha evaporado.

Cuando no hemos dado ni diez pasos por la carretera que sube hacia Tolochenaz, oímos al hombre gritándonos en su idioma, que no puedo entender. Nos giramos y nos hace señales; parece que nos dice que nos apartemos pero en la calle no hay nadie más y no molestamos.

—¡Gracias! ¡Gracias! Arrevois! Merci! Sivusplais! ¡Trevian! —grita Gerard al hombre, que se ha quedado parado en medio de la vía y que ya no lleva el plástico en la cabeza.

—¡Gerard!

—¡Si es solo un viejo loco!

—Pobre hombre. Solo quiere ayudarnos.

—¿Te imaginas que ahora pasa un tren y lo atropella? —Se echa a reír.

—Déjalo en paz, idiota.

Gerard me coge de la mano y, protegidos de la lluvia bajo el paraguas, como si fuésemos dos novios que salen juntos desde hace poco, avanzamos por el camino entre campos inmensos y casitas de planta baja y jardín, que no tienen piscina. Al llegar al edificio prefabricado y abandonado, que yo creo que es una escuela provisional, él se detiene y se queda mirándolo, como si reconociera el sitio. Me suelta la mano y sale de debajo del paraguas. Se acerca al busto de la mujer que hay allí y que una gran planta amenaza con engullir si alguien no la poda. Se queda mirándola unos segundos, cara a cara, mojándose de pies a cabeza, y después vuelve a mí, pero la expresión de su rostro parece más seria y ya no me coge la mano. Después de un rato de silencio, cuando ya hemos pasado por delante del cementerio y estamos llegando a La Paisible, me atrevo a preguntarle qué canción silbaba el hombre de la estación.

—«Moon River» —dice él sin darme ninguna otra referencia, como si fuese delito no saberlo.

—«Moon River»—repito convencida, como si con eso hubiese tenido bastante.

Cuando llegamos al aparcamiento donde tenemos el coche, detrás de la iglesia y la escuela, él se detiene y me mira a los ojos. Me da la impresión de que me dará un beso, porque apenas nos separa un palmo bajo el paraguas. Pero, como no se mueve, imagino que ahora me confesará que mientras estaba en la casa ha tenido relaciones con el señor Kennedy o con Vanessa. Quizás con ambos.

—¿Sabes que tengo un poder? —dice Gerard como si nada.

—¿Un poder? ¿A qué te refieres?

—Todo lo malo que pienso se cumple. Ya verás como un tren atropellará al viejo de la estación.

—No tiene gracia —le digo, harta de su humor negro y retorcido.

—De momento, ya he provocado dos accidentes de tráfico. Quizás incluso más. No lo tengo claro.

—Yo pensaba que tenía un poder, pero he descubierto que no.

—¿Qué poder es ese?

—Ninguno.

—Venga, dímelo —insiste él.

—No pienso decírtelo, porque te reirás.

Él abre el coche y busca el estuche donde están los CD. Coge uno y lo pone en el reproductor. Me hace sentar en el asiento del copiloto y cierra la puerta. Él se ha quedado fuera, de pie, bajo el paraguas, sin moverse. Bajo la ventanilla y me apoyo, mientras empieza a sonar una guitarra acústica, y después una voz grave de hombre canta la canción que el viejo silbaba en la estación. Algunas gotas me salpican la cara.

—«Moon River» —dice Gerard—. La compuso Henry Mancini, pero en esta versión la canta Morrissey, el excantante de los Smiths, que hizo una versión en 1994 y aparece en su disco *World of Morrissey.*

Es curioso. Puedo entender la mayoría de los idiomas del mundo, pero no he comprendido prácticamente ninguna palabra de las que acaba de decirme. Se agacha delante de la puerta del coche para quedarse a mi altura y me dice:

—No le digas nada de mi proyecto a esa mujer.

—Si no sé nada...

—No le digas que esta noche te lo explicaré todo.

Con el mismo impulso de levantarse me da un beso en los labios y me sonríe travieso, como si me lo hubiese robado. Y sin decir nada más, ni girarse de nuevo, se marcha del aparcamiento y, aunque sé que el paraguas lo protege, la sensación de que la cortina de agua se lo ha tragado es terrorífica. Morrissey, de quien no había oído hablar nunca, sigue cantando «Moon River». La canción sí que la había oído, pero no recuerdo dónde. Da igual, es preciosa. Veo los columpios que hay detrás de la escuela, vacíos bajo la lluvia. Un sitio así, sin la actividad de sus pequeños protagonistas, es triste. Quizás tendríamos que darle un hermanito a Yul. Ahora tiene la edad perfecta. Cuando la canción se acaba vuelvo a ponerla, me apoyo en la ventanilla y cierro los ojos, intentando imaginar que estoy muy lejos de allí.

—Solo le falta una guitarra y una toalla en la cabeza —dice una voz seca en alemán.

Abro los ojos y, bajo un paraguas rojo, donde antes estaba Gerard, ahora está Vanessa, observándome. La veo cambiada. Lleva otro traje de chaqueta, de corte idéntico, pero de color marfil. También se ha cambiado el sombrero por uno marrón, como el cinturón, con una cinta blanca. Resulta demasiado veraniego para el mal día que hace. Aunque hay poca luz bajo el paraguas, creo que se ha maquillado.

—¿Perdón? —digo desconcertada por su comentario.

—Para parecerse a Holly Golightly solo le falta una guitarra y una toalla en la cabeza.

—¿Quién?

—Holly Golightly en *Desayuno con diamantes*, cuando canta «Moon River» apoyada en la ventana, con una guitarra y una toalla en la cabeza. ¿No ha visto la película?

—No la recuerdo.

—¿Tiene gato?

—No, Gerard los odia.

—Lástima. No había oído nunca esta versión —dice refiriéndose a la canción que sigue sonando de fondo, porque al empezar la conversación he bajado el volumen.

—La compuso Henry Mancini, pero aquí la canta Morrissey, el excantante de los Smiths, que hizo una versión en 1994 y que aparece en su disco *World of Morrissey* —digo como una alumna bien aplicada.

—Del millar de versiones que se han hecho de esta canción, Mancini dijo que la mejor seguía siendo la que canta Audrey en la película. Si le parece, iremos en mi coche. Volveremos antes de cenar para recoger a Gerard. No tiene de qué preocuparse.

Apago la radio, cojo el bolso, quito la llave del contacto y salgo del coche, que cierro con el mando a distancia. Ella tiene su Opel Astra verde oscuro aparcado un poco más abajo, aunque hasta ahora no lo había visto. Al sentarme en el asiento del copiloto y cerrar la puerta empiezo a notar una extraña sensación de ahogo, pero no puedo abrir la ventanilla hasta que ella enciende el motor. Al hacerlo, la sensación no desaparece, quizás en parte por el olor a perfume barato que ella se ha puesto en abundancia y que, mezclado con el ambientador del coche, resulta una combinación irrespirable.

—¿De verdad no ha visto nunca *Desayuno con diamantes*? Es la historia de una chica de pasado misterioso, que no se sabe muy bien de qué vive. Se enamora de un escritor en crisis, que un día empieza a escribir una novela sobre ella…

—Si la he visto, no la recuerdo.

—Con Audrey Hepburn y George Peppard.

—A Gerard le gusta mucho Audrey Hepburn.

—Pues ha venido a un buen sitio.

—¿Sí?

—¿Es que no sabe dónde está, chica? ¡En Tolochenaz! —dice separando las sílabas de manera exagerada—. Aquí vivió muchos años y murió Audrey Hepburn.

—¿Sí?

—Y aún le diré más. ¿Sabe cuál era su casa? ¿No se lo imagina? La Paisible.

Miro por la ventanilla, pero solo veo campos verdes bajo la lluvia persistente. No sé si Gerard sabe eso de Audrey Hepburn ni si tendrá algo que ver con su proyecto.

—La historia de este pueblo está llena de la Hepburn, y todos sus habitantes la idolatramos. La mayoría la conocimos y todos la quisimos. Lo sabemos todo de ella y de sus películas. Si le parece bien, empezaremos la ruta Hepburn por el final de su vida e iremos rebobinando hasta sus principios en el pueblo. ¿Qué le parece?

No contesto porque sé que no espera ninguna respuesta. Está todo pensado y programado, y cualquier objeción sería peligrosa. El coche se detiene, ella coge su paraguas rojo, abre la puerta y sale sin decirme nada. Espero en el coche sin saber qué hacer hasta que me doy cuenta de que la tengo al lado esperando a que baje. Ha venido a rescatarme de la lluvia y no sé si eso acaba de gustarme. Con la proximidad que da el pequeño espacio del paraguas, subimos a la colina que lleva hasta el cementerio donde ayer me apoyé en el muro de piedra para observar su interior. Cuando se dirige a abrir la verja de hierro, se detiene y me mira turbada.

—Disculpe. Supongo que no le gustarán demasiado los cementerios... Si quiere podemos ir a otro sitio.

—Siempre me han parecido sitios tranquilos y llenos de paz. Supongo que el día que pierda a alguien muy cercano esa percepción cambiará.

Abre la puerta y, una vez hemos pasado al otro lado, vuelve a cerrarla con cuidado, como si temiese que alguien entrase o saliese. Nos quedamos un rato de pie, junto a la puerta, mirando el pequeño cementerio bajo la lluvia. No sé si es que no sabe encontrar la tumba o que me deja unos segundos para observar este paisaje tan bonito. Después empieza a caminar y se olvida de mí. Me apresuro a refugiarme bajo el paraguas y caminamos unos pasos, en una procesión respetuosa, hasta que nos detenemos delante de una tumba con una cruz blanca de granito.

—Sufrió mucho.

Me da el paraguas y se agacha para arreglar las flores que hay en la tumba con mucha naturalidad, como si fuese a menudo o las hubiese llevado ella misma. La inscripción en el tramo horizontal de la cruz es sobria: «AUDREY HEPBURN 1929-1993». Hay dos jardineras a cada lado de la tumba con flores plantadas y tiestos con más flores encima del mármol, como en la mayoría de las tumbas de este pequeño cementerio de pueblo. Alguien dejó hace tiempo un pequeño marco con la foto de la actriz, pero el sol y la lluvia lo han descolorido y casi no se ve nada. Mucha sencillez para una estrella de Hollywood.

—Mucha humildad para una estrella de Hollywood —dice Vanessa arrancando las malas hierbas que crecen en algunas macetas. La coincidencia me sorprende.

—¿De verdad la conoció?

—Todos en este pueblo la conocimos más o menos. Para nosotros no era la actriz de cine, era la vecina que iba a comprar el pan y regaba las plantas. Le encantaba cuidar de su jardín. Me parece que nadie le pidió nunca ningún autógrafo. La respetamos mucho cuando vivía y todavía más cuando murió.

Se levanta de golpe, enérgica, y mira el reloj que lleva en la muñeca. Después se da cuenta de que se ha ensuciado las manos de tierra y, molesta, hace un ruido con la boca. Sale de debajo del paraguas, va hasta la fuente de piedra y se las lava. Habría sido más efectivo y menos molesto sacarlas del perímetro que protege el paraguas y dejar que el agua de la lluvia las limpiase. Me asalta no sé qué impulso que me hace agacharme y, sin que ella me vea, intento arrancar un ramillete de las flores moradas que crecen junto a la tumba. Estiro con fuerza, pero no puedo arrancarlas. Imagino que un pequeño ejército de gusanos blancos tiran de las raíces desde debajo de la tierra para impedir que me las lleve. Lo intento con más fuerza y, de repente, veo como la tierra se abre y aparece la mano del esqueleto de Audrey Hepburn que me coge de la muñeca. Me echo hacia atrás al tiempo que suelto un grito y me caigo de culo sobre la tumba que hay detrás de mí. El paraguas se cae sobre mi cabeza y parece una tienda de campaña.

—¿Está bien? —me pregunta la mujer.

Noto que coge el paraguas y, justo cuando lo levanta, me doy cuenta de que llevo un ramillete de flores en la mano. Lo guardo corriendo en el bolso antes de que ella lo vea. La mujer me ayuda a levantarme y me pasa la mano por la espalda porque dice que me he ensuciado. Yo aprovecho el agua de la lluvia para limpiar la mano que tengo llena de tierra.

—Vamos, quiero enseñarle una cosa.

Volvemos a hacer la silenciosa procesión del cementerio hasta su coche bajo el paraguas rojo. Una vez dentro, deja el paraguas mojado a mis pies y noto como la tela húmeda de mis zapatillas chupa toda el agua. Ella enciende un cigarrillo, baja el cristal de la ventanilla sin preocuparse por la lluvia que entra y le moja el brazo. Arranca el motor y se incorpora a la calle haciendo una imprudencia para cambiar de dirección, pero no parece peligroso porque no ha pasado nadie en todo el rato.

—¿Fuma?

—No.

—¿Ha fumado alguna vez?

—Sí, empecé a fumar cuando me quedé embarazada.

—Caramba, buen momento para hacerlo. —Me molesta que me juzgue—. Audrey fumaba mucho. Primero Will's Gold Flake, una marca británica que acabaron retirando del mercado por su alto contenido en alquitrán. Después fumó Kents. ¿Le costó mucho dejarlo?

Nos quedamos un rato en silencio, escuchando la lluvia golpear el techo del coche, hasta que ella lo detiene en una calle estrecha y señala hacia mi ventanilla, que acaba de abrir automáticamente. A través de la cortina de agua veo, al final de un caminito asfaltado, la iglesia que hasta ahora solo había visto por detrás. Es pequeña, pero, bajo la lluvia, me parece un refugio físico y espiritual perfecto.

—Todavía recuerdo el día que la enterramos. Fue una ceremonia privada. Vino Mel Ferrer, el actor y su primer marido, sus hijos y Bob, su última pareja. Todo el camino hasta la iglesia estaba lleno de flores y coronas. Se lo temían desde hacía tiempo, el cáncer es implacable, pero, cuando finalmente pasó, estaban destrozados. Todos lo estábamos aunque no fuésemos de la familia. Ahora no está el cura pero, tranquila, ya he hablado con él y cuando vuelva la visitaremos por dentro.

Vuelve a subir la ventanilla y sigue adelante hasta que gira por una callejuela estrecha a la derecha y, al llegar, me doy cuenta de que a nuestra izquierda está La Paisible. Cuando estoy a punto de preguntarle si vamos a la casa, ella se incorpora a la carretera por donde hemos venido antes y pasa de largo. Pasamos por delante del aparcamiento donde está el coche de Gerard, veo de lejos el pequeño cementerio bajo la lluvia persistente y seguimos por la carretera en dirección a Morges. Quizás sea allá donde vayamos, a ver más sitios relacionados con la vida de la actriz. Vanessa enciende la radio. Escuchamos la voz de una mujer que, en inglés, habla de manera agradable de princesas y castillos. Es uno de esos audiolibros de cuentos para niños con música y efectos especiales.

—Uno de los últimos trabajos antes de morir que hizo Audrey, aparte de su tarea humanitaria con Unicef, fue esta grabación de *Enchanted tales*, en 1992. Es una selección de cuentos de hadas con acompañamiento musical de la *suite* de *Ma mère l'oie,* de Maurice Ravel. Un año más tarde, después de su muerte, ganó un Grammy póstumo al mejor libro narrado para niños. Me parece que se han hecho reediciones, pero a mí me lo bajó mi sobrino de Internet. Todos los niños del mundo deberían escucharlo.

Justo antes de llegar a Morges veo que nos desviamos y cogemos la autopista, y esto me inquieta. La mujer sube la calefacción del coche, y noto como el aire caliente me golpea la cara. Sin avisar quita el CD de dentro de la radio y pone otro que tenía justo debajo. Empieza a sonar Carla Bruni con la canción que la hizo famosa en su primer disco.

—Lo siento. Seguramente no ha sido buena idea poner cuentos para niños. ¿Le gusta Carla Bruni? —Digo que sí, aunque en realidad apenas la he escuchado—. Me gustaba Bruni en este disco. Cuando anunció su relación con Sarkozy, pensé que teníamos a una nueva Grace. Incluso me la imaginé como la nueva Audrey, la artista que se retira para llevar una vida familiar y aristocrática. Sin embargo, no ha pasado de ser una vulgar imitación de Marilyn. Nos ha decepcionado a todos.

No sé quiénes son todos, pero tampoco se lo pregunto. Bruni canta con dulzura, como un sedante, como si quisiera intentar distraerme del peligro que me rodea. El calor de la calefacción la ayuda. Y el vaivén del limpiaparabrisas que aparta la lluvia para poder ver, también. Todos se han aliado para evitar que me rebele contra este secuestro. Vanessa está concentrada en la carretera y conduce agarrando el volante con firmeza con ambas manos. Tengo la sensación de que va a mucha velocidad, aunque no puedo ver la aguja del cuentakilómetros. Me da miedo cómo conduce y más con la lluvia que está cayendo. En voz muy baja, que ella no percibe porque la música lo evita, le digo que tenga cuidado, que no corra. Recuerdo los dos accidentes que Gerard me explicó que había sufrido. En dos días de lluvia, con dos coches similares, en dos curvas parecidas. Cierro los ojos y respiro hondo, pero el aire caliente que me entra dentro me hace toser. Tengo remordimientos por haber arrancado las flores de la tumba de Audrey Hepburn. Seguramente es un sacrilegio. Observo el paisaje bajo la lluvia, para tener una idea de hacia dónde me lleva. Quizás más tarde tendré que dar pistas a Gerard o a la policía, cuando tengan que venir a rescatarme. Hemos pasado de las vistas del lago Lemán y los campos verdes a una gran extensión de vías de tren, con algunos trenes detenidos. Es como una especie de aparcamiento de trenes, o una estación de mercancías, y no sé por qué, pero me entristece esta isla de hierro en medio de tanto verde. Los nombres de los pueblos y las ciudades que anuncian los carteles de la autopista, excepto Lausana, me suenan a chino, aunque sospecho que también puedo entender ese idioma. Quizás, la he juzgado mal y la mujer solo pretende enseñarme la sede olímpica. Su falta de comunicación y sus maneras tan secas la hacen más desagradable de lo que realmente es. Conforme dejamos atrás ciudades y pueblos como Échandes, Écublens o Renens, mi sospecha de que nos dirigimos a Lausana se va confirmando. No me desagrada la idea de hacer un poco de turismo por la zona. Me había hecho a la idea de que volvería a casa sin haber visto nada. Conforme nos acercamos a la ciudad, la autopista vuelve a bordear el lago del que nos habíamos alejado. No sé si habríamos ido más rápido en barca desde el puerto de Morges hasta el de Lausana, pero en coche no hemos tardado más de quince minutos. Las expectativas de esta visita turística van creciendo.

Desde el coche puedo ver una ciudad preciosa, con casas que parecen palacios, espacios verdes y pocas aglomeraciones de tráfico, aunque la lluvia lo intensifique. Me parece que no pasamos por el centro, que imagino con un conjunto histórico centenario. Nos cruzamos con algún tranvía y la imagen que percibo desde dentro del coche es la de una ciudad limpia, ahora por el agua, pero me parece que los días de sol también debe serlo. Cada piedra de cada casa lleva impregnada la palabra salud. Creo que me gustará pasear por las calles mojadas de Lausana, visitar los monumentos más conocidos y los rincones más privados. Esbozo una sonrisa de alegría al verme liberada del cautiverio que Gerard me ha impuesto durante tantos años. Pero pronto mis prometedoras expectativas se ven truncadas cuando ella aparca el coche en el aparcamiento subterráneo de un gran hospital. Cuando salimos, me doy cuenta de que estamos en una ciudad hospitalaria, con diversos edificios repartidos por una gran extensión de terreno verde. Muchos de ellos son viejos y están perfectamente restaurados; otros son modernos, con carteles que anuncian las diversas especialidades que albergan. Entramos en el edificio principal, que al menos es el más grande y alto, una construcción típica de los años setenta por donde ella se mueve como si estuviera en su casa. Me sorprende que no parece en absoluto la recepción de un hospital. Las paredes son de colores cálidos, los muebles, de madera maciza, las luces, de diseño, y, si me dijesen que es un centro de convenciones, me lo creería. Incluso la cafetería que hay después de pasar la recepción y dos tiendas de plantas y regalos es especial. Está ubicada al lado de unos grandes ventanales que dejan entrar mucha luz natural, aunque hoy la lluvia oscurece el cielo. Las mesas y sillas son de colores alegres, como las de las guarderías, y está lleno de plantas naturales que dan vida, supongo que para simbolizar que aquí se salvan muchas. Solo la presencia de algunos médicos con batas blancas y de algunos pacientes, en sillas de ruedas o arrastrando el gotero, delata la verdadera naturaleza de este sitio.

Nos sentamos en una mesa roja con sillas amarillas, al lado de la ventana que la lluvia ha dejado muy mojada. Mientras ella va a buscar un par de tés, observo las caras de los pacientes y de sus familiares, que hablan animadamente en las otras mesas. Quizás no tienen enfermedades demasiado graves, pero todos parecen radiantes, como si hubieran pasado una buena noche. Nadie habla demasiado alto, todo está muy limpio y muy correcto. Casi perfecto, lo que, sinceramente, da un poco de miedo. Nunca habría dicho que acabaría haciendo turismo en un hospital. Vanessa vuelve con dos tazas de color naranja y las deja sobre la mesa. Incluso los sobrecitos de azúcar son divertidos, con flores de colores, para endulzar todavía más los momentos amargos. Ella vacía el contenido de medio sobre en la taza, remueve el té y me advierte de que quema, todo ello sin levantar la mirada de la taza, como si ahora que me tiene delante no se atreviese a mirarme. Al cabo de un rato, cuando ya parece que no vamos a decirnos nada, levanta la cabeza y me mira a los ojos.

—Sabe, este hospital me trae muchos recuerdos. —Imagino nacimientos, enfermedades y defunciones de sus familiares—. Aquí nació Luca, el segundo hijo de Audrey. Era tan delgada que temían que se rompiese durante el parto y por eso le hicieron la cesárea. Fue el 8 de febrero de 1970. Tuvo un niño precioso. Sin embargo, no todo han sido buenas noticias en este hospital. Cuando volvió de Somalia, como embajadora de buena voluntad de Unicef, se encontraba mal. En este hospital no supieron diagnosticarle el cáncer que acabó con su vida. Le dijeron que tenía un virus o alguna bacteria contraída en África. ¿Se lo puede creer? Le recetaron metronizanol y la enviaron a casa. El metronizanol puede provocar efectos secundarios muy desagradables: náuseas, diarreas muy fuertes, neuropatía periférica y hormigueo en las piernas y en las manos. Ella los sufrió todos. Corría el año 1992 y parece mentira que, en esta ciudad, pionera en la investigación del cáncer, no fuesen capaces de verlo.

Da un trago al té y mira a su alrededor, como si buscase a alguien. Se queda en silencio un rato, me parece que intenta disimular que está enfadada con quien no supo diagnosticar la enfermedad a la actriz.

—Gerard me ha dicho que no le gustan mucho los hospitales.

—Ni me gustan, ni me disgustan. Supongo que si me hubiesen ingresado alguna vez tendría otro concepto de ellos.

—¿Cómo se conocieron?

Recuerdo la advertencia que me ha hecho Gerard antes de ir a La Paisible, pero supongo que eso sí que se lo puedo explicar, no tiene nada que ver con su proyecto.

—Yo caminaba por Londres y, de repente, lo vi cerca del Big Ben y le pregunté si podía caminar con él. Aceptó, paseamos un rato hasta que nos despedimos porque él tenía que ir al teatro. Al día siguiente, me llamó y volvimos a quedar.

—¿Qué hacía en Londres?

—Había ido con la escuela de viaje de fin de curso. —Esa mentira siempre ha funcionado.

—Qué romántico. Parece el argumento de *Vacaciones en Roma*, cuando Audrey, que es una princesa, se escapa del palacio en el que se aloja durante su estancia en Roma y se va a hacer turismo. Conoce a un periodista, al que interpreta Gregory Peck, y se hace pasar por una estudiante que está de visita con la escuela para que no la descubra. Peck le enseña Roma como supongo que Gerard le debió de enseñar Londres.

—Bueno... me lo enseñó a su manera... —Noto que me sonrojo y espero que no me pregunte nada más.

—¿No será una princesa? —Me río, pero no sé qué contestar—. Y, después, ¿se fue a vivir con él a Barcelona?

—Sí, al cabo de unas cuantas semanas, después de estar en contacto por e-mail y teléfono, fui a verlo y ya me quedé.

—¿Y qué hacía en Barcelona?

—Él me enseñó catalán, me compraba ropa, íbamos al teatro, al cine, me enseñó muchas cosas.

—Interesante. Un poco como hizo Rex Harrison con Audrey en *My fair lady*, ¿no?

—No la he visto.

—Seguro que sí. Rex Harrison apuesta con un amigo a que será capaz de transformar a una vulgar vendedora del mercado de Covent Garden en una refinada damisela. Le enseña a hablar correctamente, a vestir, a tener maneras de aristócrata y a moverse en sociedad. No obstante, como era de esperar, ella se enamora de él. De hecho...

No acaba la frase y se queda con la mirada perdida mirando al exterior aunque dudo que pueda ver nada porque el agua ha convertido el cristal en una cortina borrosa. Remuevo el té y juego con el sobre de azúcar vacío. Miro a la gente que hay en las otras mesas e intento adivinar qué enfermedad deben de tener. Estamos demasiado lejos de todos ellos para oír sus conversaciones y comprobar si todavía tengo el poder de entender todos los idiomas.

—De hecho... —repite ella, como si no hubiese pasado todo ese rato entre la primera vez que lo ha dicho y ahora— ... creo que la mayoría de las películas de Audrey giran alrededor de ese mismo tema. La transformación. No lo había pensado nunca, pero fíjese: en *Vacaciones en Roma* es una princesa que se transforma en una ciudadana normal; en *Sabrina*, la hija del chófer que se convierte en una mujer atractiva y seductora; en *Una cara con ángel*, la dependienta de una librería que llega a ser modelo de alta costura; en *Historia de una monja*, una chica normal que se transforma en una misionera que salva vidas; en *Charada* pasa de viuda arruinada a espía internacional; y en *Ariane*, de hija inocente de un detective a una experimentada amante. La historia del patito feo que se vuelve guapo. La historia de la chica que no ha encontrado su sitio y que, de repente, encaja. ¿Quiere algo más?

Me señala la taza vacía. Le digo que no, que estoy bien. Ella se levanta y se va, pero no veo que vaya a la barra a pedir nada más. Sencillamente se va. Quizás se ha ido al lavabo. Me siento estúpida aquí, mirando por una ventana por la que no se ve nada, bebiendo de una taza vacía, en un lugar agradable pero extraño. Oigo de lejos el sonido apagado de un teléfono, como si alguien lo estuviese tapando con un cojín para evitar molestar a los demás. Me suena la melodía y, por eso, presto más atención hasta que me doy cuenta de que es el mío que suena dentro del bolso. Voy sacando cosas, que dejo sobre la mesa, hasta que lo encuentro. Miro el número que aparece en la pantalla, no lo conozco y tiene el prefijo 41 de Suiza. Contesto. Un señor muy amable me dice en francés que han visto mi nota pegada en la puerta del Balzac pero que no han encontrado ningún sobre con fotos. Lo han buscado bien y están seguros de que en el restaurante no está. Luego me sugiere que quizás algún otro cliente las cogió. Le agradezco la llamada y cuelgo. Me quedo con la mirada perdida en la ventana y me parece que fuera ya ha parado de llover. No entiendo por qué iba a cogerlas un cliente. No entiendo por qué no encontraron las fotos en la mesa cuando la recogieron. Quizás las cogió Gerard, pero seguramente ni siquiera las vio. Suficiente vergüenza tuvo que pasar cuando le tiré el vaso de agua a la cara. Ensimismada con las fotos, no veo volver a Vanessa y me asusta cuando se sienta delante de mí. Primero, mira el desorden de la mesa y después me mira a mí, como si esperase alguna explicación.

—No encontraba el teléfono —me justifico mientras vuelvo a guardar las cosas. Ella coge las flores que he arrancado de la tumba de Audrey Hepburn y se queda observándolas. Clava su fría mirada en mis ojos y me hace tanto daño como la picadura de una abeja—. Lo siento. No tendría que haberlas arrancado.

—No, no debería haberlo hecho —dice en un tono helado y me las devuelve.

No me quita la vista de encima mientras guardo las cosas en el bolso, pero después, como si ya se hubiese olvidado, recupera el tono de antes de irse.

—¿Cuántos idiomas habla?

Su pregunta me sorprende. Está la versión oficial y el descubrimiento que he hecho recientemente. Como sé que no podré justificar mi poder, opto por la opción fácil.

—Ruso, francés, inglés, catalán y castellano.

—Estamos hablando en alemán —dice ella desconcertada.

—Y alemán —añado, aunque este forma parte de mi poder.

—¿No sabe cuántos idiomas habla?

—Sí. Esos —digo con seguridad.

—Bueno, pero seguro que tiene mucha facilidad para otros —dice, como si supiese lo que pienso—. Audrey hablaba cuatro a la perfección: inglés, francés, italiano y holandés, y un poco de castellano. También tenía facilidad para los idiomas. ¿Dónde los ha aprendido?

—En la escuela.

—Caramba, qué escuela tan buena. Yo hablo alemán, francés, inglés, holandés y sueco. Pero es normal, hemos tenido una educación europea, quiero decir, del norte, de los países desarrollados. No como Gerard, que apenas habla inglés.

—Habla muy bien inglés —lo defiendo—, y además habla castellano y catalán.

—Hablar esos idiomas es como no hablar nada. Prácticamente, no puede moverse de su casa.

—Entonces, ¿qué hace aquí?

—Suerte que la tiene a usted, ¿no? ¿Ha estado alguna vez en París?

—No. Me parece.

—¿Se lo parece?

—No. No he estado nunca.

—París es la ciudad donde más películas rodó Audrey: *Sabrina, Una cara con ángel, Ariane, Encuentro en París, Cómo robar un millón* y *Lazos de sangre*. Pero nunca vivió allí. Sí que lo hizo en Roma antes de venir aquí. —Espero que no me pregunte si he estado alguna vez en Roma—. Han venido desde Barcelona en coche, ¿no?

—Sí.

—¿No se les ha hecho pesado el viaje?

—No. Hicimos una parada en Montpellier.

—Audrey y Albert Finney cruzaron Europa en coche en *Dos en la carretera*. Era un viaje físico pero también emocional a través de su historia. Un matrimonio en crisis que rememora su historia de viajes en coche. Un poco como ustedes.

—Nosotros no estamos en crisis —miento.

Hace rato que me molesta su conversación. Desde que ha empezado a meterse con Gerard. Como si ella fuese perfecta.

—Es escritor, ¿verdad?

—¿Gerard? Sí.

—¿Cuántos libros ha publicado?

—Tres. Tres novelas. Pero también escribe teatro y ha ganado algunos premios —digo, pero ella no me escucha.

—A mí me gustan mucho los libros, pero solo leerlos. Sería incapaz de escribir nada. No obstante, me gusta mucho mi labor con el señor Kennedy. Me permite estar cerca de su trabajo. Cerca de sus libros. Es fascinante. ¿No ayuda a Gerard cuando trabaja?

—¿Ayudarlo?

—Sí, pasándole a limpio los apuntes, transcribiendo manuscritos o, si trabaja con ordenador, haciéndole copias de seguridad y teniendo al día los papeles del registro. El señor Kennedy trabaja con una máquina de escribir antigua.

—Pensaba que ya no escribía. Que se había retirado.

—Sigue escribiendo. Más que nunca. Lo que no hace es publicar, que es diferente.

Fuera ya no llueve.

—Audrey ayudaba a William Holden en *Encuentro en París* —prosigue Vanessa—. Ella es una mecanógrafa contratada por un guionista con problemas. Tiene que entregar un guion al cabo de dos días, pero ni siquiera lo ha empezado porque se ha pasado los últimos meses de fiesta, gastándose el anticipo de la productora. Al final, la historia de ficción que escribían y la realidad acaban confundiéndose. Es una película maravillosa.

—Una vez me pidió que le tradujese sus novelas a los idiomas que sé.

—¿Y lo hizo?

—No. No llegué a empezar ninguna. De hecho, él piensa que no he leído ninguna de sus novelas.

—¿Y lo ha hecho?

—Durante una temporada, cuando todavía vivíamos en el pisito del Raval, me obligaba a marcharme de casa para poder concentrarse. Al principio, me pasaba muchas tardes en la Filmoteca, pero después alguien me comentó que iba a una residencia de ancianos a leer. Me pareció muy interesante y también me apunté. Cada día les leía un fragmento de *Dia de caça*, la última novela que ha publicado Gerard hasta ahora.

La historia que le explico es más o menos verdad. Sí que les leía un fragmento cada día, pero siempre era el mismo. Los ancianos, con alzhéimer y otras enfermedades similares, escuchaban atentos el primer capítulo en el que una madre empieza a sufrir porque su hijo no vuelve a casa. No obstante, cada día, cuando volvía, los ancianos habían olvidado incluso quién era yo. En lugar de seguir adelante, volvía a leerles el primer capítulo, como si así pudiese luchar contra su olvido. Había algo en esos ancianos sin recuerdos que los ligaba directamente a mí. Antes de irme de Barcelona, puse en mi equipaje el ejemplar de *Dia de caça* que compré para leer a los ancianos y que nunca he tenido el valor de continuar porque recuerdo sus caras, escuchando atentos la historia que habían oído decenas de veces como si fuese la primera. Las páginas de ese primer capítulo están amarillentas, pero el resto siguen blancas y todavía huelen a nuevas si pasas las hojas como un abanico por delante de la nariz.

—Gerard podría escribir la historia de cómo se conocieron. Su historia. Como hacía William Holden en *Encuentro en París*, o George Peppard en *Desayuno con diamantes*.

—Gerard ya tiene sus proyectos y dudo de que se haya dado cuenta de que tenemos una historia.

—¿Pero usted lo quiere?

—Es lo único que tengo en este mundo aparte de Yul, que es la luz de mi camino.

—¿Quién es Yul?

—Nuestro hijo.

Vanessa baja la mirada y la clava en su taza vacía. Da vueltas con la cuchara al aire que ahora la llena. Mira el reloj y después, de manera muy forzada, finge que es tarde.

—Tendríamos que empezar a movernos si queremos ver algo.

Me obligo a sonreír, aunque recordar la historia de los ancianos me ha puesto triste. La mayoría de ellos ya debe de haber muerto, y los que quedan vivos me olvidaron en el mismo momento en que salí de la salita donde hacíamos las lecturas. Para ellos, nunca he existido.

Me levanto con la esperanza de que el *tour* por Lausana me devuelva el estado anímico de antes, pero Vanessa me lleva a visitar la ciudad hospitalaria. Hacemos una parada en el edificio de maternidad, donde nació Luca por cesárea, y otra en el área de oncología, donde no supieron detectar el cáncer de estómago que acabó con la vida de Audrey Hepburn. Cuando ya estamos en el aparcamiento deseo volver a Morges o a Tolochenaz enseguida, pero ella tiene pensado hacer una última parada en ese circuito macabro. Mientras conduce por las agradables calles de Lausana —ahora no llueve e incluso parece que vaya a salir el sol—, me explica la vida de otra actriz francesa que se hacía llamar Capucine y que se hizo famosa sobre todo por participar en las películas de la Pantera Rosa, protagonizadas por Peter Sellers. Fue una gran amiga de Audrey, ambas fueron amantes del actor William Holden en épocas diferentes y solían consolarse mutuamente de sus depresiones. Capucine vivía en Lausana y fue testigo en el segundo matrimonio de la Hepburn en 1969 con el doctor Andrea Dotti. Vanessa detiene el coche en una calle ancha y baja sin decirme nada. Desde dentro del coche, veo como levanta la cabeza y mira un edificio de ocho plantas. Bajo del coche y me coloco a su lado, imitando la postura, pero sin saber qué estoy mirando.

—En aquel octavo piso —dice sin dejar de mirar el edificio—, vivía Capucine desde los años setenta. El 17 de marzo de 1990, en una de sus fuertes depresiones, decidió saltar desde allí. —Señala una ventana—. Su cadáver cayó justo al lado de esa papelera. Ocho pisos. Imagínese cómo quedó. Su obituario en el *New York Times* decía que no dejaba más heredero que sus tres gatos. —Se echa a reír y repite más bajito—. Tres gatos.

Y, sin decir nada más, vuelve a subir al coche y se enciende otro cigarrillo. Yo me quedo ahí de pie, mirando el edificio. Me parece que la ventana por donde me ha dicho que saltó Capucine es la que está abierta, y en la que una suave brisa mueve las cortinas. Me quedo hipnotizada mirando el movimiento de la tela que sale hacia fuera, como si también quisiese escapar de la casa. No entiendo a la gente que se suicida. Realmente tienes que estar muy desesperado para querer acabar voluntariamente con tu vida. O tienes que ser muy cobarde. Siempre hay algo a lo que aferrarse. Un motivo por el que luchar. Yo, por muy mal que vaya todo, siempre tendré a Yul. Me subo al coche con el deseo de que se acabe este recorrido de enfermedad y muerte. Ella ha vuelto a poner la radio y Carla Bruni canta las canciones melosas de su primer disco. Cuando salimos de la ciudad y tomamos la autopista, con la seguridad de que todo esto se ha terminado, no puedo evitar sentirme triste.

Me doy cuenta turbada de que algo ha cambiado en mi vestuario. Los vaqueros y el jersey han desaparecido, y ahora llevo un uniforme de preso con rayas horizontales, y bajo el sombrero han desaparecido mis cabellos rubios y solo hay piel. Al mirarme a los pies, unas botas negras han sustituido a las chanclas y unos grilletes tienen encadenado uno de mis pies a una gran bola de hierro. Al volver a alzar los ojos, veo que ya no estoy dentro del coche de Vanessa, sino en un furgón policial de los años treinta. A mi lado, hay tres policías, con los uniformes de la misma época y con frondosos mostachos bajo la nariz. Lo más terrorífico es que los tres tienen la misma cara: la de Vanessa. Al mirar por la ventanilla, veo como nos alejamos de Lausana, que ahora resplandece más que nunca bajo un sol espléndido y cuyas calles mojadas brillan como si fuesen de oro. Después de un corto viaje, el furgón se detiene y los tres policías me obligan a bajar. Uno delante, abriendo camino, y los otros dos cogiéndome por cada brazo, me llevan hasta una especie de almacén donde hay una gran horca. Me colocan bajo la soga, me ponen una capucha negra en la cabeza y después noto como la soga me rodea el cuello. Alguien me pregunta si quiero decir algo antes de morir, pero no se me ocurre ninguna frase para pasar a la posteridad. Cierro los ojos y, cuando se me ocurre que podría despedirme de Yul, noto como la tierra se me traga, y la soga no me deja respirar.

Pensaba que, amparada por la música de Bruni, la vuelta sería más tranquila, pero ella no tarda en bajar el volumen para explicarme más cosas que no me interesan nada. Le repito unas cuantas veces que vaya con cuidado y no corra, pero ella hace caso omiso de mi petición mental. La calefacción sigue al máximo y, aunque ahora no llueve, el cielo ya casi no tiene nada de luz. Todo parece más oscuro, más tétrico, más apagado. Diría que incluso el color ha desaparecido y las cosas ahora son en blanco y negro.

—Aprovechando un viaje a Los Ángeles, Audrey se hizo unas pruebas que, en un primer diagnóstico, mostraban una «etiología desconocida». En una segunda visita al famoso Cedars-Sinai le hicieron una laparoscopia, un examen del interior del abdomen, y descubrieron un cáncer extendido desde la pelvis y que rodeaba el colon. Le practicaron una colectomía parcial. Muchas personas en su estado prefieren probar todas las opciones médicas a su alcance. Ella no. Después de una segunda operación, y aunque los médicos lo desaconsejaban, Hubert de Givenchy, su modisto y amigo, les cedió su jet privado para que pudieran regresar a Tolochenaz. Ella solo quería estar en La Paisible y pasar allí la que, según ella, fue la mejor Navidad de su vida. Una vez en casa estuvo más tranquila, aunque los helicópteros de los paparazzi sobrevolaban la casa como buitres. El miércoles 20 de enero de 1993, los tres hombres más importantes de su vida, sus hijos y Robby, su último amor, avisaron al sacerdote que había oficiado su primer matrimonio con Mel Ferrer. Unas horas más tarde, Audrey abandonaba este mundo con la misma elegancia con la que había vivido.

Cuando acaba la historia, sube el volumen de la música y se queda en silencio. No me atrevo a mirarla, pero me parece que está llorando y un par de veces se suena. Yo pienso en las fotos de la familia de papel y en quién las habrá cogido. Pero lo que más me inquieta es que, si Stéphane vuelve a llamar, tendré que decirle que las he perdido. Cuando un cartel anuncia la salida de Morges, ella pone el intermitente y dice sin mirarme:

—Si le apetece, podemos ir al Ayuntamiento de Morges, donde se casó por segunda vez Audrey con Andrea... A no ser que esté demasiado cansada.

Cansada no es la palabra exacta, pero le digo que sí, que lo estoy y que me gustaría acabar nuestra atípica ruta turística. También querría decir que no era lo que esperaba, sinceramente, que ir a ver un cementerio, una iglesia, una ciudad hospitalaria y el edificio por donde saltó una modelo y actriz depresiva no entra dentro de mi definición de turismo.

—No es lo que esperaba, ¿verdad?

—¿Perdón? —pregunto sorprendida de que repita lo que acabo de pensar.

—Nuestra ruta turística. No esperaba ir a ver un cementerio, una iglesia de pueblo, una ciudad hospitalaria y el edificio por el que saltó una actriz depresiva.

Ya me lo había parecido antes, pero ahora estoy segura. Vanessa también tiene un extraño poder mental que la hace diferente. Como Gerard, que puede hacer que todo lo negativo que piensa se convierta en realidad, y como yo, que puedo entender todos los idiomas del mundo sin haberlos estudiado. Ella puede leer mi mente y supongo que la del resto de la gente también.

—Estaba pensando que mañana podríamos hacer algo diferente. Podríamos ir al Évian Royal Resort. Es un complejo de salud que hay justo al otro lado del lago Lemán, en Évian-les-Bains, en el cantón francés. Está justo a los pies de los Alpes y es donde embotellan el agua de Évian. Tienen un *spa* y unas termas de hidroterapia que son fantásticas. Podremos bañarnos y pedir que nos den un masaje. Le prometo que no tiene nada que ver con Audrey y su vida. Si quiere puedo reservar habitación y pasamos allí la noche.

Me da miedo pensar en la propuesta porque sé que ella podrá oírlo. Ha dicho «reservar habitación», en singular. Me quedo en silencio y miro por la ventanilla hacia el paisaje verde que se abre a mi lado. Reconozco las calles de Tolochenaz y deseo llegar enseguida al aparcamiento al lado de La Paisible. Vanessa aparca el coche, detiene el motor y baja sin decir nada. A mí me cuesta moverme. Es como si hubiese vuelto a quedarme paralizada. Quizás el tumor cerebral se ha extendido. Solo puedo mover los ojos y estos, de manera sorprendente, se clavan en el CD de cuentos de Audrey Hepburn que hemos escuchado antes. Muy lentamente, mi brazo avanza y, cuando rozo con la punta de los dedos el disco compacto, recupero la movilidad del cuerpo. Lo cojo y me lo guardo en el bolso, mientras compruebo por la ventanilla que ella no me ve porque está de espaldas a mí. Seguramente a Yul le gustará ahora que he empezado a cantarle canciones en inglés. Bajo del coche y veo que ella ya está al lado del de Gerard. Me espera apoyada en el coche, fumando otro cigarrillo.

—Después de diez años viviendo en Villa Bethania, en un pueblecito del cantón suizo de habla alemana que se llama Bürgenstock, la casa se les quedó pequeña con el nacimiento de Sean. Además, Audrey quería que el niño fuese a una escuela de habla francesa. En 1965, compraron La Paisible, esta mansión de piedra del siglo XVIII restaurada, con dos pisos, nueve habitaciones y tres acres de tierra con cerezos y otros árboles y con unos cuantos huertos muy bien cuidados. Audrey, que quería dejar el cine para dedicarse a la familia, volvió a quedarse embarazada, pero sufrió un aborto. No fue el primero, tuvo cinco a lo largo de su vida. Tiene que ser muy duro perder a un hijo.

Al decir esto, deja de mirarme y desvía la vista hacia la carretera mientras da unas profundas caladas a su cigarrillo. Nos quedamos en silencio durante un rato, escuchando como el viento mueve los árboles que tenemos encima y que hace que el humo de su cigarrillo se me meta en los ojos. Cuando se lo acaba, lo tira al suelo.

—Mañana a las diez de la mañana la pasaré a buscar por el hotel para ir a Évian-les-Bains. A no ser que le dé miedo.

—¿Ir a Évian-les-Bains?

—No. Ir conmigo.

Sonrío, intentando parecer amable, pero no puedo evitar sentir una especie de nudo en el estómago, porque algo en la forma de ser de esta mujer resulta desagradable.

—Será un placer —miento.

—De acuerdo. Hasta mañana entonces. —Y, cuando ha dado solo unos pasos, se gira y me clava su mirada escrutadora en los ojos sin ninguna compasión—. Por cierto, no hacía falta que me robase el CD de cuentos de Audrey. Se lo habría dado con mucho gusto.

Y, sin decir nada más, sale del aparcamiento y la veo alejarse por la carretera en dirección a la casa, que desde aquí no puede verse. Con el mando a distancia, abro el coche y me dejo caer en mi asiento, porque me tiemblan las piernas. Si tuviese que hablar, sé que tartamudearía y el corazón me late tan deprisa que tengo la angustiosa sensación de que se me va a salir por la boca. No entiendo cómo ha sabido esto del CD. El ambiente fresco después de la lluvia me ayuda a serenarme un poco. En el suelo del aparcamiento, hay bastantes charcos y el cigarrillo que la mujer ha tirado al suelo flota en uno de ellos. El coche de Gerard parece más nuevo que antes ahora que se ha limpiado con el agua. Las tonalidades de verde de los campos que hay al otro lado de la carretera son más vivas, pero las vacas que pastaban por la mañana no están en ninguna parte. Detrás de mí, los columpios también parecen más nuevos, pero seguramente sería un peligro para los niños jugar ahora. Sobre todo en el tobogán, donde hay un gran charco justo en el sitio al que van a parar los niños. Enciendo la radio y Morrissey sigue cantando «Moon River», pero cambio de canción y pongo la primera del disco. Tengo ganas de descubrir si todo suena igual de bien. Las guitarras enérgicas y la letra de «Whatever happens, I love you» me sorprenden y me atrapan. Cierro la puerta y subo el volumen. Cierro los ojos y sigo el ritmo golpeando con las manos la guantera. Cierro el cerebro para evitar que entre nada ni nadie y dejo la mente en blanco. Podría estar en cualquier parte del mundo. Podría estar esperando a cualquiera. Incluso yo podría ser otra persona. De repente, la música se detiene.

—¿Se puede saber qué haces?

Abro los ojos sobresaltada. Gerard ha abierto mi puerta y me mira como si nunca hubiese visto a alguien con los ojos cerrados escuchando música a todo volumen. Vuelvo a estar en Tolochenaz, vuelvo a esperar a Gerard y vuelvo a ser yo.

—Escuchaba a Morrissey —le digo con un hilo de voz, como una niña pequeña a quien acaban de reñir.

—¿Y tienes que hacerlo tan alto? —A veces es tan práctico que me parece patético—. Se oye desde la casa. Tendrás que sentarte detrás porque tenemos que llevar a este señor a Morges.

Se aparta y veo detrás de él a un hombre que espera tímidamente a unos metros del coche. Es bajito y de complexión fuerte. Tiene el pelo rubio y lleva unas gafas con montura metálica que le resbalan por la nariz. La americana le queda un poco grande y sujeta con fuerza un maletín de piel muy viejo en una mano. Aunque todavía no ha dicho nada, su imagen me parece decadente y da la impresión de ir sucio.

—Henry Pearson —dice Gerard en inglés mientras salgo del coche y él se me acerca—, le presento a mi mujer, Anastasia.

El hombre me da la mano sudada, aunque no hace nada de calor. Aparto el asiento y al sentarme detrás me sorprende ver que la sillita de Yul no está. No digo nada, pero me siento a un lado, como si ese sitio solo lo pudiese ocupar el niño. Pearson se sienta delante y cierra la puerta. Parece tímido o cohibido, y tiene la cara llena de perlas de sudor. Cuando Gerard sube, querría preguntarle dónde está la sillita, pero el hombre se me adelanta y empieza a hablar en inglés con acento americano.

—Lo siento mucho. Me parece que mi presencia lo ha incomodado —dice a Gerard, mientras se abrocha el cinturón.

—No se preocupe. No es culpa suya.

—Yo tampoco esperaba a nadie más. Tal vez fui un poco ingenuo al pensar que era el único del mundo.

—Sí. Debe de ser eso.

Gerard arranca el coche, pero todavía tarda unos segundos en ponerse en movimiento. Mira por el retrovisor, como si esperase a alguien o alguna señal.

—Ten cuidado, no corras —digo en una voz tan baja que ninguno de ellos puede oírme.

Circulamos por las calles vacías de Tolochenaz, en dirección a Morges y no sé si es mi percepción, pero diría que las ruedas no tocan el suelo. El coche se desliza por el aire y nos transporta. No noto ningún bache ni ninguna imperfección en la calzada. De lejos, veo el pequeño cementerio iluminado por los rayos del sol que se pone en el horizonte. A nuestro alrededor todo está en calma, como siempre después de una tormenta. Como siempre antes de una tormenta. Ni Gerard, ni Pearson dicen nada. Observo sus perfiles, concentrados en la carretera, dispuestos a no estropear este momento tan mágico. Me gustaría preguntarles si han visto al fantasma de Audrey Hepburn dentro de la casa. Y querría preguntar a Gerard si todavía me quiere o si alguna vez lo ha hecho. Le pediría que me diese un beso de verdad. Pero me limito a mirar este paisaje que empieza a resultarme familiar. Me sorprende que estemos parados en un semáforo rojo durante mucho rato sin que pase ningún coche. Y creo que es una señal porque, justo delante de mi ventanilla, un gran cartel de color azul con la imagen de un cigarrillo roto y unas letras blancas que dicen «Respirer la vie» advierte de los peligros de fumar: no recuerdo por qué, de un día para otro, he dejado de hacerlo.

Al llegar delante del hotel, él aparca el coche y sale dando un portazo, como si estuviese enfadado. Pearson se despide de nosotros incómodo y se va a su hotel caminando pesadamente por el paseo junto al lago. Gerard no me espera y entra en el hotel como si tuviese una urgencia. Cuando entro, él sube corriendo por la escalera, como si no quisiera que me relacionasen con él. El recepcionista atractivo está allí, pero no me doy cuenta hasta que me llama y me pregunta si he podido enviar el fax. Su sonrisa de galán de cine mudo me reconforta. Le digo que no, que intentaré redactarlo ahora, pero que no sé cómo imprimirlo. Sugiere que se lo envíe al correo electrónico del hotel y, así, él mismo lo imprimirá desde recepción. Me da un papelito donde está impreso el código de acceso a Internet, que el hotel cambia cada veinticuatro horas por precaución. Nuestros dedos se rozan, no sé si fortuitamente o uno de los dos lo ha provocado. Me dice que hoy tiene turno de noche y que, si quiero, puede enviarlo a la hora que sea. No sé cómo interpretar esta oferta, pero me despierta mucho más interés que la de Vanessa de ir a Évian-les-Bains. Le digo que dentro de un rato le enviaré el documento por correo electrónico y así, cuando volvamos de cenar, podremos enviar el fax. Él vuelve a sonreírme mientras espero el ascensor, y noto que me sonrojo. Me encanta cómo sus ojos se estrechan y dejan a la vista algunas arrugas a los lados, delatando que es mayor de lo que aparenta.

En el pasillo me cruzo con una pareja de ancianos pero no puedo comprobar la vigencia de mi poder porque no me dicen nada. Justo ante la puerta de la habitación me detengo y cuento hasta diez antes de intentar abrirla, pero está cerrada. Golpeo suavemente y como no me abre golpeo más fuerte. Escucho como gira la llave y la puerta se abre un palmo, pero cuando entro él ya se ha encerrado en el lavabo y oigo el agua de la ducha al fondo. Me quito las zapatillas mojadas y agradezco el contacto con la moqueta que absorbe la humedad que mis pies han acumulado durante todo el día. Me siento ante el escritorio y enciendo el ordenador de Gerard. Observo con atención el ritual de inicio de Windows y su estúpida música. El ordenador busca automáticamente la red wi-fi del hotel y aparece una pantalla que me pide que introduzca el código de acceso. Busco el papel que me ha dado el recepcionista y tecleo el código: qy7s=8f. El ordenador se conecta a la red y algunos programas como Messenger se inician automáticamente. Mientras espero a que se abra Word para escribir el documento que acredite a Susanna para gestionar el cambio de la cerradura de casa con la compañía de seguros, inserto el CD de los cuentos de Audrey Hepburn y lo escucho desde el principio. Después de la presentación de una voz en off que dice el título, la actriz comienza a explicar el primer cuento acompañada por la música de Maurice Ravel. Cuando todavía no he escrito nada y el documento permanece en blanco, como mi mente, con el cursor intermitente esperando alguna orden, se abre una pequeña ventana de color naranja en la parte inferior de la pantalla que me anuncia el inicio de una conversación por Messenger. Alguien ha creído que era Gerard quien se había conectado y quiere hablar con él. Lo ignoro. La ventana permanece parpadeando minimizada en una esquina. Compruebo que la batería del ordenador está al 55 por ciento. Puede que en recepción tengan un adaptador para poder conectarlo a la corriente y no tener que vivir con esta inquietud. Ya tengo bastante con pensar que no podremos entrar en casa cuando volvamos. Una señal acústica avisa de que el interlocutor ha escrito algo más. Mi mano derecha sobre el ratón se desplaza lentamente y cuando está encima la cierra, pero el interlocutor insiste y vuelve a aparecer la ventanita. Pienso que quizás sea importante si insiste tanto. La maximizo y noto un cosquilleo en el estómago. Miro hacia la puerta del lavabo para comprobar que no ha salido. Leo la ventanita:

Carlota dice: Hola wapo. ¿Qué haces? Estoy muy preocupada por ti. ¿Cómo estás?

Siempre me ha sorprendido que todas sus ex quieran ser sus amigas cuando la relación se ha terminado. Como impulsada por una fuerza incontrolable mis dedos van hasta el teclado y escriben:

Gerard dice: Bien.

Carlota dice: No. No estás bien. Has desaparecido de Barcelona. Tu móvil está apagado. El correo me devuelve tus e-mails y tus vecinos de enfrente dicen que no saben dónde estáis. Me gustaría verte. ¿Dónde estás?

Gerard dice: Lejos.

Carlota dice: ¿Dónde estás? Iré a verte.

Gerard dice: No puedes. Necesito estar con mi mujer.

Carlota dice: No nos hemos visto desde el funeral. Y allí no te lo pude decir. Sé que decirlo por aquí es muy frío pero lo siento. De verdad. Siento lo que ha pasado.

La conversación me inquieta, querría parar, pero algo me impulsa a seguir escribiendo en su nombre.

Gerard dice: ¿Qué funeral?

Carlota dice: ¿De verdad que estás bien?

Gerard dice: Yo sí. ¿Y tú?

Carlota dice: Hace tiempo que quería comentarte una cosa sobre el piso de tu madre. Me gustaría hacerlo en persona. Estaría más tranquila si nos viéramos. O si me dijeras dónde estás.

Gerard dice: Ya te lo he dicho. Lejos. ¿Qué funeral?

Carlota dice: Esto no tiene gracia. Quería decirte que fui yo quien compró el piso.

Gerard dice: ¿Qué funeral?
Carlota dice: El de tu madre y tu hijo.

Releo esta frase mil veces pero no logro comprenderla.

Carlota dice: ¿Estás bien, Gerard?

El corazón me late rápidamente. Estoy temblando. Mis dedos golpean con fuerza sobre el teclado.

Gerard dice: No soy Gerard. Soy Anastasia. Deja en paz a mi marido. Puta.

Cierro la ventana de la conversación y la sesión de Messenger. Después, con rabia, suprimo su contacto. Y, como si con eso no tuviera bastante, suprimo uno a uno todos los contactos que tiene Gerard, sean mujeres u hombres, para que así, por una vez, ambos estemos al mismo nivel. Ahora ya no tiene amigos, ni amantes, ni conocidos. En este bonito y romántico hotel solo nos tenemos el uno al otro. Estamos en igualdad de condiciones. Intento concentrarme en la página Word en blanco que espera que escriba algo. El corazón me va a cien y puedo oír el latido por encima de la voz de Audrey y la música. Mi cabeza repite todos los nombres que acabo de borrar. Tengo los mismos remordimientos que si hubiera matado a esa gente. Oigo ruido detrás de mí y veo que Gerard toca con la mano una esquina de la pared y la retira enseguida como si quemara, aunque no hay nada. Después se mira los dedos con los que ha tocado la pared y los huele.

—¿Qué haces?

Mi pregunta lo sorprende, como si no recordara que estaba en la habitación. Me mira confuso y no sabe qué responder.

—Deja de buscar por las esquinas de las habitaciones. Pareces un paranoico —le digo.

Me mira, se mira la mano y se la roza con la toalla.

—Si no tienes nada que escribir, apaga el ordenador, que me quedaré sin batería.

—Mejor. Para abortar cualquier posibilidad.

Me parece que no entiende lo que quiero decir. Coge ropa limpia de la maleta y vuelve al lavabo a vestirse. Apago el ordenador y miro por la ventana. El día se acaba pero todavía puedo ver los Alpes al otro lado del lago. Da la impresión de que no estamos muy lejos. Si mañana tengo que huir de Vanessa, desde el balneario quizás pueda hacerlo nadando. Cojo de la maleta unas braguitas y un sujetador blancos y, mientras espero a que salga del baño, me siento en la cama y miro a mi alrededor. Entonces veo la fotografía de la familia de papel sobre la mesilla. La única que ha sobrevivido al secuestro. Suerte que la puse aparte. Stéphane no ha dado señales de vida en toda la tarde. Quizás se ha cansado o ha decidido que no vale la pena tanto lío para recuperar unas fotografías. Me acerco la foto a la cara para observar con detalle sus rostros. Carole tiene una dentadura muy blanca, Stéphane tiene arrugas a los lados de los ojos que se le marcan cuando ríe, como al recepcionista. Los niños tienen los ojos de diferentes colores. No me había dado cuenta hasta ahora pero Cédric los tiene de un azul grisáceo y Cyrille, marrones.

—Deja de mirar a esa familia. Pareces una loca —dice Gerard mientras guarda la ropa sucia en una bolsa de plástico.

Entro en el baño con la foto y la dejo al lado del espejo porque me da miedo que él pueda hacerles daño. Me quito la ropa y me meto bajo el agua de la ducha. A veces puede ser muy cruel y tiene un sentido del humor que me cuesta entender y que suele hacerme daño. Tengo la sensación de que nunca le he importado nada. No entiendo por qué hace tantos años que estamos juntos. De hecho, cuando aterricé en el aeropuerto de Barcelona ya era consciente de que aquello se estaba acabando y estuve a punto de decirle que en Londres me había dejado embarazada, para poder retenerlo a mi lado. Nunca he entendido por qué no me ha echado. Por qué ha preferido fingir y seguir adelante con esta especie de cáncer que hemos estado incubando desde entonces. También pienso muchas veces que no le importa nada nuestro hijo. Cuando llamo a su madre para saber cómo está, nunca me pregunta nada. Hace como si no existieran. Pero, a pesar del daño que me ha llegado a hacer, todavía lo amo. Lo veo mintiendo a su madre, siéndome infiel, provocando una guerra con otros escritores, alterando la historia, cargando con sus fantasmas, luchando contra sus maldiciones, inventándose nuevos poderes, engañando a Findlay Kennedy, estafando a su editora, mintiendo a sus lectores, menospreciando a sus amigos, ignorando a su hijo, decepcionando a cualquiera que se preocupe de él, pero yo todavía lo amo. Sin embargo, a él solo le importa conseguir una colección de Grandes Éxitos para que las generaciones venideras lo recuerden. Seguro que espera que le dediquen una calle o una plaza. Como mínimo en Vic.

Me seco con la misma toalla que él ha utilizado antes porque quiero guardar en la maleta la que todavía está seca. Me miro en el espejo y me toco los cabellos, que húmedos parecen más oscuros. Con las manos me agarro los dos pechos, que son tan pequeños que casi parece que no tenga.

Ni siquiera cuando me quedé embarazada de Yul crecieron mucho. Siempre me han gustado las venas azules que salen como ríos desde el pezón y recorren la piel tan blanca que parece que los tenga llenos de leche. Yul nunca ha mamado de ellos porque el médico dijo que me faltaba hierro y que era mejor que le diera el biberón. A veces me imagino cómo serían si me los operase, pero luego pienso que mis pechos no le importan a nadie. Me pongo una mano en el vientre liso que no delata ningún embarazo; quizás lo soñé y Yul no ha existido nunca, pero la cicatriz de la cesárea lo certifica. Estoy tan delgada que en el hospital me dijeron que si intentábamos un parto natural me rompería. Literalmente, que los huesos de la cadera no aguantarían la presión. La familia de Stéphane me observa desde debajo del espejo. No me importa que me vean desnuda. Pregunto a Carole si sus partos fueron naturales o por cesárea pero solo me sonríe y no responde. Me pongo las bragas y el sujetador limpios, recojo la ropa sucia y salgo del baño con la foto en la mano.

Gerard está apoyado en la ventana y mira cómo el día se apaga del todo para dar paso a la noche. Guardo la ropa sucia en la bolsa de plástico y dejo la foto al lado del ordenador. Me apoyo en la ventana, a su lado, pero no nos decimos nada. Solo observamos la oscuridad del lago como si allí viéramos algo fascinante. Se da cuenta de que tengo frío y me pasa el brazo por los hombros. Un gesto que me sorprende y me tranquiliza a la vez. El calor de su cuerpo me reconforta y el peso de su brazo me transmite seguridad. Y en este momento, cuando todo a nuestro alrededor se detiene, pienso que quizás sí que podamos salvar nuestra relación. De hecho, esta es la razón por la que lo he acompañado en este viaje misterioso. A mí me da igual su proyecto laboral. Lo que quiero es salvar nuestro proyecto personal. Aunque me hubiera propuesto viajar hasta el infierno, lo habría seguido con los ojos cerrados. Digo su nombre en voz tan baja que quizás lo ha confundido con un suspiro. Querría decirle que, a pesar de todo, lo amo. Repito su nombre, un poco más alto, con la esperanza de que ahora me oiga.

—¿Qué?

Y cuando de mis labios están a punto de salir las dos palabras que cambiarán nuestras vidas, mi teléfono suena indiscreto, inoportuno, insoportable y hace que me trague las palabras que iba a decir. Me quita el brazo de los hombros y me siento desprotegida. Su rostro frío, duro, enfadado, vuelve a mirar el paisaje oculto en la oscuridad. Me gustaría que volviera a abrazarme, decirle que no pienso contestar el teléfono pero que me da miedo que sea su madre y que le haya podido pasar algo a Yul. El teléfono deja de sonar justo cuando me aparto de la ventana. No doy ningún paso más y pienso que todavía estoy a tiempo de volver atrás y retomar las cosas donde las hemos dejado. Intuyo que después de mis palabras venía un beso. Y quizás, después del beso, como la otra noche en Montpellier, haríamos el amor. Quizás si lo cojo por la cintura, apoyo la cabeza en su espalda y escucho su respiración podríamos recuperar el momento de antes; pero, cuando me vuelvo hacia él para hacerlo, el teléfono vuelve a sonar. Lo busco impaciente por la habitación porque no recuerdo dónde lo he dejado antes. Seguro que es Carme. Seguro que le ha pasado algo malo a Yul. Puede que tenga fiebre. Una vez nos hizo pasar una semana horrible. Fuimos a urgencias tres veces porque lo vomitaba todo y estaba con cuarenta de fiebre. Menos mal que le dimos baños de agua fría. También era en verano pero era muy pequeño. Cuando encuentro el teléfono, contesto sin mirar quién llama para evitar que vuelvan a colgar.

Hay un largo silencio después de mi «Diga» y enseguida sé que no es Carme. Una voz de hombre en francés, tan profunda y cálida que podría ser la de un locutor de radio o de un doblador, me da las buenas noches y me dice que es Stéphane. Miro hacia la ventana donde Gerard sigue inmóvil mirando el paisaje negro. Sin que él se dé cuenta me meto en el baño para hablar con tranquilidad.

—¿Cómo estás?

—Bien.

—Me gustaría verte —dice sin preguntarme por las fotografías—. ¿Dónde estás?

—Lejos.

—¿Dónde estás? Iré a verte.

—Estoy en Lausana —miento.

—Llegaré dentro de dos horas.

—Ya me habré ido.

—¿Adónde?

—Más lejos aún.

—¿Adónde? —repite, pero en un tono más amenazador.

—A otro sitio —digo asustada.

—¿Adónde irás? ¿A Lutry? ¿A Montreux?

—No te lo puedo decir.

—A Morges. Irás a Morges, ¿verdad?

Al oír ese nombre aparto el teléfono de la oreja como si hubiera recibido una descarga eléctrica y cuelgo la llamada. Salgo del lavabo y encuentro a Gerard sentado en la cama haciendo zapping en la tele.

—¿Estás bien? —me pregunta al ver que me tiembla la mano con la que sostengo el teléfono.

—Sí —digo sin dejar de mirar el móvil, preguntándome cómo puede saber Stéphane dónde estoy—, era tu madre. Yul tiene un poco de fiebre... —Está buscando algo en su maleta sin hacerme caso—. Como aquella vez cuando era pequeño y lo llevamos al hospital. ¿Te acuerdas?

—Tendríamos que ir a cenar.

Coge sus cosas pero no su teléfono móvil. Cierra el armario con llave y la guarda debajo de una pata de la cama. Yo guardo el teléfono en el bolso y me lo cuelgo del hombro. Justo cuando abre la puerta y vamos a salir me dice:

—Es una ciudad limpia, pero será mejor que te pongas algo en los pies.

Me calzo las sandalias, porque las zapatillas todavía están húmedas, y salimos de la habitación. En el rellano una señora mayor sale del ascensor y amablemente nos sujeta la puerta. Gerard tiene claustrofobia pero, por educación o miedo a hacer el ridículo intentando explicar en su patético francés que prefiere las escaleras, entramos. Dentro de la pequeña caja estamos obligados a una proximidad excesiva. Mi mano roza la suya y él no la aparta. Estoy a punto de cogérsela pero no lo hago. Me viene a la memoria «Moon River» y comienzo a cantarla esperando que este sea un paso acertado para llevar adelante mi plan de acercamiento hacia él. Ni me mira, tiene la mirada clavada en la puerta del ascensor, pero el tono de sus palabras rompería la armadura más fuerte del mundo.

—¿Quieres dejar de cantar esa estúpida canción?

—Creía que te gustaba.

—No tienes ni idea de lo que me gusta.

Siento una punzada en el corazón y se me humedecen los ojos. Me parece que los suyos también están húmedos, porque con una mano se los frota.

—No sabes lo que es vivir con alguien como tú. —Si sigue hablando así me desmayaré—. Se la cantaba a Yul para dormirlo.

El ascensor se detiene suavemente y las puertas se abren. Él, con paso firme, cruza la recepción y sale a la calle.

Yo todavía me quedo unos segundos en el ascensor. Sé que le ha dolido que no lo recordara y sé que le molesta que no recuerde casi nada. Sé que esto debe de ser un problema para nuestra relación pero tampoco es fácil vivir sin recuerdos. La mayoría de las veces que hago algo creyendo que voy a contentarlo solo consigo que se enfade más. A veces quiero que se enfade y se echa a reír. Nunca sé qué quiere. Cuando las puertas vuelven a cerrarse, salgo como si me hubieran dado un empujón. Detrás del mostrador está el recepcionista, que me sonríe y me guiña el ojo y luego sigue hablando con una chica vestida de camarera que está al otro lado del mostrador. Cuando salgo Gerard me espera debajo de la marquesina de la puerta, aunque no llueve y parece que no volverá a hacerlo porque el cielo está lleno de estrellas.

—¿Adónde vamos?

—El señor Kennedy me ha recomendado un sitio cerca del castillo, pero me parece que será demasiado caro.

—Podríamos volver al sitio donde cenamos ayer... se come bien —digo intentando simular indiferencia, pero me gustaría hablar con la camarera que nos sirvió por si recuerda el sobre de fotos Kodak.

—Para dos días que vamos a estar aquí, mejor probar sitios nuevos.

—Tienes razón.

No sé si es porque le he dado la razón o porque le ha salido del corazón, pero me coge la mano y caminamos por las calles húmedas de Morges como si nos quisiéramos. Supongo que, justamente, así es como funciona todo. Un intercambio de acciones. Una cadena de favores. Un dar y tomar. Un tira y afloja. Parece fácil pero siempre tiene que haber alguien dispuesto a ceder primero. Caminamos por la rue Louis-de-Savoie, como ayer, y al pasar por delante del Balzac, que está abierto y están sirviendo cenas, me dan ganas de fingir un mareo y que se vea obligado a entrar. Pasamos de largo. Un poco más abajo, en el otro lado de la calle vemos el Métropolis Café, que le hace gracia y no sé por qué. Hay una pequeña plaza bastante acogedora con una fuente en el centro llena de flores de color lila. Los propietarios de la cafetería se han apoderado de la plaza llenándola con muchas mesitas de madera redondas y sillas blancas de lona, como las que tienen los directores de cine, que llevan el nombre del local estampado en azul. El ambiente es bastante parisino y nos hace gracia, aunque me da miedo tener frío más tarde. Miramos la carta que tienen fuera: ensaladas de muchos tipos, gazpacho andaluz, pasta y *risotto,* pescado y carne. El precio está bastante bien. Nos sentamos a una mesa y observamos el pintoresco sitio. En medio de la plaza, justo encima de nuestra mesa, hay una gran farola con tres luces que tiñen de naranja nuestros rostros. Aunque hay algunas mesas llenas, la gente habla con un volumen agradable que no molesta, pero tampoco me permite oír en qué idioma lo hacen. Gerard me señala el cartel que lleva el nombre de la plaza en la que estamos y sonríe: Place des Philosophes.

Un camarero nos trae dos cartas y pregunta qué queremos para beber. Una Heineken y un zumo de manzana sin gas. Miramos las cartas en silencio. Parece que quiere intentar elegir por su cuenta, sin que yo tenga que traducirle. Compartiremos una ensalada de primero, después él quiere *risotto* y yo *gnocchi.* Cuando viene el camarero, Gerard insiste en que me asegure de que ni la ensalada ni el *risotto* lleven cebolla.

—Espero que hoy no me tires nada encima. Hace más frío que ayer y me resfriaría.

Lo dice serio pero me parece que es una broma. Aún me cuesta distinguir si me está tomando el pelo o no. El camarero nos sirve la cerveza y el zumo de manzana sin gas.

Él llena la copa de Heineken y da un trago. Le queda espuma en el labio superior y se la limpia con la lengua.

—¿Cómo es? —le pregunto.

—¿El qué?

—El señor Kennedy. ¿Es como en la fotografía de la biografía?

—Más viejo. Se nota que han pasado muchos años. Le cuesta hablar y va con un aparato de oxígeno. Me parece que tiene un sentido del humor parecido al mío. Todo el rato le está gastando bromas a Vanessa. —Me sorprende que alguien pueda atreverse a hacerlo—. Yo lo he visto todo el rato sentado pero me parece que no puede caminar. Había una silla de ruedas en otra habitación.

—¿Y si tiene que ir al baño?

—No lo sé. Debe de estar sondado.

—¿Pero no había ninguna enfermera?

—He visto una pero no ha entrado. En la sesión de trabajo solo estábamos él, Pearson y yo.

—¿Pearson está en tu proyecto?

—Ahora parece que sí. —Da otro trago a la cerveza pero esta vez no le queda espuma en el labio.

Vanessa, desde siempre, ha admirado las novelas de Findlay Kennedy. Cuando supo que este se había instalado en La Paisible, no tardó en arreglárselas para que la contratara como secretaria. Una vez dentro tuvo libertad para ejecutar tranquilamente su plan. Fue aislando al hombre del mundo exterior, forzándolo a renunciar a publicar ningún otro libro. Puede caminar, pero ella le rompió las piernas con un martillo y ahora lo retiene prisionero en la casa y lo obliga a escribir los libros que ella quiere. Y no los piensa compartir con nadie. La llegada de Gerard y de Pearson ha puesto en peligro el plan de Vanessa y ha tenido que improvisar. Ha amenazado a Kennedy con que, si habla, si pide ayuda, nos tendrá que matar. Por eso pasa los días conmigo, yo seré la primera a la que matará si el escritor pide ayuda o intenta escapar. Mañana, posiblemente, mientras estemos en alguna de las piscinas de agua caliente del balneario, intentará ahogarme. Y luego matará a Gerard y a Pearson. Seguramente manipulará los frenos del coche para que cuando vuelvan a Morges se estrellen contra uno de los árboles de la carretera.

—También está el abogado del señor Kennedy —dice Gerard, y esto hunde todo lo que acabo de imaginar—. No dice nada pero escucha atento todo lo que decimos.

El camarero nos sirve un bol con ensalada y nos pone un plato para cada uno. Nos desea buen provecho sin mirarnos. Nos servimos ensalada en los platos y comenzamos a comer.

—¿Cómo es la casa? —pregunto esperando que al menos esto sea un tema neutral de conversación.

—Grande —dice, y sigue comiendo como si nada.

—¿Sabías que allí vivió Audrey Hepburn? —digo ilusionada de poder comunicarle esta información.

—Sí. Ya lo sabía antes de ir. De hecho, esta mañana solo hemos hablado de eso.

—¿De Audrey?

—Teníamos que hacer tiempo hasta que llegara Pearson. Ha perdido el avión y no ha llegado hasta la tarde. El señor Kennedy me ha explicado anécdotas y me ha enseñado un óleo que pintó ella en 1969. Es una cesta de flores de muchos colores.

—¿Es bonita la casa?

—No me importaría tener una así. Cambiaría la decoración, eso sí. Tiene un jardín precioso, muy grande, con cerezos y un huerto. En el segundo piso tiene una habitación con un proyector y un equipo audiovisual muy potente. Por la tarde hemos visto algunas películas.

—¿Habéis visto películas? —pregunto sorprendida de que hayamos venido de tan lejos para esto.

—Enteras no. Algunos fragmentos. Para el proyecto. Y a ti, ¿cómo te ha ido? ¿Ya te ha tirado los tejos?

—¿Los tejos? —repito porque no entiendo a qué se refiere.

—Si ha intentado ligar contigo.

—¿Vanessa?

—Hombre... me parece que le gusta más el pescado...

—No. Se ha limitado a pasearme por el parque de atracciones macabro de Audrey Hepburn que se ha montado. Soy casi una experta en la actriz. Me ha dicho que mañana me llevará a un balneario en el lado francés del lago.

—Huy... —dice mostrando una sonrisa maliciosa.

—No pienso ir. Esa mujer me provoca angustia.

—Pues avísala antes de que venga a buscarte. Me ha dicho que os quedaréis a dormir.

El camarero se ha llevado el bol de la ensalada y los platos e inmediatamente nos trae los segundos. Nos desea buen provecho sin mirarnos.

—¿De dónde ha salido ese tal Pearson?

—Es americano. Profesor de guion en la New York Film Academy.

—¿Quiere hacer una adaptación cinematográfica del libro?

—¿Sabes qué he pensado? —dice después de echar un trago de cerveza—, que podríamos buscar una casa aquí y comenzar una nueva vida.

Me molesta este cambio de tema tan grosero.

—¿En Tolochenaz?

—Sí, o en Morges. Las casas que rodean el lago más allá de la iglesia son preciosas. ¿Las has visto? Tendrías que ir a pasear por allí. Te encantará. Se está bien y me parece que podríamos hacerlo.

—¿De verdad que lo has pensado?

—Volver a empezar de cero. Tú y yo; no hay nada que nos ate.

—Gerard...

—Yo escribiré, puedo hacerlo desde aquí. Necesito estar en un lugar como este. Tú podrás quedarte en casa, podrás cuidar el jardín, podrás hacer lo que quieras. ¿Te gusta pintar?

—No.

—Podrás hacer lo que quieras menos pintar.

—Gerard...

—Una casa junto al lago. Podemos comprarnos un barco y navegar.

—¿Y Yul?

—¿Te lo imaginas?

—¿Y Yul?

La ilusión de sus ojos, la sonrisa que había dibujado con esta ficción se desvanecen y parece que incluso un velo turbio le nubla la vista. Aparta su mirada de la mía y rasca con la uña la mesa de madera. El camarero interrumpe este momento delicado y se lleva la botella de Heineken vacía.

—¿Y Yul? —vuelvo a preguntar, porque me molesta que en sus planes egoístas no cuente con nuestro hijo.

—De momento se puede quedar con mi madre y, más adelante, cuando estemos instalados, ya vendrá —dice sin mirarme a los ojos.

—¿Quieres que vengamos a vivir aquí sin nuestro hijo?

—Anastasia, solo era una idea.

—¿Me proponías venir a vivir aquí sin nuestro hijo? Por favor, dime que lo he entendido mal.

—Anastasia...

—¡Dímelo!

No dice nada. El volumen de mi voz es bastante alto para que la gente de las otras mesas se queden mirándonos en silencio. Bajo el volumen pero no cambio el tono de indignación.

—Gerard, ¿dónde está la sillita de Yul?

—¿La sillita?

—¿Por qué no está en el asiento de atrás?

—Está en el maletero. La he quitado para que no molestara cuando llevásemos a Pearson.

—¿Seguro?

—Te lo juro.

—¿Me lo juras? —Sé que miente—. ¿Por quién?

—Te lo juro por Yul.

—Hoy no te mereces que te tire nada encima. Te mereces que te lo rompa en la cara.

Querría irme lejos pero sé que será más humillante para él si me quedo y pasamos toda la cena en silencio. Cada uno mirando para un lado sin dirigirnos la palabra, como los matrimonios patéticos de los que nos reímos cuando vemos que lo hacen. Esta tensa situación me va bien para concentrarme en la conversación de una pareja que acaba de sentarse en la mesa de al lado y que habla en un idioma que no puedo identificar pero que entiendo perfectamente. Esto confirma que todavía tengo mi poder, aunque no pudiera entender al viejo de la estación de Prélionne. También aprovecho el rato de silencio forzado para planear cómo puedo deshacerme de Gerard y volver al Balzac para saber si han encontrado las fotos. No queremos postres ni café. Supongo que ninguno de los dos tiene ganas de alargar más el sufrimiento. Cuando nos levantamos, después de que Gerard haya pagado en metálico, dejo mi teléfono móvil escondido bajo la servilleta. El camarero nos dice adiós sin mirarnos, aliviado al ver que, al final, no hemos montado ningún espectáculo, aunque apuntáramos maneras.

En la calle un viento bastante frío nos envuelve y hace que mis cabellos rubios floten al aire. Caminamos rápido, como si tuviéramos mucha prisa, manteniendo la distancia de seguridad entre los dos, para evitar tocarnos por casualidad y, así, recordar que un día nos amamos. Justo al llegar a la puerta del hotel recurro al teatrillo del móvil olvidado y él, tal como había previsto, no me acompaña a recuperarlo. Deshago los pasos que acabamos de dar y vuelvo a la terraza del Café Metrópolis donde todavía están los platos de nuestros segundos. También está el teléfono, que cojo sin decir nada a nadie y me voy otra vez. Lo miro y me doy cuenta de que tengo una llamada perdida que deben de haber hecho durante ese rato de olvido premeditado. Es Stéphane y ha dejado un mensaje de voz que escucho mientras voy para el Balzac.

—*Je suis Stéphane. Je suis déjà arrivé à Morges. Où est-tu?* —Entonces se queda unos segundos en silencio, en los que de fondo se puede oír una especie de zumbido, y dice—: *Es-tu au Café Métropolis*?

Cuelgo el teléfono y miro a mi alrededor asustada. Quizás tiene el poder de localizar a las personas solo con contactar por teléfono. He de encontrar las fotos. Será la única manera de acabar con todo esto. Por suerte el Balzac está en la misma calle, porque estoy tan nerviosa que aunque camino hacia delante mi cabeza está completamente vuelta para atrás, como si quisiera romperme el cuello, esperando ver la sombra de alguien que me sigue. Recuerdo perfectamente el rostro de Stéphane que aparece en la fotografía. Lo que me asusta de este Stéphane que me llama con enfermiza insistencia es que no se le parezca en absoluto. Gerard me lo advirtió y si le digo que un psicópata me persigue dirá que me lo tengo merecido. Pero en el fondo todavía mantengo la esperanza de encontrar las fotografías y de que el hombre que me llama sea realmente Stéphane, el marido de Carole, el padre de Cédric y Cyrille.

Subo los cuatro escalones que hay delante de la entrada del Balzac pero me paro antes de abrir la puerta. Miro al interior y veo la mesa donde ayer cené con Gerard. Hay dos chicas que toman té. La camarera que sirve las mesas no es la misma que nos atendió a nosotros. Me quedo allí un rato, espiando por los cristales, hasta que estoy segura de que la chica no está y de que no vale la pena entrar para volver a preguntar por algo cuya respuesta conozco. Me siento en las escaleras, decepcionada, como hice ayer, y observo a los hombres que pasan por la calle, preguntándome si alguno de ellos podría ser Stéphane. Un coche disminuye la velocidad justo cuando pasa delante de mí y me parece que el hombre que conduce me mira, pero sigue adelante; seguramente está todo en mi imaginación. Busco en mi bolso los pósits de color verde que robé a Gerard y el bolígrafo. Escribo en francés lo mismo en diferentes hojas: si alguien ha encontrado un sobre de fotos Kodak agradecería que me llamaran a mi teléfono. Y lo apunto a continuación. Cuando tengo unos cuantos me levanto y comienzo a pegarlos en lugares bien visibles. Al llegar a la calle peatonal, donde está la cafetería en la que he desayunado esta mañana, vuelve a llover y de repente puedo notar una extraña sensación, como si me estuvieran observando de muy cerca. Una voz de hombre, detrás de mí, me desea buenas noches en inglés. Me quedo clavada en el sitio, no me muevo. Otra vez la parálisis ha invadido mi cuerpo y solo puedo mover los ojos, que, por mucho que intenten volverse hacia atrás, tropiezan con el lateral de mi cabeza. Me ha encontrado. Finalmente me ha encontrado y no sé si me da más miedo decirle que he perdido las fotos y que por lo tanto ha hecho un largo viaje en vano, o descubrir que no es el mismo Stéphane que busco y que no ha venido por las fotos. Mis pies comienzan a girar lentamente y con ellos el resto del cuerpo, y cuando estoy de cara a él me doy cuenta de que son mis ojos los que todavía no quieren abrirse. Muy poco a poco fuerzo los párpados para que se separen y delante de mí aparece un rostro conocido con una sonrisa estúpida. Es Henry Pearson, el hombre que hemos llevado desde La Paisible hasta Morges.

—No sabía si era usted —dice sin dejar de sonreír.

—Hola —le digo entre decepcionada por haber estropeado la emoción y tranquila por estar a salvo.

—¿Cómo está? ¿Ya ha cenado?

—Sí. Ya hemos cenado. Gerard ha vuelto al hotel.

—Caramba. ¿Y pega carteles? ¿Ha perdido un perro?

—¿Un perro?

—¿No es lo que hace la gente cuando pierde un perro? Pegan carteles, ¿no?

—Sí. Supongo.

—¿Y entonces?

—¿Qué?

—¿De qué raza es?

—No he perdido ningún perro. Solo unas fotografías.

—Vaya. Qué pena. Yo he salido a dar una vuelta. Estaba cansado de quedarme en el hotel. He cenado allí, ¿sabe? Me he comprado un par de cruasanes y un poco de *quiche* en una pastelería y me he quedado en la habitación. No me gusta ir solo a restaurantes. Parece que no tengas amigos ni pareja. Parece que estés solo.

Sonrío porque no sé qué decirle. No se ha cambiado de ropa. Lleva exactamente la misma que antes y me parece que es la ropa con la que ha viajado. Se le ve sucio y seguro que si me acerco un poco más notaré que huele.

—¿Tiene que pegar muchos carteles?

—Unos cuantos.

—Lo decía porque quizás le apetezca ir a tomar algo. Un café o una cerveza. Pero cuando haya acabado de pegar los carteles.

—Gracias, pero estoy muy cansada y cuando acabe tengo ganas de ir al hotel.

—Claro. No se preocupe. De hecho yo también estoy cansado. El viaje, el cambio de horario, la reunión de la tarde. Solo tengo ganas de ir al hotel a meterme en la cama. Para dormir —puntualiza sin que haya ninguna necesidad.

—Quizás en otro momento —digo más por ser amable que porque me apetezca.

—Le tomo la palabra. Mañana la invitaré a un café.

Lleva el maletín de piel y me sorprende que haya salido a dar una vuelta con los documentos de su proyecto. Se da cuenta de que lo miro.

—Es que no me fío de las cajas fuertes de los hoteles. —Como Gerard—. ¿Quiere que le pegue algunos carteles de camino al hotel? Así abarcará una zona más amplia.

Me parece una buena idea y le doy algunas de las hojas escritas. Las mira y sonríe.

—Muy ingenioso, papeles que se pegan solos. —Lee lo que hay escrito en el papel y vuelve a sonreír como si le hubieran dado una muy buena noticia—. ¿Este es su teléfono?

Nos separamos cada uno en una dirección diferente. No sé si me gusta que tenga mi teléfono, aunque no parezca peligroso. De hecho, me da pena.

A las seis de la mañana ha sonado el despertador en la habitación de Pearson de su pequeño apartamento en un barrio humilde de Nueva York. Ha tenido unos minutos de pereza, abrazado a su osito de peluche que solo tiene un ojo, el mismo con el que ha dormido desde su infancia. Después se ha levantado y se ha quitado el gorro que se pone para no despeinarse. Pero ya iba vestido con los pantalones, la camisa y la americana que le va grande. Ha puesto el osito de peluche en su viejo maletín y ha salido del apartamento. Ha viajado en metro hasta la New York Film Academy, en la calle 17, y ha ido al aula donde un montón de futuros cineastas lo esperaban impacientes para oír una apasionante (o aburrida) lección sobre la historia del cine. Ha comido un sándwich, que ya llevaba en su maletín, en la cafetería de la escuela y después un taxi lo ha llevado hasta el John F. Kennedy International Airport, donde ha cogido un vuelo directo hasta el Geneva International Airport. Allí ha subido a un tren que ha recorrido la orilla del lago Lemán hasta Morges y luego, en un taxi, ha llegado hasta La Paisible. Ha pasado la tarde viendo películas con el señor Kennedy, su abogado y Gerard. Después lo hemos acercado hasta Morges y ha ido por primera vez a su hotel. Ha sacado el osito del maletín y lo ha abrazado con fuerza. Después lo ha colocado sobre la cama y los dos han visto la tele un rato. Él ha salido a dar una vuelta y el osito se ha quedado leyendo un libro: La metamorfosis, *de Kafka. Me ha encontrado y ha pensado que estaría bien ir a tomar algo pero no le ha salido bien. Ahora volverá al hotel, se meterá en la cama sin quitarse la ropa, ni siquiera los zapatos, y se abrazará al osito hasta que los dos se queden dormidos.*

De vuelta al hotel paso por delante del coche de Gerard, aparcado en el paseo junto al lago, y me acuerdo de la sillita de Yul, que ha desaparecido. Pongo las manos en los lados de la cabeza, para ver mejor el interior, y puedo notar un nudo en el estómago. No soporto ver que la sillita del niño no está. No me creo que esté en el maletero. No me creo que la haya quitado para llevarnos a los tres porque cabíamos de todas maneras. Intento abrir el maletero pero está cerrado. Después lo golpeo con rabia con el pie y busco algo por el suelo que sirva para hacer palanca. Hay un trozo de madera pero se me rompe y finalmente lo utilizo para rayar un lateral del coche, pero lo cuida tan poco que seguro que no se dará cuenta. Busco una piedra, que encuentro en un pequeño contenedor al lado de una casa en obras, y golpeo el parabrisas hasta que se agrieta. Después devuelvo el arma del crimen a donde la he cogido. Exhausta, me siento en el suelo, apoyada en la rueda trasera del coche, y escondo el rostro entre las manos mientras lloro como una niña. No sé cómo hemos llegado hasta aquí ni qué tenemos que hacer para volver al punto en el que estábamos antes. Nos hemos convertido en monstruos egoístas y destructivos. Una señal acústica me avisa de que he recibido un mensaje en el móvil. Lo saco mientras me seco las lágrimas de la cara. Es Stéphane, que me pregunta si estoy en el Balzac. Apago el móvil segura de que me localiza a través de la señal del satélite. Cuando me levanto del suelo miro entre los coches para asegurarme de que no ha descubierto ya mi nueva ubicación. Ojalá mi poder sirviera para algo.

De lejos puedo ver luz en la que me parece que es nuestra habitación. Cuando llego a la puerta del hotel, no entro todavía. Me quedo en el callejón meditando; no sé si prefiero pasar la noche con un hombre que no me quiere o encontrarme con un psicópata que me busca obsesivamente. Desde las dos ventanas a nivel del suelo puedo ver el mostrador de recepción. Me acerco con discreción y observo el interior para ver si está el recepcionista guapo. Hay alguien sentado pero no estoy segura de que sea él. La persona tiene la cabeza hacia atrás y diría que está durmiendo, a pesar de que no es tan tarde. Acerco un dedo a la ventana y acaricio por encima del cristal la cabecita que veo a través de él. Cuando entro, desde lejos, ya estoy segura de que sí que es él, que no se da cuenta de mi presencia y sigue durmiendo. Lo observo desde más cerca e imagino que duerme a mi lado y que tengo derecho a acariciarle la cara y el pelo, a besarle los labios, a susurrarle al oído que lo amo. El chico respira tan profundamente que casi ronca y eso me hace reír. Mi risa lo despierta y al verme primero se asusta y después se echa a reír y me enseña esa sonrisa suya que desarma. Se sienta bien en la silla mientras se frota los ojos con las manos pero no deja de sonreír.

—El café ya no me hace efecto. Me duermo por todas partes. Parezco un abuelo. Me parece que iré al médico para que me mire a ver si tengo narcolepsia, pero sé que me dirá que haga menos turnos y que duerma más.

—Hoy lo pensaba. O haces todos los turnos o tienes un hermano gemelo.

—Hay dos bajas y hago muchos turnos dobles. Necesito el dinero.

—¿Quieres ser rico?

—Quiero acabar la carrera.

Me parece que espera que le pregunte qué estudia pero no lo hago. Se levanta de la silla, coge un termo que tiene escondido debajo del mostrador de recepción y me lo enseña.

—Puedo ofrecerte café.

—Gracias, pero me parece que a mí sí que me haría efecto y querría dormir.

—Lástima. Yo que iba a proponerte montar una fiesta aquí en recepción hasta la madrugada.

Vuelve a sonreír y tranquilamente se sirve café en una taza que tiene al lado de un ordenador. Después se pone azúcar y remueve mientras lo observo, como si tuviéramos todo el tiempo del mundo. Y se crea un momento mágico que no querría romper por nada. Bebe un sorbo de la taza y me mira. Vuelve a sonreír, como si fuera la primera vez que me ve, y pienso que si sigue mirándome así tendré que lanzarme a sus labios para besarlos. De repente me viene a la memoria el paraguas que me ha dejado por la mañana y que Gerard debe de haberse olvidado en La Paisible.

—Me he olvidado el paraguas.

—¿Qué paraguas?

—El que me has dejado esta mañana.

—¡Ah! ¡El paraguas! Tranquila, no hace falta que me lo devuelvas, es de la colección de objetos olvidados por los clientes en las habitaciones. Tendrías que ver todo lo que se olvidan y todo lo que nos roban. Por cierto, ¿ya has enviado el fax?

—Todavía no lo he escrito.

—Vaya. No debe de ser muy importante.

—No. Solo que cuando volvamos a casa no podremos abrir la puerta.

—Estaré aquí toda la noche.

—Sí, pero me parece que hoy no lo haré. Quizás mañana por la mañana.

—Estaré aquí hasta las diez.

Doy un bostezo, que le contagio, y los dos nos echamos a reír.

—¿Me dejas pegar un cartel? —digo señalando el tablero que hay al lado del ascensor, con un marco de cuadro antiguo apoyado en un caballete.

—En principio es para la información del hotel y la carta del restaurante, pero como esta noche estoy solo, adelante. Por la mañana tendré que quitarlo antes de que lleguen los otros.

Saco del bolso los pósits y pego uno sobre la carta del restaurante. Él me observa con atención.

—¿Qué has perdido?

—Un perro —le contesto riendo.

—¿Un perro? ¿De verdad?

—No, unas fotografías.

—¿Y este es tu teléfono?

Le digo que sí con una sonrisa maliciosa mientras llamo al ascensor y justo cuando se abren las puertas lo vuelvo a mirar y le deseo que pase una buena noche. En el ascensor me miro en el espejo y veo que me he puesto colorada. Seguro que se ha pensado que la historia del cartel era una excusa para darle mi teléfono. Me siento como una adolescente excitada. Con un dedo recorro los labios reflejados en el espejo, pero en realidad imagino que son los suyos. Cuando salgo al pasillo me concentro en simular serenidad ante Gerard. Estoy segura de que se ha deshecho de las fotos igual que ha hecho con la sillita, pero no tengo pruebas ni ganas de discutir. Quiero conservar durante toda la noche este momento mágico que acabo de vivir. A ver si tengo suerte y sueño con el recepcionista.

Golpeo flojito la puerta y me viene a abrir enseguida. Un olor muy fuerte me llena los pulmones y veo sobre el escritorio, al lado del ordenador abierto, el frasco de matamosquitos. No sé si ya se habrá dado cuenta de que le he borrado todos los contactos de Messenger. Que ahora es exactamente como yo. No me dice nada, vuelve al ordenador y lo apaga. Cojo el calentador de agua del armario y lo lleno en el lavabo. Cuando salgo, ya está en la cama, en bóxers y camiseta. Coloco la tetera en la base y espero a que hierva el agua. Pongo una bolsa de té en una taza y la lleno de agua. Mientras espero que se enfríe, me quito la ropa y me siento en la silla en braguitas y camiseta de tirantes, y miro a Gerard mientras hace zapping en el televisor sin volumen. Me da miedo meterme en la cama porque me parece que de tan cerca podrá notar mi corazón palpitar excitado por otro. Cuando me acabo el té voy a lavar la taza al lavabo, aunque sé que lo hacen las mujeres de la limpieza. Pero así gano tiempo hasta que me calme. Miro mi rostro en el espejo y me viene a la memoria el último mensaje de Stéphane. Cuando salgo, sin que él me vea, cierro con llave la puerta de la habitación y pienso que sería una buena idea atar un cordel de la cerradura al llavero y ponerlo en la mesa. Pesa tanto que si alguien abriera la puerta, al caer al suelo, haría incluso un agujero y seguro que nos despertaríamos. Como no tengo ningún hilo, pongo dos maletas delante de la puerta, haciendo una pequeña e inútil barricada por si entra alguien. Me meto en la cama y, de manera inconsciente, evitamos que nuestros cuerpos se toquen por debajo de las sábanas. Yo ya me he echado pero él sigue sentado, con la espalda apoyada en el cabezal, y tiene la luz de su mesita encendida aunque ya ha apagado la tele y no lee ni hace nada. De repente empieza a hablar con normalidad como si no hubiéramos discutido. Me habla de La Paisible y de Kennedy, de cómo compró la casa y de lo que significa para él. De por qué no ha publicado ninguna otra novela y del motivo para reaparecer con una biografía. Y su monólogo deriva hacia su proyecto. Por qué estamos aquí, qué tienen que ver las películas que ha traído, qué provecho quiere sacar. Y aunque tengo ganas de saberlo, el cansancio acumulado durante todo el día y el tono de su voz, lineal y monótono, en voz baja porque es tarde, solo consiguen que los ojos se me vayan cerrando. Llega un punto en el que ya no intento evitarlo. Oigo su voz lejana pero veo el rostro del recepcionista y de fondo oigo a Morrissey que canta «Moon River». Quizás no sea la mejor versión que se ha hecho de esta canción, pero es la primera que he oído y se ha convertido en un himno para mí. En cierto momento, no sé al cabo de cuánto rato, el rostro del recepcionista se desvanece y todo se queda en negro; ya no oigo la voz de Gerard, aunque seguramente todavía me está hablando, y Morrissey ha dejado de cantar. Entonces solo queda oscuridad y silencio. Paz y tranquilidad. Y nada más. Se podría acabar el mundo y yo ni siquiera me daría cuenta.

No volverá. Dice que se ha ido y que nunca volverá. La confusión se vuelve pánico. El pánico me impide respirar. ¿Es mi madre aquella mujer que me dice adiós desde el precipicio? Dile que cuando llegue al mar venga nadando hasta la playa, que la estaremos esperando. No. No volverá. Ha caído de demasiado arriba y ha ido demasiado abajo. ¿Recuerdas tu nombre? Has tenido muchos desde la primera vez, pero la pregunta es si recuerdas tu nombre original. Aquel con el que tus padres te bautizaron. Me queman los pies y es por culpa de la arena de la playa. Hace demasiado rato que el sol la calienta y no puedo llegar a donde estás tú. No volverá. Desde que se fue no ha dado señales de vida. El recuerdo de su cara se borra y me duele saber que nunca más lo recordaré. Cuando me hablen de él no sabré a quién se refieren. Y los ancianos escuchan atentos las palabras que leo del libro pero sé que, cuando acabe la hora y cierre el libro, lo habrán olvidado todo. Por eso nunca pongo ningún marcapáginas en el libro. Lo habrán olvidado todo y él no volverá. Ninguno de los que he olvidado volverá excepto cuando sueño por las noches, pero me cuesta poner nombres a las caras que veo. Sé que los conozco. Sé que una de estas mujeres de larga cabellera rubia es mi madre, pero podría ser mi abuela o también mi hermana. Sé que uno de estos hombres que pasan borrosos delante de mí, corpulentos, con larga barba y cejas muy pobladas, sé que uno de ellos es mi padre. ¿Era él el que fumaba en pipa o era mi abuelo? Sé que uno de los niños que juegan en esta playa de arena que quema es mi hijo. Sé que Yul tiene que estar aquí, pero no lo reconozco entre tantos niños. Sé que alguna de las niñas que vuelan la cometa soy yo misma de pequeña. Sé que en esta playa se reúnen todos los recuerdos que he ido borrando a lo largo de los años y alguien, quizás Gerard o algún otro hombre que he amado, me advierte de que no me acerque al agua porque las olas pueden llevarse los recuerdos que guardo en la playa. Una de las mujeres me pregunta si recuerdo mi nombre mientras extiende una toalla en la arena. Me parece que es Carme, la madre de Gerard, pero físicamente no se parece en nada. Suena música y al volverme veo una orquesta sobre una plataforma de madera que flota en el mar. La música hace que todos los que están en la playa se emparejen y bailen aunque la arena quema porque el sol pega con fuerza. Hay una casa de madera pintada de blanco junto a la playa y un niño juega delante de la puerta. Me acerco, pero cuando me ve se levanta y entra corriendo en la casa. Al lado de la puerta, con letras pintadas de azul, se puede leer «La Paisible». Las ventanas tienen los postigos de color azul y las cortinas blancas de lino vuelan con la brisa del mar y salen fuera como si quisieran escaparse. Entro en la casa y me sorprende que esté vacía. El suelo también es de madera pero no hay ningún mueble; solo las cortinas que revolotean con la brisa del mar y la luz del sol que ilumina la habitación. El niño no está. Lo llamo: «Yul». Sé que es él porque en los sueños esas cosas se saben. De una habitación sale una mujer mayor. Es Carme, la madre de Gerard. Viene sonriendo y comienza a hablar en un idioma que no puedo entender. No volverá. Ha caído desde demasiado arriba y ha ido demasiado abajo. Miro por la ventana y veo que la orquesta ahora está delante de la casa y sigue tocando, pero toda la gente que bailaba está enterrada en la arena y solo asoman la cabeza. La marea está subiendo y dentro de poco los ahogará a todos. No volverán, dice la madre de Gerard. Ellos son todos los muertos que has olvidado. Después vuelve a sonreír y, con una risa cada vez más exagerada, me dice que tiene que darme una mala noticia. En el suelo de una de las habitaciones, veo un charco de sangre que va haciéndose cada vez más grande. Traspasa el marco de la puerta y se extiende por el suelo de madera de la casa. Carme sigue riendo y me dice que Yul está muerto. Que si quiero recuperarlo puedo ir a buscar los trocitos debajo de las ruedas del coche que los ha atropellado a él y a ella. Y de repente, como por arte de magia, se deshace y se convierte en la sangre del charco que, como una alfombra, ahora cubre todo el suelo y moja mis pies desnudos. Hace frío en la casa. Estoy sola. La orquesta ha dejado de tocar y al mirar por la ventana me doy cuenta de que han desaparecido ahogados bajo el agua del mar y sus instrumentos flotan a la deriva. No volverá. Eso es lo único que sé de verdad. Que no volverá.

El suelo está frío. Mucho. Mis ojos no pueden contener las lágrimas. Nada. No me aventuro a levantar la cabeza y por suerte los cabellos mantienen mi rostro oculto. Veo sus pies descalzos en el marco de la puerta, como si no se atreviera a entrar. Después me doy cuenta de que con una mano estoy cogiendo un teléfono con tanta fuerza que los dedos me duelen mucho y no circula la sangre de la presión que hago. No sé cómo he llegado hasta aquí. No sé qué hago sentada en el suelo de este lavabo, apoyada en la taza del váter. El silencio, a pesar de su presencia, me molesta pero no me decido a moverme. Espero a que sea él quien dé el primer paso. Necesito que diga algo o que me ayude a levantarme. Necesito que me abrace y me diga que todo irá bien. Pero sus pies desnudos no se mueven del marco de la puerta, como si le diera miedo, como si no supiera qué decirme. Quiero llamar a alguien pero no sé a quién. Quizás si llamo a su madre me confirmará que todo ha sido un sueño macabro.

—¿Crees que si llamo a tu madre se asustará?

Mi voz ha sonado extraña. Como si no hubiera salido de mí. Como si estuviera grabada en una cinta y proyectada por unos altavoces que la distorsionan.

—Son las tres de la madrugada. No tienes que llamar a nadie.

—Gerard Guix. —Levanto la cabeza por primera vez y lo miro. Él, apoyado en el marco de la puerta y vestido con bóxers y camiseta, me mira expectante—. He soñado que Yul se moría.

Él comienza a llorar. Se acerca con tranquilidad y me ayuda a levantarme. Me quita el teléfono de los dedos y me coge de la mano como si fuera una niña pequeña. Me mete en la cama y me arropa. Desde la mesita de noche la familia de papel me mira sonriendo y me transmite la tranquilidad que necesito en un momento como este. Él se echa a mi lado y me abraza. Se vuelve a dormir enseguida. Su respiración lenta y pesada lo confirma. A mí todavía me cuesta un rato, aunque tengo muchas ganas de hacerlo. Sé que cuando me despierte las cosas serán como antes. Sé que cuando me despierte todo esto sólo habrá sido una pesadilla. Y sobre todo sé que cuando me despierte Yul estará vivo y estará bien.

«No soy Holly. Tampoco soy Lula Mae. No sé quién soy.
Soy como este gato. Vagabundos sin nombre.
No pertenecemos a nadie».
AUDREY HEPBURN en *Desayuno con diamantes*

Día 4

Y entonces, cuando me abraza tan fuerte que casi no me deja respirar, me despierto.

No puedo situarme. No sé quién soy. No sé dónde estoy. No sé qué vínculo afectivo me une con el hombre que duerme a mi lado. Me froto los ojos con las manos y espero a que se acostumbren a la luz que se cuela por las cortinas. Observo su rostro en semipenumbra, pero de momento no me resulta familiar. Espero reconocerlo dentro de un rato pero ahora mismo no sabría ponerle un nombre. Me gustan las facciones de su cara, marcadas, su nariz prominente con personalidad, su barba dura que sale como espinas negras de su piel. Su aliento no huele y me parece que no respira por la nariz porque debe de tenerla tapada. Tiene las cejas gruesas pero bien arregladas, supongo que debe de cuidarse. Su cutis no parece castigado y, al menos ahora que está relajado, no se le ven arrugas de expresión aunque debe de tener un poco más de treinta años. Lleva los cabellos muy cortos, no tiene canas y no parece que se las tiña. Con un dedo le recorro las líneas de la cara pero no se despierta. Después bajo por su cuello, que es largo y me gusta, paso por el hombro y sigo por el brazo hasta la punta del dedo índice. Lleva una camiseta de publicidad. Con el dedo recorro las letras que lleva a la altura del pecho, inVICtro, que suena a algo exótico, pero debe de ser un grupo de música. Se mueve y, como si estuviera cometiendo un delito, aparto la mano y me quedo quieta, esperando que no se despierte. Se rasca un brazo y deja en la piel una marca blanca, pero sigue dormido. Me incorporo y me siento en la cama dispuesta a descubrir dónde nos encontramos. Repaso con la vista esta habitación de diseño impersonal y llego a la conclusión de que no puede ser un hogar. Me levanto y noto un ligero mareo mientras camino poco a poco hacia la ventana. La moqueta me roza la planta de los pies y me hace cosquillas. Abro un poco las cortinas, lo justo para que la luz no lo despierte, y veo espléndidas vistas a un mar sin playa. En el paseo marítimo, los árboles se mueven y una gran bandera suiza ondea en lo alto del asta por culpa del viento. Al menos ahora sé en qué país estoy. Los pocos peatones que pasan van abrigados a pesar del día soleado que hace. Vuelvo a la cama y me acuesto al lado del hombre que todavía duerme. Me pongo de espaldas a él deseando que se despierte y me aclare quién es. Veo en la mesita de noche la foto de un matrimonio con dos hijos que me observan risueños. No sé si tendría que conocerlos pero su presencia me tranquiliza, como si fueran mi familia. Noto que él se despierta. Se mueve incómodo, como si estuviera nervioso o se acabara de despertar de una pesadilla. Cierro los ojos y simulo dormir con los cabellos rubios desparramados sobre la almohada como un abanico. Su aliento en mi cogote hace que los pelos de la nuca se me pongan de punta. Levanta la sábana y me llega el olor de nuestros cuerpos. Puedo notar su mirada, especialmente en las piernas, que es la única parte del cuerpo que tengo desnuda. Con un dedo recorre por encima de la camiseta de algodón blanco, una a una, las vértebras que marcan el camino de mi nuca hasta la cintura huesuda. Deja caer la sábana sobre nosotros y vuelve a llegarme nuestro olor, que me gusta. No se mueve. No me muevo. No nos movemos nada, como si tuviéramos miedo de que la cama pudiera desmontarse. Al cabo de un rato, cuando pienso que se ha dormido, noto que vuelve a moverse, cambia de postura y se pone boca arriba. Respira profundamente, como si estuviera muy cansado o aburrido. Juega con el elástico de los calzoncillos, que estira y deja que golpee contra su abdomen. Mis ojos repasan el marco de una puerta cerrada que hay delante de mí, lo único que puedo mirar sin delatar que estoy despierta. Debe de ser la del lavabo y diría que estamos en un hotel. Alguien, en el pasillo, habla bastante alto, repitiendo muchas veces la palabra «Xefo», de la que, aunque hablo francés, no conozco el significado. Él, a mi lado, sigue sin moverse ni un milímetro. Dejo de respirar unos segundos para oír si todavía respira. Emite un sonido por la boca o la nariz que confirma que está vivo. Recuerdo el abrazo, tan fuerte que casi no me dejaba respirar, pero soy incapaz de ver el rostro de la persona que me lo daba. Creo que esta noche he vuelto a llorar y él a hablar. Se vuelve de lado y se acerca a mí. Pasa el brazo por encima de mi cintura y me abraza unos segundos pero enseguida lo quita como si tuviera miedo de que le contagiara algo. Incrusta su cuerpo contra el mío, haciendo la cucharita, y noto como encaja entre mis nalgas su erección. Lástima que la tela de la ropa interior impida un contacto más íntimo. Noto que la respiración de su tórax se fusiona con la mía y eso es suficiente para hacerme dormir profundamente otra vez.

Suena una alarma en alguna parte de la habitación y me cuesta un rato reaccionar y saber qué pasa. Quién soy. Dónde estoy. Quién es el hombre que duerme a mi lado. El ruido me pone muy nerviosa y, como él no se mueve, me incorporo y busco de dónde viene. Detecto un teléfono móvil en su mesita y para pararlo tengo que pasar por encima de él, que sigue durmiendo como si nada. Le clavo una rodilla en las costillas. Se frota los ojos y me mira sorprendido como si no esperase encontrarme allí. Deseo que diga algo que me ayude a ubicarlo, pero se levanta en silencio, se quita la camiseta y los calzoncillos, que tira encima de la cama, y entra en el lavabo sin mirarme. Tanta naturalidad me confirma que debemos de tener un vínculo afectivo fuerte. Cierra la puerta con pestillo y eso me hace dudar de la teoría que acababa de dar por buena. Me levanto enérgica y, con la seguridad de que está en la ducha porque oigo el ruido del agua, busco entre sus cosas alguna documentación. Encuentro su pasaporte y lo observo con atención. Español, Gerard Guix Badosa, nacido el 23 de febrero de 1975 en Vic, Barcelona. Hay un ordenador portátil, una cámara de fotos digital y documentos sobre el escritorio. Dos maletas cierran el paso delante de la puerta y un par más están sobre una silla. Deduzco que hemos hecho un largo viaje desde Cataluña. Inspecciono una de las maletas, donde solo hay ropa de chica, buscando información sobre mí, y escondido en el fondo encuentro un libro, *Dia de caça,* con su nombre y su foto detrás. Ahora también sé que es escritor. Lo hojeo y me sorprende que el primer capítulo tiene las páginas amarillentas pero el resto parece nuevo. Lo dejo donde lo he encontrado y rebusco en los bolsillos de fuera de la maleta, donde encuentro un pasaporte que debe de ser mío porque está mi foto. Belga. Kira Stieglitz, nacida el 31 de octubre de 1988 en Bruselas, Bélgica. Sobre la mesita de noche, en el lado donde dormía yo, hay un teléfono móvil que se está recargando. Compruebo las llamadas que se han hecho; a una tal Susanna, a una Carme y a un Gerard, que debe de ser él. Compruebo las llamadas recibidas. Hay al menos una decena de llamadas de un número que tiene el prefijo 33 y que ha dejado bastantes mensajes. Oigo uno y me sorprende ver que un hombre llamado Stéphane insista tanto en encontrarme. Oigo que el agua de la ducha se detiene y corro a dejar el teléfono en la mesita y vuelvo a meterme en la cama, donde simulo dormir, pero él todavía tarda un buen rato en salir. Cuando lo hace, coge ropa y se viste. Coloca el ordenador portátil y los documentos en una maleta y pienso que se ha olvidado de mí o quizás es que he conseguido volverme invisible. Me siento en la cama y lo miro, intentando descubrir de qué lo conozco.

—Bajo a desayunar, que llego tarde. He quedado con Pearson para ir a La Paisible. Recuerda que a las diez vendrá esa mujer. Como no le has dicho nada, tendrás que ir al balneario, te guste o no. —Se cuelga el maletín con el ordenador del hombro—. Te llamo más tarde cuando sepa qué haré para comer. —Como no me he movido nada y debe de pensar que me he dormido sentada, aún me dice—: ¿Me has oído, Anastasia?

Está a punto de salir de la habitación sin darme ni un beso ni una caricia, pero se encuentra la barricada de maletas.

—¿Esto es para evitar que me vaya o que entre alguien? —pregunta mientras las aparta a un lado para poder abrir la puerta.

Tampoco contesto porque no recuerdo haber sido yo quien ha colocado las maletas delante de la puerta. Cuando ya está fuera noto una extraña sensación de angustia. Pienso que todo esto no me ha ayudado demasiado a saber quién soy ni qué relación tengo con él. Me vuelvo a levantar más despacio que antes para evitar marearme de nuevo. Camino por la habitación como un zombi. Como no sé quién soy, tampoco sé qué tengo que hacer. Recuerdo la advertencia de Gerard de que a las diez vendrá esa mujer, pero no sé quién es ni por qué tengo que ir a un balneario con ella. En el lavabo me siento en el váter y, mientras hago pis, observo mi rostro en el espejo. Después me mojo la cara con agua y me acerco más al espejo, como si quisiera darme un beso en los labios a mí misma. Acaricio con una mano el rostro que estoy viendo y le pregunto por qué, si mi nombre es Kira, su pareja la llama Anastasia. Me quito la camiseta blanca de tirantes y la dejo a mis pies. Observo mi cuerpo desnudo en el espejo con la esperanza de obtener más información de quién soy. Me sorprende que esté tan blanca y sea tan delgada y que casi no tenga pechos. Mis cabellos largos caen sobre los hombros y con esta luz parecen blancos. Tengo una cicatriz en el vientre, demasiado grande para ser una operación de apéndice. Quizás es de una cesárea, pero si he tenido un hijo mi cuerpo no tiene ninguna otra señal que lo demuestre. Me concentro en intentar recordar si tengo o no un hijo. Hago esfuerzos para reconstruir al menos las últimas horas de mi vida, pero todo está confuso. Si alguna vez tengo un hijo, le pondré Yul, de eso estoy completamente segura, pero no sé si es porque mi padre se llamaba así o porque me gustó en alguna película. Pongo el tapón en el lavabo y lo lleno de agua. Lleno los pulmones de aire y hundo la cara en el agua fría con la intención de no volver a sacarla. Por la cabeza me pasan nombres como Montpellier, Barcelona, Londres y Lausana. Noto que el aire se me está acabando pero no saco la cabeza de debajo del agua. Hemos viajado desde lejos para venir a hacer algo muy importante que yo no sé. No es que no lo recuerde, es que no lo sé. Cuando saco la cabeza del agua y vuelvo a llenar los pulmones de aire, estoy casi segura de que vivimos en Barcelona, hemos pasado por Montpellier y estamos en Lausana o muy cerca. Los cabellos se han oscurecido con el agua y parezco otra persona. Los ojos, de un azul sobrenatural, se han enrojecido y no sé si son gotas o lágrimas lo que hay en mis pómulos. Recuerdo más cosas; soy Anastasia y tengo un hijo que se llama Yul. Mi pareja es Gerard pero no estamos casados. Quizás ni nos queremos, pero de eso no estoy segura. Su madre se llama Carme, pero no me viene a la cabeza nada de mis padres, ni de mi familia. Quizás eso no lo recordaré nunca o quizás es que no lo he sabido nunca. Stéphane, el hombre que quiere encontrarme, es el padre de la familia de papel que hay en la mesita y quiere recuperar las fotos de su familia. Todo encaja. Estamos en Morges, cerca de Lausana, porque Gerard tiene un proyecto. Y yo me resigno, aparento que no me importa; desde que nos conocimos en Londres me ha tratado igual. No me gusta la mermelada de albaricoque y no soporto el gas en las bebidas. Y cada mañana, cuando me despierto, no recuerdo quién soy, pero al cabo de unos minutos voy recuperando la memoria. Pero siempre quedan algunas lagunas o más que eso, lo que tengo son océanos.

Vuelvo a la habitación mientras canto una canción que tengo metida en la cabeza pero que no sé cuál es. Me siento en la cama y enciendo el televisor con el mando a distancia como para supervisar que todos los canales estén emitiendo algún programa, pero no me fijo en ninguno. Me asusta el sonido de un teléfono y corro a coger mi móvil, pero enseguida me doy cuenta de que suena el de la habitación. Lo miro como si fuera algo muy extraño y luego, con miedo, lo descuelgo y me lo acerco a la oreja.

—Hola —digo en catalán porque no sé en qué idioma tengo que contestar.

—Buenos días —responde una voz de hombre en francés—. Aquí en recepción está la señora Acherman que la espera.

—¿Acherman?

—La señora Vanessa Acherman. Pregunta si bajará enseguida.

—¿Tengo que bajar? —La pregunta desconcierta al recepcionista y oigo que pregunta algo a la mujer que debe de tener a su lado—. Dice que han quedado a las diez.

—¿Podría decirme a qué día estamos?

—Cinco de agosto.

—¿Y el año?

—¿El año? —Eso todavía lo desconcierta más—. ¿Se encuentra bien?

—Sí, gracias.

Cuelgo, segura de que ha pensado que soy estúpida o que estoy drogada. Abro la ventana y me reclino en la balaustrada; me da igual llevar solo las braguitas. Miro abajo a la calle y mi idea de escapar por aquí, atando las sábanas o saltando a la habitación de al lado, se disipa. Hay tres pisos y ningún sitio donde agarrarse. Justo delante del hotel hay un coche verde oscuro aparcado y una mujer apoyada fumando un cigarrillo. Lleva un traje de chaqueta azul marino, que parece un uniforme, y un ridículo gorro del mismo color. Más allá veo un paseo lleno de flores, y el agua que ahora recuerdo que es del lago Lemán y no de un mar. Las montañas cuya silueta se perfila al otro lado son los Alpes. Me pregunto si la gente que pasa por la calle tendrá también problemas de identidad cada mañana cuando se levanta. El viento me hace volar los cabellos rubios pero la sensación es muy agradable. Vanessa Acherman. La mujer que me espera abajo se llama Vanessa Acherman y tenemos que ir a un balneario. Es una información que me conviene saber. De repente tengo la impresión de que me observan y de reojo puedo ver la luz de un flash que me ilumina. Miro hacia la ventana de al lado y veo una sombra que corre a esconderse y oigo ruido como si se hubieran tropezado en la huida. Asomo la cabeza y saco medio cuerpo fuera, pero no puedo ver nada; lo único que voy a conseguir va a ser caerme al vacío. La mujer que me espera en el coche levanta la cabeza impaciente, al verme dice algo y, después, como si le hubieran pinchado el culo con una aguja, entra en el hotel. Entonces me acuerdo de que no quería quedar con ella y que tengo que huir como sea. Busco ropa para vestirme corriendo y el teléfono de la habitación vuelve a sonar. Me pongo un pañuelo en la cabeza y las gafas de sol, cojo el bolso, el móvil, la llave de la habitación y las zapatillas pero no me calzo para no perder más tiempo. Salgo de la habitación como un rayo, y casi me tropiezo con el carro que la mujer de la limpieza ha aparcado justo delante de la puerta. En el rellano, mientras dudo entre coger el ascensor o la escalera, suena mi teléfono móvil, que todavía tengo en la mano. Por inercia contesto sin mirar quién llama.

—Soy el recepcionista —dice la misma voz que antes me ha hablado por el teléfono de la habitación—. La señora está subiendo por la escalera.

Ya no tengo tiempo de llamar al ascensor así que subo las escaleras en dirección al cuarto piso y me quedo allí quieta, sin hacer ruido, escuchando como la mujer llama a mi puerta y vuelve a irse. Espero un tiempo prudencial, sin poder oír nada, y después bajo poco a poco. En el tercer piso asomo la cabeza por la esquina del pasillo, pero ella ya no está. Sigo bajando las escaleras con cuidado hasta que llego a la recepción, pero tampoco la veo. Hay un matrimonio mayor que me sonríe y luego oigo que comentan en alemán que parezco un loca; no es nada raro yendo de incógnito: el pañuelo en la cabeza, las gafas de sol puestas y caminando descalza con las zapatillas en las manos. Detrás del mostrador hay un joven recepcionista, muy atractivo, pero aunque su cara me suena no recuerdo si lo conozco o no. Al acercarme me sonríe y sus facciones parecen las de un actor de cine mudo.

—¿Quién es esa loca que te persigue?

—La verdad, no lo sé.

—Tal como has contestado me ha parecido que no querías verla. Por eso te he llamado al móvil. —Me pregunto cómo es que tiene el número—. ¿Ya tienes el fax que querías enviar?

—¿Qué fax?

Mi cara de sorpresa hace que vuelva a sonreír y la manera de tratarme, poco habitual en la relación recepcionista-cliente, me confirma que sí que nos conocemos. Al menos hemos hablado antes, pero dudo que hayamos intimado.

—Ya veo que nunca enviaremos ese fax.

Vuelve a reír y desvía la mirada hacia la puerta.

—Si no quieres ver a esa mujer, vigila porque está a punto de volver a entrar. Y me parece que viene muy enfadada.

Miro por las ventanas que hay detrás de mí y veo que efectivamente vuelve hacia el hotel. Sin pensarlo dos veces salto por encima del mostrador de recepción y me agacho a sus pies, pero él, sin dejar de sonreír, me enseña una puerta que hay a nuestra izquierda. Corro a abrirla y, aunque hay escobas, cubos, estropajos, una escalera plegable y el espacio es muy pequeño, me meto como puedo y cierro la puerta. Mi postura no es muy cómoda y el olor a lejía que sube del cubo me marea. Oigo voces fuera y noto que mis músculos se tensan y me vuelvo un bloque rígido. Mi oído se concentra en captar cada palabra que viene de recepción.

—¿Ha bajado la señorita Anastasia?

—Sí, acaba de salir... Si se da prisa todavía la pillará...

—No ha salido nadie del hotel —dice ella en un tono seco.

—Desde luego que ha salido. No hace ni medio minuto.

Hay un largo silencio y realmente me pongo más nerviosa. Especulo sobre qué deben de estar haciendo y por qué no dicen nada. Quizás ella ya se ha ido y él espera a asegurarse para sacarme. Aquí dentro está muy oscuro y no entra nada de luz por ninguna parte. Me está dando un calambre en la pierna derecha, me falta aire y me estoy mareando. Me desmayaría pero no hay suficiente espacio. Cuando ya no aguanto más y estoy a punto de salir, oigo movimiento fuera y la voz de la mujer vuelve a dejarme helada.

—¿No la estarás escondiendo en el armario?

Entonces recuerdo que esa mujer puede leer la mente de la gente y seguramente ahora lo está haciendo con el recepcionista.

—¿Perdone? —dice él nervioso.

—Como Peter O'Toole y Audrey Hepburn en *Cómo robar un millón*. Se esconden en el armario de la limpieza mientras esperan a que se vacíe el museo que quieren robar.

—Esto no es ningún museo —dice el recepcionista, y se me escapa la risa.

—Eres un impertinente —le dice ella.

Y oigo los sonoros pasos de unos tacones que marcan el camino hasta la salida. Él no tarda en abrir la puerta y lo primero que veo es su sonrisa que hace que se afinen sus ojos brillantes. Al salir casi no puedo mover la pierna acalambrada y arrastro el cubo, que cae por el suelo.

—¿Estás bien? —pregunta mientras recoge el cubo.

—Sí, estoy bien.

—No quiero saber por qué te escondes de esa mujer, pero lo puedo entender.

—Es mala, pero no recuerdo exactamente quién es —digo, y respiro hondo para limpiar la nariz del olor a lejía—. Gracias por salvarme.

—La memoria no es tu fuerte. No te acuerdas ni del día, ni del año, ni de quién es la mujer que te persigue. ¡Vaya par! Tú con memoria de pez y yo que me quedo dormido por todas partes. No quiero pensar cómo seremos cuando seamos viejos.

Cojo impulso para saltar otra vez por encima del mostrador, pero entre que en una mano llevo las zapatillas y que la pierna se me ha acalambrado, mi salto no tiene suficiente potencia, caigo hacia atrás y, arrastrando con los pies una de las lámparas de encima del mostrador, me estrello contra el suelo. A él le da un ataque de risa y en lugar de ayudarme se sienta en su sillón y se retuerce sin poder parar. Me levanto con toda la dignidad que soy capaz de fingir mientras me coloco bien el pañuelo que me tapa la cara. Recojo la lámpara del suelo, las gafas que han salido disparadas de la cabeza y las zapatillas, que han ido a parar a sitios diferentes. Se las doy para que me las sostenga, me impulso con los dos brazos y me quedo sentada encima del mostrador. Me devuelve las zapatillas, que me calzo con toda solemnidad. Entonces me doy cuenta de que, sentada en uno de los sofás rayados, hay una señora mayor que se está riendo la mar de divertida. Supongo que ha seguido toda la escena desde la llegada de Vanessa hasta ahora. Parece que se lo ha pasado bien porque dice en francés con acento extraño:

—Parece una comedia romántica de las de antes.

Salto al otro lado del mostrador y compruebo por la ventana que el coche de la mujer ya no está.

—Me parece que te has herido —dice él, y me señala el brazo derecho.

Es un rasguño con un pequeño corte que sangra un poco pero me parece que no será nada.

—No te preocupes. De esta no me moriré.

Nos quedamos mirándonos fijamente a los ojos, alargando el momento. La señora del sofá me dice en algún idioma que entiendo pero que no reconozco: «Venga, tonta, dale un beso». Pero de repente, empujada por un extraño ataque de vergüenza, le vuelvo a dar las gracias y salgo del hotel, dejando que esta aventura le alegre el resto del día.

Fuera hace un día precioso que invita a pasear. Me aseguro de que Vanessa ya se ha ido y espero que no se oculte en alguna esquina o detrás de un árbol. Me alejo del paseo junto al lago y voy en dirección al centro. Allí me será más fácil esconderme en caso de que la vuelva a ver. En la Grand'Rue hay bastante movimiento, supongo que ayuda el que sea una calle muy comercial y peatonal. Ideal para ir a comprar y a tomar algo en sus salones de té y confiterías. Como no he desayunado en el hotel, todo ha sido demasiado precipitado, entro en la misma confitería donde ayer me senté en la terraza de la calle. Siento no haber probado el chocolate ni el cruasán, aunque olían muy bien. Compro lo mismo pero esta vez pido que sea para llevar, ya que tengo ganas de caminar. La señora que me atiende me advierte de que tengo una herida en el brazo que me sangra. Me da un vaso de plástico con el chocolate, el cruasán y unas cuantas servilletas de papel para secar la herida. Una vez en la calle, dejo el vaso y el cruasán encima de una de las mesas de colores. Me froto la herida y, como la sangre no deja de manar, me quito el pañuelo que llevo en la cabeza y me apaño con él. Utilizo una de las servilletas como gasa y ato el pañuelo alrededor. Paseo sin prisa, con las gafas de sol puestas, consciente de que tendré que buscar la sombra porque he olvidado ponerme crema protectora. Miro los escaparates de las tiendas y me entretengo observando a la gente con la que me cruzo. No sé si son felices pero la mayoría lo aparenta. Me detengo delante del escaparate de la joyería Christ, que tiene la puerta abierta, sin ninguna medida de seguridad. Una cosa impensable en Barcelona. Observo las joyas expuestas, sobre todo una colección de plata combinada con diamantes. Mi rostro se refleja en el cristal y me gusta la chica que veo en él, con los ojos ocultos detrás de las gafas de sol. Doy un mordisco al cruasán y un trago al chocolate, y me pregunto si sería o no más feliz luciendo uno de esos anillos en el dedo o con un collar alrededor del cuello. Justo enfrente de la joyería me llama la atención un gran escaparate lleno de ositos de peluche todos iguales. En el cristal, unas letras blancas que imitan la escritura a mano anuncian el nombre del establecimiento, «Magie féerique». Me acerco y me quedo absorta pensando que Yul se volvería loco si viera todos estos ositos juntos. Puede que después le compre uno. Sigo caminando por la Grand'Rue hasta que al final llego a la iglesia donde Gerard no quiso entrar y, girando a la derecha, voy a parar al Métropolis Café; un poco más abajo está el Balzac. A la luz del día todo parece menos peligroso que ayer por la noche, cuando Stéphane me acosaba. El centro de Morges, donde están las tiendas y los servicios, son tres calles que se ven enseguida. Antes de llegar al Balzac, en la misma acera, descubro la Librairie Le Petit Prince, y pienso que tiene que ser una señal; Gerard es escritor y yo también tengo a un principito en casa.

Es un sitio pequeño, atiborrado de libros de todos los tamaños y colores. Un señor mayor me sonríe cuando entro, pero está hablando por teléfono en francés. Por la conversación diría que es con algún proveedor que no le ha llevado el pedido que esperaba. Miro las estanterías y las mesas llenas de libros pero me cuesta encontrar algo que no sean libros de autoayuda, de medicinas alternativas y otras cosas semejantes. Me haría ilusión encontrar algún libro de Gerard, tan lejos de casa. Sé que es una tontería porque hasta ahora no han traducido ninguno. Ni siquiera yo lo hice cuando me lo pidió y supongo que siempre me he sentido culpable. Una vez, en el piso del Raval, me hizo sentar delante del ordenador y, orgulloso, me enseñó el catálogo de la Universidad de Hamburgo, donde tienen un ejemplar en catalán de su última novela. Si llegó hasta Alemania, también podría haberlo hecho hasta Suiza. No sé qué habrá sido de aquella novela que mientras la escribía me echaba de casa. Tanto sufrimiento y ya no habla de ella. Como si nunca hubiera existido. Quizás por eso estamos aquí, quizás quiere que el señor Kennedy la lea y le dé su opinión. Cuando el hombre cuelga el teléfono le pregunto si tienen algún libro de Gerard Guix. Me dice que no le suena y que si puedo ser más concreta con el título o la temática. Le explico que es un autor catalán y que se trata de una novela.

—Nosotros estamos especializados en autoayuda, medicinas alternativas, esoterismo y libros espirituales. No vendemos ficción. —Me parece que su tono ha sido despectivo para este género.

Le pregunto si tiene libros para niños. Me gustaría comprar algunos cuentos en francés para Yul. Así, entre el CD de los cuentos de Audrey Hepburn en inglés y estos en francés, podría comenzar a aprender los dos idiomas. Quizás fue así como de pequeña aprendí todos los idiomas del mundo, que ahora me vuelven a la memoria después de muchos años de olvido. Los únicos libros para niños que tienen son manuales de instrucciones para adultos y me parece que he sabido cuidar bastante bien de mi hijo. No me ha hecho falta ningún manual ni ningún consejo. Es lo que toca cuando no tienes a nadie a tu lado. Solo la madre de

Gerard, pero estaba lejos cuando surgieron los problemas de verdad. Tampoco creo que necesite ninguno de esos libros para desarrollarme ni física ni espiritualmente. Soy bastante feliz y las cosas no me van del todo mal. Le doy las gracias al señor y le explico que estoy buscando ficción, recalcando la palabra ficción, porque a mí sí que me gusta. Salgo de la librería y me vuelvo a poner las gafas aunque el sol no da en esta acera. Atajo por un callejón más pequeño, donde una furgoneta mal aparcada deja poco paso, y me quedo absorta delante del único comercio que hay. Es una peluquería para *dames et messieurs* donde parece que hace años que el tiempo se paró. Me gusta el nombre, Diminu'tifs, y al mirar al interior, a través de unos cristales no muy limpios, veo pilas para lavar cabezas de los años cincuenta y una decoración bastante decadente, pero no hay ningún peluquero ni ningún cliente. Antes he pasado por un par de salones de belleza mucho más modernos y abarrotados de clientes y de personal que iba de un lado para otro con decisión. Uno en la Grand'Rue, el Franck Provost, que supongo que debe de ser una cadena, donde ofrecían lavar y cortar por 75 francos suizos a las chicas y por 45 a los chicos. El otro, Ada, delante de Le Petit Prince, anunciaba que también era para los dos sexos con un: *masculin et féminin*. No venían los precios fuera pero el escaparate estaba lleno de productos de belleza de marcas conocidas. Me preocupa que pueda recordar estas cosas y otras mucho más importantes sencillamente desaparezcan de mi mente como si nada. Seguramente debe de ser otro síntoma del tumor cerebral.

El Diminu'tifs tiene algo especial que lo hace mucho más interesante que todos los otros *coiffeurs* que he visto. El propietario, que imagino que debe de ser un señor a punto de jubilarse, no debe de saber cuáles son las tendencias de París, Londres o Nueva York, pero ha cortado más cabellos que las jovencitas que están haciendo prácticas en las otras peluquerías. Ahora que no llevo el pañuelo en la cabeza pienso que si me vuelvo a encontrar con Vanessa me reconocerá enseguida y por eso abro decidida la puerta del Diminu'tifs. Una campanilla suena sobre mi cabeza y la planta de plástico a mi derecha se mueve con el aire. El local es realmente viejo y diría que desde que lo inauguraron no han vuelto a reformarlo. Ni siquiera creo que hayan vuelto a pintar las paredes. A la derecha hay cuatro pilas para lavar cabezas y en la parte de la izquierda, cuatro espejos con cuatro sillas de mimbre con cojines de flores. Debajo de cada espejo, un secador de pelo y peines y tijeras sin mucho orden. En medio hay una especie de zona de espera con dos sofás negros que no creo que sean de piel, como si se ufanaran de tener mucha clientela de golpe. El local está lleno de plantas de plástico que todavía dan al sitio un ambiente más triste, más artificial, más inanimado. No sé cuántos minutos llevo de pie en la puerta pero no ha salido nadie. Sonrío y doy un tímido paso adelante y luego digo buenos días en francés, pero tampoco sale nadie. Vuelvo a abrir y a cerrar la puerta para que suene la campana, y hasta que no pasan unos minutos no aparece un señor mayor, caminando sin prisa y refunfuñando en francés. Es bajito, diría que pasa de los sesenta, y lleva una bata blanca como sus cabellos.

—Estaba al teléfono. ¡Un poco de paciencia, que tenemos todo el día!

—Perdone —digo en el tono de voz más amable que encuentro—, no sabía que hablaba por teléfono.

Supongo que se da cuenta de que no es culpa mía, y que tampoco le sobra la clientela para espantarla, porque me sonríe y, adoptando una actitud mucho más profesional, me pregunta si he venido para lavarme el pelo.

—Lavar y cortar —le digo.

—¿Cortar? —me pregunta mirando mi cabellera rubia.

—Sí. Cortar.

—¿Las puntas?

—No. Corto.

—¿Corto? —Ahora parece todavía más sorprendido.

—Y teñir.

—¿Teñir? —Su sorpresa se vuelve confusión.

—De negro.

—¿Negro?

—Como el carbón.

Empieza a respirar de manera extraña, como si le faltara el aire. Con una mano me señala el espacio a la derecha, donde están las pilas. Dejo el bolso en un colgador y me siento en una de las sillas. Él me coloca una toalla sobre los hombros y apoyo la cabeza en el lavadero. Cierro los ojos y dejo que sus manos me acaricien los cabellos. Imagino que es el recepcionista del hotel quien lo hace y puedo notar un cosquilleo que se desplaza del vientre hacia abajo. El jabón huele a una fruta que no reconozco, pero que me transporta a algún sitio de mi infancia olvidada. No sé cuánto rato dura eso pero me parece una eternidad y, cuando empieza a secarme el pelo, lamento que la fantasía tenga que acabarse. Cordialmente, me indica con una mano la zona donde están los espejos y, cuando me siento en una de las butacas de mimbre, me peina la melena, que se ha oscurecido por el agua, y vuelve a preguntarme si realmente quiero que me corte el pelo.

—Sí, por favor. Y teñir.

—Teñir —repite decepcionado porque seguro que pensaba que ya me había olvidado.

Coge el pelo y me enseña las puntas.

—¿Corto por aquí?

—Más. —Sube unos centímetros la medida—. Más.
—Sube unos centímetros la medida—. Más.

—¿Más? Tiene un pelo muy bonito.

—Sí, pero corto también lo será.

—¿Y cómo de corto lo quiere?

Busco con la mirada alguna fotografía de referencia por las paredes de la peluquería y señalo la imagen en blanco y negro de una modelo que hay al lado de una planta de plástico. Él se la queda mirando unos segundos, como si la memorizase para después hacerme el mismo peinado, y empieza a cortar sin protestar. Cuando acaba, prepara la pasta para teñirme de negro y me pregunta si lo he hecho alguna vez antes.

—No me acuerdo.

—¿No se acuerda? Estas cosas no se olvidan.

Para asegurarse de que el tinte no me dará alergia, primero me pone un poco detrás de la oreja. Al cabo de unos minutos, cuando ha comprobado que no me hace ninguna reacción extraña, me pringa todo el pelo con la pasta pegajosa que tiene un fuerte olor, pero que me gusta. Mientras espero que el tinte cambie el color de mi pelo, vuelvo a mirar la fotografía en blanco y negro que he señalado como modelo para mi peinado. El corazón me da un vuelco: es Audrey Hepburn a principios de su carrera y me sonríe con su imagen angelical. A un lado está su firma: *With love Audrey*. Intento imaginar qué pasará si Vanessa, conociendo su obsesión, me ve con mi nuevo aspecto. Con un dedo me quito un poco de la pasta que me cubre el pelo, para ver si todavía estoy a tiempo de echarme atrás, pero el peluquero, desde lejos, me dice que ahora ya es demasiado tarde. Después vuelve a lavarme el pelo y mientras me peina con el secador puedo ver por el espejo el reflejo de la imagen de Audrey al lado de la mía, y me asusta que nos parezcamos tanto.

—Si no fuese tan mayor, la invitaría esta noche a bailar —dice el peluquero mostrándome el resultado en el espejo.

Cuando salgo de la peluquería noto una extraña sensación de melancolía, como si se me hubiese contagiado algo de la decadencia del local, pero seguramente debe de ser que me he desprendido de algo valioso para mí. Tendría que importarme menos. Solo es pelo y volverá a crecer. Tengo la impresión de que todo el mundo me mira, y no reconozco a la chica del reflejo que me devuelven los cristales de los escaparates. Si antes ya tenía problemas de identidad, ahora no sé qué me espera. Estoy cansada y empiezo a tener hambre. Busco mi teléfono móvil en el bolso para ver qué hora es y me doy cuenta de que lo tengo apagado. Lo enciendo e introduzco el número pin de cuatro cifras; el año que nació Yul. Me tranquiliza ver que no tengo ninguna llamada ni ningún mensaje. Son casi las doce y pienso que podría ir a acostarme un rato. Al girar por la callejuela del hotel, veo de lejos el Opel Astra de color verde oscuro y a ella, apoyada en el coche, fumando. Me detengo como si alguien hubiese apretado el botón de pausa en el motor que me mueve, pero cuando recuerdo mi nueva imagen estoy segura de que no me reconocerá. Me pongo las gafas de sol por si acaso, pero sé que busca a una chica rubia con el pelo muy largo. Empiezo a caminar, primero con paso inseguro, pero, conforme me acerco, piso cada vez con más firmeza, para evitar que sea la actitud y no el aspecto lo que me delate. Ella tira el cigarrillo y lo pisa. Entonces, levanta la cabeza y se me queda mirando. El corazón me late más rápido y, al pasar por su lado, la miro de reojo, segura de que las gafas impiden que se dé cuenta de que lo hago. Me está mirando boquiabierta, como si hubiese visto a un fantasma. Entro en el hotel tras franquear las dos puertas automáticas, que me han parecido más lentas que de costumbre, y voy al mostrador donde el recepcionista guapo ya no está. Una chica bastante simpática ocupa su lugar y está hablando por teléfono. Miro por la ventana, pero desde aquí no puedo ver ni el coche, ni a la mujer. Le pido la llave impaciente, pero ella me hace un gesto con la mano para que me espere. Estoy tentada de volver a saltar por encima del mostrador para esconderme, pero la lámpara que hay a mi derecha, con una grieta en la base, me recuerda que no ha sido una gran idea. Oigo que se abren las puertas automáticas y me quedo paralizada, sin atreverme a girarme para ver si ha sido ella quien ha entrado.

—Eres una caja de sorpresas —dice en su tono seco e impertinente—. Primero te escapas del hotel como una fugitiva y ahora este cambio de imagen. Si lo que querías era despistarme, tendrías que haber elegido otro disfraz.

La chica de recepción cuelga el teléfono y, con una sonrisa amable, me pide que le repita el número de habitación.

—No será necesario, joven —le dice la mujer—, hay un cambio de planes.

Me coge por el brazo y tira de mí hacia fuera. Miro a la chica de recepción, incapaz de que me salga una sola palabra de la boca, pero espero que con mi mirada suplicante le baste para venir en mi ayuda. Ojalá estuviese mi recepcionista, seguro que él sí se enfrentaría a la mujer. Cuando estamos en la calle, me suelta el brazo.

—¿Y este pañuelo? —dice señalando el que llevo anudado en el brazo.

—Me he hecho daño.

—¿Cuándo? ¿Mientras huías de mí?

—No. Después.

—¿Y a qué ha venido este cambio de imagen?

—Estaba harta del pelo largo.

—Vaya... Has sido impulsiva. Como Audrey en *Vacaciones en Roma*. Espero que el peluquero no te haya pedido que vayas a bailar con él esta noche. Ahora que estamos aquí, te enseñaré el ayuntamiento donde se casó Audrey con su segundo marido. No te preocupes, está muy cerca.

No me da otra opción. Vuelve a cogerme por el brazo y, una vez cruzada la calle, entre la rue Louis-de-Savoie y la Grand'Rue, nos paramos delante de un gran edificio con unos grandes arcos y unas letras doradas donde se lee «Administration Communale». Al lado, está el palacio de piedra rojiza que ya vi ayer. Tiene una torre bastante alta y un techo que acaba en punta, parecido al de un castillo. Me gustan especialmente las flores de color amarillo que lo decoran. Al pie de la torre, hay un pórtico de madera rodeado de un arco de piedra, donde dos mujeres se han parado a hablar.

—No respetan nada —dice señalando a las mujeres—. Tendrías que ver los sábados por la mañana cuando hay mercado. Siempre hay unas hippies que ponen ahí su puesto. Aquí se casó Audrey con su segundo marido, el doctor Andrea Dotti, el 18 de enero de 1969. Su primer hijo, Sean, asistió como invitado. Seguro que debes de haber visto alguna vez una foto muy famosa de los dos después de la boda. Si te fijas bien, verás que es en este pórtico.

Cuando las dos mujeres que hablaban se despiden y se van, Vanessa se acerca a la puerta y toca la piedra del arco. Cierra los ojos, como si eso le transmitiera fuerzas o tal vez porque es ahí donde obtiene su poder para leer la mente de la gente. Cuando abre los ojos, me hace un gesto con la mano para que me acerque, y me dice que toque la piedra y deje que me transmita su poder. Me doy cuenta de que un señor bastante mayor me mira de lejos, supongo que le sorprende ver que Audrey Hepburn se ha levantado de la tumba para regresar al sitio donde se casó. No noto nada especial al tocar el arco, pero ella dice que ahora los ojos me brillan con más intensidad que antes.

—Lástima que los tengas tan azules.

Me da miedo pensar que, si tiene la oportunidad, me los arrancará y me pondrá unos de cristal del mismo color que los de la actriz. Cuando volvemos al hotel, miro por las ventanas a ver si en recepción está mi recepcionista, pero no lo veo. De hecho, ya le toca descansar.

—¿Subo a buscar la maleta? —pregunto, convencida de que no voy a poder escabullirme de acompañarla al balneario.

—No es necesario. He anulado las dos habitaciones que había reservado cuando he visto que no tenías ninguna intención de venir conmigo. Sube al coche, que todavía podemos salvar el día.

Obedezco sus órdenes y pienso que quizás habría sido mejor ir al balneario. Ahora no tengo ni idea de mi destino, y me parece que habrá represalias por haberme escapado.

—Había planeado un bonito paseo en barca hasta Évian-les-Bains. Una vez allí habríamos pasado el día en el balneario, haciéndonos tratamientos de belleza y salud. Por la noche, quería llevarte a cenar a un restaurante muy bonito que hay junto al lago. Por la mañana, había pensado alquilar un coche y acercarnos hasta la estación de esquí de Megève, en los Alpes franceses; así podrías ver dónde se rodó la escena en la que Audrey Hepburn conoce a Cary Grant en *Charada*. La has visto, ¿verdad?

—Creo que sí. Hace muchos años —digo, mirando por la ventana para intentar averiguar adónde nos dirigimos.

De momento, el camino me resulta familiar y me parece que vamos a Tolochenaz.

—Mi escena preferida es cuando van en barco por el Sena de noche. Ella le dice —cambia el tono de voz para parecerse a Audrey Hepburn—: «Maravilloso, ¿te das cuenta de que has tenido tres nombres en los dos últimos días? Ya no sé con quién hablo». Y él le contesta —ahora pone un tono más grave como si fuese Cary Grant quien hablase—: «El hombre es el mismo, aunque el nombre sea diferente». La recuerdas, ¿verdad?

Apoyo la cabeza contra el cristal de la ventanilla y respiro hondo. Me concentro en el paisaje verde y en las casas señoriales del pueblo. Me sorprende que de todos los diálogos de la película recuerde precisamente ese, el que más me identifica y más me duele. Al llegar a la segunda rotonda, giramos a la derecha en dirección al cementerio y pienso que tal vez, hoy que hace buen día, me lo enseñará con más devoción todavía. Pero pasamos de largo el caminito que recorre la pequeña subida. También pasamos de largo la sala polivalente y su gran aparcamiento lateral donde nunca hay ningún coche aparcado. Nos detenemos en el edificio que parece un barracón abandonado y que imagino que debió de usarse como escuela mientras construían la que está detrás de la iglesia. Ella baja sin decir nada y la sigo, sospechando que este es el nuevo punto de interés turístico de la ruta Hepburn.

—El Pabellón Audrey Hepburn —dice señalando el edificio con la mano—. Ha pasado por mejores momentos, pero, para mí, pese a su estado ruinoso, todavía conserva toda la esencia de cuando se inauguró.

Cruzamos la carretera y, al acercarnos al pabellón, ella se detiene delante del busto de bronce que una gran planta está a punto de ocultar con su frondosidad. Ella mira cara a cara a la mujer del busto.

—Al artista que hizo este busto sí que tendrían que hacerle un monumento, pero un monumento al mal gusto. Si esta es Audrey Hepburn, yo soy Mata-Hari.

Observo la estatua y la verdad es que solo si sabes a quién intenta parecerse puedes encontrar algún parecido. Ella saca del bolso un llavero lleno de llaves que me enseña mientras las agita en el aire.

—Estás de suerte. He traído las llaves.

Y mientras la sigo para entrar en el pabellón pienso que ese no es precisamente mi concepto de suerte. En la puerta cerrada todavía está pegado en los cristales el horario de visitas y la información en letras blancas. Al entrar en el barracón, una vaharada de olor a humedad me invade y hace que me cueste respirar. Todo está sucio, en el suelo hay escombros y es triste ver un espacio tan dejado. Me doy cuenta de que estoy pisando un cartel que pone *closed/fermé*. A pesar del panorama desolador, ella sonríe y respira hondo como si ese aire viciado la reconfortase. Coge un par de cubos llenos de agua que hay en una de las dos salas en las que se divide el espacio.

—Goteras. Sabía que, con la lluvia de ayer, los cubos estarían llenos.

Sale y los vacía en la escalera, aprovechando el agua para limpiar los escalones. Después, vuelve a colocarlos en su sitio, con precisión milimétrica para que no caiga ni una gota fuera cuando vuelva a llover. Busca dos sillas plegables de madera que hay apoyadas en la pared, las coloca cara a cara y me invita a sentarme en medio de la sala.

—No es muy cómodo, pero es todo lo que queda —dice mientras se quita el sombrero y se lo pone sobre el regazo.

—¿Qué era este edificio?

—El Pabellón Audrey Hepburn. —Se endereza y adopta el tono de una guía turística a punto de explicar al rebaño que tiene delante un montón de información que nunca podrán asimilar del todo—. Cuando Audrey murió, en 1993, a los sesenta y tres años, un montón de admiradores de la actriz empezaron a visitar Tolochenaz. Iban a La Paisible y a su tumba, donde dejaban pequeñas figuras de ángeles, estampas y flores. Un día, su hijo mayor, Sean, fruto de su primer matrimonio con Mel Ferrer, fue a ver al alcalde de Tolochenaz y le dijo que le gustaría hacer algo en el pueblo para que todos los visitantes tuvieran un sitio donde recordar a su madre. Querían poner su nombre a una calle, pero a ella eso no le habría gustado. Era una mujer que siempre procuraba pasar inadvertida, ser como el resto de los mortales. En 1995 leí un anuncio en un periódico local donde pedían voluntarios para atender el futuro museo que se construiría en el pueblo en honor a Audrey, y no dudé ni un momento en apuntarme. Se buscó un edificio sin pretensiones y diversas asociaciones donaron dinero para convertir este espacio en un lugar de exposición digno. Compraron el material y durante dos años, entre todos y de manera altruista, lo hicimos. Todo el personal que pasó por el museo a lo largo de su historia, unas sesenta personas, fueron voluntarias y la mayoría de ellas habían conocido a Audrey como vecina desde mitad de los años sesenta. Cuando todo estuvo a punto, inauguramos el Audrey Hepburn Pavilion. El 90 por ciento de los beneficios que generaba el museo con la simbólica entrada y lo que se vendía en la tienda de recuerdos iba destinado a diversas causas de ayuda a los niños con carencias, siguiendo así la tarea que Audrey hizo en los últimos años de su vida en Unicef. El resto del dinero era para pagar los gastos de mantenimiento. En el museo, estaba el Oscar que ganó por *Vacaciones en Roma* y el Oscar humanitario Jean Hersholt que recibió en 1993. También se podía admirar el famoso vestido negro de *De-*

sayuno con diamantes y muchos otros diseñados por su amigo Hubert de Givenchy. Fotografías de su vida y carteles de sus películas colgaban de estas paredes. Y el objeto más curioso era un mechero que le había regalado Cary Grant mientras rodaban *Charada*. En la tienda, se podían comprar postales con reproducciones de dibujos de Audrey, a quien le gustaba pintar, sobre todo, motivos florales. Le encantaban las flores. También se podía adquirir el perfume Interdit, que Givenchy creó especialmente para ella. No obstante, los recuerdos más interesantes que vendían en la tienda eran unos tarros de mermelada casera que hacían unas señoras del pueblo con frutas recogidas del jardín de La Paisible, que hasta poco tiempo antes había cuidado Audrey. Tenían mucho éxito, pero dejamos de fabricarlos cuando sus herederos vendieron la casa en el año 2000 al señor Kennedy. El 80 por ciento de los visitantes del museo eran japoneses. ¿Sabes por qué? —Niego con la cabeza, fascinada por la historia pero sobre todo conmovida por su emoción al recordarlo—. Audrey encarnaba la elegancia sencilla, que es una de las características más importantes de la cultura japonesa.

Detiene la explicación y mira a su alrededor. Los ojos le brillan y sé que, aunque el espacio está sucio y abandonado, ella puede ver todo lo que acaba de explicarme como si todavía siguiese allí.

—¿Has leído la novela de Alan Brown *El cuello de Audrey Hepburn*?

—No.

—Es la historia de un chico japonés que con nueve años se enamora de Audrey al verla en *Vacaciones en Roma*. El libro está bien, aunque nada más empezar ya hay un error. Dice que la escena en la que Audrey se corta el pelo es al principio de la película y eso es mentira. Me molestó mucho.

Se detiene y mira a su alrededor durante un largo rato.

—He pasado muchas horas en este pabellón —continúa—. Todos tenemos un sitio donde guardamos nuestros recuerdos. El mío es este. ¿Y tú? ¿Dónde los guardas?

—No me gusta pensar en el pasado —digo para desviar el tema.

—¿Sabes que a Audrey tampoco le gustaba pensar en el pasado? ¿Cuál es tu color preferido?

—El verde.

—Lástima. El suyo era el blanco.

—¿Puedo hacerle una pregunta?

Ella sonríe porque piensa que, como una alumna aplicada, le pediré que amplíe con más información alguna de las cosas que ha explicado, pero ella no sabe que, como dice Gerard, siempre hago la pregunta equivocada.

—Este sitio, antes de ser el museo de Audrey, fue una escuela, ¿verdad?

Me mira desconcertada y se echa a reír.

—Sí. Fue una escuela que la comunidad cedió sin tener que pagar ningún alquiler para poder hacer el museo.

Veo que se acerca a mí y me mira el brazo.

—La herida sangra —dice señalando el pañuelo que llevo envuelto.

—Debe de ser el estampado del pañuelo —le digo, aunque sé que es liso, para evitar cualquier estratagema suya para tocarme.

—Pues es una flor muy grande y roja. Se necesitan bastantes gotas de sangre para un dibujo como ese.

—No se preocupe, no me desangraré. Todavía me quedan cinco litros más.

Ella se levanta riéndose, deja el sombrero en la silla y, sin decirme nada, sale de la sala y del pabellón. Me levanto corriendo y voy hasta la ventana para espiarla a través de las persianas metálicas, que están llenas de polvo. Se mete dentro del coche y busca algo en la guantera. Delante del pabellón, hay una extensión de campos verdes que, como mínimo, me asegura la huida. Miro la sala vacía y hago un esfuerzo por imaginar cómo era antes, tal y como la ha descrito Vanessa. Hay plafones del techo apilados en el suelo y la estructura de hierro del barracón está a la vista. Imagino cómo sería cuando era una escuela, con las paredes llenas de dibujos de niños y mapas del mundo, y pósteres con los nombres de las partes del cuerpo y de animales. Especulo dónde debía de estar la pizarra y cierro los ojos para intentar oír a los niños reír. Lo único que oigo es la puerta de entrada que se abre y, después, me parece que alguien la cierra con llave. Miro hacia el vestíbulo y la veo a ella que entra con una botella de alcohol y unas gasas en las manos. Me obliga a sentarme en la silla y me desata el pañuelo del brazo. La servilleta de papel está empapada de sangre y ella la tira al suelo. Moja una gasa con alcohol y me advierte de que me escocerá.

—He visto todas las películas de Audrey diversas veces. Las más antiguas me las bajó de Internet mi sobrino, porque no se encuentran en DVD y la mayoría llevan subtítulos en japonés. Después de verlas unas cuantas veces, te das cuenta de que están llenas de coincidencias, como la vida misma. —No sé si me explica esto para distraerme mientras me cura o porque en realidad ahora toca esta lección—. En dos películas se puede ver la Place Vendôme de París, con su monumento a la Bastilla en el centro. La primera es *Ariane*, ya que rodaron en el hotel Ritz, que está allí y es donde se aloja Gary Cooper en la película. La otra es *Cómo robar un millón*, y allí tiene Peter O'Toole su apartamento. El corte de pelo de *Historia de una monja* recuerda al que se hizo años antes en *Vacaciones en Roma*.

Sopla sobre la herida para que se seque el alcohol, pero no me parece demasiado higiénico.

—Hubert de Givenchy diseñó el vestuario de la mayoría de sus películas. En *Desayuno con diamantes* luce un precioso abrigo rojo con grandes botones, en la escena en la que ella y George Peppard entran en la tienda y roban dos máscaras de animales, que después se ponen para salir a la calle. En *Charada*, cuando ella y Cary Grant se van a los jardines de los Campos Elíseos y se quedan viendo un espectáculo de marionetas, Audrey lleva un abrigo prácticamente igual. Le quedaba igual de bien un vestido de diseño exclusivo de su amigo que el hábito de una monja o los andrajos de Lady Marian. Cuando de pequeña vi *Historia de una monja* por primera vez, quise hacerme monja. Suerte que después vi *Desayuno con diamantes*, donde interpreta a una prostituta. Me quedé a medio camino.

Se ríe de su propia broma y, antes de continuar hablando, se queda observando un rato mi herida, como si la fascinase.

—Pero la coincidencia que más me gusta está en el cuento de Truman Capote en el que se basa *Desayuno con diamantes.* En ese libro, el joven escritor que todavía no ha publicado ninguna novela lee a Holly uno de sus cuentos: es la historia de dos mujeres, maestras de escuela, que comparten casa. Cuando una de ellas se promete, la otra le envía cartas anónimas que provocan un escándalo y hacen que el matrimonio no se celebre. Al terminar de leerlo, Holly le señala que evidentemente la maestra que envió las cartas estaba enamorada de la otra y por eso lo hizo. Un argumento curiosamente muy similar al de la película *La calumnia*, donde un niña acusaba a las responsables de una escuela de mantener relaciones. Shirley MacLaine y Audrey Hepburn, prometida en la película con James Gardner, hacían todo lo posible por demostrar que era mentira, aunque al final MacLaine se suicidaba porque en realidad sí que estaba enamorada de Hepburn.

Me pone una gasa limpia en la herida y vuelve a cubrirla con el pañuelo, después de darle la vuelta para que la mancha de sangre no se vea.

—Parece que la historia se repite —dice clavándome sus ojos en los míos, que acabo apartando incapaz de aguantarle la mirada.

—¿Qué historia? —pregunto ingenua.

—Parece que aquí tenemos una situación parecida, ¿no? Tú, yo y Gerard. Pero tranquila, que no me suicidaré.

Se levanta de repente y se aleja unos pasos hasta la ventana, pero no deja de mirarme. Busca el paquete de cigarrillos en su bolso y enciende uno. Me levanto nerviosa y paseo por la sala, intentando mantener la distancia de seguridad y pensando cómo puedo cambiar el tenso ambiente que se ha generado. Veo que en una esquina se ha expandido una gran mancha de humedad por el suelo y que ha levantado el parqué.

—¿Y por qué ahora está todo abandonado? ¿Por qué ya no está el museo de Audrey?

—¿Sabes? —dice desde la otra punta de la sala vacía—, desde aquí, con esta luz, eres clavada a ella. Incluso te mueves como ella. Mucho mejor que esa pánfila de Jennifer Love Hewitt, que hizo un superficial biopic sobre Audrey hace unos años. Omitían los episodios más emotivos de su vida y daba la sensación de que ella era una bobalicona y su vida, un cuento de hadas. Todo lo contrario a la realidad. Quizás el personaje mejor caracterizado era su madre, la baronesa Ella. Una vez, cuando ella era ya una actriz consagrada, su madre le dijo: «Teniendo en cuenta que no tienes talento, lo que has conseguido es realmente extraordinario».

Avanza unos pasos y se aparta de la ventana. Tira el cigarrillo al suelo y lo pisa. Después lo coge y lo tira en uno de los cubos que recogen el agua de las goteras los días que llueve.

—Dijimos que lo arreglaríamos. Que volveríamos a sacarlo adelante como fuese y, mira, de eso hace ya siete años.

Empieza a caminar y se va al vestíbulo para entrar en la segunda sala que es idéntica a la otra; mismas dimensiones, misma distribución, misma decadencia. La sigo a distancia y me quedo justo a la entrada. La mujer se enciende otro cigarrillo y se apoya en la pared del fondo.

—El pabellón cerró las puertas al público en octubre del año 2002. No recuerdo el día. ¿Puedes creértelo? He olvidado una fecha tan importante. Estuve toda una semana llorando cuando cerramos y supongo que mi mente quiso olvidarlo. Se le llama memoria selectiva. ¿No te ha pasado nunca? —No contesto porque sé que su pregunta es retórica y le sorprendería saber la verdad—. Estuvo abierto seis años. Seis años dedicados a conmemorar la vida, la carrera y el trabajo humanitario de Audrey Hepburn. Pasaron treinta mil visitantes de todo el mundo y se recaudaron cerca de doscientos noventa mil dólares, que se donaron a la Audrey Hepburn Foundation para ayudar a los niños. No obstante, todo el material que se exponía en el museo había sido cedido por sus hijos Sean Ferrer y Luca Dotti por un periodo de cinco años. De repente, un día, nos pidieron que se lo devolviésemos todo, y, sin ese material, el museo no tenía ningún sentido. Desde entonces, hemos hecho muchas reuniones para hablar de cómo podíamos reconducir el museo sin todo el material expuesto para seguir honrando su memoria.

—Pero ¿por qué sus hijos decidieron llevárselo todo, si habían sido ellos los que lo habían empezado?

—Supongo que estaban en su derecho. —Aunque no le veo bien la cara, me parece que llora, pero no sé si de tristeza o de rabia—. Decían que no querían que esto se convirtiera en un sitio de peregrinaje, lleno de autocares de turistas que fuesen a pisotear la tumba de su madre. Tampoco querían que La Paisible se convirtiese en una especie de Graceland. Decían que Audrey no era Elvis.

Avanza unos pasos, tira el cigarrillo al suelo, lo pisa con el pie y lo recoge. Como aquí no hay cubos, porque no debe de haber goteras, se lo queda en la mano.

—Incluso llegaron a decir que les parecía indecente que vendiéramos mermelada con el nombre de Audrey Hepburn.

—Hombre, a mí tampoco me haría mucha gracia que hicieran mermelada de mi madre.

No le ha gustado el comentario y, al pasar por mi lado, me fulmina con su mirada represora para hacérmelo saber.

—Vamos —dice mientras saca el juego de llaves del bolso y abre la puerta que, efectivamente, había cerrado con llave—. Aquí no hay nada más que ver.

En el coche, permanecemos en silencio y ella no enciende la radio. Al pasar por delante del pequeño cementerio donde está la tumba de Audrey, siento una especie de nostalgia, como si allí estuviese enterrado alguien a quien quiero mucho. Me gustaría ver cómo es el cementerio un día soleado como hoy. El recuerdo de mi visita, bajo la lluvia, lo hace todavía más triste. Cuando en la rotonda no cogemos la dirección que lleva a La Paisible me sorprende y rompo el incómodo silencio para preguntarle adónde vamos.

—Gerard y Pearson irán a comer a La Fleur du Lac, como ayer. Pero nosotras les llevamos ventaja. Piensan que estamos en el balneario y no nos esperan. Pensaba hacer algo especial. Has conocido a Pearson, ¿verdad?

—Sí, ayer, cuando lo llevamos a Morges —digo omitiendo el encuentro de la noche, mientras pegaba carteles.

—Es un personaje extraño: no me fiaría ni un pelo. Tiene una simpatía poco sincera. Es decir, sonríe mucho y siempre está a punto para ser servicial. Odio a la gente que es capaz de rebajarse y humillarse para quedar bien. ¿Sabes cómo me lo imagino? En la cama con dos o tres niñas pequeñas. Seguro que es de los que babean por las niñas.

Miro por la ventana el paisaje que ya me sé de memoria e intento encontrar la parte positiva a su propuesta de hacer algo especial.

—No es malo que un hombre salga con una chica más joven —continúa—. Lo apruebo totalmente. Pero a Pearson me lo imagino con niñas pequeñas. Menores. Y eso no está bien. A Audrey, sobre todo al principio, solo la emparejaban con actores mucho mayores que ella, y en algunos casos la pareja llegaba a ser casi ridícula. En el cine, fue pareja de Gregory Peck, Humphrey Bogart, William Holden, Fred Astaire, Gary Cooper o Cary Grant, todos mucho mayores que ella. Gerard es mucho mayor que tú, ¿no?

—Sí —digo sin dejar de mirar el paisaje.

—En la novela *El cuello de Audrey Hepburn*, de Alan Brown, de la que te he hablado antes, el protagonista, Toshi, un chico japonés de veintitrés años, tiene una relación con una profesora suya de treinta. También nosotras tenemos derecho a tener parejas más jóvenes, ¿no te parece?

—Sí, por supuesto.

—En la vida real, tuvo cuatro parejas oficiales y muchos *affaires.* Pero los tres hombres más importantes de su vida fueron Robby y sus dos hijos, Sean y Luca: por ellos abandonó el cine durante ocho años. Les dedicó todo su tiempo antes de volver para rodar *Robin y Marian* con Sean Connery. ¿Cuántas estrellas de cine anteponen la vida familiar a su carrera profesional? ¿Cuántas?

De repente, sin premeditación, la miro y le digo que no me encuentro bien. Que estoy mareada y que me gustaría ir al hotel a descansar.

—¿Estás mareada?

—Sí. Me parece que es por la herida del brazo.

—Vaya, da muchos problemas para ser una herida que antes no existía.

—Es que acabo de recordar que la semana pasada doné sangre.

Al entrar en Morges, lo primero que veo es el castillo majestuoso de cuatro torres con un sombrero de punta encima. Pasamos junto al puerto viejo con las dos pequeñas torres de defensa y se detiene justo delante del hotel Mont-Blanc au Lac.

—Ha sido un placer conocerte, Anastasia. Lástima que la cosa haya dado para tan poco. Espero que al menos te lleves un buen recuerdo de Morges, Tolochenaz y Audrey. Aprovecharé para ir al entierro de un vecino de Tolochenaz, un señor muy mayor que siempre se paseaba por la vía y que ayer fue atropellado por un tren.

No sé si tiene bastante con mi mirada desconcertada o quizás es que ha vuelto a leerme la mente y ha visto que hay algo que me perturba.

—Esta tarde es la última sesión de trabajo del señor Kennedy con Gerard y Pearson. Supongo que mañana volveréis a Barcelona. A no ser que os quedéis a pasar unos días de vacaciones por aquí, pero no creo que a Gerard le apetezca. Si fuese así, llamadme: os haré de guía con mucho gusto.

Me alarga la mano y, cuando encajo la mía, la coge con fuerza. Bajo del coche y me quedó allí de pie, paralizada, observando como el Opel Astra de color verde gira por el callejón lateral del hotel. Me cuesta creer que no voy a volver a verla nunca más. Todo este tiempo ha sido como un sueño extraño. Apareció en mi vida de repente, sin aviso, y ahora, también sin aviso, desaparece.

No tengo ganas de encerrarme en la habitación y consolarme. De repetirme que todo irá bien. De seguir mintiéndome sobre la posibilidad de un milagro. Miro las barcas que se balancean en el puerto y que, si no estuviesen amarradas, seguro que habrían escapado hace horas. La puerta de hierro que prohíbe el acceso al dique de la izquierda está abierta y parece que me invite a entrar. Como una niña que juega, pongo un pie delante del otro, en el límite de las piedras, y hago equilibrios para no caerme al agua. Cuando llego al final del dique, donde hay una de las pequeñas torres de vigilancia que me impide el paso, me giro y observo al fondo, a la izquierda, el castillo y, justo delante de mí, nuestro hotel. Después me giro hacia el lago y pienso que me gustaría tirarme y nadar. Sin ningún rumbo. Nadar. Sin ningún motivo. Nadar. Sin saber. Me siento en una de las piedras con los pies colgando sobre el agua y observo las montañas que se perfilan al otro lado del lago. Es solo un perfil negro, pero me tranquiliza pensar que me protegen de los invasores que quieran atacar por ese lado. Un velero navega en dirección a Lausana y lamento no haber visitado de verdad esa ciudad. Tengo la extraña sensación de que, si no vuelvo a ver a Vanessa, la echaré de menos pese a su carácter y sus insinuaciones. Sé que es extraño, pero, cuando no tienes nada a lo que aferrarte, cualquier opción es buena. No entiendo por qué Gerard no me ha dicho nada de la posibilidad de que mañana volvamos a casa. Todavía no he conseguido arreglar la llave rota de la cerradura. Tendría que avisar a su madre para decirle a qué hora pasaremos a buscar a Yul. A veces me parece que olvida cosas importantes como estas.

Dos cisnes se acercan nadando tímidamente, y me hace gracia ver cómo se cortejan. El más grande, que debe de ser el macho, nada en círculos alrededor de la hembra, que se hace la tonta. Quizás estén peleados y se trate solo de una reconciliación de enamorados. Pero ellos son también demasiado orgullosos para reconocerlo y hablar. O lo que sea que hacen los cisnes para comunicarse. Hay papeles flotando en el agua, junto a las rocas, y pienso en lo guarra que es la gente. Me parece que son fotografías rotas y todavía me da más rabia porque es pecado tirar fotografías. Con cuidado bajo por las piedras hasta el filo del agua y recojo algunos fragmentos, los que flotan más cerca, para no arriesgarme a caer en el lago al cogerlos. Se me hace un nudo en la garganta, un tapón en el estómago y noto una punzada en el corazón al descubrir que son las de la familia de papel, que, como cadáveres descuartizados, han estado flotando en el agua desde quién sabe cuándo. Se me llenan los ojos de lágrimas, pero no sé si es rabia o impotencia. Busco mi teléfono en el bolso y llamo a Gerard, que debe de estar comiendo con Pearson. No recuerdo cuándo debió de ser la última vez que lo llamé. Me esfuerzo por recordarlo, pero no lo consigo. Diría que hace siglos que no lo he llamado por teléfono, y seguramente debió de ser por alguna tontería. Después de cuatro tonos, me contesta.

—¿Pasa algo? —pregunta nervioso, como si recibir una llamada mía tuviera que significar que ha pasado algo.

—¿Pensabas decirme en algún momento que hoy se acaban las sesiones de trabajo y que mañana volvemos a casa?

—¿Por qué lo dices? ¿Quién te lo ha dicho? —Parece sorprendido.

—Vanessa.

—¿Qué te ha dicho exactamente?

—Que esta tarde era vuestra última sesión de trabajo y que mañana volveríamos a Barcelona.

—¿Eso te ha dicho? ¿Y nada más?

—Que si queríamos quedarnos unos cuantos días más de turismo, ella sería nuestra guía, pero que seguramente a ti no te apetecería.

Oigo que habla con alguien a su lado en inglés y supongo que debe de ser Pearson.

—¿Qué pasa? —le pregunto cuando vuelve a hacerme caso.

—Me parece que aceptarán nuestro proyecto —su voz suena ilusionada—, si hoy es la última sesión seguramente quiere decir que nos harán una oferta. ¿No te ha dicho nada más?

—No.

—¿Dónde estáis? ¿En el balneario?

—No. En Morges.

—¿En Morges? ¿Con ella?

—No, sola. Ella ya se ha ido.

—¿Estás sola? ¿Qué ha pasado? ¿No os habréis peleado?

—No. —Sé que piensa que si lo hemos hecho puede ser una amenaza para su proyecto. No ha cambiado nada. Él sigue pensando solo en él.

—¿Quieres comer con nosotros? Estamos en La Fleur du Lac. Dime dónde estás, que voy a buscarte.

—Estoy en el puerto viejo. Al lado de una de las torres de vigilancia. He encontrado una cosa en el agua y me gustaría que fueses sincero por una vez, Gerard. Tiraste las fotos de la familia de Stéphane al lago, ¿verdad?

Se hace un silencio al otro lado del teléfono, como si no hubiese entendido la pregunta o esperase que Pearson le diese la respuesta.

—Sí. Lo siento. No tendría que haberlo hecho —confiesa él finalmente.

—No, desde luego que no. Y la sillita de Yul ¿de verdad está en el maletero del coche o también la tiraste?

—Espérame en el puerto, que voy a buscarte.

—No. No vengas.

—Por favor, Anastasia. Quiero hablar contigo. Tengo que explicarte una cosa muy importante. Hoy, por primera vez en mucho tiempo, recuerdo qué he soñado. Tengo que hablar contigo y no quiero hacerlo por teléfono.

—No vengas.

—No te muevas que voy a buscarte.

—No estaré aquí cuando llegues.

—Ahora lo hablamos. De verdad, estoy seguro de que todo irá bien.

—No, Gerard. Hay algo que se ha estropeado entre nosotros y ya no se puede arreglar.

—No te muevas, ahora voy.

Él cuelga el teléfono pero yo todavía lo tengo un rato pegado a la oreja. Miro a mi alrededor preocupada y se me ocurre que, quizás sí, la mejor opción sea lanzarse al agua y ver hasta dónde llego antes de que las fuerzas me abandonen y me ahogue dentro de este bonito lago. Guardo el teléfono y los trocitos de fotos que he rescatado en el bolso y deshago el camino andando por el muelle, observando las barcas que, con su vaivén, transmiten paz y tranquilidad, cuando lo que siento ahora mismo es todo lo contrario. Cuando llego al hotel sigo caminando hacia el castillo, que ahora está cerrado a las visitas. Paso por delante del Club Náutico, pero no me detengo. Más allá, un cartel me da la bienvenida al Parc de l'Indépendance y, debajo, hay un mapa del parque con un punto rojo con la inscripción *Vous êtes ici* y el dibujo de una especie de glorieta que ellos denominan

Kiosque à musique porque imagino que en las noches cálidas de verano deben de hacer conciertos para parejas y, las tardes de domingo, espectáculos familiares. Arrastrando los pies, como si no tuviese ánimo suficiente para caminar, me adentro por los caminos cubiertos por grandes árboles de diversas especies y decorados con grandes macizos de flores, algunas exóticas y espectacularmente preciosas. Aunque desde aquí puedo ver que el final del camino del parque llega hasta la orilla del lago, prefiero meterme por la parte más frondosa, donde los árboles tapan el cielo y las flores parecen tener colores más vivos. Hay poca gente paseando, seguramente deben de estar comiendo en sus casas, con sus familias. Busco el móvil en el bolso y llamo a la madre de Gerard, pero no me contesta. Seguro que ha vuelto a dejarse el teléfono en el comedor de casa y han salido a dar una vuelta por el parque. Un parque como este, pero a miles de kilómetros de aquí. Llego a un cruce de caminos y justo en medio hay una gran glorieta con una estructura de hierro y un tejado de pizarra. La glorieta tiene unos cuantos escalones de piedra y está rodeada por una barandilla de hierro forjado. Bajo la barandilla hay muchas flores, todas ellas lilas al lado izquierdo de la escalera y amarillas, al derecho. En cada columna de hierro que sujeta el tejado, hay globos blancos que ocultan las bombillas que de noche iluminan el quiosco. Justo detrás de la glorieta hay un árbol gigante que me pica la curiosidad porque me parece que lo he visto en alguna película. Debajo hay un cartel con su nombre común, *Séquoia géant*; el nombre técnico, *Sequoiadendron giganteum*, y el lugar de origen, *Sierra Nevada en Californie*. Un poco más allá, unos árboles con ramas que caídas forman una especie de cueva y, en el interior, hay un banco para reposar bajo la sombra. Me siento y pienso que desde aquí podría estar observando a dos enamorados que estuvieran sobre la glorieta sin que ellos me vieran. Entonces suena mi teléfono. Lo busco en el bolso con la esperanza de que sea Carme que ya ha vuelto del parque y quizás pueda hablar con Yul. Añoro oír su voz que me dice que me echa de menos. Seguramente será Gerard, que ya ha llegado al puerto, delante del hotel, y me está buscando. Sin embargo, no es ninguno de ellos; es el teléfono con el prefijo +33 de Stéphane. Me sorprende que siempre me llame a partir de esta hora y que nunca lo haga por la mañana, como si su trabajo o su religión se lo prohibiese. Contesto a la llamada, dispuesta a decirle que lo lamento pero que no podré devolverle las fotos porque han tenido un accidente mortal, pero él se me adelanta y me pregunta si todavía estoy en Morges.

—No —miento.

—Todavía estás en el Parc de l'Indépendance, ¿verdad?

Cuelgo el teléfono convencida de que él me observa, escondido detrás de algún árbol tropical o alguna planta exótica, satisfecho por haberme encontrado. El pánico se apodera de mí y sin pensarlo empiezo a correr por el parque, buscando la salida como si me persiguiese la misma muerte. Paso por delante del Club Náutico y del castillo y, un poco más allá, entre el puerto viejo y el hotel, puedo ver el Citroën C4 de color azul de Gerard pero no lo veo a él. Me detengo y miro atrás, hacia el parque, pero nadie me sigue. Me acerco al coche con cuidado, asegurándome de que Gerard no está cerca, y me detengo delante de la puerta del maletero. Acerco la mano, indecisa, porque no sé si quiero descubrir su mentira. Abro la puerta poco a poco y me sorprende comprobar que no está cerrada. La sillita de Yul, como imaginaba, no está dentro. Vuelvo a cerrar con un golpe fuerte y miro nerviosa a mi alrededor mientras me alejo unos pasos caminando por en medio de la carretera. Cuando me vuelvo a girar veo que Gerard sale del hotel y viene hacia el coche. Me quedo paralizada porque me ha mirado. Sus ojos me han mirado pero su expresión no ha cambiado. Tal vez no me ha visto o ha fingido que no me conocía. Ha seguido caminando y ahora se mete dentro del coche, arranca y me tengo que apartar a un lado para que no me atropelle. Al ver mi reflejo en la carrocería del coche me doy cuenta de por qué no me ha reconocido; ya no soy la chica de melena larga y rubia que él conoce. Ahora soy como Kim Novak despistando a James Stewart en *Vértigo*. El coche se aleja por el paseo junto al lago y cuando gira dejo de verlo. Deduzco que, al llegar a la iglesia, girará a la derecha, donde hay un stop, y seguirá recto hasta La Fleur du Lac, donde Pearson debe esperarlo.

Acabarán de comer tranquilamente y después se tomarán alguna copa; Gerard, whisky de malta y Pearson, algún licor suave, de los que gustan a las señoras mayores, porque seguro que tiene una úlcera en el estómago. Gerard se encontrará como pez en el agua con su acompañante. Seguramente hablarán de hacer algo juntos. Gerard no deja escapar oportunidades como esta. Quién sabe si valorarán la posibilidad de que Gerard vaya a la New York Film Academy para hacer algo. Antes de ir a La Paisible volverán a pasar en coche por aquí, por si me ven, pero Gerard ya no parará. Está demasiado excitado con el proyecto y más ahora que parece que, sea lo que sea, está a punto de salir bien. Una vez en casa con el señor Kennedy firmarán un contrato muy importante y después darán una fiesta en el jardín, todos menos yo, de quien ni siquiera Vanessa se acordará. Y después Gerard, Pearson y su osito de peluche se irán en coche hasta el aeropuerto de Ginebra y volarán a Nueva York, donde, quién sabe, tal vez incluso acaben amándose los tres.

El sonido de mi móvil me despierta de esta escalofriante visión del futuro. Tengo la esperanza de que será Gerard que insiste en encontrarme, pero es el teléfono con prefijo +33. No contesto y me echo a correr tan rápido como antes, pero ahora voy mucho más deprisa porque peso menos. Acabó de perder todo el amor por Gerard que albergaba en mi interior. Ahora solo soy una carcasa vacía y casi floto en el aire.

Llego a la estación resoplando y tengo que apoyarme en un farol para recuperar el aliento. Un chico joven vestido de militar, seguramente de permiso porque tiene el equipaje a sus pies, me mira pero no hace nada. Podría estar persiguiéndome un psicópata y me parece que él no movería ni un dedo para ayudarme. En la taquilla, tengo que hacer cola para comprar el billete. Ni siquiera he mirado el horario, cogeré el primer tren que salga. Me siento en un banco del andén número 4, que es donde está anunciada la llegada del tren que viene de Ginebra y va a Lausana. He elegido el único destino que me resulta un poco conocido. En una de las marquesinas donde se anuncian los horarios de las diversas líneas de tren, veo un papel de color verde fluorescente que me llama la atención. Me acerco, segura de que es uno de los pósits que, ayer por la noche, di a Pearson. Lo arranco y lo tiro a una papelera ahora que ya sé que Gerard tenía las fotografías hasta que las tiró al lago. No quiero pensar cuántas personas deben de tener a estas alturas mi número de teléfono. De toda la gente que va llegando al andén intento imaginar cuál de ellos será Stéphane. No tengo ninguna duda de que vendrá, pero quizás coja su coche, para sacar ventaja. Oí en una película que las mujeres somos mejores espías que los hombres. Me fijo solo en los hombres que van solos y que son mayores de treinta años. No creo que Stéphane, o quien sea que me persiga, tenga menos edad que esa. También descarto a los ancianos. No me imagino a un viejecito de la tercera edad perdiendo así el culo por mí. Tal vez haya unos diez individuos que encajan en el perfil que me he hecho de él, y los voy controlando conforme se mueven y cambian de ubicación. Cuando llega el tren espero a que todos mis sospechosos hayan subido, y eso me decepciona. Si alguno de ellos me persiguiese, lo habría hecho detrás de mí. Subo al último vagón y me siento junto a la ventana que da al andén. El tren arranca poco a poco y entonces veo a un hombre que encaja dentro de mi prototipo de perseguidor que llega al andén desde las escaleras subterráneas y mira sorprendido cómo se le escapa el tren. Saca su teléfono móvil e inmediatamente suena el mío. Lo busco en el bolso y veo que me llama el número con el prefijo +33. Tengo la sensación de que el tren va muy lento, que le cuesta arrancar y que él tendrá tiempo de subir. Me gustaría poder bajarme y empujarlo para que pueda coger velocidad, pero el hombre no se ha movido, no ha corrido tras el tren como en las películas. Solo mira serio cómo se le escapa. Cuando estoy segura de que ya no nos podrá atrapar, guardo el teléfono sin contestar y dejo el bolso en el asiento, sin ningún miedo de que me lo roben. Abro la ventana y asomo la cabeza para notar el sol y el viento golpeándome la cara, lo cual me ayuda a corroborar que todo esto está pasando de verdad.

Podría cruzar continentes enteros en tren. Creo que no me cansaría nunca de ir sobre las vías a toda velocidad. Ante mis ojos aparecen y desaparecen pueblecitos fugazmente. Ante mis ojos, las casas ocultan el lago y vuelven a mostrarlo con gran rapidez. Ante mis ojos, las nubes parecen moverse, pero no lo hacen. Añoro ver como mis cabellos intentan quedarse atrás cuando el viento tira de ellos. Aún no me he acostumbrado a verme con el pelo corto y negro. Me paso una mano para apartarlo y me doy cuenta de que no hay nada que apartar. Me pongo las gafas de sol y saco un brazo al exterior que el viento golpea con fuerza, como si quisiera arrancarlo. Me río. Tarareo «Moon River» y vuelvo a reírme. Me subo al asiento y saco medio cuerpo fuera. Sé que es peligroso, pero solo necesito quedarme un momento así. Necesito notar la ingravidez y tener la sensación de volar. Me desato el pañuelo del brazo y se cae la gasa que me había puesto Vanessa en la herida que ya no sangra. Saco el brazo y lo estiro con el pañuelo en la punta de los dedos. El viento quiere arrebatármelo. Me gusta la forma de la mancha de sangre. No lo lavaré nunca. Será una muestra de mi sufrimiento. Pero, de repente, cambio de opinión. Abro la mano y el pañuelo se escapa de entre mis dedos y vuela. Veo que hace un remolino y, cuando acaba de pasar el tren, cae al suelo con la misma majestuosidad que una hoja.

La lluvia que caerá dentro de unos días impregnará la tela y diluirá la sangre de la mancha en forma de flor. La misma agua hará que la sangre penetre en el suelo y, al llegar a un nivel inferior muy profundo, será absorbida por una semilla que espera para crecer. Cuando la planta crezca será toda de color rojo, como la sangre, pero lo más curioso llegará con la primavera. Los frutos de la planta serán pequeñas Anastasias que colgarán desnudas de las hojas, tomando el sol, bebiendo agua de la lluvia y riéndose cuando las abejas se les posen encima y les hagan cosquillas con las patitas.

Me gusta la idea de que una parte de mí, la sangre incrustada en la tela, pase a formar parte de este país. Como el cuerpo de Audrey Hepburn, cuando se descompuso bajo la tierra del pequeño cementerio de Tolochenaz.

La estación de Lausana es como todas las estaciones del mundo. Seguramente hay una sola persona que se dedica a diseñarlas, igual que otra se encarga de todas las habitaciones de hotel. Son trabajos bien remunerados, pero poco creativos porque una estación es una estación. Y una habitación, pues lo mismo. Podría haber sido abducida y trasladada a cualquier otra estación y, hasta que saliese a la calle, no me daría cuenta. Imagino cuál sería mi reacción si al salir de la estación ante mí viese una torre de hierro de forma triangular. Que, al caminar por las calles, pese a oír hablar en francés como aquí, descubriese que estoy en París. Que al mirar al horizonte viese Montmartre y al pasear junto al Sena fuese a parar a Notre Dame. No recuerdo si he estado alguna vez en París, pero el cine se ha encargado de suplir esa carencia. Al salir de la estación, he empezado a caminar por las calles que bajan en dirección al lago. Deduzco que el centro debe de estar allá. Conforme voy bajando veo edificios que parecen palacetes reformados en casas modernas y ninguno de ellos supera las tres plantas. Casi no circula nadie por la calle y la zona parece más un barrio residencial que el centro de una gran ciudad. Hace un día agradable y el aire que respiro está limpio, como las calles de esta bonita ciudad por donde, al menos en esta zona, casi ni circulan coches. Es preocupante que hasta ahora no haya visto suciedad alguna en ninguna parte. Al final, Gerard habrá acertado con su teoría de que tanta perfección y amabilidad debe de esconder muchos cadáveres enterrados en los jardines. Al llegar al puerto, la cosa apenas cambia. Hay algunos turistas que se fotografían delante del bonito edificio del hotel Aulac y del imponente Château d'Ouchy con su torre de piedra, que la hiedra ha ido escalando a lo largo de los años y que pronto llegará al tejado puntiagudo de color rojo. Hay algunos niños que suben por una estructura de madera muy grande y bajan por unos toboganes de acero inoxidable. Pero nada hace pensar que haya llegado a ningún núcleo urbano importante. Un grupo de japoneses se me acerca y me preguntan en un inglés nefasto si puedo hacerles una fotografía con el castillo de fondo. Después, entre ellos, en japonés, comentan que me parezco a Audrey Hepburn y que les gustaría hacerse una foto conmigo, pero ninguno de ellos se atreve a preguntarlo. Mi poder sigue tan intacto como inútil. Cuando me dejan en paz observo el lago. Hay un mirador de piedra que se adentra un poco en el agua, y al final del dique, una extraña escultura blanca; es una especie de media circunferencia gigante de hierro con algunos radios en medio que recuerda a una rueda de bicicleta cortada por la mitad. Me siento al final del todo, tan cerca del agua como puedo, y me parece que interrumpo a una pareja de enamorados que habían elegido precisamente ese sitio para prometerse amor eterno, y demostrarlo con besos y caricias. Quizás tendría que advertirles de que todo eso se acabará; de que un día él dejará de hacerle caso; de que un día él se alejará de su lado aunque esté sentado a dos palmos de distancia; de que un día tendrán un hijo para poder tener algo en común. De que un día.

Una gaviota vuela bajo y ataca a un pez, pero me parece que no lo coge porque cuando vuelve a levantar el vuelo no lleva nada en el pico. Un señor con el cabello blanco pasa remando en una embarcación deportiva y recuerdo que estoy en la Capital Olímpica, aunque de momento nada lo demuestre. Hace buen día, pero desde aquí no puedo ver los Alpes. No sé si es que en este punto el lago es más ancho, si los tapa algún tipo de neblina o si sencillamente a esta altura ya no se ven. El hecho es que ahora el lago Lemán parece más que nunca un mar. Solo los mosquitos se encargan de desmentirlo. Seguro que Capucine se pasó muchas horas sentada aquí, contemplando el agua, pensando quizás que podría nadar hasta que los brazos no la aguantasen y morir ahogada. Mucho más romántico que saltar de un octavo piso y estrellarse en la acera. Pero debió de pensar que alguien podría saltar y salvarla. Supongo que si realmente quieres morir lo mejor es pegarte un tiro en la cabeza, pero ella no debía de tener ninguna pistola a mano. Me parece que no tenía hijos porque no entendería nunca que una madre se quitase la vida. Es abominable. Sin embargo, ahora, tantos años después, a nadie le importa qué hizo Capucine ni cómo murió. Solo a Vanessa y porque era amiga de Audrey Hepburn. Me gustaría que alguien encontrase mi cadáver flotando en el agua. Como una Ofelia pero sin Hamlet.

Hace rato que un hombre se ha colocado al otro lado de la pareja que ahora se toquetea tímidamente por encima de la ropa. Aunque cuando lo miro él tiene la vista clavada en el lago, como si hubiese algo más interesante que el agua, tengo la sensación de que me está observando. Debe de tener unos cuarenta años y es muy alto y de complexión fuerte. Lleva el pelo corto y de punta, como un cepillo. Hay un momento en el que, al girarme, él baja una cámara de fotos y diría que me ha hecho una. Al cabo de un rato, la pareja se cansa de que cada vez haya más público que quiera compartir su amor y finalmente recoge sus cosas y se va. Me concentro otra vez en el agua y en las gaviotas que buscan su comida. Cuando me vuelvo a girar para mirar al hombre, me doy cuenta de que ya no está, pero lo localizo enseguida sentado donde antes estaba la pareja. Mucho más cerca de mí. Ahora sujeta la cámara entre las manos, sin esconderla como antes, y aunque finge hacer una fotografía a las gaviotas, cuando me giro puedo ver de soslayo que me hace una a mí. Cojo el bolso y me voy en dirección al castillo, donde hay más japoneses que se hacen fotos y me sonríen amablemente. Delante del Château d'Ouchy me agacho y finjo que me ato una zapatilla con la esperanza de que él se haya ido, pero está más abajo y finge hacer una foto del castillo. Desde la distancia a la que se encuentra, dudo que pueda coger nada más que un primer plano de las hiedras que suben por la torre. Cruzo la calle, fijándome en los coches y los tranvías que no van por vías sino con ruedas, y cuando me giro veo que él también ha cruzado, aunque se mantiene a una distancia considerable. La calle, flanqueada por árboles frondosos que dan una buen sombra y con casas señoriales reconvertidas en hoteles y clínicas de lujo, describe una subida pronunciada que me obliga a reducir el paso. El tráfico de vehículos es más notable en esta calle que en la calle por la que he bajado desde la estación; sin embargo, aún no me he cruzado con ningún peatón. De vez en cuando giro la cabeza con disimulo y lo veo haciendo una foto o mirando interesado algún edificio que no tiene nada de interesante. Cuando acelero el paso, él también lo hace y, cuando voy más lentamente, curiosamente siempre encuentra algo con lo que entretenerse el tiempo suficiente para mantener la distancia de seguridad que ha creado. No hay sitios donde esconderse, no hay tiendas, no hay bares, no hay ningún comercio donde entrar y refugiarse. Las calles residenciales, a plena luz del día, se convierten en una trampa. Al llegar al cruce donde está la entrada del majestuoso hotel Royal, una mansión de lujo, me doy cuenta de que estoy atrapada. Es más bien una señal simbólica, pero que hace que me sienta asfixiada. Sobre mi cabeza, hay una espesa telaraña formada por los cables del tranvía. La sensación de libertad conseguida hasta ahora se hunde con esta imagen de presidio eléctrico. Cuando paso por delante del Centre de Chimiothérapie Anti-Cancéreuse, me planteo entrar y fingir que me estoy muriendo de cáncer para escapar del hombre que me persigue. Tal vez podría aprovechar para que mirasen el tumor que tengo en el cerebro y que con toda seguridad acabará con mi vida.

Al llegar a la estación de tren, el tráfico y las personas se hacen visibles, como si alguien hubiese dado permiso a los extras para salir. Parece que la actividad en esta ciudad empieza de la estación hacia arriba. Tomo una calle peatonal de subida pronunciada donde ya hay bastantes tiendas, bares y restaurantes, y donde es más fácil ocultarse entre la gente. De vez en cuando me giro y veo al hombre que todavía me sigue. Cuando lo veo parado delante de algún escaparate, lo espero hasta que vuelve a perseguirme, como si no quisiera que me perdiera. La ciudad está construida sobre la falda de la montaña que llega hasta el lago. Más arriba descubro una bonita iglesia, pero al mirar al cielo la trampa resulta más evidente que nunca. Los cables eléctricos del tranvía se multiplican y se extienden como una telaraña gigante sobre mi cabeza. Aunque el tráfico es cada vez más numeroso, eso no altera la armonía acústica de la ciudad. A partir de aquí, las calles que encuentro son las del centro histórico de cualquier ciudad europea. Restringidas al tráfico, con marcas de ropa conocidas que se han instalado en los edificios más característicos y que deben de pagar alquileres astronómicos. La gente se mueve con fluidez, entran y salen de los locales comerciales y dan vida a Lausana. Esto me permite ocultarme delante de dos mujeres que caminan con bastante lentitud, y aprovecho cuando el hombre me adelanta para colocarme justo detrás de él e invertir los papeles. Esta ciudad es un mal sitio para las persecuciones. Las calles bastante empinadas hacen que te canses pronto. Después de dar algunas vueltas llegamos a una placita donde hay una fuente de piedra con un curioso monumento en el centro. Es una especie de columna de colores con flores en la base, coronada por la figura de una mujer con un vestido azul que enseña una pierna. Allí el hombre se detiene y mira a su alrededor, buscándome. Entro en una tienda y, a través del escaparate, controlo qué hace. Se queda un buen rato mirando a su alrededor, hasta que saca el teléfono móvil y marca un número. Espero que ahora suene el mío, porque esta es la táctica que utiliza siempre Stéphane, pero el hombre se guarda el teléfono, sin haber hablado con nadie y sin que el mío haya sonado. La decepción no tarda en llegar. Una mujer que lleva a una niña cogida de la mano se le acerca y, al verlas, él las llama sonriendo y, cuando llegan a su lado, les da un beso y los tres se marchan calle arriba. Inmediatamente recibo un mensaje en el móvil. Lo busco en el bolso y lo leo con miedo. Lo envía Stéphane y dice que he seguido al hombre equivocado.

De repente, me sucede una cosa muy extraña: el miedo se evapora de golpe. Sé que no me queda ninguna otra opción que tomar la iniciativa y pasar al ataque si quiero acabar con esta pesadilla. Por eso, salgo a la calle y miro a mi alrededor para intentar localizarlo. Me coloco en medio de la plaza, al lado de la fuente con la estatua de la chica que enseña el muslo. Quiero que me vea bien y que no me pierda de vista. Paseo sin rumbo por las agradables calles comerciales, a un paso normal para que Stéphane pueda seguirme pero sin que sospeche que le estoy tendiendo una trampa. Pienso que podría aprovechar para comprar algún recuerdo para Carme y algún juguete para Yul, pero, aunque me fijo, soy incapaz de encontrar ninguna tienda para niños. Paso por delante de un local donde hacen obras y un cartel anuncia la próxima apertura de un Massimo Dutti. Recuerdo que Gerard trabajó hace muchos años de dependiente en el que hay en la plaza Mayor de Vic. Me cuesta imaginármelo con traje y corbata. Más adelante, cuando me parece que me he perdido un poco, veo un gran cartel de la FNAC y pienso que puede ser un buen sitio para atraparlo. Al cruzar la calle, descubro que el edificio está por debajo del nivel del suelo y llega hasta la calle de abajo, aprovechando la complicada orografía de la zona. Bajo unas escaleras mecánicas que me llevan a la tercera planta, donde están los discos. Aparte de la complejidad del edificio, con entrada por la planta de arriba y la de abajo, es igual que cualquier FNAC del mundo; la misma decoración, las mismas ofertas y promociones y el mismo personal vestido con los mismos uniformes horribles que los hacen parecer a todos igual de ridículos. Y no sé si eso debería considerarse un éxito o un fracaso de la imagen de grupo corporativo. Por los altavoces suena alguna novedad discográfica que desconozco. Voy un poco perdida porque nunca recuerdo el nombre de los artistas que le gustan a Gerard. Cuando me gusta alguna canción le pregunto quiénes son, pero al cabo de unos minutos ya lo he olvidado. De repente, pienso que estaría bien buscar algún disco de Morrissey para regalárselo, aunque sería yo quien lo escuchara. En la estantería de discos de pop-rock internacional encuentro en la M un cajón entero dedicado a Morrissey y me sorprende que haya editado tantos. Como para el viaje Gerard ha hecho una extraña selección de Grandes Éxitos, compro el disco *Suedehead*, que recoge lo mejor del cantante. Espero que no lo tenga. En la segunda planta están los DVD y los juegos de ordenador. Tampoco sabría qué película comprar. De hecho, me parece que nunca me he comprado ningún DVD, aunque tenemos el piso lleno porque Gerard, como con los CD, se vuelve loco. Hay una estantería llena de packs con diferentes películas y mis ojos se clavan en uno de color rojo donde aparece el rostro de Audrey Hepburn con un sombrero negro con plumas blancas. Me acerco y lo cojo. Hay cuatro películas: *Vacances Romaines, Diamants sur canapé, Guerre et paix* y *Sabrina.* Está de oferta, tal y como indica la etiqueta de *prix vert* y solo vale 49,90 CHF. Lo cojo porque me haría gracia ver alguna de las películas de las que ha hablado Vanessa cuando llegue a Barcelona. En la primera planta están los libros. Busco si tienen alguna sección de libros en otros idiomas, pero solo encuentro el apartado de libros en inglés, y ya no pregunto a nadie si tienen algún libro de Gerard Guix. En esta planta, están las cajas y tengo que hacer un poco de cola porque hay bastante gente. Hace rato, en la sección de películas, he tenido la sensación de que me seguían. Cada vez que me giraba, un hombre vestido con una camisa verde cogía un DVD y lo miraba con mucho interés, pero una vez lo tenía del revés y no le ha dado la vuelta. La cajera que me cobra no puede evitar sonreír al ver mi compra. Después recuerdo mi aspecto y también sonrío, segura de que piensa que estoy loca comprando películas de la Hepburn e imitando su imagen. Mientras me devuelve el cambio y guarda el pack en una bolsa, cojo el móvil del bolso y marco el teléfono de Stéphane. Muy cerca de mí, un móvil empieza a sonar. Me giro y busco a mi alrededor para ver quién contesta. El móvil suena un par de veces más y de repente se detiene. La cajera me reclama para darme el cambio, pero yo espero hasta que veo a un hombre sospechoso salir por la puerta a toda pastilla. Cojo el dinero y la bolsa y salgo a la calle corriendo para no perderlo. Una vez fuera, vuelvo a llamarlo pero ya me resulta imposible encontrarlo. Tendría que haber hecho la llamada después de que la cajera me devolviese el cambio.

Tengo hambre. Desde el chocolate y el cruasán de la mañana, no he comido nada más y de eso hace ya bastante tiempo. A esta hora, en pocos sitios me darán de comer y decido asegurarme entrando en el McDonald's que hay en la rue de Bourg. No es que me guste demasiado pero un Menú McSpeck mediano por 13,10 francos suizos me salva la comida. Me siento en una mesa vacía cerca de la escalera que sube al segundo piso, donde está el comedor más grande, y me organizo la comida de la bandeja. Echo kétchup a las patatas fritas y saco el pepino de dentro del bocadillo. La autenticidad se ha perdido con la globalización. Podría estar en cualquier McDonald's con la misma decoración, las mismas promociones y el mismo personal multiétnico que, vestido con los mismos uniformes, tienen el mismo aspecto ridículo. Y no sé si eso tendría que considerarse un éxito o un fracaso del sistema capitalista. No obstante, lo que más me fascina es que en todas partes la comida sabe igual.

Sé que en alguna parte, quizás escondido bajo tierra o dentro del cráter de un volcán para que nadie pueda encontrarla, hay una cocina gigante donde trabajan centenares de personas. Allí cocinan todos los tipos de hamburguesas y patatas que después sirven a sus establecimientos. A través de pantallas electrónicas, les llegan los pedidos que se van recibiendo de todos los clientes del mundo y, con una precisión milimétrica, los van preparando. Hay una gran pared con los nombres de todas las ciudades del mundo donde tienen representación y, bajo cada ciudad, un número que indica cuántos establecimientos tiene esa ciudad; debajo de cada nombre, un agujerito del tamaño de una hamburguesa. De este modo, si en el McDonald's número dos de Moscú quieren un Big Mac, lo meten en un agujero conectado a un tubo por el que la hamburguesa viaja a propulsión bajo tierra hasta que llega a su destino, donde los empleados, vestidos con sus ridículos uniformes, la meterán en su cajita y la servirán al cliente. Solo así se explica que todas las hamburguesas, en cualquier parte del mundo, sepan exactamente igual.

Cuando me acabo la hamburguesa y las patatas estoy tentada de pedir uno de los helados de nata con sirope de fresa, pero pienso que puedo encontrar algo más auténtico paseando por las calles de Lausana. Busco el teléfono móvil en el bolso para comprobar qué hora es, y recuerdo mi intento frustrado de desenmascarar a Stéphane. Tendría que seguir con este plan de ataque tan directo. A mi alrededor, la gente se levanta de sus mesas y vacía las bandejas sucias en el mueble que hay al lado de la escalera. Otras personas suben con las bandejas llenas de comida y se sientan, comen y se ríen, y vuelven a marcharse. Las mesas cambian de inquilinos diversas veces mientras yo mantengo la mirada fija en un punto indefinido y con el teléfono móvil en la mano sin moverme, como si me hubiese convertido en piedra.

En la calle, la actividad de la gente no ha disminuido nada, aunque ya son pasadas las seis y me parece que pronto cerrarán las tiendas. Camino un rato sin rumbo, esperando que él me vea. Un cartel indica el camino hacia la Cathédrale y lo sigo segura de que si me alejo de la multitud del centro a él le será más fácil no perderme. Subo por unas empinadas callejuelas, girándome de vez en cuando con la esperanza de ver a alguien que se oculta detrás de un árbol. Al llegar a un espectacular puente para coches y peatones con otro puente paralelo debajo con doble vía de tren, puedo ver la catedral al otro lado, majestuosamente subida a una pequeña colina. Tiene dos torres, una puntiaguda y otra cuadrada, que observan la ciudad que se extiende a sus pies hasta el lago. Cruzo el puente y después todavía subo unas escaleras de piedra hasta llegar a la explanada que hay enfrente. Bastantes turistas, con las cámaras de fotos colgadas del cuello que los delatan, se pasean, se fotografían, consultan mapas y convierten esta zona en una especie de paraíso para mi poder inútil. Escucho todas las conversaciones que puedo, en muchos idiomas diferentes, y los entiendo todos, absolutamente todos. Hay un cartel que indica la entrada en el templo y otro que señala el Château Saint-Maire.

Antes de entrar, silencio mi teléfono móvil porque no querría romper la paz que se respira dentro de un lugar sagrado como este. Al abrir la primera puerta, hay una salita semicircular con unas cuantas estatuas de piedra de tamaño natural que te reciben cordialmente. Tras la segunda puerta, me envuelve una sensación de bienestar y una extraña calidez me da la bienvenida. Después me doy cuenta de que bajo mis pies, a través de una rejas, sale aire caliente para mantener la catedral a una temperatura agradable. Cierro los ojos y respiro profundamente, intentando pensar en alguna imagen trascendental, pero solo me viene a la cabeza el pepino que he quitado del McSpeck. Hay una salita lateral que curiosamente no tiene las paredes de piedra. La han reformado y las paredes son de cristal y permiten ver el exterior, además de dar un efecto curioso al resto de la catedral por la luz natural que se cuela, indiscreta. En un rincón hay una mesa de madera que parece muy antigua, con cuatro sillas alrededor y una vela blanca encendida sobre la mesa. Te invita a sentarte para meditar, para hacer un repaso de quién has sido y de qué has hecho; de alguna manera, para saldar cuentas con quien sea que esté allá arriba, si es que hay alguien. No me siento; tendría que tener algún recuerdo para poder hacerlo. Al acercarme al altar, que está rodeado por grandes vidrieras de colores que el sol traspasa tiñendo de tonos azules y rosados el suelo y las caras de todos aquellos que las admiran, vuelvo a notar la extraña sensación de que me observan. Miro a mi alrededor esperando ver una sombra escondida tras las columnas, pero todo está tranquilo. Busco el teléfono en el bolso y marco el número de Stéphane. En algún lugar de la catedral, un teléfono empieza a sonar. Aunque un cartel en la entrada advertía de que había que apagarlos, nadie parece molesto por esta interrupción del silencio. Busco con la mirada para ver quién se apresura a desconectarlo, pero el teléfono sigue sonando. Con precaución, me adentro en una especie de pasillo semicircular que, parecido a un claustro, pasa por detrás del altar. Me parece que el sonido del teléfono viene de allí porque, a cada paso que doy, suena con más volumen y yo me apresuro antes de que deje de hacerlo por culpa del contestador. Justo en medio de la curva del pasillo, hay una tumba en el suelo y, sobre la tumba, el teléfono móvil que está sonando. Me acerco y en la pantalla aparece escrito mi nombre. Cuando cuelgo mi teléfono, el de encima de la tumba deja de sonar. Entonces ya sé que he caído en su trampa, pero es demasiado tarde. Puedo notar sus ojos clavados en mi cabeza, su aliento golpeándome la nuca, el calor de su cuerpo invadiendo mi espacio vital. No me muevo. No se mueve. No nos movemos. Como si tuviésemos miedo de descubrir algo que ninguno de los dos quiere. No sé cuánto tiempo pasa hasta que él, con su voz de locutor de radio, rompe el silencio.

—¿No vas a girarte?

—No.

—¿Me has hecho venir de tan lejos y ahora ni siquiera vas a girarte?

—No, no voy a hacerlo.

—¿No quieres ver qué cara tengo?

—Ya sé qué cara tienes. He visto las fotografías.

—¿De qué tienes miedo, Anastasia? Porque así es como te llamas ahora, ¿verdad?

—No voy a girarme.

—¿Tienes miedo de girarte y ver que no soy la persona de las fotografías o de comprobar que soy alguien a quien conoces?

—No conozco a nadie.

—Alguien a quien pensabas haber olvidado, pero que ha vuelto.

—No voy a girarme.

—Tendrás que hacerlo para darme las fotos.

—No las tengo aquí. —No sé por qué no le digo la verdad.

—Pues tendremos que volver a quedar.

—De acuerdo. Ya te las devolveré.

—¿Dónde y cuándo?

—En el quiosco de música del Parc de l'Indépendance. —Me sorprendo a mí misma por tenerlo tan planificado—. A las ocho.

—De acuerdo. Sé puntual.

—Lo seré.

—¿De verdad no vas a girarte? ¿No sientes curiosidad por ver mi rostro?

—No, no voy a girarme.

—De todas maneras tendrás que hacerlo para darme el teléfono.

Miro a mis pies y veo su teléfono que reposa silencioso sobre el mármol de la tumba. Respiro hondo al mismo tiempo que me agacho y cuando mi mano coge el aparato puedo notar un cosquilleo, como si me estuviese transmitiendo una especie de electricidad de bajo voltaje. Con la misma majestuosidad, me levanto y, a la vez, me voy girando hacia él, pero cuando estamos cara a cara no puedo verlo porque he cerrado los ojos. Los he cerrado tan fuerte como hace Yul cuando tiene miedo, como si así el monstruo más horrible tuviese que desaparecer. Estiro el brazo con el teléfono en la mano y me quedo así un rato, pero él no lo coge. Cuando pienso que debe de haberse ido y voy a abrir los ojos, noto que él me coge la muñeca con fuerza y me parece que me está clavando las uñas porque me hace mucho daño. Pero yo sigo con los ojos cerrados y no los abriría aunque me torturase con los aparatos más horribles. Con la otra mano, sin soltarme, coge el teléfono y me roza premeditadamente con los dedos. Me estira el brazo, que ahora coge con menos fuerza, y se lo acerca a la cara. Lo sé porque puedo notar en la piel su aliento cálido. Suavemente me coloca la mano sobre su frente y me obliga a recorrerle el rostro con los dedos, como si fuese ciega. Noto algunas arrugas de expresión y una piel dura. Tiene las cejas muy pobladas y lleva una barba frondosa y muy larga.

—¿Reconoces estas facciones?

Con un impulso alejo la mano del rostro. Estoy mareada y tengo ganas de vomitar. Lleno los pulmones de aire en el mismo momento que abro los ojos, pero delante de mí no hay nadie. Miro asustada a cada lado de la tumba, pero solo veo una pareja de ancianos que se alejan admirando las vidrieras del techo que tiñen sus rostros de colores.

Fuera, me apoyo en la barandilla del mirador, desde donde veo toda la ciudad y el lago. Podría ser un momento bonito, notando el sol en la cara, pero todavía estoy turbada por lo que ha pasado dentro de la catedral. No sé si realmente ha sucedido o ha sido fruto de un extraño delirio. El tumor debe de haberse extendido y deben de quedarme pocas horas de vida. Las alucinaciones serán cada vez más reales y más terroríficas. Hace horas que no me pongo crema para protegerme la piel, tan blanca. Ojalá los rayos del sol me provocasen una especie de combustión espontánea, así no tendría que preocuparme de nada más. En el suelo, algunos niños han hecho dibujos con tizas de colores. Hay una casa blanca, una niña azul, una flor naranja y amarilla, y un cohete de color rosa. Como un acto reflejo busco el teléfono en el bolso para llamar a Carme y ver si Yul está bien. Tengo que decirle que tal vez mañana volvamos. Que tengo ganas de ver a mi pequeño. Y que lo quiero. Tengo una llamada perdida y al visualizar la lista me doy cuenta de que es Gerard. Debe de haberme llamado mientras estaba dentro de la catedral. Me ha dejado un mensaje de voz en el buzón. Mientras espero a que el teléfono conecte, vuelvo a apoyarme en la barandilla y cierro los ojos porque quiero que todos los rayos de sol impacten contra mi rostro. En el mensaje, primero se escuchan unos segundos de silencio y, después de toser, Gerard empieza a hablar:

—Entiendo que no quieras contestarme. De verdad. Supongo que merezco lo que me está pasando. Hace mucho tiempo que arrastramos este lastre y ahora no sabemos cómo soltarlo. Solo quería decirte que esta noche he vuelto a soñar, como cada noche desde hace unos meses, pero hoy, a diferencia de las otras noches, recuerdo lo que he soñado. Lo recuerdo perfectamente y me he pasado todo el día dándole vueltas. Sé que es una señal pero no sé qué quiere decir. El sueño transcurría en un cementerio. Había un montón de gente que iba a un entierro. El mío. Sé que era el mío porque esas cosas se saben en los sueños. Pero entre toda esa gente no estabas tú. No habías venido a mi entierro. Solo quería decirte esto. Que ya vuelvo a recordar los sueños. Nada más. Cuídate.

Todavía tarda unos segundos en colgar y puedo oír su respiración de fondo. No he abierto los ojos, ni he apartado el teléfono de la oreja. La voz grabada de la operadora va dándome instrucciones por si quiero volver a escuchar el mensaje, por si quiero guardarlo o borrarlo. Yo solo pienso que su última palabra ha sido *cuídate*, como si no fuéramos a volver a vernos nunca más. *Cuídate.* Como si, a partir de ahora, él ya no fuera a estar a mi lado para hacerlo. Como siempre ha hecho. A su manera, pero nunca me ha faltado nada. Quiero abrir los ojos pero no puedo. Necesito que sus brazos me rodeen y me abracen tan fuerte que me cueste respirar. Que sus labios me besen y que me diga que me quiere y que todo irá bien. Poco a poco, consigo bajar el brazo con el teléfono, pero todavía no puedo abrir los ojos. Hay cosas que requieren cierto tiempo. Como reconocer a quién quieres, como enfrentarte a respuestas de preguntas difíciles. Como solucionar cosas que parece que no tengan solución. Es hora de cerrar puertas. Es hora de concluir etapas. Es hora de olvidar conflictos. Y me parece revelador que haya sido aquí, precisamente ahora, donde me haya dado cuenta de que, si no soy yo quien dé el primer paso, él, por mucho que quiera, no puede hacer nada. Todo depende de mí. Abro los ojos y el paisaje maravilloso que tengo delante me golpea la retina. Respiro hondo, llenando hasta el último rincón de mis pulmones de este aire sano que aporta salud a cada átomo. Y, como si una mano invisible me hubiese dado cuerda por la espalda, me pongo en marcha y empiezo a bajar de dos en dos los escalones de las empinadas escaleras de madera que hay delante de la catedral y que son un atajo para llegar hasta el centro. Como si me hubiesen incorporado un GPS al cerebro, corro por las calles sin dudar, pasando junto a la gente con tanta prisa como si me fuese la vida en ello. Lo que ellos no saben es que, una vez me reencuentre con Gerard, todo volverá a ser como antes. Lo sé. Cuando paso por delante de la iglesia, cerca de la estación, un tranvía casi me atropella. No miro si el semáforo está verde o rojo. No tengo tiempo para eso. Solo deseo coger el próximo tren hacia Morges para llegar lo antes posible y estar con él. En la estación, compro un billete y espero impaciente en el andén, sin poder sentarme, caminando nerviosa arriba y abajo. Decidida a solucionar todo lo que tengo pendiente y seguir adelante con mi vida. Sonrío. Lo veo en el reflejo de una marquesina. Los cambios han empezado esta mañana cuando me he cortado y teñido el pelo. Noto un cosquilleo en el estómago. El corazón me late muy rápido, pero el tiempo en esta estación pasa demasiado lento. El andén se va llenando de viajeros conforme la hora de salida del tren se acerca. Me fijo en dos chicos, bastantes jóvenes, que están sentados en un banco con las mochilas a sus pies. Se cogen de la mano aunque no se miran. Cada uno mira a un lado, pero me parece muy bonito no tener que usar las palabras para demostrar las cosas. Eso es lo que haré a partir de ahora. Cuando las cosas se arreglen y estemos como antes. Como al principio. Como tendrían que haber sido siempre. Y mirando a esa pareja, en algún rincón de mi mente, se ilumina una bombilla y se pone en marcha una ruidosa alarma. Y en una pantalla de leds luminosa puedo leer claramente mi nueva misión: solucionar las cosas que he dejado colgadas.

Cuando llega el tren subo al primer vagón para tener la sensación de llegar antes a Morges. Me siento en una butaca y al arrancar me parece que va muy lento. Si pudiese, saltaría para empujarlo hasta que cogiese la velocidad del sonido, como mínimo. Quiero llegar enseguida para solucionar las cosas y dejar de sufrir. Ahora nada ni nadie puede detener esta frenética carrera hacia la felicidad. Me relajo mirando el paisaje lleno de viñas y recuerdo que estoy en una zona vinícola. Hasta ahora no me había fijado en el chico que está sentado delante de mí y que he pillado dos veces mirándome. Lleva una gorra de color verde, una camiseta de rayas negras y lilas, y debe de tener mi edad. Apoya la cabeza a un lado, como si quisiera dormir, pero no lo hace. Escucha música con unos auriculares y, cuando no me mira a mí, lo hace por la ventana. Tiene unos ojos preciosos que me recuerdan los de Yul. Es solo una sensación pero me parece que podríamos ser amigos. A veces, basta una mirada para saber que te llevarías bien con una persona. Cuando vuelvo a mirarlo, veo que ha cerrado los ojos y quizás sí que se ha dormido. Es una pena que hayamos coincidido ahora, en este momento en que he tomado una decisión que lo excluye. Sé que él es el extranjero al que tenía que conocer en el tren y con quien tenía que pasar la noche hasta la madrugada. Ha llegado demasiado tarde y ahora tendré que resignarme a la idea de que el mundo está lleno de gente interesante a la que nunca conoceré. Busco la cámara que llevo en el bolso y le hago una foto durmiendo apoyado en la ventana. Sé que nunca más volveremos a vernos, pero al menos quiero recordarlo para siempre, porque, por un momento, nuestras vidas coincidieron en un lugar tan íntimo y a la vez tan público como son las butacas de un tren. Cuando llegamos a Morges el tren disminuye la velocidad, pero él no se despierta. Me levanto, con la esperanza de un último intercambio de miradas, pero tengo que conformarme con decirle adiós mentalmente, ya que tampoco me habría oído con los auriculares.

Desde el andén, todavía puedo ver al chico y espero hasta que el tren arranque para asegurarme de que sigue durmiendo y no es más que otra oportunidad que se me escapa. El camino hasta el hotel se me hace extraño. Las calles ya me resultan familiares, pero ahora las veo de manera diferente. Parece que en el cielo hay otra luz y que en el aire flota un ambiente distinto. Incluso me parece que peso menos y que mis pies no tocan el suelo al caminar. Tal vez solo sea otro síntoma del tumor cerebral que ya se encuentra en un estado avanzado y distorsiona la realidad. Entro en el hotel como una flecha, pido la llave a la chica y me alegra que el recepcionista que me gusta no esté. Solo sería otro impedimento ahora que estoy decidida a recuperar a Gerard. Mientras subo por la escalera, lo llamo pero tiene el móvil apagado. Le dejo un mensaje corto pero conciso: te quiero. Al entrar en la habitación me quito toda la ropa, que dejo sobre la cama, y me meto en la ducha. Cierro los ojos bajo el agua e intento dejar la mente en blanco, pero no puedo. Veo el pañuelo manchado de sangre que vuela desde el tren. Veo al hombre que me imaginaba que me perseguía abrazando a su mujer y a su hija. Veo al hombre que remaba en una embarcación deportiva en el lago. Veo las vidrieras de colores proyectados en el suelo de la catedral y en las caras de los turistas, pero lo que más me inquieta es que no puedo dejar de oír la voz de Stéphane que insiste para que me dé la vuelta. Me seco frotando con fuerza la piel y me sobresalta ver a una mujer morena y con los cabellos cortos reflejada en el espejo. Tal vez nunca me acostumbre a esta imagen. En la habitación vuelvo a llamar a Gerard. Le dejo otro mensaje: te quiero mucho. Me visto con ropa cómoda, unos vaqueros, una camiseta y las zapatillas. Tal vez deba salir corriendo y tengo que ir preparada. Miro en el móvil qué hora es y veo que falta media hora para la cita con Stéphane. Aunque estoy muy cerca del lugar de encuentro, quiero llegar con tiempo, por precaución. Antes de salir me unto la cara y los brazos con crema solar aunque el sol esté a punto de ponerse. Hay manías que no pueden evitarse. Cojo el bolso, la única foto de la familia de papel que ha sobrevivido y cierro la puerta. Al bajar por las escaleras, vuelvo a llamarlo y le dejo otro mensaje: te quiero muchísimo. Sé que cuando lo escuche, se enfadará. No soporta encender el móvil y ver que lo has llamado de manera obsesiva para decirle algo que no es importante. Para mí, esto es importante y me gustaría que ahora, por una vez, también lo fuese para él. Noto que el bolso me pesa mucho y recuerdo que todavía llevo el pack de DVD de Audrey Hepburn y el CD de Morrissey. En recepción devuelvo la llave a la chica y le pido que me guarde los DVD y el CD ya que no tengo tiempo de volver a subir. Salgo a la calle, como si me hubiesen dado un empujón, pero una vez allí me detengo un momento y miro a ambos lados del paseo junto al lago. Hay familias que pasean con los niños. Hay ancianos sentados en los bancos que observan el espectáculo de flores de diversas variedades y los barcos que navegan por el lago Lemán. Al lado del puerto viejo, unos niños pescan con cañas y observan su botín de pececitos, que guardan en un cubo con agua. El castillo ya ha cerrado las puertas de hierro porque el horario de visitas se ha terminado y del Club Náutico sale un grupo de hombres que tal vez han ido a navegar y ahora vuelven a casa a pasar la noche con sus familias. A jugar con sus niños. A querer a sus mujeres.

La luz ha cambiado mucho en el Parc de l'Indépendance desde el mediodía. Ahora que el sol ya se ha escondido, los colores de las flores y el verde de los árboles es menos intenso, menos abrumador. Me cruzo con dos chicos que hacen footing y con una chica que pasea a su bebé en un cochecito. Más allá, puedo ver a un grupo de jóvenes que están sentados en el césped, charlando y fumando, seguramente maría, mientras se ríen y hacen tonterías para impresionar a las chicas. Por suerte en el *Kiosque à musique*, que es donde me he citado con Stéphane, no hay nadie. Aunque la temperatura ha bajado, no hace frío, pero estoy temblando. Me tiemblan las piernas y la fotografía que llevo en una mano se mueve como una hoja asediada por el viento. Con solemnidad subo los escalones de la glorieta y, una vez en medio, giro sobre mí misma para observar el paisaje que me rodea. Árboles de todo tipo e islas de flores de todos los colores visten este paraíso de paz y tranquilidad. Busco el teléfono y miro qué hora es. Tampoco puedo entretenerme demasiado o me pillará aquí en medio. Me agacho y dejo la fotografía en el suelo, justo en el centro de la glorieta, pero, tras dar solo dos pasos, una ligera brisa se la lleva a cierta distancia. A los pies de las escaleras, hay algunas piedrecitas. Cojo una y la pongo sobre la foto para evitar que el viento vuelva a robármela. Entonces, cuando me levanto y busco con la mirada un escondite para observar sin ser vista, oigo la música. Es un tema de música clásica que conozco, pero no sabría decir ni el nombre ni el compositor. Se oye muy bajita, a lo lejos, y debe de venir de alguna casa cercana o de algún coche aparcado a la entrada del parque. Detrás de la secuoya gigante sería un buen lugar, pero me costaría asomar la cabeza sin ser descubierta. Bajo de la glorieta y me escondo en la cueva natural formada por arbustos y árboles, y me parece que allí estaré bien. Desde donde estoy, no puedo ver la fotografía ni la piedra que la sujeta. Tampoco veo de dónde viene la música, pero desde aquí se oye un poco más alta. Clavo los ojos en la glorieta y no parpadeo, para no perderme el momento en que llegue Stéphane. Quiero saber si realmente es el hombre que aparece en las fotografías o alguna otra persona que me está engañando. Una pareja de ancianos se acerca paseando tranquilamente hasta la glorieta y temo que lo asusten. Se quedan un rato mirándola y después se van con la misma parsimonia con la que han venido. No sabría decir en qué momento, porque estaba pendiente de los ancianos, pero la música que oía ha desaparecido. Ahora, por más que aguce el oído, solo oigo las ramas de los árboles que se mueven con el viento. Durante un buen rato nadie más se acerca a la glorieta. Cuando ya estoy a punto de irme, segura de que no vendrá, oigo unos pasos que pisan la grava del camino que lleva al *Kiosque à musique* y puedo ver a alguien que se acerca con paso decidido. Me oculto detrás de los arbustos más frondosos y noto que casi se me para la respiración y mi cuerpo se vuelve rígido.

El sonido estridente de mi teléfono que suena dentro del bolso me asusta y me devuelve la movilidad. Lo busco a toda prisa y lo apago sin mirar quién llamaba, temiendo que esto haya delatado mi escondite. Cuando vuelvo a mirar a la glorieta no hay ningún rastro del hombre. Sospecho que puede haber rodeado mi escondite para sorprenderme por la espalda. Detrás de mí tampoco hay nadie y, cuando me acerco a la glorieta, algo me hace pensar que ya se ha ido. Cuando subo las escaleras, puedo ver la piedra que he dejado en el suelo pero me doy cuenta enseguida de que la fotografía ha desaparecido. Miro a mi alrededor desconcertada, intentando ver a alguien alejándose de ahí, pero no hay nadie en ninguno de los caminos que se bifurcan desde la glorieta. Me voy con un extraño sentimiento de pena y alivio, como si en realidad no quisiera que este asedio acabara nunca.

Cuando estoy delante del castillo, me apoyo en la verja de hierro y observo a una pareja que entra en el Club Náutico. Busco el teléfono móvil en el bolso y lo enciendo, deseando que fuera Gerard quien me llamaba antes. A estas horas, ya debe de haber salido de La Paisible y seguro que ha escuchado mis mensajes. Espero unos segundos a que el aparato coja cobertura y, después, compruebo la lista de las últimas llamadas recibidas. Me han llamado desde un número que no conozco y tampoco sé identificar el país desde donde la han hecho. Esto se está convirtiendo en una pesadilla insoportable. Llamo a Gerard pero tiene el móvil apagado o fuera de cobertura. Me sorprende que todavía esté con el señor Kennedy y que no me haya dicho nada. Quizás Vanessa lo ha secuestrado y ahora me pedirá que le prometa amor eterno a ella si quiero volver a verlo con vida. Le dejo un mensaje en el contestador:

—He hecho cosas horribles, pero acabo de solucionarlo todo. Ya vuelvo a estar contigo, Gerard. Tengo ganas de verte. Te quiero.

Al colgar, me asalta una duda y marco el teléfono de Stéphane. Hace un ruido extraño y primero pienso que habrá algún problema con la línea, pero después me asusto cuando una voz grabada me dice que el número que estoy marcando no existe. Me quedo un rato mirando el aparato y se me pasa por la cabeza lanzarlo al lago, porque quiere negar la evidencia. Busco entre los mensajes SMS recibidos, para comprobar que Stéphane me ha enviado muchos, pero desconcertada descubro que no hay ninguno. Tal vez los he borrado por error o quizás nunca los haya recibido. Noto la misma sensación de vértigo que si la tierra se hubiera abierto bajo mis pies. Camino sin ganas, con los brazos caídos y con el móvil en una mano. Estoy abatida, como si volviese de una cruenta batalla. Delante del puerto, los niños ya no pescan pero todavía están allí con las cañas en el suelo y los cubos vacíos porque deben de haber devuelto los peces al agua. Delante del hotel, al lado del puerto, veo a Henry Pearson, que mira las barcas ancladas. Verlo allí me provoca una extraña inquietud. Si ya ha salido de la casa, no entiendo por qué Gerard no está con él. Al verme, me saluda levantando un brazo, mostrando la mancha de sudor que se le ha formado debajo de la axila. Lleva la misma ropa que ayer.

—La he llamado hace un rato, pero el teléfono ha hecho una cosa rara, como si me hubiese colgado —dice mientras sonríe nervioso. Como no le contesto, continúa—: Tenía que encontrarla para hablar con usted.

—¿Y Gerard? ¿Dónde está?

—De eso tengo que hablarle —dice mientras se sube las gafas, que se le resbalan por la nariz. Tiene la cara brillante por el sudor.

—¿Qué le ha pasado? —digo parándome a dos pasos de él.

—Nada. No se preocupe. Ha sido él quien me ha dicho que la buscara y le contara una cosa.

Me cuesta creer que Gerard le haya dicho eso, y desconfío de él. No sé si realmente tengo que hacerle caso. Busco el teléfono en el bolso y vuelvo a llamar a Gerard. Pearson lleva una caja de zapatos roja bajo el brazo y pienso que es un hombre muy extraño. El móvil está apagado o fuera de cobertura.

—Dudo que conteste. Me ha dicho que lo tendría apagado.

—¿Por qué?

—Por lo que tengo que explicarle.

—Hable, entonces.

—Aquí no. Me ha dicho que la llevase a un sitio donde se sintiese cómoda.

—Aquí me siento muy cómoda.

—Gerard me ha dicho que vayamos a comer algo al Balzac.

—No tengo hambre —miento, porque sí que tengo, pero estoy demasiado nerviosa para comer nada.

—Pues tómese un té.

—No tengo sed.

—Pues míreme a mí mientras como y me tomo un té.

Caminamos dejando una distancia de seguridad considerable entre nosotros. Giramos por la callejuela estrecha donde está la entrada del hotel y miro por las ventanas que dan a recepción para comprobar si el recepcionista guapo está, pero no veo a nadie. No nos decimos nada en todo el camino, como si estuviésemos enfadados o realmente no supiéramos qué decirnos porque no nos conocemos de nada. Al llegar al Balzac, él sube primero los escalones que hay en la entrada, abre la puerta y me cede el paso con amabilidad. Me divierte este trato pasado de moda, aunque quizás solo lo hace para poder mirarme el culo.

Dentro hay menos gente que hace dos noches, cuando cené allí con Gerard. La camarera, la misma de esa noche, nos hace sentar en la mesa del rincón, aunque me habría gustado hacerlo en la misma en la que ya estuve. La chica prepara la mesa con manteles individuales de caña y nos deja dos cartas. Pearson, que sabe menos francés que Gerard, me pide que se lo traduzca y, curiosamente, sin saberlo, elige exactamente lo mismo que eligió él hace dos noches. Esto debe de ser una señal, pero no sé si es buena o mala. Yo solo pido una ensalada y un té porque tengo un nudo en el estómago. Él se seca las manos sudorosas con la servilleta de papel y después mira curioso el dibujo de Balzac impreso en ella.

—Es curioso que aquí pongan el nombre de los propietarios por todas partes —dice, porque en la servilleta también aparece el nombre de los propietarios del Balzac, a quienes llamé para saber si habían encontrado el sobre de fotos Kodak—. En la documentación de mi hotel también está. Supongo que debe de ser una costumbre de aquí.

Mi silencio hace que se dé cuenta de que no tengo ganas de seguir con esta absurda conversación y que estoy esperando que me explique dónde está Gerard y qué hacemos ahí. La camarera nos sirve los tés que hemos pedido, pero ninguno de los dos los toca.

—¿Sabe por qué ha venido Gerard hasta aquí?

—Tiene un proyecto.

—Sí, pero ¿sabe cuál es la raíz del proyecto?

—No.

—Al parecer, se halla inmerso en una especie de crisis creativa. Eso sí que debe de saberlo.

—Tampoco.

—¿Qué sabe entonces?

—¿De Gerard? Me parece que nada.

Se pasa la servilleta de papel por la cara para secarse las gotas de sudor que tiene en la frente. Mira al techo para comprobar que los ventiladores están apagados.

—Hace calor, ¿verdad?

La camarera trae dos ensaladas y nos desea buen provecho. Pearson no puede evitar mirarle el culo cuando se va y, al darse cuenta de que lo he visto, sonríe y se pone colorado. Se sube las gafas, que han vuelto a resbalarle por la nariz, y ataca la comida como si llevara muchos días sin comer. Miro mi plato pero no cojo los cubiertos.

—Un día, cuando estaba en mi casa, después de las clases en la Film Academy —explica él con la boca llena de lechuga de diferentes tipos—, decidí empezar a leer la biografía de Findlay Kennedy. Siempre me había parecido fascinante que un autor de su prestigio hubiese decidido no volver a publicar nada más. La jugada de la biografía, en la que explicaba cómo había transcurrido su vida durante los quince años que había estado escondido del mundo, me parecía brillante. Más que brillante. Sublime.

Se echa dos sobrecitos de azúcar en el té, lo remueve y le da un trago sorbiendo.

—Mi especialidad es el cine europeo de la posguerra. No sé si se lo había dicho. Bueno, da igual. A veces amplío las referencias hasta mediados de los años setenta. Para mí es imposible etiquetar la historia de una manera tan precisa, ni siquiera la del cine. Pues bien, leyendo la biografía de Kennedy empecé a establecer ciertos paralelismos con algunas películas. Sobre todo, me parecían interesantes las semejanzas con las películas que François Truffaut hizo con el personaje de Antoine Doneil. Desde el niño problemático de *Los cuatrocientos golpes* hasta un adulto con un hijo de *El amor en fuga.* Primero me hacía gracia, pero al acabar hice una especie de estudio en profundidad y uniendo los argumentos de las películas se podía construir la misma historia que en la biografía. No sé si me explico bien; quiero decir que llegué a la conclusión de que Kennedy había plagiado todos esos argumentos para construir su biografía.

—Pero ¿por qué iba a hacerlo?

—¿Una vida poco interesante? ¿Un juego literario? ¿Falta de memoria para recordar su vida real? Quién sabe. La cuestión es que investigué dónde vivía. Tengo que decir que no me costó mucho encontrarlo porque en la Universidad tenían su contacto y le llamé. Al cabo de una semanas, me citó aquí, en Suiza, para una entrevista. Perdí el vuelo y llegué un poco tarde. Lo que no me esperaba era encontrar a alguien más aquí, pero después lo entendí. No era el único que había tenido la misma sospecha.

—¿Gerard sospechaba lo mismo?

—Sí. No coincidíamos en todas las películas. Su lista estaba hecha con comedias románticas de Hollywood. La mía, con películas francesas. En cualquier caso, la idea era la misma. Más adelante descubrimos que ya habían pasado una veintena de personas por la casa con la misma teoría. Eso nos dejó un poco fuera de juego a los dos. Tengo que reconocerlo.

La camarera se lleva el plato vacío de Pearson pero el mío sigue intacto en la mesa. Da otro trago de té sorbiendo y mira los ventiladores del techo. Está sudando mucho y se le ha mojado la camisa. Vuelve a tener las gafas en la punta de la nariz como si quisieran suicidarse.

—Hace mucho calor, ¿no? ¿Podría pedir a la camarera que encienda los ventiladores?

Digo que sí con la cabeza. Él intenta secarse el sudor con la servilleta, pero está muy sucia y arrugada.

—¿Le importa? —dice señalando la mía, que sigue doblada a un lado del plato con los cubiertos encima. Aparto los cubiertos, coge la servilleta y se seca la cara y las manos—. ¿Puede pedirle que traiga unas cuantas más? Me hará un gran favor.

La camarera trae las brochetas de gambas con arroz a Pearson y le pregunto si puede traer más servilletas y encender el ventilador del techo. Pearson ataca la comida del plato con la misma ferocidad que la ensalada.

—¿Y por qué han venido? ¿Qué pretendían conseguir del señor Kennedy con eso del plagio?

—Evidentemente, todo se reduce a un triste chantaje, pero Gerard lo tenía muy bien planificado —dice con una gamba en la boca y salsa de curri al lado del labio—, y de hecho creo que no era una mala idea. Quiero decir que muchos de los que habían ido antes habían exigido cantidades desorbitadas de dinero. Pero Gerard lo tenía muy bien pensado. Findlay Kennedy dijo en su última novela, *The survivor*, que, el día que no tuviese ninguna mala crítica y a todo el mundo le gustase su novela, dejaría de escribir. La novela fue un éxito y él cumplió, a priori, su amenaza. Pero realmente no dejó de escribir, solo de publicar. Durante quince años ha escrito tres novelas y todas ellas, por orden expresa de Kennedy, serán destruidas el mismo día que muera. Gerard solo quería una de esas novelas. Una para poner su nombre en la portada. Nada más. Muy inteligente, sí señor. Y sensato, porque pedía a Kennedy algo que no le costaba nada.

—¿Y usted? ¿Qué quería a cambio?

—Dinero, supongo. Aunque todavía no me lo había planteado. Esperaba que todo fuera bien. Creo que lo que me motivaba más era el reto de haber descubierto el plagio. Ser el primero y quizás el único. Lo consideraba una prueba de inteligencia. Esperaba que Kennedy me dijera que lo había hecho a propósito para ver quién sería el primero en descubrir su juego.

Se concentra en la comida. No dice nada más hasta que acaba con todo y, después, unta pan en la salsa. La camarera nos trae unas cuantas servilletas más.

—¿No va a comerse la ensalada? —pregunta justo antes de meterse un trozo de pan en la boca ya llena.

Digo que no con la cabeza y le doy el plato, que pone encima del que acaba de dejar limpio. Vuelve a mirar el techo preocupado porque el ventilador no se mueve. Busca a la camarera con la mirada, pero la chica ha ido a la sala interior o a la cocina.

—Durante estos dos días de reuniones pensaba que Gerard lo conseguiría. El señor Kennedy nos ha tratado muy bien. Hoy nos ha invitado a comer a un restaurante muy bueno y Gerard me ha dicho que ayer también fueron. Era sorprendente que la persona a quien estábamos extorsionando tuviese esos detalles con nosotros. Todas las conversaciones han sido distendidas y él se tomaba con mucho sentido del humor las similitudes que le enseñábamos mientras veíamos las películas en su sala de proyecciones. Incluso había cierta comicidad cuando su abogado o esa mujer, su secretaria, no estaban. Decía que lo tenían allí encerrado y bromeaba con que ella era como Kathy Bates en *Misery* y el abogado tenía menos escrúpulos que Robert Duvall en *El Padrino.* Incluso había pedido a Gerard que le explicase qué tipo de novela escribía y hoy en la comida hemos comentado que quizás estaba pensando en cuál de las que tenía acabadas encajaría más con su estilo, para que no se notase forzado.

La camarera se lleva los platos vacíos que ha reunido Pearson y nos pregunta si queremos postre. El hombre dice que sí, mientras se seca la frente con una servilleta y me suplica que le vuelva a pedir que encienda el ventilador. Cuando la chica nos trae las cartas de postres, se lo digo y ella se disculpa por haberse olvidado. Los ojos del hombre repasan con avidez la carta de postres que he dejado delante de mí sin abrir. La camarera toma nota del postre que Pearson le señala en la carta sin abrir la boca y, cuando la chica va a coger el cesto del pan, el hombre se adelanta con rapidez y coge mi panecillo, que no había tocado. Ella me mira sorprendida y me sonríe pero soy incapaz de apartar la vista del rostro de Pearson, esperando que todo lo que me está contando tenga algún sentido.

—Esta tarde ha cambiado todo —dice antes de darle un bocado al panecillo—. Al volver después de comer, el señor Kennedy nos ha llevado a dar una vuelta por el jardín de La Paisible, que es precioso. ¿Sabía que la casa perteneció a Audrey Hepburn?

—Sí.

—Hemos salido a dar un paseo con él. Va en silla de ruedas y Gerard lo empujaba. Por un momento pensábamos que nos saldríamos con la nuestra. Ese momento de intimidad con el viejo nos daba motivos para pensarlo. Gerard y yo nos hemos mirado un par de veces y no podíamos evitar sonreír de emoción. Como a la hora de comer él había hablado con usted y esa mujer había dicho que la sesión de trabajo se acababa, pensábamos que habíamos conseguido lo que queríamos. No obstante, cuando hemos vuelto a la casa, su secretaria y su abogado habían montado una especie de barbacoa en el porche trasero, y tenían encima de una mesa tres manuscritos. Kennedy nos ha explicado que eran las tres novelas que había escrito durante estos quince años, que eran las únicas copias que tenía y que estaba dispuesto a acabar con la codicia de gente como nosotros. Y sin decir nada más, el abogado las ha puesto en la barbacoa y la mujer las ha rociado con alcohol de quemar y les ha prendido fuego. Tendría que haber visto la cara de Gerard. Las llamas se reflejaban en sus ojos llenos de lágrimas. No sé si realmente eran las únicas copias o si montan ese número con todos los que han intentado lo mismo que nosotros, pero debo admitir que nos ha impresionado mucho. La secretaria ha apartado a Gerard de detrás de la silla y se ha llevado a Kennedy a la casa, que justo antes de entrar nos ha mirado y nos ha dicho serio, en un tono y con una expresión que no le habíamos visto hasta entonces: «Cada momento de nuestra vida se parece a una película». Han entrado en la casa y no hemos vuelto a verlo más. Su abogado nos ha dicho que si hacíamos cualquier cosa para acusar al señor Kennedy de plagio tendríamos que lamentar muchas más cosas aparte de un juicio que seguro que perderíamos. Nos ha dicho que nuestro negocio era un poco peligroso y esa frase me ha sonado a alguna película de la mafia. No me extrañaría despertarme por la mañana con la cabeza de un caballo muerto en la cama. Cuando el abogado ha entrado en la casa, Gerard se ha lanzado a las llamas y con las manos ha intentado rescatar algún manuscrito, pero solo quedaban cenizas. Aunque tenía las manos quemadas, su mayor dolor era interno, en algún sitio que yo no podía ver.

Las lágrimas que llevo rato reprimiendo empiezan a resbalarme por las mejillas. Curiosamente, en el hilo musical suena una canción bastante alegre. No entiendo por qué Gerard no está aquí si se ha quemado las manos. Quiero curarlo. Tal vez ahora esté en el hospital y no tenga nada más que unas quemaduras superficiales. Ya habrá tiempo para curar las heridas interiores juntos. La camarera sirve a Pearson una especie de *coulant* de chocolate, que devora con la misma avidez que toda la cena.

—¿Dónde está?

—Me ha dicho que tenía que irse pero no me ha dicho dónde.

—¿Irse? ¿Adónde?

Me mira con la cuchara llena de *coulant* que está a punto de meterse en la boca.

—Se lo acabo de decir. No me ha dicho adónde iba. —Y engulle con glotonería—. Ha dicho que vaya usted al hotel y que lo espere allí.

—Pero ¿volverá?

—Si ha dicho que lo espere, será que sí.

—¿Hoy?

—No lo sé. No me lo ha dicho.

—Entonces, ¿qué le ha dicho?

No me contesta. Se acaba el *coulant,* después pide la cuenta a la camarera con una señal y paga con una tarjeta American Express. Se seca la frente y mira el ventilador del techo, que justo en ese momento se pone en marcha.

—Sí, ahora que ya me voy.

Firma el recibo y se guarda la tarjeta en la cartera. Se levanta con dificultades y, cuando ya estamos en la puerta, la camarera nos avisa de que nos olvidamos la caja de zapatos de color rojo. Voy a buscarla y él dice que puedo quedármela.

—Es para usted. Me la ha dado Gerard. —Voy a abrirla, pero me detiene y la coge de mis manos bruscamente—.

Ha insistido en que no la abriera hasta que llegue a su habitación.

Me acompaña en silencio hasta la puerta del hotel, como si estuviésemos de luto. En el momento de la despedida, él está nervioso y se le traban las palabras.

—Mi vuelo sale mañana al mediodía del aeropuerto de Ginebra. Me gustaría volver a verla antes de irme.

—¿Qué hará cuando llegue a casa sin haber conseguido su objetivo?

—Nada especial. Para mí, esto han sido unas minivacaciones. Podré explicar a mis hijos, si los tengo alguna vez, que conocí a Findlay Kennedy y que estuve en la casa de Audrey Hepburn. ¿Y usted? ¿Qué hará?

—Esperar a Gerard.

—¿Y si no vuelve? ¿Qué hará? Si quiere, puedo llamarla mañana por la mañana y, si no ha vuelto y no tiene adónde ir, podría venir conmigo.

—¿A Estados Unidos?

—Sí. Allí tengo sitio y un buen trabajo.

—Volverá. Seguro.

—¿Y si no vuelve? ¿Qué hará si mañana por la mañana se despierta y ve que está sola?

—Entonces lo olvidaré todo.

Sé que no ha entendido esta respuesta pero es bastante contundente porque nos despedimos definitivamente. No puedo evitar mirar por las ventanas que dan a la recepción y noto un cosquilleo en el estómago. Pearson también ve al recepcionista que duerme en una mala postura detrás del mostrador.

—Vaya... —dice en un tono triste, o quizás solo está cansado—, como en las películas, la chica se quedará con el chico guapo. —Vuelve a darme la caja de zapatos de color rojo—. Lo lamento pero no hemos encontrado nada mejor. No quiera saber el rato que hemos ido de tienda en tienda hasta que Gerard ha encontrado lo que buscaba.

Y sin decir nada más se va en dirección al paseo que hay junto al lago. Cuando está en la esquina de la calle espero a que se gire para decirme adiós, porque vuelvo a tener la misma sensación de abandono que cuando se ha ido Vanessa, pero no lo hace, tuerce la calle y no vuelvo a verlo más. Me quedo un rato allí fuera, respirando el aire fresco y limpio, escuchando el silencio de esta noche de verano en Morges. Miro un rato cómo duerme plácidamente el recepcionista y, por fin, entro decidida en el hotel.

Al abrirse la segunda puerta automática el recepcionista se despierta, como si hubiese perfeccionado un sensor que lo avisa cuando entra un cliente. Me mira medio dormido, frotándose los ojos, y me sonríe mientras se sienta bien en la silla para observarme mejor.

—Caramba... Eso sí que es un cambio de imagen. ¿Pretendías despistarme?

—Sí. Después del lamentable espectáculo de esta mañana me ha parecido lo mejor.

—Necesitas hacer algo más que cortarte y teñirte el pelo para despistarme. Sé reconocer la belleza bajo cualquier apariencia.

Noto que me pongo colorada pero espero que él piense que es el reflejo de la caja de zapatos.

—Te puedo ofrecer café —dice él como para retenerme cuando ve que la conversación no avanza.

—De acuerdo —le digo, porque no tengo ganas de irme.

—¿De verdad? ¿Hoy no piensas dormir?

—Me parece que no podré hacerlo de todos modos.

Se levanta, coge el termo que tiene debajo del mostrador y llena dos tazas de café. Toco con los dedos la grieta de la lámpara que hay encima del mostrador y que he hecho esta mañana al tirarla al suelo mientras saltaba. Me da una taza con un sobrecito de azúcar y una cucharilla. Nuestros dedos se rozan premeditadamente. Bebemos en silencio, como si hiciese mucho tiempo que nos conociésemos y ya no tuviésemos nada que decirnos.

—Tengo un poder —le digo cuando me he acabado el café para quedarme un rato más.

—¿Saltar por encima de los objetos sin romperlos? —pregunta burlón.

—Eso no es un poder. Es un deporte.

—¿De riesgo? —pregunta sonriente—. Bueno, ¿y en qué consiste ese poder tuyo?

—Hablo todos los idiomas del mundo sin haberlos estudiado.

—¿De verdad? —dice mostrándome su sonrisa cautivadora.

—Pero me parece que no me sirve de nada.

—En una recepción de hotel, los idiomas están muy bien valorados. Y precisamente aquí necesitamos personal. ¿Por casualidad no llevarás un currículum encima? Si trabajases aquí yo no tendría que hacer tantos turnos y podría dormir.

—Me encantaría trabajar en un sitio como este —digo mientras miro el espacio tan acogedor—, sobre todo de noche, como tú.

—No es tan divertido. Todo está mucho más tranquilo que de día, pero prefiero que haya más movimiento porque el tiempo pasa mucho más rápido.

—A mí me gusta que el tiempo pase poco a poco y, a veces, querría que se detuviera. Me parece que es hora de que suba a la habitación.

—No me importaría que el tiempo se detuviera ahora. —No sonríe, lo dice serio.

Busca la llave de la habitación y me la da.

—Espera —añade leyendo una nota que había junto a la llave—, ¿no te olvidas de algo?

Busca en las estanterías que hay junto al mostrador y me da el pack de películas de Audrey Hepburn y el CD de Morrissey.

—¿Te gusta Morrissey? —le pregunto.

—¿Morrissey? ¿El cantante de los Smiths?

—Toma —le digo devolviéndole el CD y provocando que nuestros dedos se rocen de nuevo —. Te lo regalo.

Y me marcho de allí corriendo porque si no tendré que saltar otra vez por encima del mostrador de recepción y darle un apasionado beso. Subo corriendo las escaleras y, al entrar en la habitación, me encuentro con una asoladora frialdad. Todo está igual. Las cosas de Gerard y las mías invaden el espacio, pero algo ha cambiado. Dejo las películas en el escritorio, al lado del ordenador portátil, y la caja roja sobre la cama. Busco el teléfono en el bolso y vuelvo a llamar a Gerard. Tiene el móvil apagado o fuera de cobertura. Ya no le dejo ningún mensaje. También vuelvo a llamar al teléfono de Stéphane, esperando que antes un problema con la línea hubiese impedido la conexión, pero la misma voz grabada me repite que el número que he marcado no existe. Me siento en la cama y observo la caja, pero no la abro, como si su contenido pudiese atacarme al levantar la tapa. Observo la habitación con interés, como si me hubiesen dicho que tengo que memorizarlo todo porque después me la harán dibujar. Quiero abrir el armario para coger el calentador de agua y una bolsa de té, pero está cerrado y no sé dónde él ha escondido la llave. La busco en los cajones, en su neceser, en la nevera, pero no la encuentro. Abro la botellita de whisky del minibar y me la bebo de un trago aunque no me gusta. Me siento en la cama y abro la caja de zapatos roja sin pensarlo. Me sorprende que no haya nada aterrador dentro: una hoja de papel doblado, unas cuantas velas perfumadas, una caja de cerillas y una tecla de ordenador. No sé qué pretende que haga con todo esto. Cojo la carta y la abro poco a poco. Es su caligrafía, pero cuesta entender porque debe de haberla escrito con las manos quemadas por el fuego. Dice que siempre le ha gustado ir contracorriente, nadar contra las mareas, abrirse camino solo. Ha defendido públicamente que la tierra era plana, por orgullo, pero no es idiota y sabe perfectamente que es redonda. Se ha cansado de ir contracorriente, de nadar contra las mareas, de abrirse camino solo. Dice que no volverá. Que ha caído desde demasiado arriba hasta demasiado abajo, y que no volverá. Que no volverá porque no le ha salido nada bien. Que ha perdido la última batalla de la última guerra y está cansado de ser el rey de las batallas perdidas. Que no le queda nada y que yo estaré mejor sin él. Todo el mundo estará mejor sin él. Dice que tengo un poder y que puedo borrarlo todo. Y que ahora que él no volverá y que ya no me queda nada ni nadie, es lo mejor que puedo hacer. Dice que él tiene otro poder, que todo lo malo que piensa se cumple y que ha pensado en morir. Ha pensado que tendrá un accidente de coche y seguro que lo tendrá porque ya ha pasado otras veces. Ahora está en alguna carretera, forzando su coche para tenerlo. Dice que no puede luchar contra el destino. Que no quiere hacerlo y que no volverá porque cuando lea esta carta seguramente ya estará muerto, estrellado en alguna cuneta de alguna carretera o autopista de este idílico país. Dice que rebobine mi vida hasta justo antes de que nos conociésemos y que lo suprima todo como lo que ya he borrado. Así, dice, ya no me quedará ningún recuerdo de mi vida y será como volver a empezar. Como renacer. Que aproveche ese poder, que si él lo tuviese habría podido salir mejor parado. No volverá. Eso queda claro en la carta. También dice que su proyecto ha fracasado y que ahora no podrá pagar lo que debe. Dice que todo está en su contra y que no puede soportarlo. También dice que cada momento de nuestra vida se parece a alguna película y que la suya debe de ser una mala comedia que no hace gracia a nadie. Dice que alguien, desde fuera, pone música para acompañar y que ahora ha llegado el momento de los créditos finales. Me quiere, dice, tanto como quería a Yul, pero que no puede soportar nada más. Que me ama aunque nunca me lo haya demostrado. Que echará de menos mi larga melena rubia. Y que no volverá; no se puede volver del lugar al que va. Firma con sus iniciales en minúscula, g. g., y nada más.

Dejo la carta encima de la cama, al lado de la caja de zapatos, y me paso la mano por mi pelo corto y negro. Respiro profundamente. Me seco las lágrimas que me resbalan por la mejilla. Cojo la tecla del ordenador que hay dentro de la caja y la observo. Suprimir. La dejo al lado de la carta y me levanto como si pesase mucho o fuese a cámara lenta. Cojo la caja y me la llevo al baño, donde cubro el suelo con toallas. Reparto las velas por sitios estratégicos y dejo las cerillas y la caja de zapatos encima del inodoro. Me quito toda la ropa y la cuelgo con cuidado sobre la mampara de la bañera. Enciendo una cerilla y, con su llama, todas las velas que me rodean. Apago la luz y espero a que los ojos se adapten a la penumbra y al movimiento de las llamas que proyectan extrañas sombras en las paredes. Me tumbo boca arriba, sobre las toallas, cierro los ojos y respiro hondo. Cada vez que el aire sale de mis pulmones noto que peso menos, que estoy más pegada al suelo. Más relajada. Que me estoy fusionando con las toallas, y con las baldosas del suelo, con el cemento, con el hierro de las vigas, hasta que noto que me he convertido en la estructura del edificio. Y, cuando ya lo he absorbido todo, poco a poco me levanto del suelo y veo mi cuerpo allí tumbado, boca arriba, con los ojos cerrados y durmiendo profundamente. Entonces, como si yo fuese un vídeo y mi vida una cinta VHS, empiezo a rebobinar.

Abro los ojos sobresaltada. Me incorporo y me quedo sentada en el suelo. Enciendo la luz, inspiro aire y la cerilla que tengo en la mano se enciende. Acerco la llama a las velas encendidas que, una a una, van apagándose. Me levanto, cojo la ropa colgada con cuidado en la mampara y me visto. Guardo las velas que hay esparcidas por el baño dentro de la caja de zapatos sobre el váter. Recojo las toallas del suelo y las cuelgo en la barra. Con la caja, salgo a la habitación caminando de espaldas y me siento en la cama. Cojo la tecla de Suprimir *que hay al lado de la carta, la miro y la meto dentro de la caja. Noto como las lágrimas escalan mis mejillas y se ocultan dentro de los ojos. Espiro a fondo. Me paso una mano por los cabellos negros y cortos. Cojo la carta que hay junto a la caja y la leo empezando por el final, donde la cierran dos ges minúsculas. Mis ojos suben hasta el principio del todo, pero conforme leo olvido qué pone. La doblo con cuidado, la meto en la caja, con la tecla y las velas, y la cierro. Me levanto y cojo una botellita vacía de whisky y, al ponérmela en los labios, el licor sube por mi esófago y vuelve a llenarse. La cierro, de manera que queda precintada, y la guardo dentro de la neverita. Busco por toda la habitación y me detengo delante del armario cerrado con llave. Me siento en la cama y miro la caja como si me diese miedo. Me levanto, escucho el teléfono y después marco un número y lo guardo en mi bolso. Cojo la caja de la cama, un pack de DVD del escritorio y, caminando hacia atrás, apago la luz de la habitación y salgo. Cruzo de espaldas el largo pasillo y después bajo las escaleras de espaldas y corriendo hasta la recepción.*

Allí, al girarme, veo al recepcionista que me sonríe y me da un CD, pero enseguida se lo devuelvo junto con los DVD y él los guarda en un estante. Le doy la llave de la habitación y la guarda también. Hablamos un rato y, cada vez que bebo un trago de la taza vacía que he cogido de encima del mostrador, esta se va llenando de café. Cuando está suficientemente llena, se la doy y él vacía el contenido dentro de un termo que guarda bajo el mostrador antes de sentarse en una butaca. Hablamos un poco más, él me sonríe, se frota los ojos y mientras yo empiezo a caminar poco a poco de espaldas hacia la puerta, él se duerme como si sufriese narcolepsia. Las dos puertas automáticas se abren y salgo a la calle y observo por las ventanas cómo duerme. Miro hacia la esquina y veo que Pearson da media vuelta y camina de espaldas hacia mí, y, cuando llega a mi lado, se gira de repente. Me coge la caja de zapatos que llevo en las manos y los dos caminamos de espaldas hasta el Balzac. Allí, entro yo y doy la caja a la camarera, vuelvo a salir y Pearson y yo volvemos a entrar y nos sentamos en una mesa donde están los restos de una cena. Pearson borra su firma de un recibo y la camarera le da una tarjeta de crédito que él guarda. El ventilador que gira sobre nuestras cabezas se detiene lentamente. A partir de ahí, la chica nos trae platos vacíos, que se van llenando de la comida que el hombre saca de su boca. La camarera recoge la mesa y nosotros nos vamos del local caminando de espaldas otra vez hasta delante del hotel. Nos paramos y hablamos un rato. Después, también de espaldas, caminamos hasta llegar al puerto y allí me despido de Pearson, que un poco más allá me saluda levantando un brazo, mostrando una mancha de sudor bajo la axila.

Me pongo el teléfono en la oreja, dejo un mensaje y marco un número. Llego al parque caminando de espaldas y su-

bo a la glorieta donde hay una piedra justo en el centro. Me escondo entre los árboles y, cuando salgo al cabo de un rato y vuelvo a mirar la piedra, me doy cuenta de que debajo está la foto de la familia de papel. La cojo y me la guardo en el bolso. Me voy del parque, me cruzo con otra gente que también camina hacia atrás y vuelvo al hotel, donde la chica de la recepción me da los DVD y el CD. En la habitación me quito la crema solar de la piel y la guardo en el frasco. Me desnudo, me meto debajo de la ducha con el cuerpo húmedo y, cuando salgo, estoy completamente seca. Me visto con ropa sucia, cojo la bolsa con los DVD y el CD y me voy de la habitación, del hotel y de Morges en un tren que, como todo, también va hacia atrás. Hay un chico que duerme delante de mí y, al llegar a Lausana, se despierta, me mira y los dos bajamos y nos perdemos entre la gente. Corro tan deprisa como puedo, hacia atrás, hasta la catedral y observo desde el mirador toda la ciudad a mis pies. Escucho un mensaje en el móvil y después llamo a mi servicio de contestador automático. Entro en la catedral y noto el sol que se cuela a través de los cristales de colores, doy una vuelta de espaldas y vuelvo a salir. Las grandes puertas de acceso se abren solas, pero tengo que tirar de ellas para que se cierren. Paseo por la ciudad hasta que entro en un McDonald's, donde subo de espaldas al segundo piso, cojo una bandeja sucia con restos de comida y me siento en una mesa. Me saco la comida y la bebida de la boca, y voy llenando los recipientes vacíos; cuando todos están llenos, bajo hasta el mostrador, le doy la bandeja a un empleado y él me da dinero a cambio. En la FNAC doy la bolsa a la cajera, ella saca el contenido y me lo devuelve sin la bolsa y también me da dinero. Dejo los DVD y el CD en las estanterías que les corresponden y me voy de allí sin nada en las manos. En una plaza con una curiosa fuente en medio, veo a un hombre despedirse de su mujer y su hija, empieza a caminar de espaldas y yo lo sigo por delante, pero voy girándome para saber dónde está y vamos bajando hasta llegar al puerto donde yo me siento en un mirador a contemplar el lago, y él se coloca junto a una pareja que se da besos. Al cabo de un rato, vuelvo a la estación, caminando hacia atrás, y allá subo a un tren donde el conductor está al final del tren y tiene la pericia de conducirlo al revés. Me asomo a la ventana y, de repente, veo un pañuelo que se arremolina al final del tren. El viento me lo trae a la punta de los dedos y lo cojo. Lo ondeo como una bandera hasta que vuelvo a meterme en el tren, donde me ato el pañuelo en el brazo. Al llegar a Morges, veo a un hombre en el andén que se marcha al ver el tren. Allí pego un pósit de color verde fluorescente en una marquesina y me voy caminando otra vez de espaldas hasta llegar delante del hotel, donde el coche de Gerard pasa junto a mí, aparca, él baja y se va caminando hacia atrás hasta el hotel. Yo abro el maletero y lo cierro de nuevo y vuelvo al Parc de l'Indépendance, donde paseo de espaldas y miro la glorieta con el mismo interés que si fuese la primera vez que la veo. Vuelvo al puerto y su coche ya no está. Allí hablamos por teléfono, marco su número y me guardo el móvil en el bolso. Después voy hasta el final del dique, dejo unos trozos de fotografías rotas en el agua, me siento un rato y vuelvo caminando de espaldas, poniendo un pie detrás de otro como si fuese por una cuerda floja. Cuando llego delante del hotel un Opel Astra verde circula marcha atrás y se detiene a mi lado, una mujer baja la ventanilla y me da la mano. Después subo a su coche y hablamos un rato. Ella arranca y, marcha atrás, circulamos por el pueblo y por la carretera desafiando las leyes naturales de la circulación. Aparcamos delante del Pabellón Audrey Hepburn, entramos de espaldas, pero no tropezamos con nada, aunque el suelo está lleno de objetos abandonados. Hablamos, ella coge cigarrillos del suelo, se los fuma y después los apaga con el mechero y los guarda como nuevos en el paquete. Me quita el pañuelo del brazo y la gasa blanca con una mancha de sangre que desaparece al dejar de tocar la herida. Vuelve a atarme en el brazo el pañuelo manchado de sangre y se va a guardar esos objetos al coche. Cuando vuelve, hablamos durante un rato más, ella recoge agua de fuera que sube al cubo como un surtidor y la deja en un sitio estratégico de la sala. Nos vamos del pabellón y volvemos al coche, siempre al revés. Me deja delante del hotel y se va. Paseo por las calles de Morges, entro en una peluquería donde me tiñen el pelo de rubio y después el peluquero, con unas tijeras mágicas, vuelve a pegarme los mechones que van reconstruyendo mi larga melena. Llevo a una pastelería un vaso de plástico vacío que he encontrado en una papelera y un cruasán que me he sacado de la boca. Curiosamente el vaso está lleno de chocolate cuando la dependienta lo coge. Vuelvo al hotel y el recepcionista me dice que tengo una herida en el brazo, me siento en el mostrador y me quito las zapatillas que él coge. Salto al otro lado, me caigo y después noto que vuelo hasta arriba otra vez en un efecto curioso. Algunas cosas que están en el suelo también vuelan y vuelven a su lugar como por arte de magia. Me escondo dentro de un armario, muy mareada, pero el mareo va pasando y, cuando salgo, estoy totalmente bien. Vuelvo a saltar al otro lado del mostrador y de espaldas subo hasta la cuarta planta, bajo hasta la tercera y entro en mi habitación. Me quito la ropa y me meto en la cama. Gerard entra, deja sus cosas, se desnuda, se anuda una toalla a la cintura y va al baño. Yo revuelvo las cosas de la habitación y las dejo tal y como estaban. Él sale con el pelo seco, sin ropa, se pone los bóxers y una camiseta y se mete en la cama de espaldas a mí. Yo paso por encima de él, enciendo la estridente alarma de su móvil y se duerme. Cuando la alarma se detiene, yo aún sigo un rato despierta, observando la habitación, hasta que finalmente también me duermo.

El Citroën azul oscuro de Gerard desafía todas las leyes de la mecánica viajando marcha atrás a 130 por hora en la autopista. De Morges a Ginebra yo duermo. Cuando llueve, las gotas y los rayos suben al cielo. Nuestra ropa y nuestros cuerpos empiezan a humedecerse hasta que están completamente mojados. Salimos del coche detenido en una caravana y vamos de espaldas bajo la lluvia a ver el resultado de un fatídico accidente. Cuando volvemos a entrar en el coche, estamos completamente secos y seguimos nuestro viaje serpenteando junto al río Ródano. Nos detenemos en un área de servicio, justo después de pasar al lado de un pueblo que se llama Albon. Allí voy al lavabo y, cuando salgo, me siento mucho más llena que antes, pero esa sensación va disminuyendo hasta que desaparece por completo unos kilómetros más allá. Cuando deja de llover, el coche y la carretera están completamente secos. Entramos en Montpellier y me sorprende que Gerard se sepa el camino y, de espaldas, nos lleva directamente a un aparcamiento. En la recepción de un hotel nos dan dinero y nos echamos a dormir cuando todavía es de día. Cuando nos despertamos es de noche; vemos una película en su ordenador, hacemos el amor, comemos y yo salgo a dar una vuelta. Cuando vuelvo, nos marchamos del hotel sin pagar. Subimos al coche y seguimos viajando hacia atrás a toda velocidad, y Montpellier se aleja delante de nosotros. Nos adelanta marcha atrás un tráiler con una gran casa de madera y más allá paramos en el Aire de Salses-le-Château y después de salir del lavabo vuelvo a tener la misma sensación que antes. Amélie-les-Bains-Palalda, los Límites, la Junquera, la salida de Figueres-Roses y un cartel que anuncia el Museo Dalí se van haciendo pequeños ante nuestros ojos. Paramos en un área de servicio y entramos caminando de espaldas en el restaurante. Nos sacamos la comida de la boca para llenar los platos. Gerard lo lleva al mostrador y yo voy al lavabo, donde dejo sobre el lavamanos el sobre de las fotografías de la familia de papel y los olvido para siempre. Nos vamos del área del Empordà a toda velocidad por la autopista, paramos en una gasolinera y doy a Gerard una bolsa llena de bebidas y comida sin abrir que él lleva a la tiendecita, después vacía el depósito del coche y le dan dinero. Los tres carriles se convierten en dos y un cartel señala que estamos en Barcelona, aunque el nombre está tachado con una línea roja. En la Meridiana nos paramos cerca del cadáver de un motociclista, pero, en lugar de ayudarlo, nos quedamos parados esperando a que un guardia urbano nos haga una señal y seguimos marcha atrás hasta que aparcamos delante de casa. Sacamos las maletas del coche, las llevamos a la escalera y dejo a Gerard solo, en el vestíbulo, vigilándolas. Subo en el ascensor y me miro la cara en el espejo. Me acaricio el pelo rubio y largo. Salgo de espaldas al ascensor y miro la llave rota que tengo en las manos pensando cómo podré entrar en casa. La introduzco con cuidado en la cerradura y la puerta se abre. Entro de espaldas y enciendo las luces. Gerard vuelve a meter las maletas y las pone delante de la puerta como una barricada. Se encierra en el baño mientras yo recojo la mesa y guardo las cosas del desayuno. Él se va al sofá y se queda dormido, aunque es de día. Yo cojo las fotos de Yul que hay repartidas por la casa y las guardo en una caja en su habitación. Me encierro en el lavabo, pongo toallas en el suelo, me desnudo, espiro aire delante de las velas y se encienden, me tumbo y cierro los ojos hasta que todo está negro durante un buen rato, como si alguien hubiese borrado eso de la cinta de mi vida.

Yul aspira el aire de las tres velas que humean y estas se encienden. A partir de ahí tengo la extraña sensación de que cada día que pasa es más pequeño y menos parlanchín. Las marcas de la pared de su habitación me confirman esa sospecha. Al cabo de unos meses casi no habla y la última palabra que le oigo decir es «papá». Desmonto los álbumes que tenía de él y devuelvo las fotografías a una tienda de revelado. Cada día le cuesta más caminar hasta que un día se pone a cuatro patas y empieza a gatear, y nunca más vuelvo a verlo levantado sobre los dos pies. Ya no dice nada, solo imita los sonidos que oye y comprende el significado de algunas palabras, como «adiós» y «no». No lo hablo con Gerard, pero un día lo veo tan pequeño que decido no llevarlo más a la guardería y se queda conmigo en casa. El día que también deja de gatear colocamos las barandillas en su camita y viene a dormir con nosotros hasta que una noche nos damos cuenta de que es tan pequeño que a la mañana siguiente lo llevamos al hospital y allí nos ingresan a los dos. A él lo ponen en una camita de metacrilato a mi lado y al cabo de cuatro días nos llevan al quirófano. Me deshacen los puntos que tengo en la barriga, abren la herida y me meten al niño dentro. Después me pasan por encima de la incisión un bisturí mágico que va cerrando el corte sin dejar ninguna cicatriz y a partir de ese momento tengo la angustiosa sensación de que la barriga empieza a menguar. Al principio, noto muchas patadas que me da el niño desde dentro, como si quisiera volver a salir, pero conforme pasan las semanas cada vez se mueve menos. Superviso que los paletas dejen el piso del Eixample tal y como era antes de las reformas y, una tarde, cuando ya no queda nada que delate que hemos vivido allí, Gerard y yo lo miramos por última vez, salimos y no volvemos nunca más. Yo me voy a vivir a Vic con su madre y las dos nos maravillamos de mis cambios físicos; la barriga y los pechos van menguando hasta que casi desaparecen. Cuando vuelvo con Gerard al piso del Raval, un día, no sé por qué, dejo de fumar y, al cabo de unas semanas, un médico me confirma que estoy embarazada, aunque no noto ningún síntoma ni de estarlo ni de haberlo estado nunca.

Pasan por delante de mis ojos decenas de finales de películas, con grandes créditos donde se puede leer «The End» y, a continuación, las veo desde el final hasta el principio. David Hemmings amplía fotografías para observar los detalles que pasan más desapercibidos. Audrey Tautou hace rebotar piedras sobre el canal de St. Martí. Ewan McGregor muestra su cuerpo lleno de caracteres chinos escritos con tinta. Burt Lancaster cruza decenas de piscinas nadando hasta llegar a su casa. Kathy Bates obliga a James Caan a escribir una novela. Cary Grant y Audrey Hepburn viajan en barca por el Sena. Jack Lemmon usa una raqueta de tenis para colar espaguetis, mientras Shirley McLaine lo mira divertida. Julie Delpy y Ethan Hawke se besan en el andén justo antes de que ella suba al tren… Y justo después de leer los títulos de todas esas películas que aparecen en la pantalla las olvido como si no las hubiese visto nunca.

Gerard me lleva en coche hasta el aeropuerto de El Prat. Allí nos abrazamos y después él se oculta entre la multitud. Yo, caminando de espaldas, con mi maletita, entro en la zona de recogida de equipaje, dejo la maleta en la cinta transportadora y veo como se la lleva. Junto con los demás pasajeros caminamos hacia atrás por la terminal y entramos en el avión donde, sin consultarlo, cada uno ocupa un asiento, se abrocha el cinturón y se relaja cuando nota que el avión empieza a moverse muy poco a poco y después, en un extraño impulso, sale disparado hacia atrás. Cruzamos el cielo, pero yo duermo, y cuando me despierto compruebo la pericia del piloto, que es capaz de aterrizar sin ver la pista. Salimos del avión de forma escalonada, como si no tuviésemos prisa y, cuando lo hacemos, comprobamos que el asiento en el que íbamos es el mismo que especifica nuestro billete. Camino por la terminal, sin rumbo, hasta que paso los estrictos controles de entrada del aeropuerto de Gatwick y, cuando en la zona de facturación enseño mi pasaporte a una chica muy simpática, ella me da mi maleta. Un tren que también viaja al revés me lleva hasta la estación de Victoria. Allí, un metro, con la misma particularidad que el resto de los medios de transporte, me lleva hasta Euston, donde salgo a la calle y camino entre la gente hasta que llego a una pensión en un callejón del Soho. Deshago mi maleta y estoy algunos días vagando por las calles de Londres, borrando conversaciones con Gerard por Internet. Un día, caminando por Oxford Street, me lo encuentro allí de pie, nos damos un beso y vamos a un hotel donde nos encerramos y no salimos para casi nada. Hacemos el amor al revés, empezando por el orgasmo y acabando con caricias superficiales. Él borra con un rotulador mágico los nombres escritos en nuestros cuerpos. Al cabo de unos días, salimos del hotel, paseamos por Londres y al llegar cerca del Big Ben nos paramos y mantenemos una pequeña conversación. Después, yo me alejo de él, sin despedirme, y veo como, caminando hacia atrás, se pierde entre la multitud. Y tampoco vuelvo a verlo jamás.

Cuando vuelvo a la habitación de la pensión, me siento delante del televisor, aprieto un botón y se enciende. Unas grandes letras de color rojo inundan la pantalla: «The End». Decido que, a partir de ahora, me llamaré como la protagonista. Entonces veo al revés toda la película, en la que una princesa rusa, conforme retrocede el metraje, se convierte en una mendiga loca a la que unos estafadores quieren hacer pasar por princesa. Justo antes del título de la película salen los nombres de los dos protagonistas: Ingrid Bergman y Yul

Brynner. Y, después, las letras rojas inundan la pantalla: Anastasia. No obstante, cuando apago el televisor, donde emiten anuncios, he olvidado todo lo que he visto. Me quito la ropa, que dejo sobre la cama, voy hasta el lavabo caminando hacia atrás, pongo toallas en el suelo, me siento, aspiro aire delante de las velas que aún humean y se encienden; me tumbo en el suelo, cierro los ojos y, entonces, todo queda negro, nada más que negro. Y silencio. Y, cuando ya no queda nada más por recordar, tomo la decisión voluntaria de suprimirlo todo para siempre.

El suelo está frío aunque estoy sentada encima de una toalla. Mis ojos no pueden contener las lágrimas y tal vez por eso no me atrevo a levantar la cabeza y con un brazo oculto mi rostro. Veo los pies de un hombre en el marco de la puerta, calzados con unas zapatillas deportivas, pero no se mueven, como si no se atreviese a entrar. Hay velas apagadas a mi alrededor y una caja roja encima del váter. No sé cómo he llegado hasta aquí. El silencio, a pesar de la presencia del hombre, me resulta incómodo, pero no me atrevo a moverme. Espero a que sea él quien dé el primer paso. Necesito que diga algo o me ayude a levantar. Que me abrace y me diga que todo va a ir bien. De repente, veo que los pies se mueven poco a poco y él me tiende la mano a la que me aferro desesperada. Me lleva a la cama como si fuese una niña pequeña y me arropa y me da un beso en la frente. Los ojos me pesan. No sé si el hombre sigue en la habitación o se ha ido. No se oye nada. Los ojos me pesan y se cierran. No puedo abrirlos. No puedo moverme. No puedo respirar. Me parece que mi vida está a punto de terminar y no puedo hacer absolutamente nada por evitarlo.

«Y la manera como se ha levantado sin esforzarse nada, como si la película se proyectase hacia atrás. ¿Podría Toshi retroceder en el tiempo así y borrar sus errores?».
ALAN BROWN, *El cuello de Audrey Hepburn*

Día 5

Y entonces, cuando me abraza tan fuerte que casi no me deja respirar, me despierto.

Tardo unos segundos en situarme. Quién soy. Dónde estoy. Por qué estoy sola en una cama tan grande. No hay referencias conocidas ni puntos de apoyo. No hay nadie a quien pueda preguntar quién soy ni qué hago aquí. Pero extrañamente, pese a la sensación de vacío, no tengo miedo. Estoy tranquila y sonrío como si fuese la mujer más feliz del mundo. No tengo ningún recuerdo que me preocupe. No tengo nada en la cabeza que me agobie. Observo la habitación en penumbra gracias a la poca luz que las cortinas dejan pasar. Sé que si quiero adivinar algo tendría que levantarme, pero esta aventura, ahora, me parece demasiado arriesgada. Me siento muy protegida aquí en la cama, bajo este edredón nórdico que me abraza y me da el calor que necesito para sentirme reconfortada. Es un territorio que conozco, que he calentado con el calor de mi cuerpo y me niego a salir de aquí hasta que sea absolutamente necesario. Hay un teléfono en la mesita de al lado, pero no sé el número de nadie a quien llamar. Ni tampoco sabría qué decirle. Ni siquiera podría presentarme porque no sé ni cómo me llamo. Me siento en la cama y con cuidado aparto el nórdico que cubre mi cuerpo. Después, muy lentamente, desplazo los pies hasta el suelo y los coloco a la vez sobre la moqueta, como si tuviese miedo a poner uno antes que el otro. Me quedo todavía un buen rato así, decidiendo si abandonar esta isla de seguridad en medio de la habitación que ahora mismo me parece peligrosa y hostil. Cuando finalmente me incorporo, corro a abrir las cortinas, segura de que la luz de fuera hará que el espacio parezca menos terrorífico. La luz me ciega como si hubiera un potente foco pegado al cristal y aparto la vista enseguida para evitar que me queme la retina.

Al volver a mirar la habitación me parece mucho menos amenazante que antes. Ahora solo es una habitación impersonal que dudo que sea un hogar. Cuando mentalmente parece que ya he ubicado dónde está cada cosa, lo reviso todo intentando descubrir alguna pista que me diga quién soy. Estoy tan fascinada como Gretel al descubrir la casa de chocolate. Un par de maletas con ropa de chica me hacen sospechar que estoy en un hotel, aunque no tengo ni idea de dónde. Me angustia revolver las cosas de la maleta; me siento como si estuviese violando la intimidad de otra persona. Escondido en el fondo, entre la ropa, encuentro un libro. En la portada, tres cazadores de espaldas caminan por un paisaje nevado. Se titula *Dia de caça* y el autor es Gerard Guix. En la contraportada hay una gran foto del autor. Es joven y atractivo, pero no lo había visto nunca. Me pregunto por qué llevaré un libro suyo en la maleta. Encima del escritorio hay un ordenador portátil con la pantalla levantada pero apagada; al lado, una película en DVD y una cámara de fotografías digital conectada a la corriente para cargar la batería. Entro en el lavabo y observo los objetos que hay sobre el lavamanos: un cepillo de dientes, uno del pelo, gomas para hacer coletas y un cestito de mimbre con botellas de champú y crema hidratante de propaganda que me confirman que estoy en un hotel. No hay ningún objeto que delate si he venido acompañada. Me mojo la cara y me sorprende el rostro que veo en el espejo. Una chica con el pelo corto y negro. Esperaba otra cosa, sinceramente. Pegado en el espejo hay un pósit de color verde fluorescente que parece etiquetar ese rostro desconocido. Me acerco y leo lo que han escrito a mano con una letra que cuesta entender. «1. No te reconoces, ¿verdad?». Toco la nota con la punta de los dedos y vuelvo a leerla, como si en esa frase tan sencilla y directa pudiese haber un mensaje oculto. Me quito las braguitas y la camiseta y me meto en la ducha. Espero a que el agua caliente me relaje y me devuelva algunos recuerdos. Al forzar el cerebro para recordar, tengo ganas de vomitar, pero solo consigo sacar bilis, que escupo al suelo y que el agua se lleva por el desagüe.

En la habitación me visto con ropa de la maleta, que afortunadamente es de mi talla. Me apoyo en la ventana y miro el paisaje que tengo delante. Hace un día precioso: sol, un cielo azul espectacular y una temperatura muy agradable. En el paseo marítimo, muy bien adornado con islas de flores de colores, la gente pasea sin prisa, el mar tranquilo balancea algunas pequeñas embarcaciones que navegan en él y las montañas difuminadas del fondo la convierten en una vista idílica. Una gran bandera suiza ondea gracias a la brisa y me desconcierta porque diría que no hay mar en Suiza. Desde aquí arriba, el exterior no parece tan terrorífico. De repente tengo la extraña sensación de que me observan y de reojo veo el flash de una cámara de fotos. Al girarme no hay nadie, pero oigo ruido en la habitación de al lado, como si hubiesen tropezado al huir. Cuando ya he memorizado todo el paisaje, lo que resulta fácil cuando es lo primero que guardas en tu cerebro vacío de recuerdos, vuelvo a entrar en la habitación dispuesta a buscar más pistas sobre quién soy y qué hago aquí. Repaso con la mirada los objetos de la habitación y, entonces, veo más pósits de color verde que antes no me había fijado. Hay uno en el televisor, que leo porque lo tengo más cerca: «3. Eres como Guy Pearce en *Memento*». Esta pista me desconcierta porque no sé quién es Guy Pearce ni qué es *Memento*. Pero me intriga lo bastante para buscar entre las otras notas la que lleva el número 2. Supongo que si quien las ha escrito se ha molestado en numerarlas debe de ser necesario seguir el orden. Al lado del ordenador hay un pasaporte de nacionalidad belga con el pósit número 2 que dice: «Eres ella». Lo cojo y lo abro despacio, como si pudiese morderme. Dentro hay la fotografía de una chica, con las mismas facciones que yo, pero lleva el pelo muy largo y es tan rubio que parece blanco. Se llama Kira Stieglitz, nacida el 31 de octubre de 1988 en Bruselas, Bélgica. Lo dejo sobre el escritorio otra vez mientras mi cerebro intenta dar sentido a todo esto. Pienso que puedo ser una espía internacional y que en todas estas pistas encontraré un mensaje en clave que me indique la próxima misión. Eso daría sentido a mi cambio de imagen. Tal vez me persigue un enemigo muy peligroso, quien me ha hecho la foto en la ventana, y gracias a estas pistas pegadas por la habitación podré huir de él. Excitada por esta aventura que empieza, y que como mínimo me da algún motivo para hacer algo, busco entre los pósits el número 4. Está pegado en la película de DVD al otro lado del ordenador portátil que está abierto, pero apagado. «4. Invéntate una identidad». La nota es bastante clara, pero a la vez ambigua. No sé si tengo que ver la película o no. El ordenador abierto es como una señal. Me siento en la silla delante del escritorio, aprieto el botón para encender el ordenador y, mientras este se inicia, abro la caja del DVD y saco el disco, que introduzco en el reproductor. Me sorprende que no me pida ninguna contraseña para entrar y que en el escritorio del ordenador solo haya los programas de serie. No contiene ningún archivo personal. Como si fuese nuevo o lo hubiesen borrado todo.

Comienza la película con el logo de la Paramount Pictures en blanco y negro, y una espectacular música orquestal. Después, sobre la imagen de un camino de noche, con una gran luna llena, los nombres de los protagonistas: Humphrey Bogart, Audrey Hepburn y William Holden. Y después aparece el título de la película, *Sabrina*, y la luna llena se convierte en el punto de la i. Una preciosa muchacha, hija del chófer de una gran casa, se va a París a estudiar en una sofisticada escuela de cocina. Cuando vuelve se ha convertido en una atractiva mujer que enamora a los dos hijos de la casa donde trabaja su padre. Es como el cuento de la Cenicienta pero pasado por el cedazo cómico de Billy Wilder. De repente aparece un aviso en la pantalla; la batería está a punto de acabarse y al cabo de unos minutos, el ordenador se apaga sin que pueda saber si Sabrina se quedará con un hermano o con el otro. Levanto la cabeza y observo mi rostro en el espejo que tengo delante. Soy prácticamente igual que Audrey Hepburn en *Sabrina*. El mismo corte y color de pelo, la misma complexión física, el mismo tono pálido de piel. Cierro la pantalla del ordenador y me sorprende ver otro pósit verde fluorescente pegado en el ordenador. Como si quien los ha colocado estratégicamente supiese que justo en ese momento bajaría la pantalla. Lo leo: «5. Confía en el recepcionista». Supongo que se refiere a alguien que trabaja en este hotel y espero que no haya más de uno. Me levanto y miro a mi alrededor. Veo otro pósit en la cámara de fotos digital que se está cargando. Me acerco y lo leo: «6. Es él». Cojo la cámara, nerviosa porque quizás descubra quién soy gracias a las fotos que puedo haber hecho durante el viaje, pero en la tarjeta de memoria solo hay la fotografía de un chico bastante atractivo que duerme en una incómoda posición. Parece que esté en la recepción de un hotel, seguramente de este hotel. Dejo la cámara sobre el escritorio y busco la siguiente nota, que encuentro en la puerta del armario. «7. Vive tu vida. 0703». Abro el armario y reviso su interior vacío. Hay una caja fuerte cerrada. Sin pensarlo, introduzco los cuatro números de la nota como combinación y un pequeño clic indica que se ha abierto. Dentro hay muchos billetes de euro y francos suizos. Este juego me asusta cada vez más. No me sorprendería que la siguiente nota me condujese a una pistola. La número 8 está pegada en un bote de crema solar y dice: «Para antes de salir a la calle». No hay ninguna nota más. Ninguna pista. Ninguna otra indicación. Haciendo caso a la última nota, me unto los brazos y la cara con crema solar y vuelvo a dejarla en el armario. Cojo algunos francos suizos de la caja fuerte y vuelvo a cerrarla. Memorizo la combinación y rompo la nota del armario en mil trocitos que después tiro al váter. Cojo un bolso, guardo el dinero, la cámara de fotos y el libro que he encontrado escondido entre mi ropa. Saco la llave de la cerradura, que va con un llavero muy pesado, pero todavía no abro la puerta. Me da miedo abandonar este pequeño espacio que se ha convertido en el único del mundo donde me siento segura. Me pregunto si después de salir seré capaz de volver a encontrar el camino para llegar hasta esta habitación impersonal de hotel que ahora es mi hogar, el sitio donde guardo todas mis pertenencias. Poco a poco abro la puerta y compruebo que el número 308 que aparece en el llavero también está pintado en la puerta. Salgo al pasillo lentamente, mirando a mi alrededor tan fascinada como Dorothy al llegar a Oz. Dentro del ascensor vuelvo a mirar la fotografía de la cámara intentando memorizar la cara del chico para poder reconocerlo cuando lo vea. En voz baja repito el que a partir de ahora será mi nombre en diferentes tonos y entonaciones, para ver si me queda bien. Al llegar a recepción, me decepciona no ver a ningún chico allí. Hay una señora mayor que me sonríe y espera que le pregunte. Mi cerebro se detiene y, de repente, me vienen a la cabeza decenas de idiomas, y no sé cuál elegir para hablar con ella. Tal vez porque la película que acabo de ver estaba en inglés utilizo esa lengua. Esta será la primera vez en mi vida que hablo con otra persona, al menos que tenga conciencia y recuerdo.

—Hola. Estoy buscando al recepcionista.

—Dígame —dice ella mostrando una gran sonrisa.

—Al chico. —Busco la cámara de fotos en el bolso y le enseño la foto del chico durmiendo en recepción. Parece que no le hace mucha gracia.

—Hoy no trabaja, pero seguro que puedo ayudarla.

Mi rostro no cambia de expresión y finjo que no he oído su propuesta.

—¿Por qué no trabaja hoy? —pregunto, y ella se sorprende de mi poca discreción.

—Asuntos personales. Si lo quiere ver, tendrá que esperar a mañana.

Su tono ya no es tan amable como antes. Se concentra en unos papeles que tiene delante y hace sentirme como si me hubiese vuelto invisible. Me quedo clavada delante de las dos puertas automáticas. El sensor de la primera me ha detectado y se ha abierto, pero, como no me he movido, vuelve a cerrarse. Veo la calle al otro lado, pero ahora que conozco la recepción del hotel y al menos tengo una persona con quien hablar, no sé si seré capaz de dar este paso y salir. Muy lentamente, me acerco a la puerta, que vuelve a abrirse servicial. Después, la segunda hace lo mismo y me llega el aire del exterior, que es cálido y me reconforta. Al poner el primer pie en la calle, me siento extrañamente aliviada. Me golpea la potente luz del sol en los ojos y a mi alrededor todo se convierte en un estímulo brutal. Los sonidos que me llegan, el contacto con el aire, el calor en la piel. Me cuesta respirar, asimilar todo lo que me esta bombardeando, y sonrío como si fuese realmente muy feliz. Miro el nombre del hotel, Mont-Blanc au Lac, y lo guardo en un lugar accesible de mi memoria vacía. Avanzo unos pasos y descubro el paseo que ya había visto desde la habitación, pero ahora, en vivo, adquiere un volumen espectacular. El lago y las montañas del fondo son el decorado pintado especialmente para esta película que acaba de empezar. Doy una vuelta sobre mí misma y me siento como Alicia cuando llegó al País de las Maravillas. Avanzo con pasos muy lentos, como si se me estuviese acabando la cuerda, y me voy impregnando de todo lo que veo y siento. Me llegan los olores de todas las flores que decoran el paseo, el perfume de las personas que pasan a mi lado, de las *crêpes* quc hacen en una caseta de madera. Me llegan todos los sonidos de los barcos que navegan por el lago, las conversaciones de las personas que pasan junto a mí, del aceite que chisporrotea en la plancha donde se fríe la pasta de las *crêpes.* Me doy cuenta de que un hombre me está mirando con una sonrisa estúpida en la cara. Es un poco obeso, lleva una americana que le queda grande, las gafas se le han resbalado hasta la punta de la nariz por el sudor y lleva un maletín de piel cogido con fuerza en una mano. A sus pies, tiene una maletita de viaje. Conforme me acerco, su sonrisa se hace más amplia, como si me conociese. Intento recordar la cara del recepcionista en la cámara de fotos, pero, si es él, pierde mucho al natural. Justo cuando estoy a su lado, pienso que tal vez me diga algo, pero cuando ya está detrás de mí y no puedo verlo, oigo que dice «Amazing!», y nada más. Justo antes de darme la vuelta al final del paseo, me giro y veo al hombre subir a un taxi. Cuando estoy en la parte de detrás de una bonita iglesia, me detengo a observar un parque infantil y un árbol curioso que parece sacado del bosque donde vive el lobo de Caperucita Roja. Giro otra vez a la izquierda y camino por una calle que me parece más comercial. Hay una bonita plaza llena de las sillas y mesas de un bar restaurante que se llama Métropolis y, en la primera calle que encuentro, giro a la derecha y voy a parar a una calle más amplia por donde no circulan coches. Es agradable para pasear porque no hay mucha gente. Me detengo delante del escaparate de una pastelería, que tiene algunas mesas de colores fuera, y observo los cruasanes y las ensaimadas que tienen expuestos. Me llega el olor de café y chocolate caliente y no puedo evitar entrar. Compro un cruasán y chocolate deshecho, pero pido que sea para llevar. Me apetece caminar y descubrir este pueblo tan peculiar. La dependienta se sorprende cuando le doy el billete para pagar, pero no dice nada. Me devuelve mucho cambio y supongo que debo de haberle dado un billete muy grande. Mientras como y bebo chocolate, observo los escaparates de las tiendas que voy encontrándome. Una tienda de ropa, una peluquería que debe de pertenecer a alguna cadena, un escaparate lleno de osos de peluche y una joyería. Todo lo que me rodea me parece tan desconocido como fascinante. Observo con curiosidad las cosas más insignificantes y por eso me doy cuenta de que, pegado en una farola, hay uno de los pósits de color verde fluorescente que me daban indicaciones en la habitación del hotel. Me acerco entre excitada y asustada por la nueva tarea que me espera, la nueva misión que debo realizar. Lo leo dos veces. Está en francés y la caligrafía parece de una chica; dice que ha perdido un sobre de fotografías y que quiere recuperarlas. Hay un número de teléfono. No lo cojo porque me parece que no es un mensaje para mí. Es una extraña coincidencia que también hayan usado un pósit verde fluorescente. Ojalá no las hayan tirado porque tirar fotografías es pecado.

Este estado de alerta, abierta a todo lo que me rodea, me permite oír la música por primera vez cuando estoy delante de un edificio antiguo que me parece que es el ayuntamiento. Es muy sutil, un hilo lejano que se apaga cuando pasa un coche o alguien hablando a volumen normal. Posiblemente proviene de alguna casa o tienda. De algún coche aparcado cerca de aquí. Es música clásica, no sabría decir de qué compositor, pero hace que el paseo sea todavía más agradable. Sigo un rato caminando a la deriva hasta que descubro al otro lado de la calle una librería que se llama Le Petit Prince. Entro decidida con la esperanza de que quizás puedan ayudarme a descubrir el misterio de mi existencia. Es un lugar pequeño, lleno de libros de todos los tamaños y colores. Un señor mayor me sonríe cuando entro, pero está hablando por teléfono en francés. Por la conversación diría que es algún proveedor que no ha llevado el encargo que esperaba. Miro las estanterías y las mesas llenas de libros, pero me cuesta encontrar alguna cosa que no sean libros de autoayuda, de medicinas alternativas y otras cosas parecidas. Cuando el señor cuelga el teléfono le pregunto si tienen algún libro de Gerard Guix. Busco en el bolso el ejemplar de *Dia de caça* y se lo enseño. Él lo coge, lo analiza y me lo devuelve con una sonrisa.

—Ya le dije que nosotros estamos especializados en obras de autoayuda, medicinas alternativas, esoterismo y libros de espiritualidad. No vendemos ficción. —Me parece que ha usado un tono despectivo con el género.

Le pido disculpas desconcertada, me guardo el libro en el bolso y salgo corriendo, segura de que me he sonrojado, porque noto el calor en las mejillas. Una vez en la calle, camino sin rumbo y sin detenerme en dirección a la iglesia, y, una vez allí, hacia el lago hasta que llego a un gran parque, con el césped muy verde y con muchos macizos de flores de mil especies. Aquí todo es mucho más abierto y parece que el sol caiga con más fuerza. Estoy junto al lago y desde aquí las montañas, al otro lado, parecen más cerca que nunca. Hay un senderito que bordea el lago y por donde algunas personas siguen la ruta a pie o en bicicleta. Cuando el camino deja de estar asfaltado, sé que estoy saliendo de este pueblo al que ya me había acostumbrado y que me asomo a una nueva y peligrosa aventura. La iglesia se ve lejana y, por tanto, el hotel donde me alojo todavía lo está más. Estoy unos segundos ahí de pie, sin moverme, mirando el camino que bordea el lago. En algunos tramos parece que se mete por cuevas frondosas formadas por las ramas de los árboles; algunas, incluso, tocan el agua. Finalmente respiro hondo y con paso seguro sigo caminando, dispuesta a descubrir qué parajes idílicos me deparará este camino mágico. Aunque cada vez hay menos gente, no siento en absoluto la sensación de soledad. Al contrario. La poca gente que pasa me saluda con una sonrisa, como si me conociesen de toda la vida. Quiero disfrutar de este gran momento de libertad. No sé quién soy. No sé dónde estoy. No sé qué tengo que hacer. Esto debe de ser la libertad, no depender de nada ni de nadie. Después de un buen rato caminando llego a un pequeño paraíso que un cartel azul bautiza como Avenue de la Plage. Y efectivamente es eso, una minúscula playa a orillas del lago. Algunas personas han extendido sus toallas y toman el sol, pero nadie se baña. Justo al otro lado, hay un pequeño embarcadero sin ninguna embarcación. Me siento con las piernas colgando sobre el agua y miro el fantástico espectáculo que la naturaleza me regala. De repente me doy cuenta de que en algún sitio, no sabría decir dónde, todavía se escucha la música que he oído antes en el pueblo. Es extraño; no parece que haya ninguna casa cerca y ninguna de las personas que están en la playa lleva ninguna radio. Tal vez proviene de mi cabeza; tal vez tengo un tumor y por eso oigo cosas que los demás no pueden oír. Al cabo de un rato, saco de mi bolso la cámara de fotos y vuelvo a observar el rostro del recepcionista, porque empezaba a olvidarlo. Me viene a la cabeza el cuento de la *Bella Durmiente,* pero en esta versión es el príncipe quien se ha dormido y yo tendré que besarlo para despertarlo. Es sorprendente que pueda recordar todas esas historias, la *Bella Durmiente, Alicia en el País de las Maravillas, El Mago de Oz, Caperucita Roja, Hansel y Gretel,* y que no pueda recordar quién soy ni qué he hecho durante toda mi vida. Saco del bolso el libro de Gerard Guix que he encontrado escondido dentro de una maleta y empiezo a leer el primer capítulo en el que una madre espera preocupada que su hijo llegue a casa. Solo leo este capítulo, que tiene las páginas amarillentas, como si lo hubiesen leído muchas veces. Después abandono el libro en el embarcadero, me levanto y vuelvo hacia el pueblo. Tengo hambre y cerca de la Librairie Le Petit Prince he visto un sitio donde me parece que se debe de comer bien y desde fuera parecía bonito. El Balzac. Un curioso nombre para un salón de té.

Deshago el camino y veo la silueta de Morges, con su iglesia al fondo, que se va haciendo cada vez más grande. Al llegar al Parc de Vertou observo a la gente que está sentada en la hierba o en los bancos. Nadie chilla, ni hace nada que perturbe la paz de este mediodía delante del fabuloso lago que se abre ante nosotros. El parque es muy verde y tiene algunos árboles distribuidos de manera estratégica para que parezca muy amplio y grande. La imagen de algún velero de velas blancas que navega por las aguas del Lemán con los Alpes al fondo es preciosa. Me llama la atención un chico joven sentado en un banco que, desde mi posición, queda enmarcado entre dos farolas apagadas. Lo veo de perfil y está mirando hacia el lago o las montañas, pero me parece que realmente no ve nada. Me acerco poco a poco, sin que él se dé cuenta, pero creo que aunque me pusiese delante no se daría cuenta. Saco la cámara de fotos de mi bolso y miro la fotografía del recepcionista. No tengo ninguna duda de que es el mismo chico que ahora está sentado en el banco. Me quedo un buen rato allí de pie, observando cómo él no hace absolutamente nada. Vuelvo a escuchar la música, como antes, pero no sabría decir si en algún momento había parado. Es el mismo tema de música clásica de antes. Se oye de lejos, pero aquí tampoco hay ningún coche de donde pueda salir. Miro al cielo valorando una descabellada posibilidad, pero seguramente es mi cabeza quien la produce. Diría que mis pies no se han movido en todo este rato, pero de repente me doy cuenta de que con una pierna estoy tocando el banco y si estirase el brazo podría tocar la cabeza del chico. Antes de que pueda reaccionar e irme corriendo, él gira la cabeza y me ve. Primero me mira, como si intentase recordar de dónde me conoce, y después me muestra una amplia sonrisa que hace que se le cierren los ojos y le salgan unas arruguitas a los lados.

—¿Vienes para enviar el fax? —dice sin dejar de sonreír—. ¿Te había dicho que cada vez que te veo me provocas una sonrisa tonta?

—¿Tonta? —le pregunto desconcertada porque me conoce mucho más de lo que imaginaba.

—De felicidad.

Me hace un gesto con la mano invitándome a sentarme a su lado. Miro a los lados, como si temiese que alguien nos viese, y después me siento pero no lo miro a él, sino a un barquito que navega por el lago. Imagino qué destino puede tener, condenado a dar vueltas sobre sí mismo en esa isla de agua en medio de un océano de tierra. Nos quedamos un rato así, distantes como dos extraños que no saben qué decirse, cada uno con sus pensamientos.

—No recuerdo tu nombre —digo antes de que la pared de hielo que se está formando entre nosotros sea demasiado gruesa.

—No te lo he dicho nunca porque tampoco me lo has preguntado. —La respuesta parece hostil pero me parece que no es su intención.

—¿Cómo te llamas?

—Konrad.

—Eres el recepcionista del hotel Mont-Blanc au Lac, ¿verdad? —digo para asegurarme de que no estoy metiendo la pata. Sonríe y me mira como si la pregunta fuese extraña.

—Sí. Lo soy. Y no responderé a ninguna otra pregunta sin la presencia de mi abogado.

—Yo me llamo…

—Trabajo en el hotel. Sé tu nombre y el de tu…

—Me llamo Sabrina.

Él calla sorprendido y su sonrisa se desdibuja. Quizás antes me conocía por otro nombre. Lo miro, pero vuelve a tener la mirada perdida. El barco ya ha avanzado bastante y parece que nadie va a detenerlo. Me gustaría saber qué hará cuando llegue al próximo puerto. Quizás siga navegando por tierra hasta encontrar otro lago o un mar más grande. Delante de nosotros, pasan algunas personas y curiosamente parece que vayan al ritmo de la enérgica música que todavía suena, aunque a un volumen tan bajo que dudo que puedan oírla. Cuando me parece que la pared de hielo que nos separa se ha hecho tan grande que será imposible deshacerla, él rompe el silencio.

—¿Oyes la música? —Lo miro a los ojos por primera vez y le aguanto la mirada.

—Sí. Hace rato que la oigo, pero no sé de dónde viene.

—Me tranquiliza que tú también la oigas. Pensaba que era la única persona del mundo que podía hacerlo. Que tal vez estaba volviéndome loco o que era un síntoma poco conocido de la enfermedad.

Señala un sobre blanco con una cruz azul que tiene al lado y que hasta ahora no había visto. Deduzco que deben de ser los resultados de algunas pruebas que le han hecho. Parece mentira que un chico tan guapo y simpático pueda estar enfermo.

—Al final no era narcolepsia —dice sonriendo, pero veo que los ojos se le llenan de lágrimas—. Supongo que a partir de ahora habrá cosas que tendré que explicar antes de amar a alguien.

Me acuerdo de una de las notas de color verde fluorescente que he encontrado pegadas por la habitación del hotel y la recito en voz alta:

—Yo soy como Guy Pearce en *Memento*.

—¿Qué quieres decir?

—No lo sé. No me acuerdo.

—Vivaldi. —Por sorpresa acerca su cara a la mía y me da un beso en los labios, tan rápido que no tengo tiempo de decir ni hacer nada. Después sonríe, consciente de que me lo ha robado, y sigue hablando como si no hubiese pasado nada—: La música que se oye es de Vivaldi. Es el «Tempo impetuoso d'estate» de las *Cuatro estaciones*.

—¿Ahora estamos en verano?

Él vuelve a sonreír, supongo que no esperaba esta pregunta.

—Es verdad. Eres la chica que no recuerda ni en qué día ni en qué año vivimos. Ni dónde está. Que no recuerda nada de nada. Me parece que es hora de irme. Hoy ha sido un día difícil.

Coge el sobre blanco y se levanta, me dice que ya nos veremos y empieza a caminar muy despacio, como si alguien invisible, delante de él, lo empujase para evitarlo. Yo también me levanto, impulsada por una energía sobrenatural, y justo en ese momento él se detiene.

—¿Puedo caminar contigo?

Él se queda unos segundos de espaldas, como si no hubiese escuchado la pregunta, pero de repente se da la vuelta y se acerca a mí decidido. Estoy segura de que volverá a besarme, pero me rodea con sus brazos. Noto sus lágrimas mojándome la nuca, noto su respiración fusionándose con la mía, noto su corazón latiendo al mismo ritmo que el mío. La música nos rodea como si fuese la banda sonora de una película y este fuese el final, justo antes de los créditos.

Y entonces, cuando me abraza tan fuerte que casi no me deja respirar, me despierto.

«Rebobina e inténtalo de nuevo».
Pet Shop Boys, *The way it used to be*

Agradecimientos

Las primeras notas de esta novela son del mes de marzo de 2007, mientras me encontraba en Londres gracias a una beca del British Council. Allí, paseando cerca del Big Ben, una chica rusa que se llamaba Anastasia me preguntó si podía caminar conmigo. Lo hicimos, hasta Tottenham Court Road, tomamos un café en un Easy Internet-café y nos despedimos. Aunque ella me dio su número de teléfono, jamás la llamé. Pero allí empezó a nacer una historia que culmina en las páginas que acabas de leer.

Durante todo este tiempo he caminado con mucha gente a quien, más que agradecer, me gustaría dedicarles esta novela.

Primero de todos a Albert. Caminar a su lado me hace especial, más fuerte y mejor persona. Espero que no deje de darme la mano.

A mis padres, los reales, Miquel y Fina, que me enseñaron a andar y a levantarme valiente cada vez que me caigo.

A mi hermana Glòria, Manel y a mis dos pequeñas joyas: Jana y Èlia, que más que caminar, me hacen correr.

A mi tío Santi y mi tía M. Carme y al resto de mi familia, que veo poco, o nada, pero a menudo recuerdo que también hemos caminado juntos.

A mi nueva familia, M. Teresa, Antonio, Glòria y José María.

A Montse, mi gran amiga, que ha caminado, camina y caminará siempre a mi lado.

A Ernest. El primero en darme apoyo en esta aventura… desde aquellas *Memorias (sucias y hambrientas)*

A Eva, Xef y Lluc. Caminamos juntos pocas veces pero cuando lo hacemos, podemos caminar muchos kilómetros.

A Carles. Quien siempre está cuando necesitas caminar con alguien.

A Raquel, con quien realmente nos hicimos esa foto disfrazados de monos, cuando éramos muy pequeños y hemos caminado juntos intermitentemente a lo largo de la vida.

A las tías Esther, Sílvia-Petra, Aina y Laura. Con quien camino, bailo y hago lo que haga falta.

A la Companyia / Compagnia / Companhia Jogijo, mi familia teatral; Stefano, Rui y Jordi con quién he caminado por muchas ciudades girando nuestro *U, Due, Três.*

Miles&David. My favourite Canadian artists.

Al equipo de Columna Ediciones y al de Suma de Letras, que me llevan por el buen camino.

A Sandra Bruna y a todo el equipo de la agencia, que me allanan el camino para que las cosas sean un poco más fáciles.

Y a todos vosotros, los lectores. Sinceramente, es un placer caminar a vuestro lado.

Este libro
se terminó de imprimir
en los talleres gráficos de
Lavel Industria Gráfica, S. A. (Humanes, Madrid)
en el mes de enero de 2012